DE PASEO

Curso intermedio de español

Third Edition

Donna Reseigh Long
Ohio State University

Janice Lynn Macián
Ohio State University

THOMSON

HEINLE

Australia   Canada   Mexico   Singapore   Spain   United Kingdom   United States

THOMSON

HEINLE

De paseo
Third Edition
Long / Macián

Publisher: Janet Dracksdorf
Acquisitions Editor: Helen Alejandra Richardson
Senior Production Project Manager: Esther Marshall
Editorial Assistant: Ignacio Ortiz-Monasterio
Marketing Director: Lisa Kimball
Associate Marketing Manager: Elizabeth Dunn
Manufacturing Manager: Marcia Locke

Compositor: Pre-Press Company, Inc.
Project Manager: Kristin Swanson
Photo Manager: Sheri Blaney
Photo Researcher: Lauretta Surprenant
Text/Realia Permissions: Veronica Oliva
Cover/Text Designer: Ha Nguyen
Printer: Quebecor World, Inc.

Cover Photo: © Jim Schwabel/Index Stock Imagery

Printed in the United States of America.
2 3 4 5 6 7 8 9 10 07 06 05

For more information contact Heinle, 25 Thomson Place, Boston, Massachusetts 02210 USA, or you can visit our Internet site at http://www.heinle.com

ISBN: **0-8384-3394-4**

For permission to use material from this text or product contact us:
Tel   1-800-730-2214
Fax   1-800-730-2215
Web   www.thomsonrights.com

Library of Congress Cataloging-in-Publication Data

Long, Donna Reseigh.
  De paseo : curso intermedio de español / Donna Reseigh Long, Janice Lynn Macián.—
   3rd. ed.
    p. cm.
  Includes index.
  ISBN 0-8384-3394-4 (student edition)
    1. Spanish language—Textbooks for foreign speakers—English. I. Macián, Janice. II. Title.

PC4129.E5L66 2003
468.2'421—dc22

2003064566

Contenido

To the Student

De paseo was written to aid and enhance your experience in learning Spanish. In this textbook you will find many unique, learner-centered features. Among these features are the strategies for building vocabulary, developing reading skills, and analyzing literary texts. In addition, grammar structures are presented as language functions that will help you in editing your own speech and writing. More traditional grammar explanations with helpful charts and practice activities are located in the **Repaso de gramática** section at the end of each chapter. The majority of the activities in this textbook are designed for communicative practice in pairs and small groups so that you can maximize your opportunities for actually *speaking* Spanish in class. Throughout the program you will find many helpful annotations that provide additional explanations and suggest effective study techniques.

The *Diario de actividades* is designed for your independent use outside of class. Here you will find strategies and activities for acquiring listening and writing skills, learning how to use different types of dictionaries, and refining your knowledge of Spanish grammar. The *Diario* is designed to help you perform better in Spanish both in the classroom and outside of it.

The chart below shows the organization of *De paseo* and the *Diario de actividades*.

Organization at a Glance

De paseo: In-class textbook	*Diario de actividades*: Out-of-class workbook
Primera etapa: Vocabulario • Introduction to core chapter vocabulary • Strategies	**Primera etapa: Preparación** • Practice vocabulary acquisition • Strategies
Segunda etapa: Conversación In-class practice of three grammar structures that are functionally organized	**Segunda etapa: Comprensión auditiva** • Listening strategies • Three listening comprehension segments
Tercera etapa: Lectura • Reading strategies • Non-literary reading • Introduction to literary terminology • Literary reading	**Tercera etapa: Redacción** • Introduction to extended writing • Writing • Free writing (**Mi diario**)
Cuarta etapa: Cultura • Vídeo • Cultura en acción	
Repaso de gramática Grammar review and charts	**Práctica de estructuras** • Targeted grammar practice

Acknowledgments

The authors are indebted to these reviewers for their invaluable comments and suggestions.

Geraldine A. Ameriks, *University of Notre Dame*
Angela Bailey, *Illinois State University*
David A. Bedford, *Texas Christian University*
Sandra M. Boschetto-Sandoval, *Michigan Technological University*
Jeffrey Bruner, *West Virginia University*
Sharon Cherry, *University of South Carolina-Spartanburg*
Sheila Cockey, *King George High School*
Judy Collier, *Goucher College*
Richard Curry, *Texas A&M University*
Paula Ellister, *University of Oregon*
Mark Harpring, *University of Puget Sound*
Olmanda Hernández, *Brandeis University*
Nieves Knapp, *Brigham Young University*
Phillip Johnson, *Baylor University*
Kern Lunsford, *Lynchburg College*
Frances Mecartty, *Denver University*
Mary McKinney, *Texas Christian University*
Nancy Minguez, *Old Dominion University*
Monserat Mir, *Illlinois State University*
Denise Overfield, *University of West Georgia*
Mariola Pérez, *Western Michigan University*
Inmaculada Pertusa, *University of Kentucky*
Alicia R. Ramos, *Hunter College*
Louise Rozier, *University of Arkansas*
Richard Seybolt, *University of Minnesota-Duluth*
Stacy Southerland, *University of Central Oklahoma*
Daniel Treber, *William Jewel College*
Juan Antonio Trujillo, *Oregon State University*
Barry Velleman, *Marquette University*

We also wish to thank the instructors who reviewed the materials during every stage of the developmental process and the students of The Ohio State University, whose feedback was invaluable in selecting and designing materials that were both motivating and appropriate.

Luis Álvarez-Castro
Hugo García
Mónica Fuertes Arboix
Carmen Grace
Darcy Lear
Clara Reyes

Germain Badang
Leonardo Carrizo
Peggy Kilty
Antonio Pedrós Gascón
Magdalena Mejía

In addition, we wish to express our sincere appreciation to the people at Heinle who supported and contributed to the production of this program: Janet Dracksdorf, Helen Richardson, Glenn Wilson, Esther Marshall, Ignacio Ortiz-Monasterio, and Kim Beuttler. We are especially grateful to Esther Marshall, whose tireless efforts made this third edition possible. Thanks to Kris Swanson, our Project Manager; PrePress Company, Inc. our compositor and to their great coordinator, Katy Faria. Thanks to our freelancers: Brian Salisbury, interior designer; our illustrators, Dave Sullivan (Text) and Len Shalansky (Diario); our photo manager, Sheri Blaney, and photo researcher, Lauretta Surprenant; and especially to our copyeditor, Susan Lake; our native reader, Luz Galante; our proofreaders, Peggy Hines and Patrice Titterington; and our text/realia permissions researcher, Veronica Oliva.

Finally, we are deeply indebted to our families. Their patience, understanding, and encouragement will always be appreciated.

Donna Reseigh Long
Janice Lynn Macián

Dedication

A nuestros seres queridos.

Capítulo 1

Nuestra música

Nelly Furtado y el cantante colombiano, Juanes, ensayan antes de los Premios Latin Grammy.

Primera etapa: Vocabulario

El arte musical

No podemos decir con exactitud cuales son los orígenes de la música, pero sí podemos asegurar que no tendrá fin, mientras exista la humanidad. La música no es un invento personal ni un descubrimiento, sino una función natural de la sociedad. La música nació de un intento de reproducir algunos de los sonidos de la naturaleza, como las canciones de los pájaros o el paso del viento en los bosques. Hoy esta música nos rodea constantemente y nos deleita. En este capítulo vamos a examinar la música del pasado y del presente y hablar sobre la influencia que tiene en nuestra vida diaria. ¿Te gusta la música? ¿Qué tipo de música escuchas normalmente? ¿Qué grupos musicales prefieres? ■

Cultura en acción

While working on the **Primera etapa** in the textbook and the *Diario de actividades* . . .

- research famous Hispanic musicians of the world.
- prepare a source list from the library or the Internet for one or two of your favorite artists and share your lists with the other members of the class.
- find out where and when your favorite artist is performing. This information is available on the Internet by searching "música latina."

Orientación: Sugerencias para aprender el vocabulario will help you learn key words and phrases of the chapter and expand your use of vocabulary.

Sugerencias para aprender el vocabulario

Cómo asociar las palabras con los objetos When you were learning to speak your first language, you associated sounds with objects. You associated the word *doggie* with any animal that had four legs and barked. It probably took you several years to differentiate among a poodle, a collie, and a dalmatian. In some ways, you are now repeating the same process. In many cases there are parallel meanings in Spanish and English. You know that **disco compacto** is a compact disc. If you entered a record shop in Buenos Aires and asked for **El nuevo disco de los Gipsy Kings** the sales clerk would hand you a CD. You also learned that **café** is coffee but probably haven't stopped to think that if you walked into a **cafetería** in Madrid and asked for a **café** you would probably get a cup of espresso. If you were in a **restaurante** in Mexico or Ecuador, you would receive coffee **al estilo americano**, but it probably wouldn't be served until the end of the meal. As you learn new vocabulary words, instead of simply translating them into English, try to associate each new word directly with the appropriate image. When you hear the word **café** in your mind, picture an after-dinner beverage or a dark, foamy liquid in a small demitasse cup with a little packet of sugar on the side. When you read the word **salsa** or **tango**, think about the rhythm and instruments used in this type of music. Remember, you are acquiring not only a new set of vocabulary words, but also a new set of cultural concepts. As you progress through this chapter, take this opportunity to familiarize yourself with some of the famous musical sounds, names, and places that are related to the chapter themes.

As you read, write a list or underline the cognates that are related to the topic and be sure to use them as you do the accompanying activities.

Músicos latinos

Sin darnos cuenta, todos los días, escuchamos la radio, vemos la televisión, compramos **discos compactos** y bailamos al son de artistas de habla hispana, más conocidos como **músicos** de música latina. La música latina triunfa al lado de otros **estilos** más típicos de Estados Unidos y se mezcla con ellos. El Premio de la Gente y los Premios Grammy ahora reconocen a los mejores músicos y cantantes y las **grabaciones** en categorías como Mejor Álbum Pop Latino, Rock Latino Alternativo, Tropical Tradicional Latino, Salsa, Merengue, Mexicano/ Mexicoamericano y Tejano. La **música tejana** de Jaci Velásquez y Freddy Fender **es una mezcla** de la **música rock** y de las **baladas** mexicanas, que son características de los estados del suroeste.

Ricky Martin en concierto

Las **canciones** de la cubanoamericana Gloria Estefan cruzan Estados Unidos del Atlántico al Pacífico con **ritmos** pop en inglés y en español. Se importan **cantantes** y **melodías** de otros países, como Ricky Martin, de Puerto Rico. Martin **súper estrella internacional** que **desató la explosión de la música pop latina** empezó su carrera en Estados Unidos con la telenovela *General Hospital* y con su actuación en Broadway en la obra musical de *Les Misérables*. Otra cantante famosa, Shakira, nació en la ciudad de Barranquilla, en Colombia, en 1977. Hoy tiene más de cuarenta **canciones grabadas** en su repertorio; todas han sido **éxitos**. Es una de las artistas latinoamericanas de mayor proyección internacional.

Los músicos también copian y transforman diferentes tipos de música al estilo latino. Así lo hace el músico puertorriqueño David Sánchez con su mundo de jazz latino, y la cantante Ana Gabriel con su música **folklórica** de **boleros** románticos y su música de mariachi. Otros sobrepasan las fronteras del estilo y de las edades, como Juan Gabriel, quien ha vendido más discos que ningún otro cantante de salsa en el mundo. Por su **voz** impecable, los críticos indican que puede competir con las grandes figuras del siglo XXI.

Preguntas de orientación

As you read «**Músicos latinos**», use the following questions as a guide.

1. ¿Quiénes son dos cantantes que combinan la música tejana con la música rock?
2. ¿Qué tipo de música es característica de los estados del suroeste?
3. ¿De dónde es Ricky Martin? ¿Y Shakira?
4. ¿Cómo empezó su carrera Martin?
5. ¿Qué tipo de música toca David Sánchez?
6. Según el tipo de música que canta, ¿cuál es la nacionalidad de Ana Gabriel?
7. ¿Qué tipo de música canta Juan Gabriel? ¿Y Alejandro Fernández?
8. ¿Qué tipo de música canta el grupo los Gipsy Kings? ¿De dónde son estos cantantes?

Alejandro Fernández, músico mexicano popular

Las canciones mexicanas tienen un estilo que siempre ha formado parte de la música de Estados Unidos. Alejandro Fernández y María Dolores Pradera son dos cantantes reconocidos por sus **corridos** y sus canciones folklóricas. México también ha **aportado** otros tipos de canciones, como el bolero con Ricardo Montaner, uno de sus principales cantantes. El **estreno de la película** *Evita* hizo renacer el **tango** argentino, y el nombre y las canciones del inmortal Carlos Gardel se escuchan de nuevo a pesar de que este artista haya muerto hace más de cincuenta años.

No es imperativo haber nacido en un país hispanohablante para llevar ese ritmo de sabor latino. Incluso lo que en el extranjero se considera lo más hispánico, la música del **flamenco**, es presentada a los **aficionados** por un **conjunto** de franceses llamados los Gipsy Kings. El cantante estadounidense Nat King Cole tenía un **repertorio** extenso y extraordinario de canciones latinas, como boleros y otros estilos latinos. De esta misma época, los años cuarenta, volvió a nacer el estupendo grupo cubano Buena Vista Social Club. Ibrahim Ferrer, Rubén González y Omara Portuondo, ya «abuelitos», han paseado la música cubana por todo el planeta con su banda de sonido. Todos **tararean las viejas baladas** de amor llenas de sensualidad y nostalgia, con sus **sones**, **guarachas** y su **danzón**.

También hay lo que se puede considerar como música **seria** o **clásica**. La zarzuela, tipo de **opereta** de carácter y tema españoles, se representa en Nueva York, Florida, Nuevo México y California. Estas operetas exponen las características del alma y los valores del hispano. Plácido Domingo, José Carreras, Victoria de los Ángeles y Monserrat Caballé son los cantantes más conocidos internacionalmente, tanto de zarzuela como de óperas clásicas. ¿Qué tipo de música prefieres tú?

Omara Portuondo en concierto

Orientación: The following vocabulary list contains words to help in oral and written communication. Use the suggestions in the **Estudio de palabras** in the *Diario de actividades* to help expand your vocabulary.

Vocabulario en acción

La música

aficionado/aficionada fan

aportar to contribute

balada ballad

bolero bolero dance

canción *f.* song

cantante *m./f.* singer

conjunto musical group

corrido Mexican folk song

danzón *m.* a slow Cuban dance

estilo style

éxito hit (song)

flamenco Spanish gypsy music

grabación *f.* recording

guaracha popular Cuban and Puerto Rican dance

melodía melody

músico/música musician

música clásica (folklórica, rock, seria, tejana) classical (folk, rock, serious, Texan) music

opereta light opera, operetta

repertorio repertoire

ritmo rhythm

son *m.* popular Cuban dance

tango music and dance from Argentina

voz *f.* voice

Expresiones útiles

banda de sonido soundtrack

canción grabada recorded song

desatar la explosión de la música pop latina to spark the explosion of Latin pop music

disco compacto compact disc, CD

estreno de la película premiere of the movie

ser una mezcla de... to be a mixture of . . .

súper estrella internacional international superstar/celebrity

tararear las viejas baladas to hum the old ballads

1-1 ¿Quiénes son? Basándose en la información de «**Músicos latinos**», en grupos pequeños...

- identifiquen a los artistas que estudiaron por primera vez.
- mencionen el tipo de música que cada persona canta o toca.
- indiquen cuáles de estos artistas parecen más interesantes.

1-2 Músicos preferidos ¿Quiénes son algunos de tus cantantes o músicos preferidos? En parejas, mencionen...

- sus nombres.
- el tipo de música que cantan o tocan.
- los títulos de sus discos preferidos.

1-3 Contextos y conceptos A veces las diferencias entre los distintos significados de una misma palabra pueden ser importantes. Estudia la siguiente lista de palabras y, en parejas, intenten definirlas con una oración completa en español.

Ejemplo: estilo

«Estilo» puede significar el modo de vestir, de cantar o de tocar música, etc.

1. melodía
2. aficionados
3. conjunto
4. canción folklórica
5. deleitar

¡Adelante!

You should now complete the **Estudio de palabras** of the *Diario de actividades*, pages 2–4.

La guitarra es un instrumento sumamente importante en la música hispana.

Segunda etapa: Conversación

Función 1-1: Cómo hablar de las actividades cotidianas

《 *Bachata se llaman las canciones rurales acompañadas guitarra, tipo bolero, que se cantan en la República Dominicana. En este disco, básicamente, son bachatas, pero aromatizadas con el sabor de merengue que Juan Luis Guerra imprime a sus composiciones.* 》

Juan Luis Guerra. «Bachata Rosa» Música hispavista. 1996–2002 <Hispavista.com http://musica.hispavista.com/disco/1922> (15 Dec. 2002)

Juan Luis Guerra

1-4 Encuesta ¿Cuáles son los hábitos de ustedes respecto a la música? En parejas...

- estudien la siguiente encuesta y contesten con oraciones completas en español.
- sumen todos los puntos y lean el análisis de la personalidad.
- comparen sus resultados con los de las demás parejas de la clase.

1. ¿Escuchas música mientras comes?
   a. siempre (4 puntos)
   b. de vez en cuando (2 puntos)
   c. nunca (0 puntos)
2. ¿Cuántas horas escuchas música cada día?
   a. dos horas o menos (1 punto)
   b. de tres a cinco horas (2 puntos)
   c. más de cinco horas (4 puntos)
3. Si tienes un compromiso y sabes que hay un concierto en la tele, ¿cambias tus planes para quedarte en casa o pones la videocasetera?
   a. Cambio de planes. (2 puntos)
   b. Pongo la videocasetera. (0 puntos)
4. ¿Escuchas música mientras estudias?
   a. sí (2 puntos)
   b. no (0 puntos)
5. ¿Cuánto dinero gastas al mes en discos compactos?
   a. de 0 a 10 dólares (1 punto)
   b. de 11 a 30 dólares (2 puntos)
   c. de 31 a 50 dólares (3 puntos)
   d. más de 50 dólares (4 puntos)
6. ¿Sabes tocar algún instrumento musical?
   a. sí (2 puntos)
   b. no (0 puntos)
7. ¿Tienes un equipo estereofónico que cueste más de 50 dólares?
   a. sí (2 puntos)
   b. no (0 puntos)

Clave

Entre 17 y 20 puntos:
Estás obsesionado/obsesionada por la música. Tienes que buscar otros intereses.

Entre 7 y 16 puntos:
Aprecias la música, pero no estás obsesionado/obsesionada.

Entre 2 y 6 puntos:
Relájate un poco. Pon unos discos y disfruta un poco de la vida.

 1-5 ¿Los conocen? En grupos pequeños, conversen sobre los músicos latinos y su música. Cada persona menciona un/una artista o un grupo. Los otros estudiantes dicen lo que saben acerca de esa persona o ese grupo.

> **Ejemplo:** Carlos Santana
>
> > Estudiante 1: *La música de Santana contiene ritmos africanos.*
> > Estudiante 2: *Hace más de treinta años que Santana es popular.*

 1-6 ¿Qué escuchan? En parejas hagan preguntas y contéstenlas sobre la clase de música que prefieren escuchar en las siguientes circunstancias. Usen una variedad de verbos, como: **escuchar, preferir, tocar, elegir, comprar.**

> **Ejemplo:** estudiar
>
> > Estudiante 1: *¿Qué tipo de música escuchas mientras estudias?*
> > Estudiante 2: *Escucho música clásica mientras estudio.*

1. arreglarse para salir
2. estar en cama
3. hacer una fiesta en casa
4. hablar por teléfono
5. estudiar
6. esperar en el aeropuerto
7. lavar la ropa
8. limpiar la casa

 1-7 Costumbres En grupos pequeños, conversen sobre sus costumbres con respecto a la música. Incorporen los siguientes temas en su conversación: **discos compactos, vídeos, conciertos, recuerdos (camisetas, libros, revistas, etc.) y clubes de música.**

> **Ejemplo:** Estudiante 1: *¿Cuántos discos compactos compras al mes?*
> > Estudiante 2: *Compro uno o dos discos compactos al mes.*

¡Adelante!
Now that you have completed your in-class work on **Función 1-1,** you should complete **Audio 1-1** in the **Segunda etapa** of the *Diario de actividades,* pages 5–9.

¿Hay tiendas de música latina cerca de tu Universidad?

Repaso:
Review **Estructura 1-2** in the **Repaso de gramática** on pages 26–28 at the end of this chapter and complete the accompanying exercises in the **Práctica de estructuras** of the **Diario de actividades,** pages PE-4–PE6.

Función 1-2: Cómo hablar de las acciones que están en proceso

❮❮ *Queremos ser uno de los mejores grupos de Latinoamérica y, también, del mundo. Y no sentimos presión por lo que viene.* **Estamos trabajando** *para eso.* ❯❯

Rodríguez C., Felipe. «Libido: queremos ser uno de los mejores grupos del mundo.» *Libido.* 25 Sept. 2002. Terra. <*http://www.terra.com.pe/libido/noticias6.shtml*> (25 Sept. 2002)

El grupo Libido

 1-8 ¿Qué están haciendo? Los músicos profesionales tienen muchas actividades. En grupos pequeños, escojan diez músicos o grupos musicales (varíen el tipo de música) y hablen sobre sus actividades actuales, según el ejemplo.

> **Ejemplo:** Dave Valentín (flautista hispano)
> *Dave Valentín está tocando la flauta.*

 1-9 ¿Qué están cantando o tocando? Van a utilizar los músicos que escogieron en **1-8 ¿Qué están haciendo?** como base para esta actividad. En grupos pequeños, conversen sobre las canciones o las composiciones musicales de cada músico o grupo. Usen los siguientes verbos en su conversación: **arreglar, cantar, ensayar, escribir, estrenar, filmar un vídeo, grabar un disco, hacer una gira, interpretar, tocar.**

> **Ejemplo:** *Los Texas Tornados están cantando «Volver, volver, volver».*

 1-10 En la universidad A los estudiantes les gusta mucho la música. En grupos pequeños, conversen acerca de la música que están escuchando sus compañeros. Cambien los sujetos para incluir una variedad de personas, por ejemplo: **estudiantes en general, amigos, profesores.**

> **Ejemplo:** en los clubes
> *En los clubes los estudiantes están escuchando la música bailable.*

1. en la radio
2. en las residencias
3. en el auditorio
4. en los vídeos
5. en los conciertos

¡Adelante!
Now that you have completed your in-class work on **Función 1-2,** you should complete **Audio 1-2** in the **Segunda etapa** of the **Diario de actividades,** pages 10–14.

Repaso

Review **Estructura 1-3** in the **Repaso de gramática** on pages 28–30 at the end of this chapter and complete the accompanying exercises in the **Práctica de estructuras** of the **Diario de actividades,** pages PE-6–PE-7.

Función 1-3: Cómo expresar tus gustos

《 *A mí* **me gusta** *la música; por eso, aprendí a escribir canciones. Cuando estoy triste* **me gusta** *oírlas; cuando estoy alegre* **me gusta** *bailar. Una persona a la que* **no le gusta** *la música tiene el alma muerta.* 》

«A mi me gusta la música.» Consejo Nacional de Fomento Educativo <http://lectura.ilce.edu.mx:3000/sites/litinf/costal/html/sec 69.htm> (25 Sept. 2002)

Una mariachi

1-11 ¿Qué les gusta? Es posible adquirir nuevas ideas escuchando las de otros. En grupos pequeños, identifiquen sus gustos y preferencias en música y expliquen por qué les encantan.

Ejemplo: Estudiante 1: *Me gustan las cantantes hispanas como Ana Belén. Además de cantar y componer música, Belén trabaja como actriz de cine y teatro y como directora de cine.*

Estudiante 2: *Me encanta la ópera. Mi compositor favorito es Puccini. Plácido Domingo es una de las estrellas más brillantes de la ópera.*

1-12 Sitios de música En grupos pequeños, conversen sobre sus gustos acerca de los sitios relacionados con la música, según las indicaciones. Usen los siguientes verbos en sus conversaciones: **comprar, escuchar, ver, tocar, componer, practicar, cantar, grabar.**

Ejemplo: discos compactos

Estudiante 1: *¿Dónde te gusta comprar discos compactos?*
Estudiante 2: *Me gusta comprar discos compactos en* Borders.

1. música en vivo
2. vídeos de música
3. partituras sueltas (*sheet music*)
4. música en Internet
5. música romántica
6. música latina

1-13 Sobre gustos no hay disgustos No tenemos los mismos gustos. En parejas, conversen sobre la música y los cantantes que no les gusten. Usen las siguientes expresiones: **disgustar, molestar, no gustar (nada), no importar, no interesar, parecer (terrible, malo...).**

Ejemplo: Estudiante 1: *No me gusta nada la música de las bandas de los años cuarenta.*

1-14 Retromúsica La música del pasado no siempre es terrible. En parejas, hablen acerca de la música de su juventud, de la época de sus padres o del pasado más remoto. Usen una variedad de verbos (**gustar** y verbos parecidos) y de sujetos en las oraciones.

Ejemplo: Estudiante 1: *A mi hermano le gusta la música de Alice Cooper.*
Estudiante 2: *A mí me gusta su música también.*

¡Adelante!

Now that you have completed your in-class work on **Función 1-3**, you should complete **Audio 1-3** in the **Segunda etapa** of the **Diario de actividades,** pages 15–18.

Tercera etapa: Lectura

Lectura cultural: Gloria Estefan

Gloria María Fajardo nació en La Habana, Cuba, el 1° de septiembre de 1957. Dos años después llegó a Estados Unidos con sus padres. «Me considero cubanoamericana. Es una personalidad doble que yo asumo. Me he criado en Estados Unidos, pero en Miami, que es como una pequeña Cuba fuera de Cuba. Mi crianza fue cubana; mi madre mantuvo muy fuertes las tradiciones, incluso más fuertes, porque los emigrantes que se van de su país se aferran más todavía a ellas. Sueño en colores y en las dos lenguas, pero el idioma de mi corazón es el español, desde el amor a mi esposo, Emilio, hasta la forma en que les hablo a mis hijos». En esta etapa

Gloria Estefan

vas a leer sobre la carrera de Gloria Estefan, una de las cantantes modernas más populares del mundo. ■

Sugerencias para la lectura

Cómo relacionar las nuevas ideas con lo que ya sabes Using previous knowledge to help you understand a reading passage is something you do when you pick up a newspaper or magazine. You are usually able to predict what types of facts will be reported when two well-known celebrities are getting married or divorced or what type of information will be given about an upcoming concert. You can practice the same strategy as you read in Spanish by asking yourself what you already know about the topic and what you predict will be contained in each article. As you read, remember to look for cognates to help you determine the gist or overall meaning.

Antes de leer

 1-15 Las noticias ¿Qué sabes sobre la vida personal de los cantantes o los músicos? En parejas, intercambien datos sobre dos o tres personas en la siguiente lista, mencionando...

- los nombres de los artistas.
- dónde viven.
- cuántos años llevan cantando o tocando un instrumento musical.
- sus estilos de música.
- sus opiniones sobre lo que dice la prensa popular.

Ejemplo: Julio Iglesias

Julio Iglesias vive en Miami. Lleva unos cuarenta años cantando. Su estilo de música es romántico, de los años cincuenta. A mi madre le encantan los discos compactos de Julio Iglesias, pero a mí me gustan las canciones de su hijo Enrique.

Cantantes populares	Conjuntos	Cantantes clásicos	Músicos
Pablo Montero	Hombres G	Vikki Carr	Rey Ruíz
Miguel Ríos	Los Rodríguez	Plácido Domingo	Alicia de Larrocha
Alejandro Sanz	Los Tigres del Norte	Victoria de los Ángeles	Dave Valentín
Enrique Iglesias	Los Lobos	Omara Portuondo	Eddie Palmieri
Ana Gabriel	Gipsy Kings	José Carreras	David Sánchez
Shakira	Texas Tornados	Monserrat Caballé	Emilio Estefan

 1-16 ¿Quién es Gloria Estefan? La carrera musical de Gloria Estefan tuvo sus comienzos en 1985 con el conjunto *Miami Sound Machine*. Desde entonces, está considerada por muchos como una estrella del pop. Aunque es una cantante bilingüe, aun sus canciones en inglés tienen un estilo muy latino. ¿Qué más sabes sobre esta cantante? En grupos pequeños...

- escriban todos los datos que puedan sobre Gloria.
- comparen la información con la de los demás grupos de la clase.

Orientación: The **Pequeño diccionario** contains unfamiliar words and phrases from the reading selection. In order to help you increase your vocabulary, the definitions are given in Spanish using visuals or cognates and words you learned in your elementary Spanish courses. Study these expressions before reading the **Lectura cultural.**

Orientación: The **Pequeño diccionario** is not a list of active vocabulary, and you are not expected to memorize the entries or to use them actively. The **Pequeño diccionario** provides you with Spanish definitions for words and phrases that are specific to the reading selection and provides practice in contextualized word recognition.

¡OJO!

In vocabulary lists, gender will not be designated for masculine words ending in **-o** or for feminine words ending in **-a, -ción/-sión,** or **-dad/-tad.**

Pequeño diccionario

En una entrevista en Internet, Gloria Estefan nos cuenta sobre su vida y sus éxitos. Antes de leer esta entrevista y hacer las actividades, busca estas palabras en el texto y usa dos o tres de ellas para escribir oraciones originales en una hoja aparte.

actuación *f.* Acción o efecto de actuar.
agitado/agitada Estar inquieto/inquieta.
bahía Entrada de mar en la costa.
baúl *m.* Mueble para guardar ropa.
chisme *m.* Noticia o comentario verdadero o falso.
comentar *v. tr.* Declarar, hablar.
contabilidad *f.* Sistema adoptado para llevar cuentas.
de puño y letra Escrito con la propia mano.
disquera De discos, CDs.
envejecido/envejecida Que viene de mucho tiempo atrás; estar viejo/vieja.
estar con el grito de la moda Llevar ropa nueva/moderna.

finanzas Dinero, bienes, lo que uno posee.
hogar *m.* Casa.
meta Fin, término de una carrera.
oreja Órgano de la audición.
orilla Límite de la tierra que la separa del mar, de un lago, un río, etc.
(la) pantalla grande El cine.
propicio/propicia Favorable.
raíz/raíces *f.* Causa o origen de algo.
ropa vieja Plato cubano de arroz blanco y plátanos maduros.
vejez *f.* Condición de ser viejo/vieja.
vela Cilindro de cera.

hogar

oreja

baúl

vela

Orientación: You will notice that the selections in **Lectura** are not glossed. They are meant to provide you with strategic practice in reading authentic texts and to help you make an easier transition to more advanced-level courses in which there is very little support for comprehension. The activities in this section are designed to guide the reading process and should be done cooperatively in small groups.

Preguntas de orientación

As you read «**Nuestra Gloria: Abriendo puertas con una vieja guitarra y su alma caribeña**», use the following questions as a guide.

1. ¿Qué toman los ingleses a las cinco de la tarde? ¿Y los cubanos?
2. ¿Dónde entrevistaron a Gloria?
3. ¿Cuáles son algunos objetos que guarda como recuerdo?
4. ¿Cómo era de estudiante? ¿Cuáles eran sus cursos favoritos?
5. Según Gloria, ¿qué es lo peor de la fama? Y ¿qué piensa el *National Enquirer* de ella?
6. De niña, ¿con quién iba a la playa? ¿Cómo es la playa hoy?
7. ¿A qué hora se levanta? Después de preparar el desayuno, ¿qué hace?
8. ¿Qué otras actividades hace después?
9. ¿Qué plato les gusta a sus hijos? ¿Y a ella?
10. ¿Qué mascotas tiene?
11. ¿Prefiere ser cantante o actuar en el cine? Para ella, ¿qué es cantar?

Miércoles, cinco de la tarde... para los ingleses, la hora del té, para nosotros la hora del cafecito cubano. El medio ambiente es propicio para una charla informal con la estrella que comenzó una continua historia de éxitos al son de la conga: una mansión rodeada de palmeras, en la exclusiva Star Island, a orillas de la pintoresca bahía. La residencia tiene un toque mítico con pisos de piedra de coral y velas blancas en todos los rincones.

E: Seguro que hay algo muy querido en tu baúl de recuerdos...

G: Sí, la camiseta de béisbol que mi papá utilizó como jugador de la selección de Cuba en los Juegos Panamericanos de 1952. También guardo la medalla de bronce que ganó. Y conservo la guitarra que mis padres me regalaron cuando tenía nueve años, y en la cual he compuesto todas mis canciones.

E: Me contaron tus amigas de colegio que fuiste una excelente alumna.

G: ¿Qué amiga mía te contó eso... ?

E: Rowena... Rowena Luna.

G: ¡Ah, Rowena! Estuvimos juntas en el mismo colegio y también en el bus que nos llevaba a casa después de clases. Siempre me gustó estudiar, incluso ahora. También me fascinaban los idiomas... Mi meta era ingresar a la Universidad de la Sorbona, en París, donde ya había sido aceptada como estudiante... pero, el destino cambió en mi vida. Conocí a Emilio en 1975, en una fiesta de bodas, y aquí estoy... viviendo un hermoso sueño.

E: ¿Qué es lo peor de la fama?

G: La falta de privacidad.

E: Un periodista de *National Enquirer* me comentaba que Gloria Estefan es una estrella aburrida, porque nunca da motivos para chismes...

G: Y me alegro de ser aburrida para los tabloides sensacionalistas. Yo nunca he dado ni doy motivo para chismes. Cuando veo en la calle a los paparazzi, sonrío de oreja a oreja, porque esa foto nunca la van a usar. Aunque me tome diez años, yo misma escribiré de puño y letra mi autobiografía. Si yo la escribo, ¡será con todo mi corazón!...

E: Miami, ¿qué significa para ti?

G: Es mi hogar. Mientras más viajo, más me doy cuenta de que no hay una ciudad como Miami, por su combinación de culturas y el clima. ¡Aquí hay algo mágico!

E: ¿Qué recuerdas de otros tiempos de Miami Beach?

G: Yo siempre iba a la playa de Miami Beach con mi abuelo, un asturiano que adoraba el mar. Recuerdo a los viejitos sentados en las puertas de antiguos hoteles en South Beach. Hoy, la playa está caliente, gracias al contagioso espíritu latino.

E: ¿Te falta un sitio donde te gustaría cantar... ? Un lugar de esos donde exclamarías: ¡Ahí canto gratis!

G: ¡En Cuba libre, por supuesto!

E: ¿A qué hora te levantas y cuándo te acuestas? Jennifer López me comentaba hace pocos días que se despierta al mediodía y se acuesta a medianoche.

G: Jennifer tiene una vida demasiado agitada. Yo, en cambio, ya no puedo acostarme a las cuatro de la madrugada, como antes. Ahora me levanto a las siete y media, preparo el desayuno y llevo a Emily, mi niña, a la escuela. Después, salgo a correr con Emilio, hago ejercicios. Almorzamos juntos. Emilio va luego a la oficina, donde trabaja en la producción musical. Él odia la contabilidad y yo no. Por la tarde tengo reuniones de negocios, proyectos, planes... No, no tengo tiempo para aburrirme.

E: ¿Lees?

G: Bastante. Siempre temas de metafísica.

E: ¿Cocinas?

G: A mis hijos les fascina que cocine, principalmente en el desayuno. Dicen que preparo los panqueques más ricos del mundo.

E: ¿Un plato que te guste?

G: Ropa vieja, arroz blanco y plátanos maduros. ¡Más cubano, imposible!

E: ¿Cuál es tu ropa preferida?

G: Shorts, camisetas... sencilla y práctica. Yo no estoy con el último grito de la moda.

E: ¿Tienes mascotas?

G: Seis perros dálmatas, tres pájaros y docenas de peces. Tengo mucha afinidad con los animales. ¡Ah!... Gatos ¡no!

E: ¿Qué te cautiva más en este preciso momento, el canto o la actuación?

G: Para mí, el canto es como comer y como respirar, es algo que vino conmigo desde que tengo memoria. Pero ahora disfruto mucho de la actuación y mi meta es crecer más como actriz. La actuación me ha liberado interiormente.

E: Un buen esposo, dos hijos maravillosos, ¿qué más le pides a la vida?

G: ¡Salud para disfrutarla!

Después de leer

 1-17 A continuación En grupos pequeños, escojan a alguien para hacer el papel de un cantante famoso o una cantante famosa. Luego, en grupos...

- usen el artículo sobre Gloria Estefan de modelo y escriban una lista de preguntas para entrevistar a esta «persona famosa».
- háganle las preguntas a la persona y apunten sus respuestas.

1-18 Una persona famosa Ahora, revisa tus apuntes y escribe un breve artículo sobre la vida, los intereses, la familia y las aspiraciones de la «persona famosa» de la clase.

1-19 Unas canciones Muchas de las canciones que Gloria canta fueron escritas en español y luego traducidas al inglés. Otras canciones, sin embargo, nunca fueron traducidas y, como resultado, la letra que tienen en inglés es completamente diferente a la letra en español. Lee los dos coros para «Ayer» y «Cantaré, cantarás» y subraya los sustantivos y verbos. Después, indica con una **X** las líneas que están traducidas exactamente al inglés y, con una **O**, las que son diferentes.

Ayer	**Yesterday**
Ayer encontré la flor que tú me diste,	Yesterday I found the flower that you gave me,
Imagen del amor que me ofreciste.	An image of the love you offered me.
Aún guarda fiel el aroma aquel tierno clavel.	That tender flower still holds faithfully its perfume.
Ayer encontré la flor que tú me diste.	Yesterday I found the flower that you gave me.
Cantaré, cantarás	**I will sing, you will sing**
Cantaré, cantarás,	I will sing, you will sing,
Y esa luz al final del sendero	And a song will bring us together.
Brillará como un sol	And our hopes and our prayers,
Que ilumina el mundo entero.	We will make them last forever.

Lectura literaria: Biografía

José Martí (1853–1895, Cuba), poeta y patriota, es uno de los escritores más admirados de América Latina. Durante toda su vida Martí luchó por la libertad de Cuba. Debido a sus actividades políticas, fue exiliado a España, donde escribió *Versos sencillos* (1891) y otras obras importantes. José Martí vivió catorce años en Estados Unidos. En Key West (Cayo Hueso), Florida, se puede ver el Instituto San Carlos, llamado la «Casa Cuba» en honor a Martí. En ese lugar Martí unió a los exiliados cubanos en 1892 y fundó el Partido Revolucionario Cubano, organización que fomentó la Segunda Guerra de Independencia de Cuba (1895). Martí murió en Cuba en la Batalla de Dos Ríos en 1895. En una carta, Martí explica por qué escribió *Versos sencillos:* «...porque amo la sencillez y creo en la necesidad de poner el sentimiento en formas llanas y sinceras».

José Martí

Versos sencillos fue adaptado en forma de una canción popular, *Guantanamera,* por el compositor cubano José Fernández Díaz (Joseito Fernández). En los años cincuenta Fernández comentó en una estación de radio de La Habana los sucesos más controversiales de la vida diaria al son de la música de «Guajira, Guantanamera». Otro compositor cubano, Julián Orbón, combinó la música original de Joseito Fernández con los versos de José Martí para crear la canción que conocemos hoy. ■

Antes de leer

1-20 Sueños del exilio Si fueran exiliados de su país, ¿cuáles serían los lugares, las cosas y las actividades que echarían de menos? En grupos pequeños, escriban una lista y ordenen cada artículo, según su importancia.

Ejemplo: *pasar tiempo con amigos (1)*

Pequeño diccionario

Estudia las siguientes palabras y frases para comprender mejor el texto. Busca las palabras en el poema y usa dos o tres para escribir oraciones originales en una hoja aparte.

¡OJO!

It is certain that you will find several unknown words and phrases in every text. Resist the temptation to overuse your bilingual dictionary. Not only will it take a lot of time, but also you will lose your train of thought. Try to guess the meanings of unknown words from context. Remember, you do not have to know the meaning of every word. What is most important is that you understand the main ideas.

alma Sustancia espiritual e inmortal que constituye la esencia del ser humano.
amparo Protección, apoyo.
arrancar *v. tr.* Sacar con violencia una cosa del lugar.
cardo Planta que alcanza un metro de altura, hojas grandes y espinosas, flores azules.
cardo
carmín *m.* Color rojo vivo.
ciervo Animal mamífero rumiante de pelo pardo rojizo. El macho está armado de cuernos que pierde y renueva todos los años..
ciervo

complacer *v. tr.* Causar a otro satisfacción o placer.
crecer *v. intr.* Aumentar de tamaño naturalmente.
encendido/encendida Inflamado/Inflamada.
herido/herida Dañado, perforado o afligido como resultado de un ataque o accidente.
ortiga Planta herbácea con tallos de seis a ocho decímetros de altura, hojas aserradas y cubiertas de pelos y flores verdosas.
ortiga

As you read *Versos sencillos,* use the following questions as a guide.

1. ¿Cómo se describe el poeta en *Versos sencillos*?
2. ¿De dónde es?
3. ¿Qué suceso va a ocurrir?
4. ¿Qué quiere hacer?
5. ¿Con qué compara su poema el poeta?
6. ¿Qué actitud tiene el poeta hacia sus enemigos?
7. En tu opinión, ¿qué representa la rosa blanca?
8. ¿Con quiénes se identifica el poeta?
9. ¿Por qué prefiere ir a la montaña?

Read the stanzas aloud, as if they were sentences. Think about the meaning of each pair of verses or stanza. What is the literal meaning? In a more universal sense, what could it mean? Ask yourself, "Why did the poet express his feelings in this way?" Your opinions may differ from those of your classmates, but that is the way it should be. When reading a literary work, every reader reads a different text because of his/her unique life experiences.

A leer: «Versos sencillos» por José Martí

I

Yo soy un hombre sincero
De donde crece la palma.
Y antes de morirme quiero
Echar mis versos del alma.

V

Mi verso es de un verde claro
Y de un carmín encendido:
Mi verso es un ciervo herido
Que busca en el monte amparo.

XXXIX

Y para el cruel que me arranca
El corazón con que vivo,
Cardo ni ortiga cultivo;
Cultivo la rosa blanca.

Cultivo la rosa blanca
En junio como en enero,
Para el amigo sincero
Que me da su mano franca.

III

Con los pobres de la tierra
Quiero yo mi suerte echar;
El arroyo de la sierra
Me complace más que el mar.

Donde crece la palma...

Después de leer

1-21 Gustos El poeta menciona unas cuantas cosas que le gustan y otras que no le gustan. Escribe una lista de estas cosas.

 1-22 Opiniones En grupos pequeños, conversen sobre los méritos de «Versos sencillos». Usen los siguientes verbos en su conversación: **encantar, entusiasmar, faltar, fascinar, importar, interesar, molestar, parecer, quedar.**

> **Ejemplo:** *Me fascinan los elementos de la naturaleza en* Versos sencillos.

 1-23 El patriotismo Además de ser poeta, José Martí fue patriota. En grupos pequeños, conversen acerca de los elementos de patriotismo que se revelan en «Versos sencillos». Mencionen las palabras y las frases que indican los sentimientos del poeta acerca de su patria.

Análisis literario: La poesía

Términos literarios Usa los siguientes términos literarios para hablar sobre la poesía.

- Un **poema** se define como cualquiera composición escrita en verso.

- Cada línea que compone un poema es un **verso**. Hay dos tipos de versos: **verso con rima** y **verso libre**.

- El verso con rima se identifica como **rima consonante** o **rima asonante**. La rima es **consonante** si todas las letras, desde la última vocal acentuada, son iguales.

  ¡Ay! la pobre princesa de la boca de **rosa**

  quiere ser golondrina, quiere ser marip**osa**. (Rubén Darío, «Sonatina»)

- La rima es **asonante** si solamente las vocales desde la última vocal acentuada son iguales.

  Sombras que sólo yo v**eo**.

  Me escoltan mis dos abu**elos**. (Nicolás Guillén, «Balada de los dos abuelos»)

- En el verso libre, el **metro** y la **rima** varían según el gusto del poeta.

  Dame la mano desde la profunda

  zona de tu dolor diseminado. (Pablo Neruda, «Alturas de Machu Picchu»)

- Una **estrofa** es una agrupación de dos o más versos. La estrofa siguiente contiene cuatro versos de siete u ocho sílabas y una rima consonante ABBA.

  ```
  1     2  3 4    5 6 7  8
  ```
  Hombres necios que acus**áis**   rima A

  a la mujer sin raz**ón**.   rima B

  sin ver que sois la ocasi**ón**   rima B

  de los mismos que culp**áis**.   rima A

  (Sor Juana Inés de la Cruz, «Redondillas»)

1-24 ¿Cómo es el verso? Estudia de nuevo *Versos sencillos* e identifica el tipo de verso.

1-25 Eres poeta Escribe un poema sencillo acerca de tu patria, según las siguientes indicaciones.

- Escoge el tema.
- Piensa en los varios sentidos y una variedad de verbos que correspondan con cada uno, por ejemplo: la vista / se ve; el oído / murmurar; el olfato / huele a; el sabor / saborear; el tacto / acariciar.
- Escribe un verso relacionado con el tema para cada uno de los sentidos.

Ejemplo: *Las palmas acarician la orilla del mar.*

¡Adelante!

Now that you have completed your in-class work on the **Tercera etapa,** complete **Redacción** in the **Tercera etapa** of the *Diario de actividades,* pages 19–21.

Cuarta etapa: Cultura

Cultura en acción

While working on the **Cuarta etapa** in the textbook and the *Diario de actividades* . . .

- continue your investigation of your Hispanic singer or musician for your presentation.
- view and/or listen to several songs by your selected artist.
- prepare for your presentation for **Festival de la música** for the **Cultura en acción**.

Orientación: This section has two purposes. First, the videos provide you with up-to-date cultural information about various aspects of life in Spanish-speaking countries. Second, the practice of watching videos will help improve your listening skills.

Vídeo: El baile flamenco

Yo soy la Lola,
corazón de fuego,
falda volandera que quema las venas.
Por el camino voy,
llorando mi canto,
bailando mi llanto,
dejando en tu pecho el flamenco
prendío.
Soy niña gitana,
mujer de canela,
y vivo la vida meciendo una pena.
Yo soy la Lola, señores,
corazón de fuego,
falda volandera.

Flamencos de Costa Rica, «La Lola»

¿Conocen la música de los **Gipsy Kings**? ¿Conocen la película *Bodas de Sangre* (*Blood Wedding*)? Éstos son ejemplos de la música y el baile flamencos que son populares en Estados Unidos.

Antes de ver

1-26 Lluvia de ideas En grupos pequeños, conversen sobre sus percepciones de la música y el baile flamencos. ¿Cómo son? ¿Quiénes practican estas artes? ¿Son populares? ¿Dónde?

1-27 Guía para la comprensión del vídeo Antes de ver el vídeo, estudia las siguientes preguntas. Después, ve el vídeo y busca las respuestas adecuadas.

1. ¿Cuáles son los varios tipos de danzas auténticas españolas?
2. ¿Qué problema hay con el baile flamenco moderno?
3. ¿De dónde viene el flamenco?
4. ¿Qué es el flamenco, según María Rosa?

You may wish to watch the video the first time with the sound turned off. Study the scenes carefully and try to predict what the content will be. Then watch a second time, listening for cognates. These strategies will help you comprehend the message better.

Pequeño diccionario

Estudia las siguientes palabras y frases para comprender mejor el vídeo. Busca las palabras en el vídeo y usa dos o tres para escribir oraciones originales en una hoja aparte.

escenario Parte del teatro construida y dispuesta convenientemente para que en ella se puedan colocar las decoraciones y representar las obras dramáticas o cualquier otro espectáculo teatral.

palo Pieza de madera u otro material, mucho más larga que gruesa, generalmente cilíndrica y fácil de manejar.
raza Casta, origen o linaje.

¡A ver!

1-28 Los participantes Al ver el vídeo, nota las diferentes personas que participan en el espectáculo flamenco.

1-29 La música Al ver el vídeo, escribe una lista de adjetivos y sustantivos que describan la experiencia del flamenco.

El baile flamenco

Después de ver

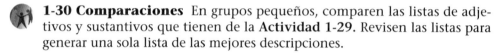
1-30 Comparaciones En grupos pequeños, comparen las listas de adjetivos y sustantivos que tienen de la **Actividad 1-29**. Revisen las listas para generar una sola lista de las mejores descripciones.

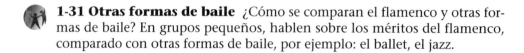
1-31 Otras formas de baile ¿Cómo se comparan el flamenco y otras formas de baile? En grupos pequeños, hablen sobre los méritos del flamenco, comparado con otras formas de baile, por ejemplo: el ballet, el jazz.

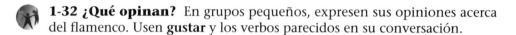
1-32 ¿Qué opinan? En grupos pequeños, expresen sus opiniones acerca del flamenco. Usen **gustar** y los verbos parecidos en su conversación.

La música de la guitarra

Cultura en acción: El festival de la música

Tema

El tema de **El festival de la música** les dará a Uds. una oportunidad de investigar, escuchar, escribir y hacer una presentación sobre sus músicos y cantantes latinos favoritos. La lectura, la comprensión auditiva y la redacción servirán como puntos de partida para las presentaciones.

Escenario

El escenario de **El festival de la música** es una recepción durante un concierto de música latina. En parejas o en grupos, ustedes presentarán la música de sus artistas favoritos. Algunos de ustedes harán el papel de músicos, y los demás serán los espectadores.

Materiales

- Unas mesas para poner los equipos de cassettes o discos compactos

- Un tablero o pizarra para mostrar las fotografías o los carteles de los grupos musicales, los cantantes y los músicos. Esta información se puede conseguir en Internet.

- Una descripción breve de cada grupo musical o artista (información biográfica, algunos de sus discos más populares, una breve entrevista, etc.). Esta descripción será leída por el «anfitrión» / la «anfitriona» el día del festival para anunciar a cada artista.

- El programa del festival con información sobre el nombre de las canciones que van a «tocar» y el horario

- Si se desea, cada uno puede contribuir con algo de dinero o traer entremeses, galletas o bebidas.

Guía

Una simple lista de las tareas que cada persona tiene que hacer. Cada uno de ustedes tendrá una tarea.

- **Comité de sonido.** Este grupo está encargado de traer los equipos de sonido, las grabadoras, etc., y de estar seguro que todo esté montado y funcionando para el día del festival.
- **Comité de programa.** Este grupo está encargado de recibir la información biográfica de cada artista y de sus obras, y preparar las presentaciones para el anfitrión / la anfitriona.
- **Comité de horario.** Este grupo está encargado de organizar el horario del programa de una forma lógica.
- **Comité de comida.** Este grupo está encargado de comprar la comida y la bebida para la recepción.
- **Músicos y cantantes.** Cada grupo seleccionará uno de los miembros para asumir el papel del «artista». Después de escuchar su canción, los demás miembros de la clase pueden hacerle preguntas sobre su carrera musical, su vida, etc.
- **Instructor/Instructora de baile.** En el caso de que uno de ustedes sepa bailar, esta persona puede presentar una pequeña historia sobre este tipo de baile y enseñarle al grupo unos pasos fáciles.
- **Anfitrión/Anfitriona.** Esta persona le presenta cada artista al grupo.

¡Vamos al festival de la música! El día del festival, todos deben participar en arreglar la sala, hacerles preguntas a los artistas y/o aprender los pasos del baile.

Repaso de gramática

Orientación: This section has two purposes. It begins with a short linguistic perspective that is intended to show how important aspects of language work. Second, three grammar structures are presented; they will serve as the foundation for the **Conversación** section of the textbook and the **Práctica de estructuras** section of the *Diario de actividades*.

Perspectiva lingüística

The sentence

A *sentence* is a word or group of words stating, asking, commanding, requesting, or exclaiming something. In Spanish, just as in English, a sentence is a conventional unit of connected speech or writing. It usually contains a *subject* (**sujeto**) and a *predicate* (**predicado**). In both languages, a *declarative* sentence begins with a capital letter and ends with a period. In Spanish, an *interrogative* sentence begins and ends with a question mark and an *exclamatory* sentence begins and ends with an exclamation point. Commands, or *imperative* sentences, ordinarily do not have an explicitly stated subject and are frequently punctuated like exclamatory sentences. A sentence that expresses an unfinished thought ends with three points of suspension. In this chapter, we are going to focus on these basic sentence types, as well as on the notions of subject and predicate.

The *subject* is the word or group of words in a sentence about which something is said and that serves as the starting point of the action. In **Capítulos 2** and **3**, you will study the various components of the subject. The *predicate* is the word or words that make a statement about the subject. Like subjects, predicates have various components, and you will study them beginning in **Capítulo 4**. The following examples will give you an idea of what subjects and predicates are like.

| sujeto   predicado |
| **Jennifer López** lanza un nuevo disco este año. |

Jennifer López is releasing a new record this year.

| sujeto   predicado |
| **La popularidad de López** es inmensa. |

López's popularity is immense.

| sujeto   predicado |
| **Nosotros** estamos impresionados. |

We are impressed.

Sentence types

Now, let's study the four basic sentence types and their formats.

Declarative

The three examples shown above may be classified as declarative sentences because they make statements or assertions. The normal order of components for declarative sentences is subject-predicate. A declarative sentence begins with a capital letter and ends with a period.

Mi artista latino favorito es Juan Luis Guerra.
My favorite Latino artist is Juan Luis Guerra.

Interrogative

Interrogative sentences ask questions. The questions may be of two types: those requiring yes/no answers and those requiring information. Yes/no questions in Spanish may be formed in two ways. The first way is by inverting the subject and predicate, such as:

predicado | sujeto
¿**Lanza** pronto un vídeo **Shakira?**
Is Shakira releasing a video soon?

predicado | sujeto
¿**Es** popular en Estados Unidos **Shakira?**
Is Shakira popular in the United States?

Remember that in writing a question in Spanish, an inverted question mark is used at the beginning of the sentence.

The second way of forming a yes/no question in Spanish is with voice intonation. The subject-predicate order is maintained, but there is a rising intonation of the voice at the end of the sentence, indicated by an arrow in the following examples:

sujeto | predicado
¿**Luis Miguel** graba discos en inglés? ↑
Does Luis Miguel record records in English?

sujeto | predicado
¿**Los conciertos de Luis Miguel** son impresionantes? ↑
Are Luis Miguel's concerts impressive?

Information questions require the use of interrogative words, all of which carry a written accent mark. As you study the following chart, notice the interrogatives that have multiple forms. What do the endings of these forms indicate?

Interrogative	Example	Equivalent
¿Qué?	¿**Qué** es un bolero? **Note:** ¿**Qué?** + **ser** asks for a definition.	*What?*
¿Cuál?	¿**Cuál** es más popular?	*Which?* *Which/What (one)?*
¿Cuáles?	**Note:** ¿**Cuál/Cuáles?** + **ser** asks for a choice.	*Which/What (ones)?*
¿Cuánto/Cuánta?	¿**Cuánto** cuestan los discos compactos?	*How much?*
¿Cuántos/Cuántas?	¿**Cuántas** personas hay?	*How many?*
¿Quién/Quiénes?	¿**Quién** es ese músico?	*Who/Whom?*
¿Dónde?	¿**Dónde** se compran sus discos?	*Where?*
¿Cómo?	¿**Cómo** está la cantante? ¿**Cómo** es?	*How? / Like what?*
¿Por qué?	¿**Por qué** no vas al concierto?	*Why?*
¿Cuándo?	¿**Cuándo** sale el nuevo disco?	*When?*

Exclamatory

Exclamatory sentences express sudden, vehement utterances. In Spanish, they often begin with the word ¡**Qué!** An inverted exclamation mark is used at the beginning of a written exclamation.

¡**Qué** interesante!   *How interesting!*
¡**Qué** talentosos son esos músicos!   *How talented these musicians are!*

Notice that in the second example, the usual sentence order has been inverted so that the predicate precedes the subject.

Imperative

Imperative sentences command and give orders. Commands may be direct or indirect and may be directed toward one or more persons. In Spanish, they may be familiar (**tú, vosotros/vosotras**) or formal (**Ud., Uds.**). They can also include the person giving the command (**nosotros/nosotras**). Although imperatives will be studied in more detail in **Capítulo 4**, a few examples are included in the following chart. Compare the endings of the different types of regular direct commands. Brief written imperatives are usually enclosed within exclamation marks, like exclamatory sentences. Longer commands, such as directions for activities, generally end with a period, like statements.

Imperatives				
tú	**vosotros/vosotras**	**Ud.**	**Uds.**	**nosotros/nosotras**
¡Escucha la música!	¡Escuchad la música!	¡Escuche la música!	¡Escuchen la música!	¡Escuchemos la música!
¡Vende las entradas!	¡Vended las entradas!	¡Venda las entradas!	¡Vendan las entradas!	¡Vendamos las entradas!
¡Insiste en ir!	¡Insistid en ir!	¡Insista en ir!	¡Insistan en ir!	¡Insistamos en ir!

Perspectiva gramatical

¡Alto!

This section will prepare you to complete the in-class communicative activities for **Función 1-1** on pages 6–7 of this chapter.

Estructura 1-1a: Present indicative of regular verbs

The Spanish present tense corresponds to the English simple present (*I buy*), to the emphatic present (*I do buy*), and to the progressive (*I am buying*). It is also used to express near-future events (*I'll buy it tomorrow*). The regular Spanish **-ar**, **-er**, and **-ir** verbs have the forms indicated in the chart below. Note that, in the present indicative, **-er** and **-ir** verbs differ only in the **nosotros/nosotras** and **vosotros/vosotras** forms.

Present tense of regular verbs			
	-ar: comprar	**-er: creer**	**-ir: escribir**
yo	compro	creo	escribo
tú	compras	crees	escribes
Ud./él/ella	compra	cree	escribe
nosotros/nosotras	compramos	creemos	escribimos
vosotros/vosotras	compráis	creéis	escribís
Uds./ellos/ellas	compran	creen	escriben

Now, study the following examples and their English equivalents. Because the verb endings indicate the subject of the sentence, the subject pronouns are used mainly to avoid confusion or for emphasis.

Bailo tango.	*I dance the tango.*
Asistes a todos los conciertos.	*You attend all the concerts.*
Usted cree que es fácil tocar el piano.	*You believe that it is easy to play the piano.*
Ramón escribe canciones.	*Ramón writes songs.*

Mi hermana insiste en ver a Los Lobos.	*My sister insists on seeing Los Lobos.*
No vivimos lejos del teatro.	*We don't live far from the theater.*
Compráis muchos discos compactos.	*You (all) buy a lot of CDs.*
Los estudiantes necesitan más práctica.	*The students need more practice.*

1-33 Un cuestionario sobre la música latina Contesta las siguientes preguntas con oraciones completas en español.

Ejemplo: ¿Compones ritmos latinos?
No, no compongo ritmos latinos.

1. ¿Con qué frecuencia escuchas música latina?
2. ¿Cuántos discos compactos de música latina compras al año?
3. ¿Tocas música latina en tus fiestas?
4. ¿Bailas merengue, salsa, tango u otro baile latino?
5. ¿Tus amigos aprecian la música latina?

1-34 Elementos Escribe oraciones completas basándote en los siguientes elementos. Agrega los elementos que falten.

Ejemplo: Nancy / practicar / ballet / todos los días
Nancy practica ballet todos los días.

1. Todo el mundo / apreciar / la música flamenca
2. Muchas personas / opinar / la música latina / alegre
3. Yo / creer / el violín / el mejor instrumento
4. ¿Tú / cantar / los corridos mexicanos?
5. Nosotros / escuchar / la música tejana

Estructura 1-1b: Present indicative of stem-changing verbs

Some verbs change their stems in certain forms of the present tense. They use the same endings, however, as the regular present-tense verbs.

Stem-changing verbs

	e → ie querer	o → ue poder	u → ue jugar	e → i pedir
yo	quiero	puedo	juego	pido
tú	quieres	puedes	juegas	pides
Ud./él/ella	quiere	puede	juega	pide
nosotros/nosotras	queremos	podemos	jugamos	pedimos
vosotros/vosotras	queréis	podéis	jugáis	pedís
Uds./ellos/ellas	quieren	pueden	juegan	piden

Similar verbs

e → ie: ascender, cerrar, comenzar, descender, empezar, encerrar, entender, mentir, pensar, perder, preferir, querer, recomendar, regar, sugerir

o → ue: almorzar, aprobar, colgar, contar, costar, devolver, dormir, encontrar, envolver, morir, mostrar, mover, probar, recordar, volver

e → i: conseguir, decir, elegir, reír(se), repetir, seguir, servir, vestir(se)

1-35 Jenny Lo Completa las siguientes oraciones con las formas adecuadas de los verbos entre paréntesis en el tiempo presente de indicativo.

1. Jennifer López _____ (comenzar) su carrera en un musical de teatro.
2. Jennifer _____ (tener) dos hermanas mayores, Lynda y Leslie.
3. Desde pequeña, Jennifer _____ (querer) actuar.
4. Jennifer _____ (preferir) no hablar de su vida personal y nadie _____ (poder) culparla.
5. Sus aficionados _____ (pensar) que Jenny Lo _____ (tener) mucho talento.

1-36 Preguntas personales Contesta las siguientes preguntas con oraciones completas en español.

1. ¿Quieres estudiar música o baile en la universidad?
2. ¿Piensas tener una carrera en música o en baile?
3. ¿Puedes tocar un instrumento musical? ¿Cuál?
4. ¿Prefieres ir a conciertos de música clásica o de música popular?
5. ¿Cómo te sientes cuando escuchas la música latina?

Estructura 1-1c: Present indicative of frequently used irregular verbs

Some verbs are irregular in the first person, the stem, or both.

Irregular verbs						
	decir	**estar**	**ir**	**ser**	**tener**	**venir**
yo	digo	estoy	voy	soy	tengo	vengo
tú	dices	estás	vas	eres	tienes	vienes
Ud./él/ella	dice	está	va	es	tiene	viene
nosotros/nosotras	decimos	estamos	vamos	somos	tenemos	venimos
vosotros/vosotras	decís	estáis	vais	sois	tenéis	venís
Uds./ellos/ellas	dicen	están	van	son	tienen	vienen

Verbs irregular in first-person singular

Some verbs are irregular only in the first-person singular of the present tense.

Verbs irregular in first-person singular					
	caber	**caer**	**conocer**	**dar**	**hacer**
yo	quepo	caigo	conozco	doy	hago
tú	cabes	caes	conoces	das	haces
Ud./él/ella	cabe	cae	conoce	da	hace
nosotros/nosotras	cabemos	caemos	conocemos	damos	hacemos
vosotros/vosotras	cabéis	caéis	conocéis	dais	hacéis
Uds./ellos/ellas	caben	caen	conocen	dan	hacen

	poner	salir	traducir	traer	ver
yo	pongo	salgo	traduzco	traigo	veo
tú	pones	sales	traduces	traes	ves
Ud./él/ella	pone	sale	traduce	trae	ve
nosotros/ nosotras	ponemos	salimos	traducimos	traemos	vemos
vosotros/ vosotras	ponéis	salís	traducís	traéis	veis
Uds./ellos/ellas	ponen	salen	traducen	traen	ven

Similar verbs

conocer: aborrecer, agradecer, aparecer, carecer, crecer, desaparecer, desconocer, establecer

hacer: deshacer, satisfacer

poner: componer, disponer, exponer, imponer, oponer(se), proponer

traducir: conducir, producir, reducir

traer: atraer

1-37 Música latina Contesta las siguientes preguntas con oraciones completas en español.

1. ¿Cuáles son los varios tipos de música latina que conoces?
2. ¿Con qué frecuencia ves vídeos de músicos latinos?
3. ¿Sabes tocar un instrumento típico de la música latina (la charanga, la guitarra, la marimba, los timbales, etc.)?
4. ¿Quiénes son los artistas latinos que más te atraen?
5. ¿Compones ritmos latinos?
6. ¿Sales a bailar merengue o salsa?
7. ¿Qué haces cuando oyes ritmos latinos?

Estructura 1-1d: *Haber* . . . , a unique verb

Haber has only one form in the present tense: **hay.**

Hay un concierto esta noche.

Hay cuatro canciones románticas en el nuevo disco.

1-38 ¿Cómo se dice? Escribe los equivalentes para las siguientes oraciones en español.

1. There are many types of Latin music on the radio.
2. Are there Latin music clubs in your city?
3. There are Latin music CDs in my collection.
4. There are a lot of Latin music fans today.
5. Are there a lot of students who appreciate Latin music?

Estructura 1-1e: Personal pronouns

Personal pronouns, as shown in the following chart, are subjects. In Spanish, they are primarily used for contrast, for emphasis, or for clarity, especially with a third-person verb. Study the following examples.

Ella, no Pablo, baila merengue. (contrast)

Yo estudio para el examen. (emphasis)

Ustedes son los responsables. (clarity)

The third-person subject pronouns refer only to persons; there is no Spanish subject pronoun for *it*.

¡Adelante!
You should now practice **Estructura 1-1** in the **Práctica de estructuras** section of the *Diario de actividades,* pages PE-1–PE-4.

¡Alto!
This section will prepare you to complete the in-class communicative activities for **Función 1-2** on page 8 of this chapter.

Personal pronouns		
person	**singular**	**plural**
first	yo	nosotros/nosotras
second	tú	vosotros/vosotras
third	Ud./él/ella	Uds./ellos/ellas

Estructura 1-2a: Present progressive

The present tense is generally used to express what goes on in the present time. Another tense, the present progressive, however, may be used to express actions taking place at the moment of communication.

Alicia **está practicando** el piano. *Alicia is practicing the piano (right now).*

The present progressive is a compound tense, composed of a conjugated form of the verb **estar** (called the auxiliary verb) + the present participle/gerund of the main verb. Study the following chart to review the formation of the present progressive for regular verbs.

Regular present participles				
	estar	**-ar: tocar**	**-er: componer**	**-ir: asistir**
yo	estoy	toc**ando**	compon**iendo**	asist**iendo**
tú	estás	toc**ando**	compon**iendo**	asist**iendo**
Ud./él/ella	está	toc**ando**	compon**iendo**	asist**iendo**
nosotros/nosotras	estamos	toc**ando**	compon**iendo**	asist**iendo**
vosotros/vosotras	estáis	toc**ando**	compon**iendo**	asist**iendo**
Uds./ellos/ellas	están	toc**ando**	compon**iendo**	asist**iendo**

1-39 En el edificio de música En la universidad hay muchos estudiantes de música. Completa las siguientes oraciones sobre sus actividades actuales, usando el presente perfecto de indicativo.

Ejemplo: Ana María *está practicando* (practicar) el violoncelo.

1. Luis Eduardo _____ (aprender) una pieza nueva.
2. Anita y Susana _____ (ensayar) para su recital.
3. Mi compañero y yo _____ (grabar) un disco original.
4. Tú _____ (tocar) una melodía en el piano.
5. Yo _____ (dirigir) un coro de estudiantes de pregrado.
6. Vosotros _____ (componer) una ópera moderna.

1-40 ¿Qué están haciendo? Escribe oraciones completas en español según las indicaciones.

Ejemplo: Patricio / cantar

Patricio está cantando.

1. Elena / comprar discos compactos
2. Julia y Rafaela / escuchar la radio
3. Marcos / vender sus entradas para el concierto
4. Ricardo y Tomás / ver un vídeo de música latina
5. Carmen y Antonio / escribir una ópera

Estructura 1-2b: Present participles of *-ir* stem-changing verbs

Stem-changing **-ir** verbs have a stem change in the present participle. Many bilingual dictionaries show the stem used in the present participle after the stem change for the present, for example: **dormir (ue, u).**

Present participles of *-ir* stem-changing verbs		
	Ud./él/ella verb form	present participle
dormir	duerme	durmiendo
pedir	pide	pidiendo
sentir	siente	sintiendo
servir	sirve	sirviendo
venir	viene	viniendo

1-41 El mundo de la música Completa las siguientes oraciones con los gerundios.

Ejemplo: La cantante está *pidiendo* (pedir) un aumento de sueldo.

1. En la tienda de discos están _____ (servir) refrescos hoy.
2. El guitarrista está _____ (dormir) después del concierto.
3. Los aficionados se están _____ (morir) de hambre.
4. ¿Por qué estás _____ (repetir) siempre esa canción?
5. Yo me estoy _____ (reír) porque este vídeo es muy chistoso.
6. Tú y yo estamos _____ (seguir) las instrucciones del conductor.

Estructura 1-2c: Present participles of *-er* and *-ir* verbs whose stems end in a vowel

-Er and **-ir** verbs whose stems end in a vowel feature the spelling change i → y in the present participle. Study the following examples.

Present participles of *-er* and *-ir* verbs whose stems end in a vowel		
	stem	present participle
leer	le-	leyendo
oír	o-	oyendo
traer	tra-	trayendo

Take your questions to class for use in a pair activity.

1-42 ¿Qué haces tú? Escribe preguntas a un/una amigo/amiga basándote en las siguientes indicaciones.

Ejemplo: decir la verdad

¿Estás diciendo la verdad?

1. leer una revista de música
2. construir un centro para el equipo estereofónico
3. oír noticias de los cantantes
4. traer tus discos compactos
5. diluir el detergente antes de limpiar los discos

¡Adelante!
You should now practice **Estructura 1-2** in the **Práctica de estructuras** section of the *Diario de actividades,* pages PE-4–PE-6.

Estructura 1-3: *Gustar* and similar verbs

The verb **gustar** is sometimes confusing because its structure is different from that of the English verb *to like*. **Gustar** really means *to please (someone)* or *to be pleasing to (someone)*. Compare the following sentences:

¡Alto!
This section will prepare you to complete the in-class communicative activities for **Función 1-3** on page 9 of this chapter.

subject	verb	direct object
I	like	Latin rhythms.
Indirect object pronoun	**verb**	**subject**
Me	gustan	los ritmos latinos.

Notice that, in the following examples, the verb **gustar** is in the third-person singular, reflecting the singular subject, **canción:**

Esta canción **me gusta.**	*This song pleases me. (I like this song.)*
Esta canción no **me gusta.**	*This song displeases me. (I don't like this song.)*

In the following examples, **gustar** is in the third-person plural because of the plural subject, **canciones:**

Me gustan las canciones.	*The songs please me. (I like these songs.)*
No **me gustan** las canciones.	*The songs displease me. (I don't like the songs.)*

Special considerations apply when expressing likes and dislikes about people. **Gustar** is used with people to express the idea of physical attraction, for example:

A los jóvenes **les gustan** los cantantes latinos.	*Young people are attracted to (the) Latino singers.*

Gustar is also used to express qualities or defects in a person.

Le gustan al professor los estudiantes trabajadores.	*The professor likes (the) industrious students.*
No me gustan los fanfarrones.	*I don't like (the) show-offs.*

To express like or dislike of the way someone acts, use **caer bien** and **caer mal.**

Nos caen bien los DJ latinos.	*We like (the) Latino DJs.*
Me cae mal esa bailarina.	*I don't like that dancer.*

The person to whom the subject is pleasing is expressed by an indirect object pronoun; a prepositional phrase may be added to the sentence for emphasis or clarification.

A **nosotros** nos gusta bailar merengue.

Indirect object pronouns with clarifying/emphasizing phrases

prepositional phrase	indirect object pronoun	gustar
a mí	me	
a ti	te	
a Ud. / a él / a ella	le	
a nosotros / a nosotras	nos	gusta/gustan
a vosotros / a vosotras	os	
a Uds. / a ellos / a ellas	les	

Verbs that function like *gustar*

The following chart gives examples of other verbs that function like **gustar.** Notice that an optional prepositional phrase may be used for emphasis or clarification.

Other verbs that function like *gustar*

	Example	English equivalent
encantar	A Pedro **le encanta** la ópera.	*Pedro loves opera.*
entusiasmar	A Diana **le entusiasma** el rock.	*Diana is enthusiastic about rock music.*
faltar	A nosotros **nos falta** dinero.	*We are lacking money.*
fascinar	A vosotros **os fascina** la música.	*You (all) are fascinated by music.*
importar	A usted no **le importa** el jazz.	*You do not care about jazz.*
interesar	A ti **te interesan** los blues, ¿no?	*You are interested in the blues, right?*
molestar	A mis amigos **les molesta** el ruido.	*My friends are bothered by the noise.*
parecer	A ellas **les parece** aburrido el concierto.	*The concert seems boring to them.*
quedar	A Uds. **les quedan** dos entradas.	*You (all) have two tickets left.*

Similar verbs

-ar: agradar, animar, disgustar, enojar, entusiasmar, fastidiar, preocupar, sobrar

-er: caer bien/mal, doler (ue), sorprender

-ir: aburrir

When **gustar** or related verbs are followed by an infinitive, only the singular form (**gusta**) is used.

Me **gusta tocar** el piano.	*I like to play the piano.*
No me **gusta cantar.**	*I don't like to sing.*
No me **gusta escuchar** las canciones.	*I don't like to listen to the songs.*

1-43 Expresar tus gustos Escribe oraciones completas en español, según las indicaciones.

Ejemplo: los mariachis (encantar / a mí)

A mí me encantan los mariachis.

1. los premios de música (importar / a los estudiantes)
2. ir a la sinfonía (interesar / a los niños)
3. las orquestas grandes (molestar / a mí)
4. ¿los discos de tu cantante favorito? (faltar / a ti)
5. las bandas de sonido (fascinar / a nosotros)
6. todo tipo de música latina (gustar / a ti y a mí)
7. el flamenco (encantar / a la profesora)

1-44 Noche latina Completa el siguiente párrafo con la forma adecuada del verbo entre paréntesis.

No es raro encontrar a mucha gente a quien le 1. _____ (gustar) la música. A mis amigos les 2. _____ (encantar) los ritmos latinos. Nos 3. _____ (gustar) mucho ir a los clubes de baile para la «noche latina». Siempre nos 4. _____ (importar) llegar temprano para las lecciones de baile. Estas lecciones me 5. _____ (parecer) esenciales para lucir bien en la pista de baile. A los latinos nunca les 6. _____ (molestar) enseñar los pasos populares y por eso nos 7. _____ (caer) muy bien. Me 8. _____ (fastidiar) que la noche latina solamente se programe una vez por semana.

1-45 ¿Qué te gusta? Escribe oraciones completas en español que indican tus gustos con respecto a la música. Usa una variedad de verbos de la lista siguiente: **caer bien, caer mal, disgustar, encantar, entusiasmar, faltar, fascinar, fastidiar, gustar, importar, impresionar, interesar, molestar, parecer.**

Ejemplo: el tango

Me gusta el tango.

1. la música folklórica
2. los mariachis
3. bailar merengue
4. los tríos tradicionales
5. escuchar música en español
6. las orquestas de tango
7. la música sinfónica
8. componer música

1-46 Cuestionario Escríbeles preguntas a tus compañeros/compañeras de clase, basándote en las siguientes ideas.

Ejemplo: encantar la música andina

¿Te encanta la música andina?

1. fascinar los ritmos caribeños
2. importar la música en vivo
3. molestar ir a los recitales de estudiantes
4. faltar dinero para ir a los conciertos
5. parecer bien los precios de los discos compactos
6. interesar la música flamenca
7. gustar escuchar música en la radio
8. caer bien los cantantes latinos
9. disgustar la música rap en español
10. entusiasmar los bailes latinos

Take your questions to class and use them to interview your classmates about their likes and dislikes. Find two or more classmates who respond affirmatively to each question.

¡Adelante!

You should now practice **Estructura 1-3** in the **Práctica de estructuras** section of the *Diario de actividades,* pages PE-6–PE-7.

Capítulo 2

Yucatán: Un lugar inolvidable

El Templo de los Guerreros, Chichén Itzá, México

Primera etapa: Vocabulario

Sugerencias para aprender el vocabulario: Tarjetas de ayuda

Vocabulario en acción: En Yucatán

Segunda etapa: Conversación

Función 2-1: Cómo hablar de actividades cotidianas

Función 2-2: Cómo hablar de acciones habituales en el pasado

Función 2-3: Cómo hablar de sucesos que se han completado en el pasado

Tercera etapa: Lectura

Sugerencias para la lectura: Cómo reconocer cognados

Lectura cultural: «El guerrero y Sak-Nicté»

Lectura literaria: El *Popol Vuh:* Capítulo primero

Análisis literario: Los mitos

Cuarta etapa: Cultura

Vídeo: Nina Pacari, defensora de mujeres e indígenas

Cultura en acción: Una visita a Tulum

Repaso de gramática

Perspectiva lingüística: The subject: Noun phrases

Perspectiva grammatical:

Estructura 2-1: Nouns

Estructura 2-2: **Acabar de** + infinitive; imperfect indicative

Estructura 2-3: Preterite indicative

Primera etapa: Vocabulario

Cultura en acción

While working on the **Primera etapa** in the textbook and the *Diario de actividades,* . . .

- begin to research the area of the Yucatan peninsula surrounding Cancun for important archaeological sites and areas of interest. If you wish to expand the search, check the map on page 35 of your textbook for areas in Guatemala and Belize.
- check the Internet, guidebooks, and encyclopedias for information.
- practice the new vocabulary with partners by using flash cards.

▬ Yucatán

La península de Yucatán se formó hace miles de años cuando la tierra literalmente surgió del mar. El estado de Quintana Roo fue en un tiempo la puerta de entrada al Imperio Maya debido a sus rutas marítimas. Ahora la península es famosa por sus espectaculares playas caribeñas y sus islas, Cancún y Cozumel. Es un sitio reconocido mundialmente como lugar turístico. ¿Fuiste a Cancún? ¿Fueron unos amigos? ¿Cómo lo pasaron? ¿Visitaron las ruinas? ¿Qué ruinas? ▪

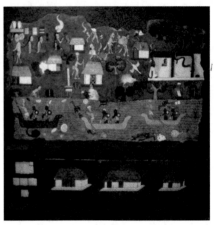

Mural maya en la entrada del museo de Chichén Itzá

Sugerencias para aprender el vocabulario

Tarjetas de ayuda (*Flash cards*) One of the most traditional ways of learning vocabulary is by using flash cards. You can tuck the three-by-five-inch cards into your backpack or pocket and review them when you have a few minutes to spare between classes, as you wait in lines to pay your fees, or at the bus stop. To help personalize the cards, on one side write just the word. On the reverse side, write its English equivalent, the part of speech, an original sentence with that word, and, finally, an association with another familiar or related word or phrase in Spanish. In the following chapters, you will study other ways to learn vocabulary that you can add to the back of these cards as you progress. For example:

Palabra: idioma (sustantivo, m.)

Significado: language

Oración: Mi profesora habla tres idiomas: español, inglés y francés.

Asociación: expresiones idiomáticas

Preguntas de orientación

As you read **En Yucatán**, use the following questions as a guide.

1. ¿Cuándo comenzó la civilización maya? *[handwritten: hace más de tres mil años]* ¿Qué construyeron los mayas? *[handwritten: enormes pirámides y templos]*
2. ¿Cómo se llaman tres de las ciudades principales de este imperio? ¿Dónde están? *[handwritten: Chichén Itzá, Mayapán, Uxmal en la península de Yucatán]*
3. ¿Qué oficios tenían los mayas?
4. ¿Cuáles fueron algunos de sus progresos intelectuales más importantes?
5. ¿Por qué se dice que su cultura estaba más avanzada que la cultura griega clásica?
6. ¿Qué problemas causaron la degradación de toda clase de autoridad y la completa desorganización política? ¿Qué otros problemas hubo?
7. Según los estudios recientes, ¿por qué se cree que las ciudades fueron abandonadas?
8. ¿Qué hacen los mayas modernos?

As you read **En Yucatán,** write a list or underline the cognates that are related to the topic and be sure to use them as you do the **activities.**

El Castillo, Chichén Itzá, México

a civilización maya comenzó en Centroamérica **hace más de tres mil años** y **se extendió** hasta el sureste de México. Entre los años 200 y 900 d.C., los mayas **construyeron** enormes pirámides y majestuosos templos como sus **centros ceremoniales** en las tres ciudades principales de Chichén Itzá, Mayapán y Uxmal en la península de Yucatán.

Esta civilización no tuvo rival en la antigua América. Chichén Itzá **está considerado como** uno de los **sitios** más famosos de la península de Yucatán. Los mayas fueron grandes arquitectos y **escultores** de **estatuas** de figuras humanas y animales, y en esta zona arqueológica se puede encontrar más de cien construcciones. El Castillo, una pirámide construida entre los años 200 y 900 d.C., es la construcción más alta de la ciudad. Tiene 365 **escalones**, uno por cada día del año.

Los progresos intelectuales más importantes que **realizaron** fueron la **escritura** con jeroglíficos, la invención del cero, la compilación de eventos históricos y el calendario. En muchos aspectos, estaban más avanzados que la cultura griega clásica, pues sabían que la Tierra era **redonda.** Los astrónomos mayas observaron detalladamente los movimientos del **sol** y de la **luna** y determinaron la duración exacta del año tropical (364.24 días). Con estas observaciones hicieron el calendario maya que era más exacto que el calendario gregoriano usado en Europa.

En su sociedad, el **comercio** también era importantísimo, pues el mercado controlaba gran parte de la economía del **imperio.** Chichén Itzá, por ejemplo, se construyó estratégicamente en el centro de Yucatán, para convertirse en centro comercial de todo el territorio.

Pero las **rivalidades políticas y económicas** que **existieron** entre los mayas del este y los del oeste causaron la **degradación** de toda clase de autoridad y la completa desorganización política. **A causa de** estos **conflictos políticos y militares,** y unidos a los **desastres naturales** como plagas, huracanes, terremotos y **sequía,** todos los grandes centros fueron abandonados. Aunque algunos dicen que este abandono es un misterio, según estudios recientes, parece que los cambios en la emisión de la energía solar tuvieron un efecto directo en el **clima** del Yucatán. Aunque los arqueólogos demostraron que los mayas fueron grandes astrónomos y capaces de medir los movimientos de los **astros** como el Sol, la Luna y muchos de los planetas, no llegaron a calcular el **ciclo** de 208 años de sequía que guardaba relación con el Sol.

Hoy en día quedan más de 6 millones de **indígenas** que son los **descendientes** de aquellos extraordinarios mayas. Los mayas modernos continúan habitando en esta región, hablan el **idioma** de sus **antepasados** y **cultivan la tierra,** siguiendo su tradición. **Honran** a sus **dioses** tradicionales que **regulan** los **ciclos de la vida,** el **nacimiento,** la **muerte** y también la agricultura.

MÉXICO

Península de Yucatán

Mayapán

Uxmal

Chichén Itzá

Belice

GUATEMALA

Vocabulario en acción

En el pasado

antepasado ancestor
astro heavenly body
ciclo cycle
clima *m.* climate
comercio trade
construir to build
degradación *f.* degradation, debasement
descendiente *m./f.* descendant
dios/diosa god/goddess
escalón *m.* step
escritura writing
escultor/escultora sculptor
estatua statue
existir to exist
extenderse to extend
honrar to honor
idioma *m.* language
imperio empire
indígena *m./f.* Indian; native
luna moon
muerte *f.* death
nacimiento birth

realizar to carry out
redondo/redonda round
regular to regulate
sequía drought
sitio place
sol *m.* sun

Expresiones útiles

a causa de because of
centro ceremonial ceremonial center
ciclos de la vida life cycles
conflictos políticos y militares political and military conflicts
cultivar la tierra to cultivate the land
desastre natural natural disaster
estar considerado como to be considered as
hace más de tres mil años more than three thousand years ago
rivalidad política y económica political and economic rivalry

2-1 Civilización y cultura Basándose en la información de **En Yucatán**, en grupos pequeños...

- hablen sobre las contribuciones de la civilización maya.
- mencionen algunos de los problemas.
- decidan por qué creen que las ciudades fueron abandonadas.

2-2 Tarjetas Repasa **En Yucatán** y escoge de seis a ocho palabras en negrilla que no conozcas. Escríbelas en tarjetas siguiendo el modelo presentado en **Sugerencias para aprender el vocabulario**. Después, en parejas, usen las tarjetas para repasar el vocabulario de la lectura.

El mundo de los mayas

MÉXICO

La península Yucatán

Dzibilchaltún
Chichén Itzá
Mayapán
Uxmal
Cobá
Tulum
Cozumel
Edzná
Kohunlich
Xpuhil
Cuello
Becán
Calakmul
Río Bec
Altún-Ha
Comalcalco
Uaxactún
Palenque
Tikal
BELICE
Toniná
Yaxchilán
Bonampak
Chinkultic
Quirigua
GUATEMALA
Kaminafluyú
Copán

2-3 El mundo de los mayas Estudia el mapa de Yucatán y luego, en parejas...

- busquen información sobre uno de los principales sitios arqueológicos de la región en una guía de turismo, una enciclopedia o en Internet.
- escriban una breve descripción de este lugar, usando algunos de los comentarios de **En Yucatán** como modelo.
- preséntenles su descripción a los demás grupos de la clase.

¡Adelante!
You should now complete the **Estudio de palabras** of the *Diario de actividades,* pages 24–27.

Segunda etapa: Conversación

¡Alto!

Before coming to class and working on the **Segunda etapa,** review the **Repaso de gramática** on pages 50–62 at the end of this chapter and complete the accompanying exercises in the **Práctica de estructuras** of the **Diario de actividades,** pages PE-8–PE-15.

Cultura en acción

While working on the **Segunda etapa** in the textbook and the **Práctica de estructuras** in the **Diario de actividades,** . . .

- study the vocabulary on page 34 of your textbook. Prepare flash cards and practice with a partner outside of class.
- begin to write your report. Check the accuracy and appropriateness of language and focus on the concepts presented in this and previous chapters.
- notice how the present, preterite, and imperfect are used in your articles.
- use the preterite and imperfect to include examples of events that have happened in your chosen community.

Repaso

Review **Estructura 2-1** in the **Repaso de gramática** on pages 52–53 at the end of this chapter and complete the accompanying exercises in the **Práctica de estructuras** of the **Diario de actividades,** pages PE-8–PE-9.

Función 2-1: Cómo hablar de actividades cotidianas

El tejido tradicional maya

《 *Cuando uno piensa en* **Yucatán** *le viene a la* **cabeza** *la* **cultura** *maya y sus grandes* **edificaciones,** *la amplia* **gastronomía,** *el* **colorido** *de sus* **trajes** *típicos y lo hermoso de sus bailes, pero también viene a la* **mente** *la* **hamaca.** *Este* **artefacto** *que es el* **producto** *máximo de nuestros* **artesanos,** *del cual* **muchos** *piensan tiene un* **origen** *maya...* 》

Adapted from «Breve historia de la hamaca yucateca.» 26 Sept. 2002. *Hamacas yucatecas.* Yahoo! México. <http://www.hamacasdeyucatan.com/>. (26 Sept. 2002)

2-4 ¿Qué hacemos en Yucatán? En parejas, hablen acerca de las siguientes actividades que se puede hacer en Yucatán. Escojan una variedad de verbos de la siguiente lista y agreguen los artículos necesarios:

desear, es interesante, es posible, poder, preferir, querer

Ejemplo: subir / pirámide

         Estudiante 1: *¿Es posible subir una pirámide?*
         Estudiante 2: *Sí, podemos subir una pirámide.*

1. visitar / museo de Chichén Itzá
2. jugar en / playa
3. explorar / ruinas
4. hacer / excursiones
5. nadar / mar
6. aprender / historia de / mayas
7. ver / artifactos mayas
8. comer / platos típicos de / mayas
9. subir / plataformas ceremoniales
10. ir a / baños de vapor de / palacio

 2-5 ¿Qué hay en mi maleta? En grupos pequeños, indiquen las cosas que llevarían en un viaje al mundo maya. Cada estudiante repite la lista completa y agrega una cosa más.

Ejemplo: Estudiante 1: *Voy al mundo maya. En mi maleta hay un sombrero de paja.*
         Estudiante 2: *Voy al mundo maya. En mi maleta hay un sombrero de paja y una guía turística.*
         Estudiante 3: *Voy al mundo maya. En mi maleta hay un sombrero de paja y una guía turística y unas aspirinas... etc.*

2-6 ¿Qué hay en sus estados? En grupos pequeños conversen acerca de los monumentos y otros sitios turísticos de sus diferentes estados. Escojan sitios de la siguiente lista o invéntenlos. Usen los artículos necesarios en su conversación.

Sitios turísticos: **bosque, ciudad, edificio, lago, montaña, monte, monumento, museo, observatorio, parque, playa, río, torre**

Ejemplo: *Hay que ver el capitolio del estado porque es impresionante.*

2-7 Los kogi En Colombia hay una comunidad de indígenas, conocida con el nombre de los kogi, que mantiene sus tradiciones, debido al aislamiento de las influencias modernas. En grupos pequeños, estudien el siguiente fragmento. Hablen acerca de las pertinencias de los kogi mencionadas en el fragmento y los usos posibles para cada una. Basándose ustedes en esta información, mencionen otros artículos útiles para una civilización indígena.

Ejemplo: *Cosen mochilas para recoger comida.*

> Los kogi apenas tienen una docena de posesiones familiares, que llevan a todas partes. Una de ellas es la mochila de lana o algodón que aprenden a coser las niñas. En algunos casos también se fabrican instrumentos musicales con materiales naturales, como los caparazones de tortuga. El interior de las chozas es considerado por las noches como un vientre materno. Allí se reúnen las familias para contarse historias y fortalecer la tradición.
>
> Fouillet, Serge. «Los vigilantes de la tierra.» *Muy interesante,* año xvii, no. 2: 93.

¡Adelante!
Now that you have completed your in-class work on **Función 2-1,** you should complete **Audio 2-1** in the **Segunda etapa** of the *Diario de actividades,* pages 28–32.

La Sierra Nevada de Santa Marta

Repaso

Review **Estructura 2-2** in the **Repaso de gramática** on pages 52–56 at the end of this chapter and complete the accompanying activities in the **Práctica de estructuras** of the *Diario de actividades,* page PE-9.

Función 2-2: Cómo hablar de acciones habituales en el pasado

《 *La dieta de los mayas consistía en tortillas de maíz acompañadas de legumbres y, a veces, de carne o pescado. También comían papas, calabazas, frijoles, chile, cacao, vainilla y atole (maíz remojado en agua).* 》

«Los mayas: los griegos de América.» *El mundo de la ciencia.* 26 Sept. 2002. Billikin online. <http://www.billiken.com-ar/revista/billiken/ brb 4245n04.htm> (26 Sept. 2002)

Tortillas de maíz

 2-8 Actividades del pasado Piensen en lo que ya saben de las actividades cotidianas de sus antepasados. En parejas, conversen acerca de estas actividades.

Ejemplo: *Llevaban agua del río a sus casas.*

 2-9 Vacaciones pasadas En grupos pequeños, hablen acerca de sus vacaciones y actividades habituales del pasado. Mencionen los países de habla española que visitaban. Usen los siguientes verbos en su conversación: **aprender, conducir, discutir, escuchar, hacer, ir, manejar, participar, pasar, ver, visitar, volar.**

Ejemplo: *Todos los años mi familia y yo íbamos a España. Pasábamos las vacaciones de primavera en Valencia. Una vez fuimos a Barcelona.*

 2-10 Artefactos mayas En parejas, estudien los siguientes artefactos de los mayas y las herramientas de los arqueólogos que los estudian. Conversen acerca de la utilidad de estas cosas, usando el imperfecto de indicativo.

¡Adelante!

Now that you have completed your in-class work on **Función 2-2**, complete **Audio 2-2** in the **Segunda etapa** of the *Diario de actividades,* pages 32–36.

Ejemplo: botas

Los arqueólogos usaban botas porque trabajaban en las selvas.

tamiz

brocha

pala

botas

computadora portátil

máscara de jade

cerámica

collar

tocado ceremonial

Repaso

Review **Estructura 2-3** in the **Repaso de gramática** on pages 56–62 at the end of this chapter and complete the accompanying activities in the **Práctica de estructuras** of the *Diario de actividades,* pages PE-10–PE-15.

Función 2-3: Cómo hablar de sucesos que se han completado en el pasado

Ruinas del Templo del Sol, Palenque, Chiapas

《 En los siglos XI y XII los mayas **fueron** dominados por la casta guerrera de un pueblo invasor, los toltecas. **Nació** así una civilización llamada maya-tolteca. **Siguió** un período de crisis política y de revueltas que **sumió** a los mayas en plena decadencia, preludio de la ocupación de la región por los aztecas. 》

«Arte maya.» *Culturas precolombinas.* 26 Sept. 2002. México info de la Universidad de Guadalajara. <*http://mexico.udg.mx/historia/precolombinas/maya/escultura.html*> (26 Sept. 2002)

 2-11 En las noticias ¿Qué han leído últimamente en el periódico o que han visto en la televisión? En grupos pequeños, conversen sobre algunos artículos de interés, citando los periódicos o las estaciones de televisión en que encontraron la información. Pregunten y comenten sobre los artículos mencionados.

Ejemplo: Estudiante 1: *Acabo de leer sobre un terremoto horrible en México. El artículo apareció en el Excelsior de la Ciudad de México.*
Estudiante 2: *¿Dónde ocurrió?*

 2-12 Contribuciones de nuestras culturas En grupos pequeños, conversen acerca de las contribuciones de varias culturas a la civilización. Entiendan la palabra **cultura** en su sentido más amplio: grupos sociales, razas, etnias, etc.

Ejemplo: los adolescentes
Popularizaron el deporte del patinaje por tabla.

 2-13 Una leyenda inventada En grupos pequeños, inventen una leyenda moderna. Cada persona debe contribuir con varias oraciones a la leyenda.

Ejemplo: Estudiante 1: *Había una vez un joven de la sierra.*
Estudiante 2: *Vivía en una casita construída de troncos.*
Estudiante 3: *Un día se levantó temprano.*

¡Adelante!

Now that you have completed your in-class work on **Función 2-3,** complete **Audio 2-3** in the **Segunda etapa** of the *Diario de actividades,* pages 37–39.

Tercera etapa: Lectura

Cultura en acción

While working on the **Tercera etapa** in the textbook and the *Diario de actividades,* . . .

- review the key vocabulary in context.
- review buying and bargaining phrases from your previous Spanish course.
- submit a paragraph in Spanish about your preferred site in the Yucatan.
- after you have read the legend, research some other typical Mayan foods and drinks. Prepare a typical dish for the excursion to Tulum.

Lectura cultural: La cilivización maya

La civilización maya no es una cultura muerta. Aunque las pirámides y los centros ceremoniales fueron abandonados hace siglos, los mayas modernos continúan hablando el idioma de los mayas antiguos, combinando una variedad de dialectos. Residen en sus casas de adobe con techo de paja, cultivan la tierra como sus antepasados y cuentan las mismas leyendas que contaban sus bisabuelos. En esta etapa vas a leer una de esas leyendas sobre un joven guerrero y su bella doncella Sak-Nicté. ■

Dos mayas modernos

Repaso

Before beginning this section, review the reading strategy presented in the previous chapter. The following reading selection is a legend that tells about events that happened in the past. Therefore, you will see many verbs in the third-person singular and plural of the preterite (past) tense. If you don't remember the forms, look at the charts on pages 55–61 of your textbook.

Sugerencias para la lectura

Cómo reconocer cognados English and Spanish have many words that are derived from the same words, primarily of Latin origin. For example:

Latin	English	Spanish
ars, artis	art	**arte**
excellens, -entis	excellent	**excelente**
musica	music	**música**

These words are called cognates (**cognados** or **palabras análogas**) and are similar in appearance and meaning in both languages. Your ability to recognize and understand these cognates depends not only on your willingness to guess the meanings of the words, but also on your knowledge of the particular subject. When you encounter unfamiliar terms, try changing a few letters around, removing the prefix or the suffix, or even pronouncing the word aloud. For example, by changing only a few letters in each word, **pirámide** becomes *pyramid,* **actividad** becomes *activity,* and **estadio** becomes *stadium.* Better yet, work in pairs on reading assignments—remember that there are generally students with many different areas of expertise in your class. Read the article about the origin of a traditional drink from the Yucatan, **el balché.** Then, make a list of cognates and group them into three different categories: (1) words that you recognized at first glance, (2) words that required guessing from context, and (3) words that did not seem to be related until you knew their meaning. Compare your lists with those of other members of the class.

Antes de leer

 2-14 Bebidas tradicionales ¿Qué bebidas que ustedes conocen tienen una historia interesante? En grupos pequeños...

- escriban una lista de algunas de las bebidas populares que existen en Estados Unidos o en otro país.
- hagan una breve descripción de cada una de las bebidas.
- mencionen el nombre de la bebida, de qué está hecha, dónde se bebe y en qué ocasiones.

Ejemplo: egg nog
Egg nog es una bebida hecha de leche, huevos y azúcar.
Se sirve en la Noche Vieja.

 2-15 Unas leyendas Todas las culturas tienen sus propias leyendas. Por ejemplo, todos conocemos la leyenda de Guillermo Tell (Suiza), la del rey Arturo (Inglaterra) o la de Sleepy Hollow (Estados Unidos). En parejas...

- identifiquen algunas de sus leyendas favoritas.
- mencionen los personajes principales con una breve descripción.
- expliquen dónde ocurre la acción.

Pequeño diccionario

La leyenda siguiente, «El guerrero y Sak-Nicté», contiene palabras y frases especializadas relacionadas con la guerra, las ceremonias, la flora y la fauna. Antes de leer la leyenda sobre el origen del balché, una bebida tradicional de Yucatán, y hacer las actividades, estudia las siguientes palabras y frases para comprender mejor el texto. Busca las palabras en el texto y usa dos o tres para escribir oraciones originales en una hoja aparte.

abeja Insecto que produce miel y cera.
balché *m.* Bebida que se obtiene de la fermentación de la corteza del árbol balché sumergida en agua con miel.
cacique *m.* Jefe, líder, persona que tiene influencia en un pueblo.
corteza Parte exterior de los árboles.
doncella Mujer joven, pura, virgen.
escondido/escondida En un lugar secreto, oculto/oculta.
extasiado/extasiada En éxtasis.
guerrero Soldado.

leyenda Evento que tiene más de tradicional o maravilloso que de histórico o verdadero.
miel *f.* Líquido dulce que producen las abejas.
panal de abejas *m.* Grupo de celdas donde las abejas depositan la miel.
revelar *v. tr.* Explicar, confesar.
rocío Vapor de agua que por la noche se condensa en la atmósfera en forma de muy pequeñas gotas, las cuales aparecen por la mañana sobre la tierra o sobre las plantas.
temeroso/temerosa Que tiene miedo, que no es valiente.

As you read «**El guerrero y Sak-Nicté**», use the following quetions as a guide.
1. ¿Qué es balché?
2. ¿Quién era Sak-Nicté?
3. ¿Qué significa su nombre?
4. ¿Quiénes estaban enamorados de ella?
5. ¿Por qué huyeron los jóvenes a la selva?
6. ¿Qué encontraron para comer?
7. ¿Dónde depositaron la miel?
8. ¿Qué se mezcló con la miel durante la noche?
9. ¿En qué se transformó la mezcla de estos dos ingredientes?
10. ¿Quién encontró a la joven pareja?
11. ¿Quién le preparó una buena comida?
12. ¿Qué comieron?
13. ¿Qué bebieron al terminar el banquete?
14. Cuando el cacique perdonó a los amantes, ¿qué pidió que le revelaran?
15. ¿Cómo terminó el cuento?

A leer: «El guerrero y Sak-Nicté»

Una vieja leyenda maya dice que el balché es un delicioso licor que fue creado gracias a una hermosa historia de amor. Una joven doncella, Sak-Nicté, que significa «Flor Blanca», amaba a un joven guerrero de su tribu, pero la belleza de la doncella despertó la pasión de un viejo y cruel cacique. Los jóvenes, temerosos de ser separados por el villano, huyeron, buscando refugio en la selva del Mayab. Un día salieron en busca de alimento y encontraron un panal de abejas del que extrajeron rica miel, la que depositaron en la corteza de un árbol llamado Balché. Durante la noche, la lluvia se mezcló con la miel y poco tiempo después, aquello se transformó en una exquisita bebida.

Sin embargo, la felicidad de la joven pareja pareció terminar cuando el cacique descubrió dónde estaban escondidos. El joven guerrero, pensando en el fin de ellos, le pidió al cacique que se les permitiera mostrarle su hospitalidad mientras estuvieran aún en su refugio. Se preparó una gran comida con los mejores frutos y excelente comida. Al terminar el banquete, la pareja les ofreció a sus captores la bebida de miel. El cacique quedó extasiado con la maravillosa sensación que le proporcionó ese néctar y perdonó a los amantes a condición de que le revelaran el secreto para obtener tan exótica bebida.

Es la miel de las abejas del bosque mezclada con el rocío de los dioses lo que hace este néctar divino —contestó el guerrero. El cacique regresó a su tierra muy contento y los jóvenes vivieron felices durante el resto de sus días.

Después de leer

2-16 ¿Quiénes son? ¿Quiénes son los personajes principales? Lee la leyenda otra vez, identifica las personas y escribe una breve descripción de cada una.

1. Sak-Nicté
2. el joven guerrero
3. el cacique

2-17 ¿Qué dirían? ¿Qué dirían los personajes principales en las situaciones siguientes? En parejas, completen las oraciones de una forma lógica.

1. El joven guerrero: «Tenemos que huir de nuestro pueblo porque... »
2. Sak-Nicté: «Tengo miedo y hambre... »
3. El cacique: «Voy a perdonarlos a ustedes, pero primero... »
4. El cacique: «Los jóvenes creen que soy cruel, pero en realidad... »

2-18 El balché El uso del balché data de los tiempos de los antiguos mayas. Esta bebida solamente se utilizaba durante las ceremonias religiosas mayas. Los españoles, después de beberla, la llamaban «vino de la tierra» o «pitarrillo». Se describió esta bebida como un «vino fuerte» y el uso era tan exagerado que fue prohibido por un decreto real en el siglo XVIII. ¿Qué productos están prohibidos hoy?

• Escribe una lista de algunos productos que están prohibidos.

• Compara tu información con la de los demás miembros de la clase.

Lectura literaria: La literatura maya

Los españoles llegaron a las tierras de Guatemala en 1524. Los sacerdotes católicos que acompañaban a los soldados destruyeron muchos artefactos religiosos de los mayas —templos, estatuas y bibliotecas enteras— en su misión para convertir a los indígenas a la «verdadera religión».

Los manuscritos mayas, o **códices**, fueron escritos en **amate**, un material natural. Debido al clima y a las acciones de los españoles, sólo quedan cuatro códices mayas hoy. Uno es el *Pop Vuj*, o el *Popol Vuh*, un documento escrito en la lengua quiché por uno o más mayas cristianizados. Algunos estudiosos creen que uno de los posibles autores del *Popol Vuh* fue el indígena Diego Reynoso (Reinoso). De todos modos es seguro que el códice que tenemos hoy es una copia del documento original. Es posible que lo copiara del códice original que tenía a la vista o que lo transcribiera de memoria. ▪

Un fragmento del *Popol Vuh*

Antes de leer

2-19 Mitos de la creación En grupos pequeños, escriban una lista de detalles (científicos, culturales y religiosos) sobre la creación, según la entiendan ustedes. No es necesario que todos estén de acuerdo.

Ejemplos: 1. *En el mito de la creación de los navajos hay tres seres en la oscuridad: el primer hombre, la primera mujer y el coyote.*

2. *Según los aztecas, la creación empezó con el nacimiento de cuatro dioses que crearon la tierra: Tetzcatlipoca Rojo (el dios principal de la gente), Tezcatlipoca Negro (el más grande y el peor dios), Quetzalcoatl (el dios blanco que representa la armonía y el equilibrio, y que lleva los vientos) y Huitzilopochtli (el dios de la guerra que tiene sólo huesos, no carne).*

Pequeño diccionario

Estudia las siguientes palabras y frases para comprender mejor el texto. Busca las palabras en el texto y usa dos o tres para escribir oraciones originales en una hoja aparte.

amanecer *v. intr.* Empezar a aparecer la luz del día.
barranca Precipicio; quiebra profunda producida en la tierra por las corrientes de las aguas o por otras causas.
bejuco Nombre de diversas plantas tropicales del Caribe cuyos tallos, largos y delgados, se extienden por el suelo o se enarrollan en otros vegetales. Se emplean, por su flexibilidad y resistencia, para muebles, etc.
apacible Tranquilo, dulce y agradable en condición y trato.
bosque *m.* Sitio poblado de árboles.
cangrejo Cualquiera de los artrópodos crustáceos del orden de los decápodos.
cipresal *m.* Sitio poblado de cipreses, árbol de la familia cupresácea.

bejuco

cangrejo

cipresal

ejecutar *v. tr.* Hacer una cosa.
faz *f.* Rostro o cara.
fecundar *v. tr.* Fertilizar, hacer productiva una cosa.
hierba Toda planta pequeña cuyo tallo es tierno y perece después de dar simiente en el mismo año, o a lo menos al segundo.
neblina Nube poco espesa y baja.
pinar *m.* Sitio poblado de pinos.
polvareda Cantidad de partículas de tierra que se levanta agitada por el viento o por otra causa.
rodeado/rodeada Envuelto, encerrado, bloqueado.
sabio/sabia Dícese de la persona que posee conocimiento profundo en ciencias, letras o artes.
tiniebla Oscuridad; falta de luz.
vacío/vacía Falta de contenido físico o psíquico.

pino

Preguntas de orientación

As you read the *Popol Vuh*, use the following questions as a guide.

1. Antes de la creación, ¿cómo era todo?
2. ¿Cómo se llamaban los dioses?
3. ¿Cómo se vestían los dioses?
4. ¿Cómo eran los dioses?
5. ¿Cómo planearon Tepeu y Gucumatz?
6. ¿Qué crearon Tepeu y Gucumatz?
7. ¿Cuáles son las tres identidades del Corazón del Cielo?
8. ¿Qué elementos crearon en la tierra?

There are many cognates in **Capítulo primero**. As you read, focus on cognates to help you comprehend the text.

A leer: El *Popol Vuh*: Capítulo primero

Ésta es la relación de cómo todo estaba en suspenso, todo en calma, en silencio; todo inmóvil, callado, y vacía la extensión del cielo.

Ésta es la primera relación, el primer discurso. No había todavía un hombre, ni un animal, pájaros, peces, cangrejos, árboles, piedras, cuevas, barrancas, hierbas ni bosques: sólo el cielo existía.

No se manifestaba la faz de la tierra. Sólo estaban el mar en calma y el cielo en toda su extensión.

No había nada que estuviera en pie; sólo el agua en reposo, el mar apacible, solo y tranquilo. No había nada dotado de existencia.

Solamente había inmovilidad y silencio en la oscuridad, en la noche. Sólo el Creador, el Formador, Tepeu, Gucumatz, los Progenitores, estaban en el agua rodeados de claridad. Estaban ocultos bajo plumas verdes y azules, por eso se les llama Gucumatz. De grandes sabios, de grandes pensadores es su naturaleza. De esta manera existía el cielo y también el Corazón del Cielo, que éste es el nombre de Dios. Así contaban.

Llegó aquí entonces la palabra, vinieron juntos Tepeu y Gucumatz, en la oscuridad, en la noche, y hablaron entre sí Tepeu y Gucumatz. Hablaron, pues, consultando entre sí y meditando; se pusieron de acuerdo, juntaron sus palabras y su pensamiento.

Entonces se manifestó con claridad, mientras meditaban, que cuando amaneciera debía aparecer el hombre.

Entonces dispusieron la creación y crecimiento de los árboles y los bejucos y el nacimiento de la vida y la creación del hombre. Se dispuso así en las tinieblas y en la noche por el Corazón del Cielo, que se llama Huracán.

El primero se llama Caculhá-Huracán. El segundo es Chipi-Caculhá. El tercero es Raxá-Caculhá. Y estos tres son el Corazón del Cielo.

Entonces vinieron juntos Tepeu y Gucumatz; entonces conferenciaron sobre la vida y la claridad, cómo se hará para que aclare y amanezca, quién será el que produzca el alimento y el sustento.

—¡Hágase así! ¡Que se llene el vacío! ¡Que esta agua se retire y desocupe el espacio, que surja la tierra y que se afirme! Así dijeron. ¡Que aclare, que amanezca en el cielo y en la tierra! No habrá gloria ni grandeza en nuestra creación y formación hasta que exista la criatura humana, el hombre formado. Así dijeron.

Luego la tierra fue creada por ellos. Así fue en verdad como se hizo la creación de la tierra: —¡Tierra! —dijeron, y al instante fue hecha.

Como la neblina, como la nube y como una polvareda fue la creación, cuando surgieron del agua las montunas; y al instante crecieron las montañas.

Solamente por un prodigio, sólo por arte mágica se realizó la formación de las montañas y los valles; y al instante brotaron juntos los cipresales y pinares en la superficie.

Y así se llenó de alegría Gucumatz, diciendo : —¡Buena ha sido tu venida, Corazón del Cielo; tú, Huracán, y tú, Chipi-Caculhá, Raxá-Caculhá!

—Nuestra obra, nuestra creación será terminada —contestaron.

Primero se formaron la tierra, las montañas y los valles; se dividieron las corrientes de agua, los arroyos se fueron corriendo libremente entre los cerros, y las aguas quedaron separadas cuando aparecieron las altas montañas.

Así fue la creación de la tierra, cuando fue formada por el Corazón del Cielo, el Corazón de la Tierra, que así son llamados los que primero la fecundaron, cuando el cielo estaba en suspenso y la tierra se hallaba sumergida dentro del agua.

De esta manera se perfeccionó la obra, cuando la ejecutaron después de pensar y meditar sobre su feliz terminación.

Capítulo primero is only part of the Maya Quiché creation story. Like other creation myths, the creation of human beings, animals, and other elements of the universe are explained in subsequent chapters of the *Popol Vuh.*

Después de leer

2-20 Comparar y contrastar En grupos pequeños, comparen y contrasten la descripción de la creación según el *Popol Vuh* con el siguiente fragmento de la Biblia. Escriban una lista de las semejanzas y otra de las diferencias.

Ejemplo: (semejanza) *Antes de la creación todo está en tinieblas.*

Génesis 1: 1-13
1 Dios, en el principio
creó los cielos y la tierra.
2 La tierra era un caos total,
las tinieblas cubrían el abismo,
y el Espíritu de Dios iba y venía
sobre la superficie de las aguas.

3 Y dijo Dios: «¡Qué exista la luz!»
Y la luz llegó a existir.
4 Dios consideró que la luz era buena
y la separó de las tinieblas.
5 A la luz la llamó «día»,
y a las tinieblas, «noche».
Y vino la noche, y llegó la mañana:
ése fue el primer día.

6 Y dijo Dios: «¡Que exista el
    firmamento
en medio de las aguas, y que las
separe!»
7 Y así sucedió: Dios hizo el
    firmamento
y separó las aguas que están abajo,
de las aguas que están arriba.
8 Al firmamento Dios lo llamó «cielo».
Y vino la noche, y llegó la mañana:
ése fue el segundo día.

9 Y dijo Dios: «¡Que las aguas debajo
    del cielo
se reúnan en un solo lugar,
y que aparezca lo seco!»
Y así sucedió.
10 A lo seco Dios lo llamó
«tierra».
Y al conjunto de aguas lo llamó «mar».
Y Dios consideró que esto era bueno.
11 Y dijo Dios: «¡Que haya vegetación
sobre la tierra;
que ésta produzca hierbas que den
semilla,
y árboles que den su fruto con semilla,
todos según su especie!»
Y así sucedió.
12 Comenzó a brotar la vegetación:
hierbas que dan semilla,
y árboles que dan su fruto con semilla,
todos según su especie.
Y Dios consideró que esto era bueno.
Y vino la noche, y llegó la mañana:
ése fue el tercer día.

Análisis literario: Los mitos

Términos literarios Usa los siguientes términos para hablar sobre los mitos.

deidad Ser divino o esencia divina. Cada uno de los dioses de las diversas religiones.

elemento sacro Cualquier cosa que tenga alguna relación con lo divino.

hechos míticos Sucesos fantásticos realizados por seres sobrenaturales.

marco cósmico Contexto que trata del origen y de la evolución del universo.

marco social y material Contexto en que se aplica el mito a la conducta de los seres humanos.

mito Historia de los dioses (los mitos divinos) o de héroes con características de dioses (los mitos heroicos).

personificación Atribución de cualidades humanas a seres inanimados o irracionales.

sobrenatural Condición que excede los términos de la naturaleza.

universal Que puede explicarse a todos los tiempos y lugares. Los mitos son de carácter universal. Intentan explicar el porqué de la vida.

versículo Breves divisiones de los capítulos de ciertos libros, y singularmente de las Sagradas Escrituras.

 2-21 Análisis del mito En parejas, contesten las siguientes preguntas acerca del *Popol Vuh*.

1. ¿Cómo se llaman las deidades en el *Popol Vuh*?
2. ¿Cuáles son los elementos sacros?
3. ¿Qué hechos míticos realizaron los dioses?
4. ¿Cuál es el marco mítico del *Popol Vuh*?
5. ¿Cuál es el marco social/material?
6. ¿Qué tipo de personificación se nota?

 2-22 La universalidad de los mitos En grupos pequeños, comenten los elementos universales del mito de creación, según el *Popol Vuh*.

¡Adelante!

Now that you have completed your in-class work on the **Tercera etapa,** complete the **Redacción** in the **Tercera etapa** of the *Diario de actividades,* pages 40–45.

Cuarta etapa: Cultura

Cultura en acción

While working on the **Cuarta etapa** in the textbook . . .

- view a video from your local library on the Yucatan region of Mexico that includes Tulum.
- based on your "observations," revise or finalize your preparations for the "tour."
- prepare for your presentation on **Una visita a Tulum** for the **Cultura en acción**.

 ## Vídeo: Nina Pacari, defensora de mujeres e indígenas

Introducción

Este vídeo detalla el trabajo de Nina Pacari, una activista que defiende los derechos de las mujeres y los indígenas en Ecuador. Nina, que tiene su doctorado en la jurisprudencia, es la primera diputada indígena en el Parlamento de Ecuador.

Antes de ver

 2-23 Lluvia de ideas ¿Qué saben de los desafíos que enfrentan los indígenas, no solamente en América Latina sino también en Estados Unidos? En grupos pequeños, escriban una lista de los abusos de los derechos humanos.

Ejemplo: *En Estados Unidos los indígenas fueron desterrados a reservas.*

2-24 Guía para la comprensión del vídeo Antes de ver el vídeo, estudia las siguientes preguntas. Después, ve el vídeo y busca las respuestas adecuadas.

1. ¿Qué nacionalidad tiene Nina?
2. ¿Por qué es única con respecto a la educación?
3. ¿Cuál es el porcentaje de indígenas en Chimborazo?
4. Al principio de su carrera, ¿cómo insultó a Nina un juez?
5. ¿Cómo se describe la triple discriminación contra las mujeres?
6. ¿Contra qué protestaron los indígenas?
7. ¿Qué tácticas usaron en su protesta?
8. ¿Qué es el *ayllu*?
9. ¿Quiénes fueron los líderes del movimiento indígena?

Pequeño diccionario

Estudia las siguientes palabras y frases para comprender mejor el vídeo. Busca las palabras en el vídeo y usa dos o tres para escribir oraciones originales en una hoja aparte.

apoderarse de *v. tr.* Hacerse alguien o algo dueño de alguna cosa, ocuparla, ponerla bajo su poder.
asombro Sorpresa.
carecer *v. intr.* Hacerle falta alguna cosa.
diputado/diputada Persona nombrada por elección popular como representante ante una cámara legislativa, nacional, regional o provincial.

dirigente *m./f.* Director/Directora.
encarcelamiento Acción y efecto de meter a una persona a la cárcel.
encargado/encargada Agente, representante.
juez *m./f.* Persona que tiene autoridad para juzgar y sentenciar.
juicio Conocimiento de una causa en la cual el juez ha de pronunciar la sentencia; litigio, proceso, pleito.
levantamiento Rebelión.

A ver

2-25 Contenido del vídeo Al ver el vídeo, pon atención a los siguientes elementos.

Nina Pacari

- los diferentes papeles de las mujeres
- los problemas que los indígenas enfrentan
- las tácticas de la protesta

2-26 Lo tradicional y lo contemporáneo Al ver el vídeo, nota los contrastes y completa la siguiente tabla.

Enfoque	Lo tradicional	Lo contemporáneo
Ropa/Prendas		
Papeles de las mujeres		
Papeles de los hombres		
Posición política de los indígenas		
Valores familiares		

Después de ver

2-27 Igualdad de derechos En grupos pequeños, comenten la lucha por la igualdad de derechos por parte de los indígenas en Ecuador.

> Ejemplo: *Los hombres aceptan responsabilidades que tradicionalmente son de las mujeres.*

2-28 Comparar y contrastar En grupos pequeños, comparen y contrasten los esfuerzos de los indígenas en Ecuador con los esfuerzos de los de Estados Unidos.

> Ejemplo: *Las dos civilizaciones se enfrentan con problemas económicos severos.*

Cultura en acción: Una visita a Tulum

Tema

El tema de **Una visita a Tulum** les dará a ustedes la oportunidad de investigar, escuchar, escribir y hacer una presentación sobre la península de Yucatán y los restos arqueológicos de Tulum. La lectura, la comprensión auditiva y la redacción servirán como puntos de partida para las presentaciones.

Escenario

El escenario de **Una visita a Tulum** es una excursión simulada a Tulum para ver los monumentos principales: el Castillo, el Templo del Dios Descendente, la Casa de Cenote, el Templo del Grupo de Iniciación, la Casa de las Columnas, el Templo de los Frescos.

El Castillo, Tulum, Yucatán

Materiales

- Entradas a Tulum.
- Un tablero o una pizarra para mostrar las fotografías o los carteles de los monumentos. Esta información se puede conseguir en Internet o en libros de turismo.
- Mapas del lugar.
- Artículos de artesanía típica de la región, fotografías o dibujos de objetos y artefactos.
- Comida y bebida. Si se desea, cada uno puede contribuir con algo de dinero o traer bebidas o frutas para simular un puesto en la calle.

Guía

Una simple lista de las tareas que cada persona tiene que hacer. Cada uno de ustedes tendrá una tarea.

- **Comité de monumentos.** En parejas, ustedes tienen que escoger uno de los monumentos e investigarlo. Deben traer a la clase un dibujo o una foto. Se deben usar las preguntas básicas: (¿Quién? ¿Qué? ¿Cuándo? ¿Dónde? ¿Por qué?) como guía. Los guías utilizarán la información cuando lleven a los turistas por Tulum. Usen la información de la lectura, la comprensión auditiva y la redacción como puntos de partida.
- **Guías.** Este grupo está encargado de recibir la información sobre los monumentos y preparar las presentaciones para cada lugar.
- **Comité de artesanías.** Este grupo está encargado de poner varios puestos en la clase con artículos típicos de la región. Deben explicar e intentar vender lo que tienen, comparando el material, el color, el tamaño y la calidad de diferentes artículos.
- **Comité de comida.** Este grupo está encargado de comprar u organizar la comida y la bebida para los puestos.
- **Turistas.** Ustedes deben preparar preguntas sobre la historia y los monumentos de Tulum. Su papel es visitar las ruinas y hacerles preguntas a los guías.

¡Vamos a Tulum! El día de la actividad, todos ustedes deben participar en el arreglo de la sala. Los turistas le presentarán sus entradas al instructor / a la instructora al llegar a la puerta del lugar. En el mercado deben regatear con los vendedores y comprar algunos recuerdos para llevar a casa. Todos deben visitar cada uno de los monumentos antes de salir de Tulum.

Perspectiva lingüística

The subject: Noun phrases

As you learned in **Capítulo 1**, the Spanish sentence, like the English, consists of a subject and a predicate. In this lesson, you will study the components of the subject. The subject consists of a noun that may be accompanied by an article and one or more adjectives. Another name for this set of words is *noun phrase,* although noun phrases may serve functions other than that of the subject of a sentence. Sometimes a pronoun or an adjective substitutes for the noun as the subject. These grammar terms should be familiar to you but, for the sake of clarity, some examples are included here. In each example, the subject is in bold print.

The first example shows a subject that consists of an article, a noun, and an adjective.

artículo sustantivo adjetivo

La civilización maya era muy avanzada.

(frase nominal)

The second example (a transformation of the first example) shows a subject that consists of an article and an adjective.

artículo adjetivo

La maya era muy avanzada.

The third example shows a subject that consists of a name or proper noun.

sustantivo

Ermilo Abreu Gómez escribió leyendas mayas.

The fourth example (a transformation of the third example) shows a subject that consists of a single pronoun.

pronombre

Él escribió las leyendas mayas.

Finally, be aware that the subject of a Spanish sentence may be indicated by nothing more than the verb ending; there may be no noun phrase to indicate the subject.

Ø

Era un centro de gran actividad económica y cultural.

You have probably studied all of the following parts of speech in a previous English or Spanish course. Test your memory by naming at least one example for each category. For example: attributive adjective—**petrolera (de petróleo).**

The possible components of the subject are summarized graphically for you in the following chart.

Subject

article		adjective		noun		pronoun	
definite	**el**	attributive	**televisor, de televisión**	common	**civilización**	demonstrative	**éste**
indefinite	**un**			proper	**maya**	impersonal	**se**
neuter	**lo**	descriptive	**lindo**	clause	**Que la cultura maya es monumental**	indefinite	**alguno**
		demonstrative	**este**			interrogative	**cuál**
		indefinite	**algo**			personal	**yo**
		possessive	**mi**			possessive	**el mío**
						relative	**el cual**

Possessive pronouns

Possessive pronouns indicate possession and have forms that are marked for both number and gender. Only the first-person forms have written accents. Notice that the first- and second-person plural forms are the same as the possessive adjectives. After **ser** the article is omitted.

El libro sobre los mayas es **mío.**
¿Es **tuyo** ese libro?

*The book on the Mayas is **mine.***
*Is that book **yours?***

Mis abuelos están en Yucatán.
¿Y los **tuyos?**

My grandparents are in Yucatán.
*And **yours?***

Subject pronouns	Possessive pronouns	
	singular	plural
yo	(el) mío/(la) mía	(los) míos/(las) mías
tú	(el) tuyo/(la) tuya	(los) tuyos/(las) tuyas
Ud./él/ella	(el) suyo/(la) suya	(los) suyos/(las) suyas
nosotros/nosotras	(el) nuestro/ (la) nuestra	(los) nuestros/ (las) nuestras
vosotros/vosotras	(el) vuestro/ (la) vuestra	(los) vuestros/ (las) vuestras
Uds./ellos/ellas	(el) suyo/(la) suya	(los) suyos/(las) suyas

¡Alto!

These activities will prepare you to complete the in-class communicative activities for **Función 2-1** on pages 36–37 of this chapter.

Perspectiva gramatical

Estructura 2-1: Nouns

You have already learned that one of the main functions of a noun is to serve as subject of a verb. All Spanish nouns are either masculine or feminine, even those referring to inanimate objects, such as **la biblioteca.** The following chart shows some common gender suffixes.

Gender			
masculine		**feminine**	
-o		-a	
-l		-d (-dad, -tad)	
-r		-e	
-ma°		-ción	
		-sión	
		-umbre	
		-z	
Exceptions:		**Exceptions:**	
la capital	la moto	el arroz	el maíz
la cárcel	la piel	el ataúd	el matiz
la catedral	la radio	el césped	el pez
la foto	la sal	el día	el tema*
la mano	la señal	el huésped	el tranvía
la miel		el lápiz	

Some Spanish nouns referring to people have only one form for masculine and feminine. The following nouns fall into this category, but note that the modifier changes to indicate the gender of the person referred to.

el/la artista	el/la dentista	el/la modelo
el/la atleta	el/la estudiante	el/la pianista
el/la ciclista	el/la guía	el/la testigo
el/la comunista	el/la joven	el/la turista
el/la demócrata	el/la juez	

These nouns have only one gender, which refers to both men and women.

la persona	el ángel	la víctima

---

*Words ending in **–ma** that come from Greek are masculine in Spanish. They generally refer to philosophical, scientific, or intellectual ideas.

Number of nouns

The following chart shows the suffixes that indicate the plural forms of Spanish nouns.

Number		
-s	**-es**	**-ces**
nouns ending in a vowel	nouns ending in a consonant, **-y**, or a stressed vowel	nouns ending in **-z**
Example:	Example:	Example:
ruina → ruinas	poder → poderes	lapiz → lápices
	rey → reyes	
	rubí → rubíes	

Note: A plural may add or drop a written accent in order to maintain the stress on the same syllable as in the singular form:

examen → exámenes   ratón → ratones

Nouns that end in an unstressed vowel + **-s** (**-es**, **-is**) have the same form for the singular and plural.

el lunes → **los** lunes   la crisis → **las** crisis

2-29 El mundo maya Escribe el género de cada una de las siguientes palabras.

Ejemplo: civilización

f.

1. paisaje
2. calendario
3. eclipse
4. sistema
5. agricultura
6. norte
7. templo
8. invasor
9. península
10. población
11. sequía
12. ataque
13. profundidad
14. especie
15. fortaleza

2-30 El chocolate Completa las siguientes oraciones sobre el chocolate con los equivalentes de los sustantivos entre paréntesis. Incluye los artículos necesarios.

1. _____ bebían chocolate en el año 600 a.C (*The Mayans*).
2. _____ moderno es más dulce (*chocolate*).
3. _____ afirman que se usaba el cacao antes de la llegada de Colón al Nuevo Mundo (*The investigators*).
4. Realizaron _____ en cerámica de 2.600 años de antigüedad (*an analysis*).
5. _____ de América Central es la cuna del chocolate (*A region*).
6. _____ arqueológico está en Colha, Belice (*The site*).
7. _____ no contiene azúcar (*The infusion*).
8. _____ maya consiste en cacao tostado mezclado con _____ y especies (*The drink; water*).

¡Adelante!

Practice **Estructura 2-1** in the **Práctica de estructuras** section of the *Diario de actividades,* pages PE-8–PE-9.

¡Alto!

These activities will prepare you to complete the in-class communicative activities for **Función 2-2** on page 38 of this chapter.

Estructura 2-2a: *Acabar de* + infinitive

Acabar de + the infinitive of the main verb may be used to express something that happened in the immediate past. The English equivalent for **acabar de** + *infinitive* is "to have just . . . ". Study the following examples:

Acabo de leer el cuento.	*I have just read the story.*
Acaban de llegar.	*They have just arrived.*

The same idea can be expressed in the past (had just . . .), using the imperfect of **acabar**.

Acababa de leer la novela cuando conocí al autor.	*I had just read the novel when I met the author.*

2-31 Turismo en Chiapas Completa las siguientes oraciones con las formas adecuadas de **acabar de**.

Ejemplo: Yo _____*acabo*_____ de ver la cascada de Agua Azul.

1. Mis hijos ____ de ir al Zoológico Miguel Álvarez de Toro.
2. ¿Ustedes ____ de sacar fotos de los Lagos de Montebello?
3. Nosotros ____ de hacer una excursión a las grutas de Rancho Nuevo.
4. Yo ____ de realizar el ecoturismo en Misol-ha.
5. Mi hija ____ de recorrrer en lancha los canales de Las Palmas.
6. ¿Tú ____ de reservar un vuelo para Chiapas?

Estructura 2-2b: Imperfect indicative

The Spanish imperfect aspect is used to express past actions or states of being that were habitual or ongoing. Study the following examples.

- Habitual actions

Íbamos a las ruinas mayas en el verano.	*We used to go to the Mayan ruins in the summer. / We would go to the Mayan ruins in the summer.*

- Ongoing actions

Ellos nos saludaron cuando **entrábamos** a la pirámide.	*They said hello when **we were entering** the pyramid.*

- Physical, mental, or emotional states

Cuando **tenía** diez años, **estaba** fascinado con los indígenas.	*When **I was** ten, **I was** fascinated by indigenous peoples.*

- Time

Eran las seis cuando salieron de la iglesia.	*It was six o'clock when they left the church.*

- Simultaneous actions with **mientras**

Yo **leía** la enciclopedia mientras Anita **buscaba** información en Internet.	*I read the encyclopedia while Anita surfed the Internet.*

Study the following chart to review the formation of the imperfect of regular verbs.

Imperfect of regular verbs

	-ar: estudiar	-er: leer	-ir: decir
yo	estudiaba	leía	decía
tú	estudiabas	leías	decías
Ud./él/ella	estudiaba	leía	decía
nosotros/nosotras	estudiábamos	leíamos	decíamos
vosotros/vosotras	estudiabais	leíais	decíais
Uds./ellos/ellas	estudiaban	leían	decían

Only three verbs are irregular in the imperfect: **ir**, **ser**, and **ver**.

Imperfect of irregular verbs

	ir	ser	ver
yo	iba	era	veía
tú	ibas	eras	veías
Ud./él/ella	iba	era	veía
nosotros/nosotras	íbamos	éramos	veíamos
vosotros/vosotras	ibais	erais	veíais
Uds./ellos/ellas	iban	eran	veían

2-32 Datos sobre los mayas Completa las siguientes oraciones con las formas adecuadas de los verbos entre paréntesis en el imperfecto de indicativo.

Ejemplo: La región de los mayas se _extendía_ por 324.000 kilómetros (extender).

1. El territorio _____ lo que hoy son Guatemala, Belice, el oeste de Honduras, El Salvador, unos departamentos de México: Yucatán, Campeche, Quintana Roo, Tabasco y el oeste de Chiapas (incorporar).
2. En este territorio _____ muchas diferencias de geografía, clima y vegetación (haber).
3. Los mayas _____ en grandes ciudades que _____ en pirámides, templos, palacios, santuarios, casas y patios (vivir, consistir).
4. Las ciudades _____ rodeadas de granjas (estar).
5. Muchos pueblos _____ un carácter urbano (tener).
6. Los edificios _____ para fines religiosos y paganos (servir).
7. La arquitectura _____ la ideología religiosa (mostrar).

2-33 La cosmología maya Escribe oraciones sobre los mayas, usando el imperfecto de indicativo. Usa las siguientes frases.

> **Ejemplo:** invocar a Itzám Na, el Señor de los Cielos
>
> *Los mayas invocaban a Itzám Na, el Señor de los Cielos.*

1. desarrollar ciencias como la astronomía y las matemáticas
2. perfeccionar artes como la arquitectura
3. interpretar el cosmos
4. creer en unas deidades benévolas y otras malignas
5. depender de los planetas y los demás cuerpos celestes
6. mantener el equilibrio entre el cielo y el inframundo

2-34 La arqueología en el futuro ¿Qué concluirían los arqueólogos del futuro si desenterraran tus pertinencias? Escribe cinco oraciones originales al respecto. Usa muchos verbos en el imperfecto de indicativo.

> **Ejemplo:** *Esta civilización guardaba discos pequeños de plástico.*

Estructura 2-3a: Preterite indicative

Preterite of regular verbs

The Spanish preterite focuses on the beginning or end of actions, events, or states of being in the past.

- Completed actions

  Llegamos a Mérida a medianoche.   *We arrived in Mérida at midnight.*

- Completed events in the past

  Los mayas **construyeron** el Templo del Jaguar.   *The Mayans constructed the Jaguar Temple.*

- States of being in the past when it is clear that they are over

  Me sentí mal anoche pero hoy me siento bien.   *I felt bad last night but I feel well today.*

Preterite of regular verbs

	-ar: observar	-er: vender	-ir: exhibir
yo	observé	vendí	exhibí
tú	observaste	vendiste	exhibiste
Ud./él/ella	observó	vendió	exhibió
nosotros/nosotras	observamos	vendimos	exhibimos
vosotros/vosotras	observasteis	vendisteis	exhibisteis
Uds./ellos/ellas	observaron	vendieron	exhibieron

Estructura 2-3b: Preterite of stem-changing verbs

Stem-changing verbs with -**ir** infinitives have a stem-change in the third-person (**Ud./él/ella** and **Uds./ellos/ellas**) forms of the preterite tense.

Preterite of stem-changing verbs

	o → u: dormir	e → i: pedir	e → i: sentir
yo	dormí	pedí	sentí
tú	dormiste	pediste	sentiste
Ud./él/ella	durmió	pidió	sintió
nosotros/nosotras	dormimos	pedimos	sentimos
vosotros/vosotras	dormisteis	pedisteis	sentisteis
Uds./ellos/ellas	durmieron	pidieron	sintieron

Similar verbs

dormir: morir

pedir: conseguir, corregir(se), despedir(se), elegir, impedir, medir, perseguir, reír(se), repetir, seguir, servir, vestir(se)

sentir: advertir, divertir(se), herir, invertir, mentir, preferir, requerir, sugerir

2-35 El templo del Gran Jaguar En Tikal, Guatemala, está el Templo maya del Gran Jaguar. Escribe de nuevo la siguiente oración según las indicaciones.

Ejemplo: Los mayas construyeron el Templo del Gran Jaguar. (dedicar)
Los mayas dedicaron el Templo del Gran Jaguar.

1. describir
2. ver
3. congregarse en
4. mostrar
5. reunirse en

2-36 Tus viajes Contesta las siguientes preguntas sobre tus viajes con oraciones completas en español.

1. ¿A qué sitio interesante viajaste?
2. ¿Qué sitios interesantes visitaste?
3. ¿Quiénes te acompañaron?
4. ¿Qué te impresionó más?
5. ¿Qué aprendiste en el viaje?
6. ¿Qué comiste durante las vacaciones?

Estructura 2-3c: Preterite of *-ar* verbs with spelling changes

Verbs that end in **-car, -gar,** and **-zar** have a spelling change in the first-person-singular form of the preterite to preserve the sound of the stem.

Preterite of *-ar* verbs with spelling changes

	buscar	entregar	realizar
yo	bus**qué**	entre**gué**	reali**cé**
tú	buscaste	entregaste	realizaste
Ud./él/ella	buscó	entregó	realizó
nosotros/nosotras	buscamos	entregamos	realizamos
vosotros/vosotras	buscasteis	entregasteis	realizasteis
Uds./ellos/ellas	buscaron	entregaron	realizaron

Similar verbs

buscar: acercarse, aparcar, colocar, complicar, comunicar(se), criticar, equivocar(se), explicar, marcar, pescar, practicar, sacar, secar, significar, tocar

entregar: apagar, cargar, colgar, jugar, llegar, negar, regar, rogar

realizar: almorzar, analizar, avanzar, cazar, comenzar, cruzar, empezar, gozar, tranquilizar(se), utilizar

2-37 Mi informe Transforma los siguientes elementos en oraciones completas en español, usando el pretérito de indicativo.

Ejemplo: explicar / arquitectura maya
Expliqué algo sobre la arquitectura maya.

1. colocar / artefactos arqueológicos
2. analizar / contribuciones culturales
3. gozar de / investigación
4. utilizar / muchas fuentes
5. practicar / informe oral
6. comenzar / a tiempo

Estructura 2-3d: Preterite of *-er* and *-ir* verbs with spelling changes

Most **–er** and **–ir** verbs whose stems end in a vowel change the endings of **usted/ustedes** and the third-person (**él/ella** and **ellos/ellas**) forms of the preterite tense: **-ió → -yó; -ieron → -yeron**.

Preterite of *-er* and *-ir* verbs with spelling changes

	creer	construir	oír
yo	creí	construí	oí
tú	creíste	construiste	oíste
Ud./él/ella	creyó	construyó	oyó
nosotros/nosotras	creímos	construimos	oímos
vosotros/vosotras	creísteis	construisteis	oísteis
Uds./ellos/ellas	creyeron	construyeron	oyeron

Similar verbs

creer: caer, leer

construir: destruir, distribuir, huir, sustituir

2-38 En la época clásica Completa las siguientes oraciones con las formas adecuadas de los verbos entre paréntesis.

Ejemplo: Los mayas ___*construyeron*___ (construir) templos hermosos.

1. Los estudiantes _____ (leer) acerca de la época clásica de los mayas.
2. El joven maya _____ (construir) una choza de palos cubiertos de lodo.
3. El techo de paja _____ (caer) por la lluvia.
4. Más tarde los mayas _____ (sustituir) piedras por paja en sus edificios de arcos voladizos de piedra.
5. Estos edificios no se _____ (destruir) con nada. Se ven hoy en la ciudad de Uaxactún.

Estructura 2-3e: Verbs that follow a special pattern in the preterite

Many of the most commonly used verbs in Spanish have special forms in the preterite. You will notice that the following preterite endings, except for those of the first- and third-person singular, are the same as those of regular -**er** and -**ir** verbs without accent marks. The first- and third-person-singular endings are the same as those of -**ar** verbs without accent marks. Because other Spanish tenses are based on the preterite forms, it is very important that you memorize them.

Verbs like **conducir** have an additional irregularity: in the third-person plural, the ending is **-eron** rather than **-ieron.** The third-person singular of **hacer** is **hizo.**

Verbs that follow a special pattern in the preterite

infinitive	preterite stem	endings
andar	anduv-	
estar	estuv-	
tener	tuv-	
conducir	conduj-	-e
decir	dij-	-iste
traer	traj-	-o
poder	pud-	-imos
poner	pus-	-isteis
querer	quis-	-ieron
saber	sup-	
hacer	hic-, hiz-	
venir	vin-	

Similar verbs

conducir: introducir, producir, traducir

decir: predecir

hacer: deshacer, rehacer

poner: exponer(se), oponer(se), proponer, reponer, suponer

tener: abstener(se), contener(se), detener(se), mantener(se), obtener

traer: atraer, contraer, distraer

venir: convenir, intervenir

2-39 Literatura maya Escribe los equivalentes de las siguientes oraciones en español.

Ejemplo: Fray Alonso de Portillo translated the *Popol Vuh* into Latin.

Fray Alsonso de Portillo tradujo el Popol Vuh *al latín.*

1. Some Mayans produced written versions of the *Popol Vuh* and the *Chilam Balám.*
2. Catholic priests obtained copies and translated them into Latin, Spanish, and French.
3. These sacred texts exposed the Mayans' history, mythology, and culture.
4. Both books predicted the arrival of the Spaniards to the Yucatan.

Estructura 2-3f: Preterite of irregular verbs

Five verbs—**dar**, **haber**, **ir**, **ser**, and **ver**—are completely irregular in the preterite.

Ser and **ir** have exactly the same forms, but don't worry—you will be able to determine which is which from context. Note the lack of accent marks in all forms of these five verbs in the preterite tense.

Preterite of irregular verbs

	dar	haber	ir	ser	ver
yo	di	hube	fui	fui	vi
tú	diste	hubiste	fuiste	fuiste	viste
Ud./él/ella	dio	hubo	fue	fue	vio
nosotros/nosotras	dimos	hubimos	fuimos	fuimos	vimos
vosotros/vosotras	disteis	hubisteis	fuisteis	fuisteis	visteis
Uds./ellos/ellas	dieron	hubieron	fueron	fueron	vieron

2-40 Sucesos de esta semana Contesta las siguientes preguntas con oraciones completas en español.

> **Ejemplo:** ¿Adónde fuiste anoche?
>
> *Fui a la biblioteca.*

1. ¿Hubo un evento importante ayer?
2. ¿Cuál fue el evento más interesante de esta semana?
3. ¿Fuiste a algún lugar divertido con tus amigos esta semana? ¿Adónde fueron?
4. ¿Tus amigos te dieron información importante esta semana? ¿Qué te dijeron?
5. ¿Qué vieron de interés tú y tus amigos esta semana?

Estructura 2-3g: Imperfect and preterite contrasted

Imperfect	Preterite
• Habitual actions **Íbamos** a Mérida todos los años. • Duration or continuing actions Mientras **estábamos** en Mérida, **estudiábamos** español. • Primary description Chichén Itzá **era** la ciudad más famosa del mundo maya. **Tenía** construcciones de muchos estilos arquitectónicos.	• Actions that happened a specific number of times **Fuimos** a Mérida tres veces. • Finished, completed actions **Estudiamos** español en Mérida el año pasado. • Series of distinct events **Fuimos** a Chichén Itzá, **vimos** las ruinas y **tomamos** muchas fotos. Después, **comimos** en un restaurante típico yucateca.

2-41 El período colonial maya Completa el siguiente párrafo con las formas adecuadas de los verbos en el imperfecto o el pretérito, según el contexto.

Para esta época, los numerosos cacicazgos o señoríos 1. _____ (conformar) dieciséis provincias. 2. _____ (ser) enemigos entre sí. El primer contacto de los españoles con el mundo maya 3. _____ (ocurrir) en 1502, al desembarcar Cristóbal Colón en Guanaja, del actual país de Honduras, donde 4. _____ (encontrar) a unos indígenas comerciando en una gran canoa con más de veinte remeros. Al preguntarles de dónde 5. _____ (proceder), le 6. _____ (decir) ser de «una provincia llamada Maiam». En viajes subsecuentes los españoles 7. _____ (recorrer) sus costas e 8. _____ (hacer) contactos con más indígenas. En 1506 Pinzón y Solís 9. _____ (navegar) cerca de la costa noreste. En 1511 Valdivia 10. _____ (naufragar) y 11. _____ (casarse) con la hija de un cacique maya.

2-42 Historia de Chiapas Completa el siguiente párrafo con las formas adecuadas de los verbos en el imperfecto o el pretérito, según el contexto.

Durante la dominación española, este estado 1. _____ (ser) provincia y después intendencia real. Antes de la conquista 2. _____ (tener) mayor importancia que en la actualidad. Aquí se encuentran las célebres ruinas de Palenque. Ocango y Soconusco 3. _____ (ser) también centros importantes. Los olmecas, los toltecas y finalmente los aztecas 4. _____ (invadir) este territorio. Muchos de sus habitantes 5. _____ (emigrar) a Nicaragua. Pedro de Alvarado 6. _____ (realizar) la conquista de Soconusco en 1534. Chiapas 7. _____ (depender) primero de la Audiencia de México y después de Guatemala. En 1538 8. _____ (surgir) la Diócesis de Chiapas, dependiente del Arzobispado de México. En 1625 9. _____ (morir) el obispo Bernandino de Salazar y Farías, de quien cuentan que fue envenenado por una señorita por haber excomulgado a las señoras y las señoritas que 10. _____ (tomar) chocolate en el templo, de ahí que venga el refrán: «Cuidado con el chocolate de Chiapas».

Chiapas 11. _____ (declarar) su independencia de España el 28 de agosto de 1821 en la ciudad de Comitán. El 14 de enero de 1824, el pueblo de Chiapas 12. _____ (decidir) libre y espontáneamente unirse a México y seguir su destino. Desde entonces forma parte de la República Mexicana, como estado soberano, libre e independiente.

¡Adelante!

You should now practice **Estructura 2-3a-g** in the **Práctica de estructuras** section of the *Diario de actividades,* pages PE-10–PE-15.

Capítulo 3

El mundo del trabajo

Una reunión de negocios

Primera etapa: Vocabulario

Sugerencias para aprender el vocabulario: Cómo agrupar frases y palabras

Vocabulario en acción: Idiomas y negocios

Segunda etapa: Conversación

Función 3-1: Cómo evitar la repetición

Función 3-2: Cómo hablar de personas y cosas

Función 3-3: Cómo comparar

Tercera etapa: Lectura

Sugerencias para la lectura: Cómo revisar un texto

Lectura cultural: «Seis empleos fáciles»

Lectura literaria: «Presagios» por José Alcántara Almánzar

Análisis literario: El cuento

Cuarta etapa: Cultura

Vídeo: Volkswagen de México

Cultura en acción: La importancia de ser bilingüe

Repaso de gramática

Perspectiva lingüística: The nucleus

Perspectiva gramatical:

Estructura 3-1: Indirect object pronouns

Estructura 3-2: Direct object pronouns; double object pronouns

Estructura 3-3: Comparisons of equality, superiority, and inferiority

Primera etapa: Vocabulario

Cultura en acción

While working on the **Primera etapa** in the textbook and the *Diario de actividades,* . . .

- use the suggestions given in the **Vocabulario en acción** and select a career that most appeals to you.
- select two or three businesses, institutions, or corporations that would be most suitable for your needs and/or interests.
- check the Internet and Spanish-language newspapers, commercial and industrial business directories, etc. for job opportunities abroad.

■ Vamos a trabajar

Las investigaciones sobre el futuro de las carreras universitarias señalan que las empresas precisan para su modernización una serie de profesionales preparados intelectualmente para el trabajo y que también tengan la capacidad de defenderse en más de un idioma. ¿Cómo crees que vas a usar el español después de graduarte? ¿A quién conoces que haya conseguido (*has gotten*) un trabajo por ser bilingüe aquí en Estados Unidos? En tu comunidad, ¿dónde puedes usar el español? ■

Un alto funcionario de una empresa multinacional

Sugerencias para aprender el vocabulario

Cómo agrupar frases y palabras Categorizing words and phrases into meaningful units is a useful vocabulary-learning technique. For example, you may group or relate words according to grammatical categories (nouns, adjectives, verbs, etc.), semantic categories (people, places, sports, equipment, foods, etc.), situations (medicines to be prescribed for certain illnesses), functional themes (having fun, working, etc.). As you study the **Vocabulario en acción**, write down several different categories that might apply and group the words accordingly.

■ Idiomas y negocios ■

La reorganización económica y política mundial **tiende** hacia la globalización, obligando cada vez más que prestemos atención, no solamente a la **carrera** seleccionada, sino también a otras áreas de especialización. Frecuentemente estas áreas **demandan** el poder comunicarse en otro idioma. Entre las áreas más importantes se encuentran:

- la **realización de operaciones comerciales**
- la **profundización en áreas de estudios**
- el desarrollo de programas sociales.

Hoy en día **es muy corriente** entrar en las tiendas y encontrar productos **fabricados en** otros países. Las **etiquetas** de estos productos indican su **procedencia**. Puede verse en la de un **paquete** de disquetes para la computadora que están **hechos en** México, o en la etiqueta de unos vinos

Preguntas de orientación

As you read **«Idiomas y negocios»,** use the
following questions as a guide.

1. ¿Cuáles son las tres áreas que se requieren
   poder comunicarse en otro idioma cuando
   se hacen negocios?
2. ¿Qué países hispanohablantes exportan
   productos a Estados Unidos?
3. Nombra cuatro compañías multinacionales.
4. ¿Cuáles son algunos de los profesionales
   que están en demanda?
5. ¿Por qué es importante que todas estas
   personas sean bilingües?
6. ¿Quiénes son Carlos Fuentes e Isabel
   Allende?
7. En las áreas de educación y programas
   sociales, ¿qué trabajos hay?
8. ¿Cuál es el porcentaje de hispanohablantes
   en Estados Unidos?

As you read, write a list or underline the
cognates that are related to the topic and be
sure to use them as you do the **activities.**

blancos se ve que son productos chilenos o argentinos. También se encuentran camisas hechas en Estados Unidos, pero de **tela producida en** la República Dominicana o juguetes **fabricados en** Honduras. Todos estos artículos son productos **extranjeros,** pero muchos llevan nombres de compañías o **empresas multinacionales** o nacionales como Walt Disney, Del Monte, Chiquita, Compaq y Ford. En los supermercados encontramos piñas o plátanos que provienen de Costa Rica y **aceitunas** de España. Todas estas compañías **requieren gerentes, abogados, ingenieros,** químicos, programadores, secretarios y **traductores bilingües** para poder **fabricar, promocionar** y **vender** sus productos más allá de sus **fronteras.**

Como estudiantes leemos libros escritos por autores extranjeros como Carlos Fuentes e Isabel Allende, vemos películas en

Dos chicas compran música en español.

español con subtítulos en inglés y escuchamos canciones que encontramos en tiendas de música dedicadas a la música latina. Ahora en Estados Unidos hay todo un sector público que **disfruta de** la literatura, del cine y de la música en español, no como segundo sino como primer idioma. Con esta demanda, también hay una **búsqueda** internacional de talento para poder llenar, no solamente las salas de cine, sino también las de los conciertos. Las **estrellas** de cine, los **cantantes** y los **músicos** también necesitan personas especializadas en las artes.

En esta **sociedad creciente** de hispanohablantes, cada día hay más **demanda** para profesores **bilingües** y expertos en pedagogía en estados como California, Texas, Florida, Georgia, Tennessee, Nueva York, Illinois y Ohio. Los programas sociales también **requieren** los servicios de **médicos, dentistas, farmacéuticos, enfermeros, trabajadores sociales,** psicólogos y recepcionistas para atender a este público.

Hasta hace poco tiempo, el inglés como **lengua franca** o lengua de **negocios** dominaba la escena mundial, y los primeros contactos y negociaciones con los **altos funcionarios** ocurrían en inglés. Ahora, **debido al hecho** de que más del 13 por ciento de la **población** de Estados Unidos es hispanohablante, se está volviendo más y más crítica la necesidad de poder **comunicarse** en español con los clientes y respetar sus **costumbres** y cultura.

Vocabulario en acción

El mundo del negocio

abogado/abogada lawyer
aceituna olive
bilingüe *m./f.* bilingual
búsqueda search
cantante *m./f.* singer
carrera career
comunicarse to communicate
costumbres *f.* customs
demandar to demand
disfrutar de to enjoy
enfermero/enfermera nurse
estrella *m./f.* movie star
etiqueta tag
extranjero/extranjera foreigner
fabricar to manufacture
farmacéutico/farmacéutica pharmacist
frontera border, frontier
gerente *m./f.* manager, supervisor
ingeniero/ingeniera engineer
lengua franca medium of communication between people of different languages
médico/médica doctor
músico/música musician
negocio business
paquete *m.* package
población *f.* population

procedencia origen
promocionar to promote
requerir (ie) to require
tela cloth
tender (ie) to tend toward
trabajador/trabajadora social social worker
traductor/traductora translator
vender to sell

Expresiones útiles

alto funcionario/alta funcionaria high-ranking official
debido al hecho due to the fact
empresa multinacional multinational corporation
fabricado/fabricada en manufactured in
hecho/hecha en made in
producido/producida en produced in
profundización en áreas de estudios investigation/research in coursework
realización de operaciones comerciales fulfillment/carrying out of commercial operations
ser muy corriente to be commonplace
sociedad creciente growing society

Se comunican en español.

3-1 Trabajos y más trabajos En parejas, escriban una lista de los trabajos mencionados en «Idiomas y negocios» y decidan cúal de los trabajos mencionados es el más difícil, fácil, interesante, exigente (*demanding*), divertido y aburrido.

> **Ejemplo:** *Creo que el trabajo de secretario es difícil porque tienen que pasar horas y horas escribiendo a máquina y no ganan mucho dinero.*

3-2 ¿A quién conoces? En parejas, hablen sobre las personas que tienen puestos que exigen el poder comunicarse con sus clientes en otro idioma.

> **Ejemplo:** *Mi amigo Jorge es médico. Frecuentemente tiene que hablar con sus pacientes en español.*

3-3 ¿Su cultura o la tuya? Uno de los problemas que se encuentran al trabajar con personas que hablen otro idioma es el malentendido cultural. Por ejemplo, el uso de **tú** en vez de **usted** puede ofender a un hispanohablante. En parejas...

- piensen en algunas de las «diferencias culturales» que existen entre algunos de los países hispanohablantes que ustedes conocen y Estados Unidos.
- hablen sobre la importancia de estas diferencias y determinen si de verdad es importante respetar las costumbres de los demás.

3-4 El pueblo global Hoy día todo el mundo habla del «pueblo global» y de la importancia de la comunicación entre personas de distintas culturas.

En grupos pequeños...

- hablen desde la perspectiva de los estudiantes sobre el pueblo global.

> **Ejemplo:** *Ser bilingüe es una ventaja porque uno puede entender mejor las diferentes culturas.*

- hablen desde la perspectiva que tienen las empresas sobre el pueblo global.

> **Ejemplo:** *Conocer la cultura de un país facilita los negocios.*

- hablen desde la perspectiva de los gobiernos sobre el pueblo global.

> **Ejemplo:** *Conocer las costumbres de otros países facilita las relaciones políticas.*

¡Adelante!
You should now complete the **Estudio de palabras** of the *Diario de actividades*, pages 48–50.

Segunda etapa: Conversación

¡Alto!

Before coming to class and working on the **Segunda etapa,** review the **Repaso de gramática** on pages 81–86 at the end of this chapter and complete the accompanying exercises in the **Práctica de estructuras** of the **Diario de actividades,** pages PE-16–PE-20.

Cultura en acción

While working on the **Segunda etapa** in the textbook and the **Práctica de estructuras** in the **Diario de actividades,** . . .

- study the vocabulary on page 66 of your textbook. Prepare flash cards and practice with a partner outside of class.
- begin to write your report. Check the accuracy and appropriateness of language and focus on the concepts presented in this and previous chapters.
- notice how the indirect and direct object pronouns and comparisons are used in your articles.

Repaso

Review **Estructura 3-1** in the **Repaso de gramática** on pages 81–83 at the end of this chapter and complete the accompanying exercises in the **Práctica de estructuras** of the **Diario de actividades,** pages PE-16–PE-17.

¡Adelante!

Now that you have completed your in-class work on **Función 3-1,** you should complete **Audio 3-1** in the **Segunda etapa** of the **Diario de actividades,** pages 51–54.

Función 3-1: Cómo evitar la repetición

*Un empleado acude al despacho de su jefe para que **le** suba el sueldo y dice: «Señor, debe Ud. subir**me** el sueldo, porque **le** advierto que hay tres compañías que andan detrás de mí.» El jefe **le** pregunta: «¿Ah, sí? ¿Y puede decir**me** cuáles?» El empleado **le** responde: «Pues la de la Luz, la del Agua y la del Teléfono.»*

«Pidiendo un aumento de sueldo.» *Más chistes sobre el trabajo/Chistes informáticos.* 27 Sept. 2002 Ciudadfutura.com. <http://www.ciudadfutura.com/sap/chistes/trabajo/pidiendo_aumento_sueldo.htm> (27 Sept. 2002)

3-5 Trabajo de estudiantes En grupos pequeños, pregunten y contesten, según las siguientes indicaciones.

Ejemplo: Estudiante 1: *¿Me das un libro sobre las impresas multinacionales?*
Estudiante 2: *Sí, te doy un libro sobre las empresas multinacionales.*

1. ¿Les envías mensajes electrónicos en español a tus amigos?
2. ¿Nos recomiendas las revistas de Internet en español?
3. ¿Les preparas materiales en español a los hispanohablantes?
4. ¿Le escribes el anuncio en español a la estación de radio?
5. ¿Les pides a las autoridades su cooperación en asuntos relacionados con la comunidad latina?

3-6 Regalos para todos ¿A quiénes quieren regalarles los siguientes productos típicos del mundo hispánico? En parejas hagan preguntas basándose ustedes en la información contenida en la siguiente lista de frases y contesten las preguntas, usando pronombres de complemento indirecto y una frase preposicional, según el ejemplo.

Ejemplo: vinos chilenos
Estudiante 1: *¿A quién quieres regalarle los vinos chilenos?*
Estudiante 2: *Le quiero regalar los vinos chilenos a mi tío Luis.*
  o *Quiero regalarle los vinos chilenos a mi tío Luis.*

1. juguetes fabricados en Honduras
2. una camisa de la República Dominicana
3. un curso de español en el extranjero
4. una excursión a un país hispanohablante
5. un vídeo sobre las ruinas precolombinas
6. discos compactos de artistas hispanos

3-7 Asuntos de la oficina En parejas, conversen acerca de los asuntos de la oficina, según las indicaciones.

Ejemplo: arreglar la computadora (a mí)
Estudiante 1 (supervisor): *¿Me arregla la computadora?*
Estudiante 2 (empleado): *Sí, le arreglo la computadora.*

1. revisar este informe (a la jefa)
2. copiar estas hojas (a los clientes)
3. diseñar una campaña (para el público)
4. devolver los archivos (a mí)
5. hacer café (a nosotros)
6. abrir una cuenta de ahorros (a ti)

Repaso

Review **Estructura 3-2** in the **Repaso de gramática** on pages 83–85 at the end of this chapter and complete the accompanying exercises in the **Práctica de estructuras** of the *Diario de actividades,* pages PE-17–PE-18.

Función 3-2: Cómo hablar de personas y cosas

《 *Si todo lo que puede salir mal no **lo** hace simultáneamente, **lo** hará en el peor orden posible. Si todo parece que sale bien, es evidente que **se te** ha pasado algo. Si quieres que algo te salga bien, no **se lo** digas a nadie.* 》

Leyes de Murphy «Más chistes sobre el trabajo/Chistes informáticos.» <http://www.ciudadfutura.com/sap/chistes/trabajo/leyes de murphy.htm> (27 Sept. 2002)

3-8 Presentaciones En grupos pequeños, intercambien el papel de presentador/presentadora y presentados en las siguientes situaciones.

Ejemplo: Arturo Casas / Amalia Pérez (estudiantes)

Estudiante 1: *Arturo, te presento a Amalia Pérez.*
Estudiante 2: *Mucho gusto, Arturo.*
Estudiante 3: *El gusto es mío, Amalia.*

1. el Profesor Suárez / Anabel Rojas (profesor / estudiante)
2. la licenciada Martínez / el ingeniero Vargas (profesionales)
3. Carolina Méndez / Benito Martos (estudiantes)
4. la doctora Hernández / tu tía Sofía
5. Marcos y Laura Soto / Felipe y Aurora Benavídez (amigos de tus padres)

3-9 En busca de empleo En parejas, conversen acerca de los pasos necesarios para buscar empleo.

Ejemplo: completar la solicitud

Estudiante 1 (consejero): *¿Completó la solicitud?*
Estudiante 2 (postulante): *Sí, la completé.*

1. preparar el currículum
2. escribir la carta de solicitud
3. llamar la oficina de empleo
4. arreglar la entrevista
5. conocer al director de empleo
6. ver el vídeo de orientación
7. entregar todos los materiales
8. esperar la llamada telefónica
9. aceptar el puesto

3-10 Diferentes empleos En grupos pequeños, conversen acerca del trabajo de las siguientes personas.

Ejemplo: profesora: planear una orientación a los nuevos estudiantes

Estudiante 1: *¿Les planeó usted una orientación a los nuevos estudiantes?*
Estudiante 2: *Sí, se la planeé.*

1. científico/científica: proponer la investigación al comité
2. cocinero/cocinera: preparar la cena especial a los clientes
3. el/la periodista: escribir la carta al director
4. el/la juez: resolver el conflicto a las partes
5. consejero/consejera: pedir los expedientes a los estudiantes
6. artista: componer la pieza a mis aficionados
7. enfermero/enfermera: poner la tirita a la paciente
8. ingeniero/ingeniera: diseñar el puente nuevo a la comunidad

¡Adelante!

Now that you have completed your in-class work on **Función 3-2,** you should complete **Audio 3-2** in the **Segunda etapa** of the *Diario de actividades,* pages 55–57.

Repaso:
Review **Estructura 3-3** in the **Repaso de gramática** on pages 85–86 at the end of this chapter and complete the accompanying exercises in the **Práctica de estructuras** of the **Diario de actividades,** pages PE-19–PE-20.

Función 3-3: Cómo comparar

《 *Diferencias entre hardware y software*

*Hardware: Lo que se vuelve **más rapido, más pequeño** y **más barato** a medida que pasa el tiempo.*

*Software: Lo que se hace **más grande, más lento** y **más caro** a medida que pasa el tiempo.* 》

«Diferencias entre hardware y software.» *Chistes sobre informática.* Departamento de Informática y Sistemas, Universidad de Murcia. 27 Sept. 2002 <http://dis.um.es/~barzana/Chistes/Chistes.html> (27 Sept. 2002)

Computadora usada: ¿ganga o problema?

 3-11 Compañeros de clase En parejas, comparen y contrasten los siguientes aspectos de la vida estudiantil, según el ejemplo.

Ejemplo: clases

Estudiante 1: *¿Cuántas clases tienes hoy?*
Estudiante 2: *Tengo tres clases hoy.*
Estudiante 1: *Tú tienes más clases que yo.*

1. cursos
2. laboratorios
3. discos compactos
4. libros
5. trabajos escritos
6. exámenes
7. camisetas
8. compañeros/compañeras de cuarto
9. actividades
10. amigos/amigas hispanohablantes

3-12 Ventajas de ser bilingüe En grupos pequeños, comparen las personas bilingües con las personas monolingües, según las indicaciones.

Ejemplo: leer literatura

Las personas bilingües leen más literatura que las personas monolingües.

1. conseguir oportunidades de empleo
2. formar amistades
3. tener conocimientos culturales
4. hacer viajes al extranjero
5. participar en actividades en la comunidad latina
6. tener ganas de mejorar el mundo
7. resolver problemas sociales
8. ver injusticias

 3-13 El lugar del trabajo En grupos pequeños, expresen sus actitudes acerca de los siguientes aspectos del lugar de trabajo. Comparen sus opiniones.

Ejemplo: chismes

Estudiante 1: *Hay muchos chismes donde trabajo yo.*
Estudiante 2: *Todo es muy serio en mi trabajo.*
Estudiante 1: *El ambiente es más amable en mi lugar de trabajo que en el tuyo.*

1. trabajo
2. amistades
3. normas de vestir
4. fotocopias
5. llamadas telefónicas
6. tiempo libre
7. aumentos de salario
8. posibilidades de ascenso

¡Adelante!

Now that you have completed your in-class work on **Función 3-3,** you should complete **Audio 3-3** in the **Segunda etapa** of the *Diario de actividades,* pages 58–60.

Las comunicaciones modernas

Tercera etapa: Lectura

Cultura en acción

While working on the **Tercera etapa** in the textbook and *Diario de actividades*, . . .

- practice skimming and scanning materials you have found in Spanish.
- as you complete the **Estudio de palabras** in the *Diario de actividades,* include examples of words that form word families.
- submit an outline of your investigation to your instructor to check the appropriateness of the topic and sources.

Lectura cultural: ¿Trabajo fácil?

Una forma de ganar dinero rápido durante las vacaciones, entre trabajos o entre otras actividades, es conseguir lo que se llama un trabajo fácil, por ejemplo, salir a la calle y llenar encuestas o repartir periódicos. Son actividades que no requieren un esfuerzo o mucho tiempo para aprender y, aunque la renumeración sea escasa, son fáciles de conseguir. Muchos estudiantes durante el verano buscan estos trabajos para ganar un dinero que les sirva para comprar libros o ayudar a pagar su matrícula. En esta etapa, vas a leer sobre ocho empleos que no necesitan mucha preparación. ∎

Sugerencias para la lectura

Cómo revisar un texto *(Skimming and scanning)* To find out about the general content of a reading selection, you may run your eyes quickly over the written material and look at the general layout or design of the page. As you glance at, or *skim,* the title, photos, drawings, charts, and use of blank space, you quickly process the general cues to determine the content and purpose of the written material. If something catches your eye, you will then probably *scan* the article to locate specific or detailed information. Scanning a text is also used during a close reading when you highlight or underline essential information.

As you do the activities of this chapter of the textbook and of the *Diario de actividades,* first skim the authentic readings to determine what each article is about. Then, use the direction lines to the activities and the **Preguntas de orientación** before the readings as guides to finding essential information.

Antes de leer

3-14 ¡A trabajar! ¿Cuáles son los trabajos fáciles? En grupos pequeños, hablen sobre algunos trabajos fáciles y escriban una lista de por lo menos diez oficios que no requieran tener muchas cualificaciones o un título.

Ejemplo: Estudiante 1: *Creo que trabajar como cajero en una tienda es fácil. No es necesario pensar mucho y no hay que hablar mucho.*

Estudiante 2: *Pienso que para repartir periódicos no necesito título. Sólo hay que tener bicicleta.*

3-15 La juventud En parejas, hablen sobre los trabajos que tuvieron de jóvenes. Mencionen el tipo de trabajo, algunas de sus responsabilidades, el sueldo que recibieron y si el trabajo era divertido, aburrido, fácil, díficil, etcétera.

Un empleo de jóvenes

Pequeño diccionario

El artículo de la revista *Gracia* nos cuenta sobre unos trabajos muy fáciles. Antes de leerlo y hacer las actividades, busca las palabras en el texto y usa dos o tres para escribir oraciones originales en una hoja aparte.

animador/animadora social Persona que coordina actividades sociales

arma Instrumento destinado a ofender o a defenderse

asumir *v. tr.* Hacerse cargo, responsabilizarse

buzonero/buzonera Persona que distribuye el correo

conocidos Personas que uno conoce y con quienes tiene amistad

curso de información Programa de orientación

don especial *m.* Cualidad o característica extraordinaria

echar una mano Dar ayuda

empleo Trabajo

encuesta Datos obtenidos por medio de un interrogatorio

entretenimiento Cosa que sirve para divertir

figurante *m./f.* Extra de cine o de televisión

grandes almacenes *m.* Tienda donde se venden artículos domésticos

montar un negocio Establecer un negocio

peluquería canina Salón de belleza exclusivamente para clientes caninos

puesto (de trabajo) empleo

recoger *v. tr.* levantar algo que se ha caído

sacar al perro *v. tr.* Llevar al perro a pasear o llevarlo afuera

salchicha Embutido de carne picada

salir del paro *v. tr.* volver a trabajar después de haber estado en huelga

sencillo/sencilla Lo contrario de complicado

sueldo Dinero que se gana haciendo un trabajo

salchichas

✓ No esperes a que salga la oferta. Una espontánea carta de presentación en el momento oportuno puede ser la mano maestra para conseguir un puesto de trabajo.

✓ Dile a todos los conocidos que estas buscando empleo. La oportunidad puede presentarse en cualquier lugar y a lo mejor los amigos, pueden echarte una mano.

Preguntas de orientación

As you read **«Seis empleos fáciles»,** use the following questions as a guide.

1. ¿Qué cualidades son importantes si piensas cuidar de un animal? ¿Qué hay que hacer?
2. ¿Con quién debes ponerte en contacto si quieres montar tu propio negocio de cuidar animales?
3. ¿Qué hace un/una figurante o extra?
4. ¿Qué cualidades hay que tener para trabajar como extra? ¿Qué horario se tiene?
5. ¿Qué productos ofrecen los promotores?
6. ¿Dónde trabajan los animadores sociales? ¿Qué organizan?
7. ¿Qué hace un buzonero/una buzonera?
8. Según el artículo, ¿qué características se necesita tener para ser canguro?
9. Normalmente, ¿cuándo trabajan los canguros?
10. ¿Cómo puedes ganar más dinero como canguro?

A leer: «Seis empleos fáciles»

Si quieres conseguir un trabajo de inmediato, sin necesidad de pasar por un período previo de formación, analiza tus preferencias y escoge uno de estos trabajos.

Quizá te interese alguno de estos trabajos que puedes realizar sin una gran preparación. Sentido común, paciencia y dotes de organización pueden ser tus armas para salir adelante. Sigue estos consejos.

Cuidar perros

Tener un animal en casa aporta gran ale-

gría y también responsabilidades que algunas personas no pueden asumir. La primera es la de sacar al animal varias veces al día para que haga ejercicio, así como también para que haga sus necesidades. Es una idea sencilla que ofrece un servicio muy útil para enfermos, ancianos o personas que viajan constantemente y no tienen tiempo para sacar al perro a pasear. Si quieres montar un negocio similar, acude a consultorios veterina-

rios, peluquerías caninas y habla con los dueños de algunas tiendas de animales.

Figurante o extra

El trabajo de figurante consiste en

participar en programas de televisión como público, o extra, en series o películas. No se exigen unas características específicas, tan sólo buena presencia y saber comportarse. La remuneración depende de la agencia que se encarga de seleccionar al personal. El empleo no tiene horario fijo y es esporádico porque no se deben repetir las caras.

Promotor

Promociona productos en las grandes

cantidades, dan a conocer desde colonias hasta salchichas. No piden una altura mínima ni idiomas extranjeros. Ponerse en contacto con su agencia de Selección y Promoción en los grandes almacenes.

Animador social

Organiza actividades de entretenimiento en clubes de élite, hoteles y residencias. Se requiere simpatía abundante y muchas ideas para preparar fiestas, excursiones y campeonatos deportivos, tanto para niños como para adultos. Las propias agencias organizan cursos de formación que duran entre tres semanas o dos meses y medio. El sueldo varía en función de la empresa que te contrata.

Buzonero y encuestas

El reparto de publicidad y las encuestas son algo más duro. Normalmente se paga por siete u ocho horas y el trabajo es diario o mensual. Las encuestas normalmente pagan una cantidad fija por cada una completada y entregada.

Cuidar niños

Sólo se requiere paciencia, disciplina, un don especial para tratar a niños de diferentes edades y tener las tardes libres. Por lo general, hay que recoger a los pequeños del colegio, jugar con ellos y ayudarles en las tareas escolares hasta que los padres vuelvan del trabajo. No hay nada que regule el sueldo de las canguros. Si sabes idiomas o dominas materias como latín, química y matemáticas, las tarifas pueden subir. También puedes especializarte en bebés pequeños cuando los padres salen de noche.

Después de leer

3-16 Obligaciones ¿Qué tienes que hacer? Revisa el artículo rápidamente y, en parejas, expliquen los conocimientos o destrezas que hay que tener para cada trabajo.

- cuidar perros
- figurante o extra
- promotor
- animador social
- buzonero
- cuidar niños

3-17 ¿Sí o no? ¿Estás de acuerdo con las descripciones de cada trabajo y los requisitos necesarios? En grupos pequeños, añadan dos o tres requisitos que cada posición puede requerir.

- cuidar perros
- figurante o extra
- promotor
- animador social
- buzonero
- cuidar niños

3-18 Otros trabajos Ahora, en parejas, piensen en tres trabajos más que se pueden añadir a esta lista. Deben incluir una descripción del trabajo y algunas cualidades o características personales que hay que tener para cada puesto.

Lectura literaria: Biografía

José Alcántara Almánzar es una de las grandes figuras de las letras dominicanas. Nació en Santo Domingo el 2 de mayo de 1946. Es sociólogo, ensayista, crítico literario, profesor en la Universidad Autónoma de Santo Domingo (UASD) y en la Nacional Pedro Henríquez Ureña (UNPHU) y colaborador en ciencias sociales con el Instituto Tecnológico de Santo Domingo (INTEC). En Estados Unidos, Alcántara Almánzar fue Fulbright Scholar-in-Residence en Stillman College. Ganador de premios literarios prestigiosos como el Premio Anual del Cuento, el Premio Dominicano a la Excelencia Periodística y el Caonabo de Oro, Alcántara Almánzar es actualmente director del Departamento Cultural del Banco Central de República Dominicana.

Antes de leer

3-19 Tensiones en el trabajo En cualquier lugar de trabajo hay tensiones entre los jefes y los trabajadores. En grupos pequeños, escriban una lista de las causas de tensiones en el trabajo.

Ejemplo: *Una causa de tensión son las desigualdades de sueldo.*

3-20 El estrés ¿Cómo reaccionan al estrés? En grupos pequeños, conversen acerca de sus reacciones físicas y mentales al estrés en la universidad, en el lugar de trabajo y en otros contextos.

Ejemplo: *Cuando experimento el estrés, como mucho chocolate.*

Pequeño diccionario

Estudia las siguientes palabras y frases para comprender mejor el texto. Busca las palabras en el texto y usa dos o tres para escribir oraciones originales en una hoja aparte.

bóveda Cámara fortificada de un banco en la que se guarda el dinero.

cajero El que en las tesorerías, bancos, casas de comercio y en algunas casas particulares está encargado de la entrada y salida de dinero.

bóveda

desasosiego Falta de quietud, de calma.

desplomarse *v. refl.* Caerse, desmayarse.

disparo Descarga, tiro, balazo, proyectil.

encañonar *v. tr.* Dirigir un arma de fuego contra una persona o cosa.

bala

equivocado/equivocada Confundido, ofuscado, erróneo.

espuelazo Herida causada por una espiga de metal que se sujeta al pie para picar al caballo.

espuela

gripe *f.* Influenza, catarro.

pauta Norma, patrón, regla, modelo.

presagio Señal que indica, previene y anuncia un suceso.

soga Cuerda, amarra.

soga

soñar (con) *v. tr.* Representarse en la fantasía imágenes o sucesos mientras se duerme.

venganza Revancha que se toma del agravio o daño recibidos.

Preguntas de orientación

As you read **«Presagios»,** use the following questions as a guide.

1. ¿Con qué soñaba el cajero?
2. Después de cada sueño, ¿qué ocurría en la vida real?
3. ¿Qué causa tenían los sueños?
4. ¿Con qué preferiría soñar el cajero?
5. ¿Cómo fue el asalto soñado?
6. ¿Cómo resultó el día siguiente?

A leer: «Presagios» por José Alcántara Almánzar

El cajero soñaba que quería estrangular al gerente y al despertar le dolía la garganta y en el cuello tenía impresa la marca de la soga. Soñaba que el gerente se había ahogado en la playa y la mañana siguiente casi no podía respirar, había arena en la cama y las sábanas estaban mojadas, con un fuerte olor a mar. Soñaba que viajaría a otro país y al poco tiempo era el gerente quien se encontraba a bordo de un avión, con gastos pagados por el banco en que ambos trabajaban.

Sus viajes al fondo de sí mismo eran presagios equivocados que nadie conocía, escapes erráticos de antiguos rencores contra su jefe, venganzas imaginarias que se trocaban en castigos.

Quiso siempre soñar con dinero y gloria, y el subconsciente lo traicionaba, llevándolo al terreno pantanoso del peligro, al baldío de la mediocridad y la frustración.

Una noche soñó que se producía un asalto al banco. A mediodía entraban cuatro individuos portando maletines de cuero, encañonaban al público, y el gerente, a la primera amenaza, les abría la bóveda. Mientras unos sacaban los fajos de billetes, los otros vigilaban. Para sorpresa de todos llegaba la policía y conminaba a los ladrones a entregarse. Soñaba un disparo, él sentía un espuelazo en el pecho y se desplomaba.

Al otro día pasó la mañana muy excitado, casi sin poder concentrarse por el desasosiego, ya que sabía lo que iba a suceder y no deseaba evitarlo.

A las doce entraron cuatro individuos portando maletines de cuero, encañonaron al público, y el gerente, a la primera amenaza, les abrió la bóveda...

El asalto se cumplió según las pautas del sueño, con una ligera variante: el disparo no alcanzó al gerente, sino a él, que había estado muy seguro, esperando un desenlace a la inversa de su ventanilla.

Después de leer

 3-21 Influencias En grupos pequeños, conversen acerca de la influencia del cajero sobre el gerente. ¿Era la influencia verdadera o no?

 3-22 Sueño y realidad En grupos pequeños, conversen acerca de los sueños del cajero que se conviertieron en realidad. ¿Hubo variantes en los sueños?

 3-23 Conclusión ¿Qué le pasó al cajero al final del cuento «Presagios»? En grupos pequeños apliquen la moraleja del cuento al mundo del trabajo en general. ¿Tiene también aplicación universal?

Análisis literario: El cuento

Términos literarios. Usa los siguientes términos para analizar los cuentos.
La presentación introduce los elementos básicos del cuento: protagonista(s), personajes, escenario y tema.
La complicación o **el nudo** son los obstáculos que el protagonista debe superar.
El clímax es el punto culminante del cuento.
El desenlace es la conclusión o la resolución de la narrativa.
Un cuento es una narrativa corta que relata un suceso ficticio o de pura invención.
El escenario es el lugar en el cual ocurren los sucesos.
Los personajes son los seres ideados por el escritor en una obra literaria.
El/La protagonista es el/la personaje principal de cualquier obra literaria.
El tema es la idea principal de una composición o un escrito.
La trama (el argumento) es el asunto o materia que se trata en una obra literaria.

 3-24 Análisis del cuento En parejas, contesten las siguientes preguntas acerca de «Presagios».

1. ¿Cuál es el escenario de «Presagios»?
2. ¿Quién es el protagonista?
3. ¿Quiénes son los otros personajes?
4. ¿Qué tipo de narrador relata los sucesos?
5. En su opinión, ¿cuál es el tema de «Presagios»?

 3-25 Organización de «Presagios» En parejas, identifiquen las cuatro partes de este cuento.

 3-26 El desenlace El desenlace de «Presagios» es sorprendente. En grupos pequeños, inventen otro desenlace para este cuento.

Ejemplo: *Los ladrones, al sacar los fajos de billetes, secuestran al gerente. El cajero asciende a gerente y establece un ambiente de tranquilidad en el banco. En el corazón de la selva el ex-gerente comienza a soñar.*

¡Adelante!
Now that you have completed your in-class work on the **Tercera etapa**, you should complete the **Redacción** in the **Tercera etapa** of the *Diario de actividades,* pages 61–67.

Cuarta etapa: Cultura

Vídeo: Volkswagen de México

Introducción

El Volkswagen Beetle clásico es emblemático de la libertad del espíritu que caracterizaba los años sesenta. Después de una ausencia de varios años, el nuevo Volkswagen Beetle apareció otra vez en Estados Unidos en 1998. En cambio, este auto nunca se desapareció de la vida cotidiana mexicana. En este vídeo vas a aprender cómo hasta poco se fabricaba el Volkswagen Beetle en México. ∎

Cultura en acción

While working on the **Cuarta etapa** in the textbook,...

- continue your research related to occupations that require or are enhanced by the use of Spanish in your city or state.
- interview someone who is bilingual about his/her job responsibilities, etc.
- prepare for your presentation on **La importancia de ser bilingüe** for the **Cultura en acción.**

Antes de ver

3-27 Lluvia de ideas En grupos pequeños, compartan sus ideas sobre el Volkswagen Beetle... tanto sobre el modelo clásico, como sobre el nuevo.

> **Ejemplo:** *En los años sesenta mi madre tenía un Volkswagen pintado de flores psicodélicas.*

3-28 Guía para la comprensión del vídeo Antes de ver el vídeo, estudia las siguientes preguntas. Al ver el vídeo, busca las respuestas adecuadas.

1. ¿Qué le llaman al Volkswagen nuevo en México?
2. ¿Cuál es su uso número uno en México?
3. ¿Dónde está la fábrica?
4. ¿Por qué es importante esta empresa?
5. ¿Qué responsabilidad tiene Gonzalo?
6. ¿Cuál es el promedio de edad de los trabajadores de la fábrica?
7. ¿Cómo es el horario de los trabajadores?
8. ¿Cuál es el objetivo de la fábrica?
9. ¿Cómo se siente Gonzalo acerca de su trabajo?

El Volkswagen Beetle clásico

Estudia las siguientes palabras y frases para comprender mejor el vídeo. Busca las palabras en el vídeo y usa dos o tres para escribir oraciones originales en una hoja aparte.

carrera Conjunto de estudios que habilitan para el ejercicio de una profesión.

carretera Camino público, ancho y espacioso, pavimentado y dispuesto para el tránsito de vehículos.

empresa Unidad de organización dedicada a actividades industriales, mercantiles o de prestación de servicios con fines lucrativos.

exigente Dicho de una persona que pide caprichosa o despóticamente.

fabricar *v. tr.* Producir objetos en serie, generalmente por medios mecánicos.

turno Conjunto de trabajadores que desempeñan su actividad al mismo tiempo, según un orden establecido previamente.

versátil Capaz de adaptarse con facilidad y rapidez a diversas funciones.

A ver

3-29 Los trabajadores Al ver el vídeo, nota las condiciones de la fábrica y las actividades de los trabajadores.

En la fábrica de Volkswagen de México

3-30 Características Al ver el vídeo, escribe una lista de las palabras que caractericen la actitud de los mexicanos acerca de la fabricación del Volkswagen en México.

Después de ver

3-31 El lugar del trabajo En grupos pequeños, comparen sus listas de condiciones del lugar de trabajo en la fábrica de Volkswagen.

3-32 Los consumidores En grupos pequeños, conversen acerca del Beetle en Estados Unidos. ¿Cómo lo consideramos? Comparen y contrasten el papel del Volkswagen Beetle en Estados Unidos y en México.

Ejemplo: *En Estados Unidos el Volkswagen Beetle es considerado un símbolo de los años sesenta.*

Cultura en acción: La importancia de ser bilingüe

Tema

El tema de **La importancia de ser bilingüe** les dará a ustedes la oportunidad de investigar y escuchar para escribir y hacer una presentación sobre las oportunidades de trabajo en negocios que requieren el uso del español.

Ustedes pueden investigar sobre los siguientes temas:

- trabajar de voluntario/voluntaria
- trabajar para una compañía multinacional
- viajar con una aerolínea
- jubilarse
- trabajar de investigador/investigadora (de arqueología, lingüística, etc.)
- dedicarse a la enseñanza
- alistarse para una carrera militar
- ¿Otro?

Escenario

El escenario de **La importancia de ser bilingüe** es una exhibición donde ustedes enseñarán individualmente la información que obtuvieron y presentarán sus trabajos escritos.

Materiales

- trabajo escrito y panfletos para exhibir
- tarjetas de apuntes para usar como referencia durante la presentación oral
- fotografías y mapas del lugar
- panfletos y hojas de información sobre organizaciones, compañías, programas para estudio en el extranjero, etcétera

Guía

Cada uno escoge un motivo para su trabajo y debe presentarlo en clase.

Las presentaciones

El día de la actividad, todos ustedes deben participar en arreglar la sala. Cada uno de ustedes, o un grupo designado por el instructor / la instructora, presentará su trabajo de investigación. Hay que explicar por qué escogió el trabajo o el negocio y contestar las preguntas de los demás estudiantes. Después de la presentación, todos pueden ver los trabajos escritos y materiales correspondientes a cada presentación.

Una ejecutiva de empresas

Repaso de gramática

Perspectiva lingüística

The nucleus

In **Capítulo 1**, you learned that Spanish sentences, like English, are composed of a noun phrase or subject (NP) and a verb phrase or predicate (VP). In English, the noun phrase is absolutely essential to convey the identity of the subject. For example:

> NP VP
>
> *I went to Mexico last year.*

In Spanish, however, the noun phrase is optional, because the subject is expressed by the verb ending.

> (NP) VP
>
> *Vamos a Argentina en septiembre.*

Because the verb contains both the subject and the verb stem, it is considered the *nucleus* (**núcleo**) of the Spanish sentence. The only exception is the verb **hay** which is considered impersonal and has no subject. Object pronouns, which you will study in the **Perspectiva gramatical** section, are also considered part of the nucleus.

Perspectiva gramatical

¡Alto!

These activities will prepare you to complete the in-class communicative activities for the **Función 3-1** on page 68 of this chapter.

Estructura 3-1: Indirect object pronouns

The Spanish indirect object (IO) differs in several ways from the English IO. The English IO is usually restricted to the notions of giving-to or doing-for someone, but the Spanish IO indicates a general "involvement" with the subject, verb, and direct object (DO). This involvement may represent the subject's interest in, participation with, or effect from the indirect object—depending on the context. Thus, the Spanish IO encompasses a wide range of English equivalents, including *to, for, from, on, in, of,* and *'s,* as noted in the following examples:

Marlena **le** escribió una carta **a su madre.**	*Marlena wrote a letter **to her mother.***
Martín **le** preparó la comida **a su padre.**	*Martín prepared the meal **for his father.***
María **le** puso la mantita **a su bebé.**	*María put a small blanket **on her baby.***
Marcos **le** notó un cambio de personalidad **a su hermano.**	*Marcos noticed a change **in his brother's** personality.*
Manuela **le** cambió la ropa **a su hija.**	*Manuela changed **her daughter's** clothing.*

As you may have noticed in these examples, there is an element of redundancy (repetition) because the prepositional phrase echoes the person indicated by the indirect object pronoun. The prepositional phrase is not required but is used when the speaker/writer wants to clarify or emphasize the IO. The following chart summarizes the Spanish indirect object pronouns and their corresponding prepositional phrases.

Indirect object pronoun	Prepositional phrase
me	a mí
te	a ti
le	a Ud. / a él / a ella / a Magdalena
nos	a nosotros / a nosotras
os	a vosotros / a vosotras
les	a Uds. / a ellos / a ellas / a Mario y a Matilda

3-33 En la universidad Transforma las siguientes oraciones, agregando un pronombre de complemento indirecto, según las indicaciones.

Ejemplo: enseñar mucho (a mí).

Me enseñaron mucho.

1. explicar las costumbres (a nosotros)
2. prestar los libros (a los estudiantes)
3. mostrar ejemplos de estructuras gramaticales (a ti)
4. preparar platos típicos (a ustedes)
5. traer periódicos en español (a los socios del Club de español)
6. prometer un futuro interesante (a nosotros)

3-34 ¡A trabajar! Transforma las siguientes oraciones en oraciones completas, usando los complementos indirectos adecuados y el pretérito.

Ejemplo: el técnico / explicar el programa / a mí

El técnico me explicó el programa.

1. yo / enviar la hoja de vida / al gerente
2. los empleados / explicar el contrato / a nosotros
3 los solicitantes / presentar las solicitudes / a la directora
4. el profesional / mostrar su despacho / a los invitados
5. mi profesora de español / escribir una carta de recomendación / a la empresa
6. los trabajadores / describir las condiciones / al supervisor
7. la directora de relaciones públicas / hacer la propaganda / al público

3-35 En el mundo del trabajo Contesta las siguientes preguntas con oraciones completas en español usando complementos indirectos.

Ejemplo: ¿El técnico reparó la computadora para ti?

Sí, me reparó la computadora.

1. ¿Le presentaste tus referencias a la directora de personal?
2. ¿Los solicitantes le enviaron su currículum al gerente?
3. ¿Les vendieron muchos productos a los consumidores?
4. ¿Las empresas les hicieron mucha publicidad a los consumidores?
5. ¿Les proveyeron servicios a los de la tercera edad?
6. ¿Les tradujiste los materiales a los hispanohablantes?
7. ¿La empresa les ofrecieron los seguros a los empleados?
8. ¿Te ofrecieron un contrato a ti?

¡Adelante!

You should now practice **Estructura 3-1** in the **Práctica de estructuras** section of the **Diario de actividades,** pages PE-16–PE17.

¡Alto!

These activities will prepare you to complete the in-class communicative activities for **Función 3–2** on page 69 of this chapter.

Estructura 3-2a: Direct object pronouns

The Spanish direct object (DO) completes the idea that begins with the verb (VP). Although this definition may sound somewhat vague, it can be illustrated quite simply by the following examples.

Ana oyó a su **profesora.**   Adán grabó a la **cantante.**

Antonio admiró a la **presidenta.**   Adelaida recordó a su **abuela.**

Alicia comprendió al **invitado.**   Arturo vio al **político.**

You probably noticed in the examples above that each of the direct objects was preceded by the word **a.** In Spanish, both the IO and the DO may be marked by **a.** Although the DO marker is sometimes called the "personal" **a,** there are many instances in common speech when it is used with animals, such as **El gato vio *a*l perro.**

Direct object pronouns may be used to replace the DO and are placed directly before a conjugated verb.

Ana oyó a su **profesora.** → Ana **la** oyó.

The following chart summarizes the direct object pronouns.

Direct object pronouns	
Singular	**Plural**
me	nos
te	os
lo/la	los/las

3-36 ¿Quién lo hizo? Escribe oraciones basándote en la siguiente información, y marcando el complemento directo con **a**.

> Ejemplo: pájaro / gato / atacar
>
> Estudiante 1: *El pájaro atacó **al** gato.*
>
> Estudiante 2: *¿Quién atacó?*
>
> Estudiante 1*: El pájaro.*

1. caballo / mula / morder
2. David / Susana / ver
3. gato / perro / perseguir
4. Marielena / Guillermo / escuchar
5. niño / niña / pegar
6. profesor / estudiante / llamar

3-37 Retención de talento Transforma las siguientes oraciones, reemplazando los complementos directos con pronombres.

> Ejemplo: Los empleados quieren la autonomía.
>
> *Los empleados la quieren.*

1. Las empresas inteligentes escuchan los deseos de sus empleados.
2. Los empleados desean el reto que representa el trabajo.
3. Ofrecen puestos interesantes y bien remunerados.
4. Muchas empresas ignoran este hecho.
5. No retienen el talento con el que ya se cuenta.
6. Sus colegas constituyen el principal motivo de permanencia en el trabajo.

Estructura 3-2b: Double object pronouns

There are times when you will want to use both an indirect and a direct object pronoun in the same sentence. In that case, the DO is placed directly before the conjugated verb and the IO precedes the DO.

$$\text{IO} \quad \text{DO}$$

¿Francisco **te** presta **el diccionario**? → Sí, **me lo** presta.

Object pronouns may also be attached, in the same order, to infinitives, commands, and present participles, as in the following examples.

Verb type	Examples
Infinitive	Francisco va a prestár**melo**.
Command	Francisco, présta**melo**.
Present participle	Francisco está prestándo**melo**.

Notice that all three verb forms must carry a written accent over the stressed syllable whenever object pronouns are attached.

Transforming **le** and **les**

The indirect object pronouns **le** and **les** change to **se** when they precede a third person direct object pronoun (**lo, la, los, las**). Use any of the **a** + *person* phrases to clarify expressions of this type.

Le envié mi solicitud al director.	**Se la** envié (a él).
Pienso revisar mi currículum para mi supervisora.	Pienso revisár**selo** (a ella).

3-38 Sueños del futuro Cuando eras más joven, ¿con qué tipo de futuro soñabas? Escribe oraciones completas, según las siguientes indicaciones.

Ejemplo: comprar / esa mansión / padres
Iba a comprársela.

1. regalar / autos deportivos / amigos
2. escribir / cartas / director del periódico
3. contar / experiencias / reporteros
4. recomendar / libros / estudiantes
5. donar / edificios / mi universidad

3-39 En el lugar del trabajo Transforma las siguientes frases en oraciones completas, usando pronombres de complemento directo e indirecto.

Ejemplo: el supervisor / arreglar el horario / a los trabajadores
El supervisor se lo arregló.

1. la solicitante / llenar el formulario / al director de personal
2. la empresa / ofrecer el puesto bueno / a mí
3. el supervisor / dar un ascenso / al empleado
4. el gerente / exigir el desempeño excelente / a los empleados
5. los empleados / pedir el aumento / a la empresa
6. los trabajadores / ofrecer la solución / los dueños
7. el técnico / pedir una promoción / a su supervisor
8. los directores / explicar los requisitos / a nosotros

¡Adelante!
You should now practice **Estructura 3-2** in the **Práctica de estructuras** section of the *Diario de actividades,* pages PE-17–PE-18.

¡Alto!
These activities will prepare you to complete the in-class communicative activities for **Función 3-3** on pages 70–71 of this chapter.

Some comparative words are irregular, as for example:

bueno → mejor.
Este refresco es **mejor** que el otro.

joven → menor
Guillermo es **menor** que yo.

mal/malo → peor
Salí **peor** en este examen que en los anteriores.

mucho → más
Arturo viaja **más** que yo.

poco → menos
Adriana tiene **menos** dinero que yo.

viejo/vieja → mayor
(used to refer to people and animals)
Diana es **mayor** que Dolores.

Estructura 3-3: Comparisons of equality, superiority, and inferiority

There are three forms of comparison in Spanish: *equality, superiority,* and *inferiority.* Sometimes, the latter two categories are combined (because of the similarity of their formation) and called comparisons of *inequality.* Comparisons of equality may be formed in various ways.

Comparisons of equality	Examples
tan + *adjective* + **como**	Carolina es **tan alta como** Flor.
	Ernesto es **tan inteligente como** Roberto.
tanto/tanta/tantos/ tantas + *noun* + **como**	Yo leo **tantos libros como** él.
	Marlene come **tantas verduras como** Román.
verb + **tanto como**	Orlando **habla tanto como** Luis.
	Paz **estudia tanto como** Lorena.

Comparisons of superiority indicate that one entity is superior to another. The key word in this type of comparison is **más**.

Comparisons of superiority	Examples
más + *adjective* + **que**	Mi diccionario es **más grande que** el tuyo.
más + *noun* + **que**	Nieves escribe **más cartas que** Antonia.
verb + **más que**	Salvador **trabaja más que** Víctor.

Comparisons of inferiority indicate that something is less than another. The key word in these comparisons is **menos**.

Comparisons of inferiority	Examples
menos + *adjective* + **que**	Lalo es **menos estudioso que** Pedro.
menos + *noun* + **que**	Vina come **menos dulces que** Blanca.
verb + **menos que**	Leonor **duerme menos que** yo.

3-40 ¿Cómo se comparan? Escribe dos oraciones completas en español en las que compares los dos elementos.

Ejemplo: Hermanos Gutiérrez = 8 empleados
Faxódem = 10 empleados

Faxódem tiene más empleados que Hermanos Gutiérrez.
Hermanos Gutiérrez tiene menos empleados que Faxódem.

1. Jorge = 2 supervisores   Elisa = 3 supervisores
2. Mariana = copia 20 documentos   Analisa = copia 30 documentos
3. Arturo = solicita 3 puestos   Antonio = solicita 2 puestos
4. Candelario = tiene 1 trabajo   Carmela = tiene 2 trabajos
5. Laura = gana $42.000 al año   Lázaro = gana $35.000 al año

3-41 El trabajo de ayer vs. el trabajo de hoy Escribe comparaciones, según las siguientes indicaciones.

Ejemplo: físico

El trabajo de hoy es menos físico que el trabajo de ayer.

1. intelectual   5. estimulante
2. interesante   6. aburrido
3. frustrante   7. técnico
4. gratificador   8. duro

3-42 Entre tú y yo Completa las siguientes oraciones con la forma adecuada de la palabra entre paréntesis.

Ejemplo: Mi tía es *mayor* que la tuya (viejo).

1. Mi computadora es _____ que la tuya (bueno).
2. Mi auto es _____ que el tuyo (malo).
3. Mi abuelita es _____ que la tuya (viejo).
4. Tú eres _____ que yo (joven).
5. Mis libros están en _____ condiciones que los tuyos (malo).
6. Mis aparatos electrónicos son _____ que los tuyos (bueno).
7. Mis amigos son _____ que los tuyos (joven).
8. Mis hermanas son _____ que las tuyas (viejo).

¡Adelante!
You should now practice **Estructura 3-3** in the **Práctica de estructuras** section of the **Diario de actividades,** pages PE-19–PE-20.

Capítulo 4

La diversión y el tiempo libre

Escalar es un deporte radical.

Primera etapa: Vocabulario

Cultura en acción

While working on the **Primera etapa** in the textbook and the *Diario de actividades,* . . .

- use the suggestions given in **Vocabulario en acción** and select one of the sports, hobbies, or activities that appeal to you. Also select a sporting event that you have always wanted to see take place, for example, **La vuelta a España,** a bicycle race in Spain.
- select two or three Spanish-speaking countries that you think would be appropriate for practicing or observing this sport or hobby. Look for ads in the sports magazines that frequently offer excursions to Spain, Mexico, South America, or the Caribbean.
- check the **Ministerio de Información y Turismo** for your selected countries, sports magazines for events and competitions, or the library for general information. If you are interested in **escalar** or **montañismo,** for example, you should also use those words to do a search on the Internet.

▆ El tiempo libre

¿Qué haces en tu tiempo libre? Según la encuesta en un periódico de Madrid, el *ABC*, al 68 por ciento de los jóvenes mayores de dieciocho años le gusta viajar. Pero hay otras formas también de pasar las horas de ocio. ¿Te gusta leer libros? ¿ver la televisión? ¿hacer deporte? En este capítulo, vamos a averiguar qué deportes, pasatiempos y juegos son populares en los países hispánicos. ■

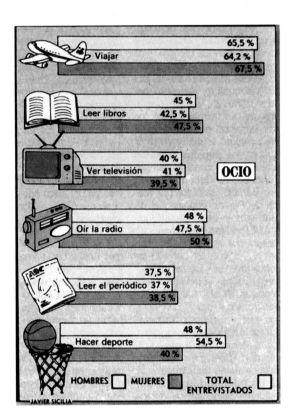

Sugerencias para aprender el vocabulario

Juegos de mesa (Board games) One of the most enjoyable ways to learn vocabulary is to get together with a group of friends to play word-related board games. Scrabble sets in Spanish are commercially available, but if you have an English version at home, it can be easily altered. Traditionally, the letters **ch, ll,** and **rr** were considered to be separate letters. Today, however, they have been merged with the letters, **c, l,** and **r,** respectively, so the only letter lacking in the English alphabet is the **ñ;** a stroke with a magic marker can alter one or two of the *n* tiles. Other adaptable games are Boggle, Bingo, and Hangman. Crosswords, word searches, word mazes, and charades are other enjoyable ways to meet with friends and learn new words. Just be sure to appoint someone as the "judge" to look up in a dictionary any terms of which you are unsure.

As you read «**Los deportes y el ocio**», use
the following questions as a guide.

1. ¿Quién era Séneca? ¿Dónde nació?
2. ¿Cómo era el trabajo en el mundo romano?
3. ¿Qué pasó después de la revolución
   industrial?
4. ¿Qué es la cultura?
5. ¿Cuáles son algunos ejemplos de la cultura?
6. ¿Qué tipo de información se incluye en guías
   del ocio?
7. ¿Cuál es el tipo de deporte que es una
   reacción contra la vida sedentaria?
8. ¿Cuáles son algunos ejemplos de los
   deportes radicales?

As you read, write a list or underline the
cognates that are related to the topic and be
sure to use them as you do the **activities**.

Los deportes y el ocio

En el siglo I después de Cristo, cuando el gran filósofo romano, Lucio Anneo Séneca, nacido en Córdoba, España, habló del **ocio**, él se refería al **descanso**. Esto era normal, pues en el mundo romano el trabajo era intenso. Pero, desde la revolución industrial, son cada día menos los **esfuerzos físicos** que tenemos que **realizar**.

Mosaico romano

Sin embargo, las **responsabilidades diarias** del trabajo son no sólo físicas sino también mentales y nos vemos **obligados** a buscar una manera ociosa para **descansar**. Una buena posibilidad es **dedicar** el tiempo del ocio a la cultura, entendiendo que ésta no es, como se creía antes, el cultivo solamente de las expresiones artísticas. Realmente, la cultura es una dinámica social que se vive en una circunstancia dada: por ejemplo, la música, el **deporte**, la **buena cocina**, la **lectura**, las **artes plásticas**, la **tertulia** y hasta la actividad social.

Para informar a la gente sobre las diferentes formas de diversión, aparecen **guías del ocio** en los periódicos o revistas. Allí incluyen información sobre recitales, conciertos, **espectáculos**, **exposiciones**, **museos**, **salas de cine**, restaurantes, **parques de atracciones**, libros, grupos musicales que están de moda y **excursiones** para pasar un fin de semana.

Museo del Prado, Madrid, España

La **naturaleza** también se ha convertido desde hace unos años en la gran protagonista para el ocio de los **deportistas**. Una reacción contra la **vida sedentaria** del pasado ha promovido los **deportes radicales** y ha hecho que palabras nuevas como rafting, kayac (piragüismo) y **ciclismo de montaña** hayan entrado a ser parte del idioma. Son deportes en que los protagonistas no dudan en **navegar** por las rápidas **corrientes** de un río, **lanzarse al vacío** en **paracaídas** o **escalar una pared** sólo con las manos. Es la aventura por **tierra**, **mar** y aire.

Navegar las rápidas corrientes del Río Orinoco en Venezuela

Vocabulario en acción

Los deportes y el ocio

ciclismo de montaña mountain biking

corriente *m.* current (*of a stream or river*)

dedicar to dedicate (*time*)

deporte *m.* sport

deportista *m./f.* sportsperson

descansar to rest

descanso rest, relaxation

espectáculo show, entertainment

excursión *f.* excursion, day trip

exposición *f.* exhibition, showing

lectura reading (matter)

mar *m.* sea

museo museum

naturaleza nature

navegar (a la vela) to sail, go boating

obligado/obligada required

ocio spare time, leisure time

paracaídas *m.* parachute

realizar to carry out, execute; to make

sala de cine movie theater

tertulia gathering or discussion

tierra earth, land

Expresiones útiles

artes plásticas *f. pl.* visual, three-dimensional arts

buena cocina gourmet cooking

deporte radical *m.* extreme sport

escalar una pared to climb a wall

esfuerzo físico physical effort

guía del ocio leisure-time guide

lanzarse al vacío to leap into the void

parques de atracciones *m. pl.* amusement park

responsabilidad diaria daily responsibility

vida sedentaria sedentary life

 4-1 ¿Quiénes son? En grupos pequeños, básense en la información de «Los deportes y el ocio» e...

- identifiquen las diferentes maneras de descansar o divertirse.
- mencionen una o dos personas que conocen que practican estas actividades.
- indiquen qué deportes les parecen los más o menos interesantes, peligrosos, aburridos, etc.

 4-2 Palabras relacionadas ¿Qué palabras están relacionadas con el tiempo libre y la diversión? En parejas, mientras estudian «Los deportes y el ocio»...

- busquen las palabras en la lectura que están relacionadas con las categorías siguientes.
- piensen en otras palabras para completar cada lista.
- compartan sus listas con las de los demás grupos de la clase.

Pasatiempos	Deportes y juegos	Excursiones
Acciones	**Equipo deportivo**	**Otras palabras**

4-3 Los deportes y el ocio Estudia la lista abajo y en la página 92 e indica qué deportes practicabas de más joven (J), qué formas de recreo practicas ahora (P), qué actividades te gustaría probar (si tuvieras el tiempo o el dinero necesarios) (I) y qué actividades simplemente te gusta ver (V). Después, en parejas, hablen sobre sus preferencias.

_____ acampar

_____ bailar

_____ bucear

_____ caminar

_____ cazar

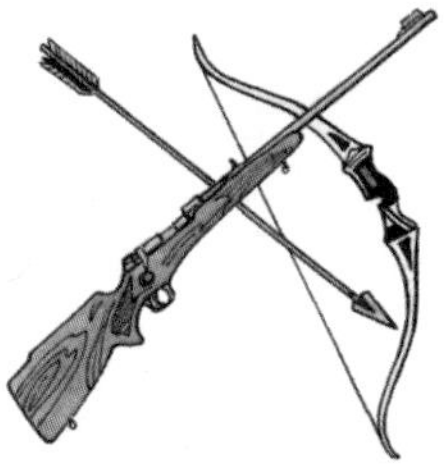

_____ cocinar

_____ coleccionar (sellos, mariposas, etcétera)

_____ correr

_____ cultivar un jardín

_____ dar una caminata

_____ dibujar

_____ escribir (cuentos, poesía, etcétera)

_____ hacer crucigramas

_____ hacer esquí acuático

_____ hacer gimnasia

_____ hacer obras manuales

_____ hacer piragüismo

_____ hacer windsurf

_____ ir al cine

_____ ir al teatro

_____ jugar a las cartas

_____ jugar al ajedrez

_____ jugar al baloncesto

_____ jugar al béisbol

_____ jugar al fútbol

_____ jugar al fútbol americano

_____ jugar al golf

_____ jugar al hockey sobre hielo   _____ practicar artes marciales

_____ jugar al tenis   _____ practicar esgrima

_____ leer

_____ levantar pesas

_____ practicar lucha libre

_____ montar a caballo

_____ montar en bicicleta

_____ montar en bicicleta
       de montaña

_____ montar en hidrotrineo

_____ montar en moto   _____ pilotear un avión

_____ montar en parapente   _____ pintar

_____ nadar   _____ sacar fotos

_____ navegar a la vela   _____ tocar un instrumento
                                               musical

                                         _____ ver vídeos

                                         _____ volar en globo

_____ observar pájaros

_____ pescar   _____ Otros pasatiempos...

¡Adelante!
You should now complete the **Estudio de palabras** of the *Diario de actividades,* pages 70–73.

4-4 ¿Cuáles son los mejores? Los deportes y pasatiempos son buenos para el cuerpo y la salud mental. Algunos ayudan a fortalecer los músculos y otros alivian la tensión. En parejas...

• repasen la lista anterior.

• seleccionen cinco deportes que sean buenos para el cuerpo.

• seleccionen cinco actividades que sean muy relajantes.

• comparen la lista con las de los demás miembros de la clase.

Segunda etapa: Conversación

¡Alto!

Before coming to class and working on the **Segunda etapa,** you should review the **Repaso de gramática** on pages 106–114 at the end of this chapter and complete the accompanying exercises in the **Práctica de estructuras** of the *Diario de actividades,* pages PE-21–PE-26.

Cultura en acción

While working on the **Segunda etapa** in the textbook and the **Práctica de estructuras** in the *Diario de actividades,* . . .

- study the vocabulary on page 90 of your textbook. Prepare flash cards and practice with a partner outside of class.
- begin to write your report. Check the accuracy and appropriateness of language and focus on the concepts presented in this and previous chapters.
- notice how the present perfect subjunctive is used in your articles.
- use the present perfect indicative to include examples of events that have happened in your chosen community.

Repaso

Review **Estructura 4-1** in the **Repaso de gramática** on pages 107–108 at the end of this chapter and complete the accompanying exercises in the **Práctica de estructuras** of the *Diario de actividades,* page PE-21.

¡Adelante!

Now that you have completed your in-class work on **Función 4-1,** you should complete **Audio 4-1** in the **Segunda etapa** of the *Diario de actividades,* pages 74–78.

Función 4-1: Cómo expresar causa y efecto

《 *Normalmente, en las clases de yoga no se hace meditación... pero, cuando el profesor de yoga sigue a alguna corriente devocional hindú, es posible que se **entone** algún mantra, se **practique** el canto devocional (kirtan) o se **practique** incluso una breve concentración/meditación en su clase.* 》

«044-Lordosis y centros de yoga.» *Preguntas y respuestas.* 27 Sept. 2002. Lycos Tripod. /<http://usuarios.lycos.es/Offroy/044.html> (27 Sept. 2002)

El yoga

4-5 ¿Qué sugieres? En parejas, lean los siguientes comentarios e intenten aconsejarse mutuamente, usando expresiones de causa y efecto.

Ejemplo: Estudiante 1: *El montañismo es un deporte peligroso.*

Estudiante 2: ***Sugiero que vayas** a un escalódromo para practicar.*

1. Leer novelas es un pasatiempo relajante.
2. Dar una caminata es muy bueno para la salud.
3. Pilotear un avión es muy costoso.
4. Hacer gimnasia requiere buena coordinación.
5. Levantar pesas es bueno para el estrés.
6. Hacer crucigramas es un ejercicio bueno para el cerebro.
7. Para mostrar una colección se necesita un espacio adecuado.
8. Ver vídeos resulta en una pérdida de forma física.

4-6 Nos gusta comer Desayunar, almorzar o cenar en un restaurante son entretenimientos que les gustan a todos. En grupos pequeños, hagan sugerencias con respecto a sus restaurantes favoritos. Usen expresiones de causa y efecto.

Ejemplo: Estudiante 1: *Recomiendo que desayunen en el restaurante Galaxia.*

Estudiante 2: *Sugiero que coman los huevos en adobo.*

4-7 Programa de ejercicios Para muchas personas es difícil comenzar un programa de ejercicios. En grupos pequeños, sugieran estrategias para la persona que quiere comenzar a hacer ejercicios. Usen una variedad de expresiones de causa y efecto.

Ejemplo: *Recomiendo que vaya a una clase de yoga.*

Repaso
Review **Estructura 4-2** in the **Repaso de gramática** on pages 108–110 at the end of this chapter and complete the accompanying exercises in the **Práctica de estructuras** of the *Diario de actividades*, page PE-22.

Función 4-2: Cómo expresar emociones y juicios de valor

《 *...muchos de los jugadores de Rolemaster no han tenido demasiados problemas para pasarse a las cartas (que plantean una batalla de carácter más bien económico, y no mental: el que tiene más dinero compra las mejores cartas y gana). Es una lástima que tanta gente* **sacrifique** *el placer del estímulo intelectual del juego de rol por la mecánica del juego de cartas.* 》

En Internet

«La muerte del juego de rol.» 27 Sept. 2002. *PSN.* <http://www.arrakis.es/~gildor/articulos/muerteJuegoRol.htm> (27 Sept. 2002)

 4-8 Los deportes competitivos A muchas personas les gustan los deportes competitivos. A otros les disgustan. En grupos pequeños, usen expresiones de emoción y juicios de valor para comentar los deportes competitivos.

Ejemplo: Estudiante 1: *Es bueno que los niños jueguen al fútbol americano.*

Estudiante 2: *Sí, pero es importante que tengan cuidado.*

 4-9 Los deportes más difíciles El billar artístico, el fútbol americano, el golf y el salto con pértiga se consideran entre los deportes más difíciles. En parejas, comenten estos deportes con expresiones de emoción y juicios de valor.

Ejemplo: el golf

Es necesario que los jugadores de tenis tengan coordinación física y mental.

 4-10 Situaciones frustrantes En parejas, comenten una variedad de situaciones frustrantes que enfrentan a los estudiantes en la vida real. Usen una variedad de expresiones de emoción y juicio de valor en sus comentarios.

Ejemplo: Estudiante 1: *Uso el cajero electrónico por la noche.*

Estudiante 2: *No es bueno que uses el cajero electrónico por la noche.*

¡Adelante!
Now that you have completed your in-class work on **Función 4-2,** you should complete **Audio 4-2** in the **Segunda etapa** of the *Diario de actividades,* pages 78–81.

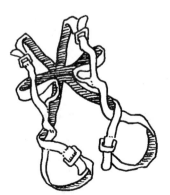

Repaso

Review **Estructura 4-3** in the **Repaso de gramática** on pages 110–114 at the end of this chapter and complete the accompanying exercises in the **Práctica de estructuras** of the *Diario de actividades,* pages PE-22–PE-26.

The **tetratlón** is a competition consisting of four sports: skiing, mountain biking, kayaking, and running.

Función 4-3: Cómo expresar entidades y eventos no específicos

El tetratlón

≪ *No hay nadie que pueda quebrar el ritmo de Morales Ganó por quinta vez consecutiva el tradicional tetratlón de Roca. Bustos primero y Helling después fueron sus principales rivales. Más de un centenar de atletas le dieron brillo a la exigente prueba.* ≫

«No hay nadie que pueda quebrar el ritmo de Morales.» 4 Mar. 2002. *Deportes Río Negro On Line.* Editorial Río Negro S.A. <*http://www.rionegro.com.ar/arch200203/d04j24.html*> (27 Sept. 2002)

4-11 Los deportes radicales ¿Son locos o muy valientes los que practican los deportes radicales? En parejas, comenten los siguientes deportes, usando expresiones de entidades y eventos no específicos.

> **Ejemplo:** windsurf
>
> Estudiante 1: ***No conozco a nadie*** *que practique windsurf.*
>
> Estudiante 2: ***No hay ningún lugar*** *cerca de aquí donde se practique windsurf.*

1. escalar
2. ciclismo de montaña
3. paracaidismo
4. parapente
5. rafting
6. snowboard

4-12 ¡Vamos a viajar! ¿Les gusta explorar nuevos lugares? En parejas, planeen un viaje a un lugar que no conozcan, usando expresiones de entidades y eventos no específicos para hablar de ese lugar.

> **Ejemplo:** las Islas Galápagos
>
> Estudiante 1: ***No conocemos a nadie*** *que viva en las islas Galápagos.*
>
> Estudiante 2: *Tenemos que buscar **una aerolínea** **que tenga vuelos económicos a las islas.***

4-13 Juegos de mesa Los juegos de mesa siguen siendo muy populares. En grupos pequeños, comenten sobre el jugador ideal de algunos de estos juegos.

> **Ejemplo:** Scrabble
>
> *Busco un jugador que tenga un vocabulario amplio.*

1. Monopolio
2. dominó
3. Operación
4. póquer
5. Cluedo
6. canasta
7. Serpientes y escaleras
8. Lotería (Bingo)

¡Adelante!

Now that you have completed your in-class work on **Función 4-3**, you should complete **Audio 4-3** in the **Segunda etapa** of the *Diario de actividades,* pages 81–84.

Tercera etapa: Lectura

Cultura en acción

While working on the **Tercera etapa** in the textbook and *Diario de actividades,* . . .

- practice locating the main idea in your articles.
- review the **Estudio de palabras** on pages 70–73 of the *Diario de actividades,* and bring to class examples of sayings or proverbs that you have used. Which ones could be used in the context of sports?
- submit an outline of your investigations to your instructor to check the appropriateness of the topics and sources.

Lectura cultural: Practicar deportes radicales

Los deportes radicales donde se combinan la naturaleza, la aventura y el riesgo atraen al deportista aventurero que está cansado de lo rutinario y lo común. ¿Cuáles son algunos ejemplos de esta nueva forma de divertirse? En realidad, muchos de los deportes llamados radicales, como el buceo, el rafting, el windsurf, el snowboard, el ciclismo de montaña y el esquí, no son ni tan peligrosos ni tan nuevos. Las razones por las cuales se clasifican estos deportes como radicales son la intensidad y el lugar en donde se practican. Por ejemplo, el buceo se practica en la profundidad del mar, mientras que el rafting se practica en los ríos bravos que bajan por las montañas. Para aquéllos que deciden participar en uno de estos deportes y no tienen todo el equipo necesario, hay agencias que organizan todo tipo de excursiones y cursos de iniciación. Estas agencias también resuelven los trámites burocráticos y obtienen las licencias y los seguros. En el artículo «¡Desafía la altura!» vamos a leer sobre una forma de practicar montañismo en medio de la ciudad. ■

Sugerencias para la lectura

Cómo identificar la idea principal Now that you have practiced skimming for the gist of the topic and scanning for specific items of information, you are ready to look for the topic sentence that will help you identify the main idea of each paragraph.

Because the topic sentence may be located anywhere in the paragraph, you must read carefully to determine which sentence serves as a summary for the rest of the paragraph. For example, the following sentence indicates that the rest of the article will probably talk about the growth of climbing as a popular sport and why it has such a wide audience.

Escalar se ha vuelto el deporte de moda en todo el mundo.

Topic sentences may also indicate whether the author intends to offer more details, contrasts, causes, or consequences to support the statement. As you read the article «¡**Desafía la altura!**», underline the topic sentence of each paragraph as well as the information the writer offers to support the main idea.

Antes de leer

4-14 Equipo y deportes ¿Qué necesitas para practicar los deportes radicales? Frecuentemente el vocabulario que se utiliza para describir estas actividades es muy especializado, pero también hay muchos cognados o palabras parecidas en inglés. Empareja cada deporte radical con algunos de sus elementos.

_____ 1. el ciclismo de montaña   **a.** balsa y salvavidas
_____ 2. el buceo   **b.** casco y pantalones largos
_____ 3. el esquí   **c.** guantes y botas
_____ 4. el hidrotrineo   **d.** lago o mar, traje de baño
_____ 5. el rafting   **e.** tabla y nieve
_____ 6. el snowboard   **f.** tabla y vela
_____ 7. el windsurf   **g.** tubo y aletas

4-15 Un deporte nuevo Para hablar de un deporte nuevo, no sólo hay que describir la acción, sino también tener todo el equipo que es necesario para poder practicarlo. En grupos pequeños...

- seleccionen uno de los deportes de la actividad 4–3.
- describan dónde normalmente se practica este deporte y las condiciones que son necesarias para practicarlo.
- indiquen el equipo necesario para poder practicar el deporte.
- compartan su descripción con los demás miembros de la clase.

Pequeño diccionario

El artículo «¡Desafía la altura!» de la revista mexicana *Eres* nos informa sobre el escalar en roca, un deporte popular en todo el mundo. Antes de leer el artículo y hacer las actividades, busca las palabras en el texto y usa dos o tres para escribir oraciones originales en una hoja aparte.

agarrar *v. tr.* Tomar fuertemente con la mano.
amarrar *v. tr.* Atar, sujetar, asegurar con cuerdas.
anilla Anillo o aro metálico.
arnés *m.* Conjunto de cinchas para sujetar el cuerpo.
atraído/atraída Fascinado/Fascinada.
chavito/chavita Niño/Niña joven.
cima Parte más alta de una montaña o un monte, cúspide.

arnés

cuerda Conjunto de hilos torcidos para atar; lazo.
entrenamiento Preparación para un deporte.
escalada Acción de subir a una gran altura.
grieta Abertura.
mojado/mojada Húmedo/Húmeda a causa de algún líquido.
mosquetón *m.* Tipo de anilla que se abre.
suceder *v. intr.* Ocurrir, pasar.
temor *m.* Miedo.
vencer *v. tr.* Triunfar, ganar.

cuerda

A leer: «¡Desafía la altura!»

Preguntas de orientación

As you read **«¡Desafía la altura!»**, use the following questions as a guide.

1. ¿Qué es un escalódromo?
2. ¿Qué se puede encontrar allí?
3. ¿Cuáles son algunas de las ventajas?
4. Según el artículo, ¿por qué puede ser aburrido escalar en roca natural?
5. ¿Qué ventajas ofrece el escalódromo cuando hace mal tiempo o si no hay tiempo durante el día para practicar?
6. ¿A qué edad pueden empezar a escalar los niños?
7. ¿Qué equipo hace falta?
8. ¿Dónde puedes practicar este deporte en México? ¿Cuánto terreno escalable hay?
9. ¿Qué posibilidades hay para escalar?
10. Si quisieras escalar, ¿qué grado de dificultad escogerías tú?

Escalar se ha vuelto el deporte de moda en todo el mundo: niños, jóvenes y personas adultas se sienten atraídos por la adrenalina que despide su cuerpo al vencer los obstáculos de las montañas y el temor a las alturas para, después de un gran esfuerzo, llegar a la cima.

¿Qué es un escalódromo? Del español: *escalar* (subir, trepar) y del griego: *dromos* (carrera). Un escalódromo es aquel lugar en el que puedes practicar la escalada en roca, sin necesidad de tener que salir de la ciudad e ir en busca de una montaña natural.

En los escalódromos encuentras los muros artificiales montados con rutas que van desde grados de dificultad mínimos, hasta rutas creadas especialmente para los profesionales en este deporte.

Ventajas de un escalódromo

La más importante es que se encuentra dentro de la ciudad. Lo que anteriormente significaba salir un día entero de excursión, ahora se reduce a pocas horas de entrenamiento (esto es excelente cuando no se dispone de mucho tiempo). No es necesario que busques un entrenador. En el escalódromo encuentras personas especializadas para ayudarte en cualquier momento; esto permite que practiques con todas las normas de seguridad necesarias. En cuanto a las rutas, pueden ir variando continuamente; de este modo no hay posibilidad de que te aburras al escalar siempre el mismo lugar (lo que puede suceder en la roca natural).

En las temporadas de lluvia igual puedes escalar sin problemas de que las rocas estén muy mojadas. Tampoco importan los horarios. Por ejemplo, si vas a la escuela, puedes ir por la tarde a practicar un rato, o, en el caso de que trabajes, te puedes ir por la noche a escalar para no perder tu condición física.

Aunque parezca mentira, a los niños les encanta escalar y realmente te encuentras con chavitos de seis años que lo hacen mucho mejor que los jóvenes.

El equipo

No necesitas llevar el equipo completo. Si aún no tienes los zapatos especiales, puedes practicar con tenis. El arnés te lo alquilan ahí mismo, las cuerdas están siempre en el escalódromo y para aquellos expertos que quieran llegar a la cima del muro, encuentran anillas y mosquetones.

En el caso de que seas principiante, es importantísimo estar amarrado para poder pasar una determinada altura; también es muy importante que la persona de seguridad abajo se encuentre anclada en la tierra.

¿Dónde practicar?

En el pasado, los muros artificiales consistían solamente en una pared con agarres y eso era todo. Actualmente te puedes encontrar con sitios mucho mejor montados, como, por ejemplo, el escalódromo más grande de México: Escalódromo Carlos Carsolio.

Nos contaron que en este lugar te encuentras con un terreno escalable de 2.500 metros y con 3.000 piezas de agarre. Las posibilidades que tienes para escalar son: muros verticales, extraplomados (la pared está hacia ti), techos horizontales, grietas movibles en las que puedes abrir las fisuras cuando tú quieras, el techo más grande de América Latina (de 8 metros) y una cueva de 25 metros. En medio del terreno hay dos torres, una especial para escalar y la otra para enseñar a bajar. En cuanto a altura y grados de dificultad, los muros miden 12 metros y los grados van desde el 5.7 para los niños y principiantes, hasta 5.14 (el grado más alto en el mundo es 5.17).

Además de los muros, montaron un gimnasio especial para escaladores en donde se puede desarrollar los músculos de los brazos, antebrazos y dedos, practicar equilibrio y flexibilidad y desarrollar fuerza en las piernas. Si quieres más informes, comunícate al: Escalódromo Carlos Carsolio al teléfono: 752-7574 o 742-7595.

Después de leer

 4-16 Ventajas ¿Cuáles son las ventajas de escalar en un escalódromo? En parejas...

- hablen sobre las ventajas.
- piensen también en las desventajas.
- decidan si es mejor practicar el deporte en un escalódromo o en una montaña natural.

4-17 ¿Cómo es un escalódromo? Si le tuvieras que describir un escalódromo a alguien, ¿cómo lo harías? ¿Cómo son las personas que escalan allí? Escríbele una carta a un amigo / una amiga para describirle la foto. Menciona...

- cómo es el escalódromo (tamaño, material, estructura, etcétera).
- qué ropa y aparatos llevan las personas.
- qué están pensando los deportistas.

En el escalódromo

4-18 Unos mandatos ¿Qué crees que le diría un entrenador / una entrenadora a un nuevo escalador / una nueva escaladora? Escribe seis o siete sugerencias que utilizarías para el entrenamiento de principiantes de escalódromo.

Ejemplo: *Hay que revisar todo el equipo antes de empezar a escalar.*

 4-19 Un anuncio Busca información sobre un escalódromo u otro sitio de recreo (gimnasio, pista de patinaje, etcétera) en tu área o estado. En parejas...

- diseñen un anuncio para un periódico estudiantil.
- describan el lugar.
- mencionen algunos de los aspectos atractivos del sitio.
- mencionen el precio.
- escriban una lista del equipo que está incluido en el precio.
- indiquen el horario (días y horas).
- incluyan una foto o un dibujo.

While working on the **Lectura literaria**
in the textbook . . .

*   complete the activities for «Sala de espera».
*   write a report that talks about why you
    selected your particular sport or leisure-
    time activity.
*   describe in detail the particular attributes
    of the country that provides the ideal
    location for your activity.
*   present your information to the class.

Lectura literaria: Biografía

Enrique Anderson Imbert nació en Córdoba, Argentina, el 12 de febrero de 1910. A los dieciséis años comenzó su vocación literaria. El joven Anderson publicó artículos en la revista literaria *La Nación* y llegó a ser director de la página literaria del periódico *La Vanguardia*. A los veinticuatro años, obtuvo un premio municipal por su novela *Vigilia*. En 1946 obtuvo una beca Guggenheim que le permitió estudiar en la Universidad de Columbia y aceptar distintos puestos profesorales en Estados Unidos. En 1965, la Universidad de Harvard creó para él la Cátedra de Literatura Hispanoamericana. Se jubiló en 1980 y regresó a Argentina, donde falleció en Buenos Aires el 6 de diciembre del 2000. Anderson Imbert escribió novelas, ensayos y numerosas colecciones de cuentos. «Sala de espera» es de la antología *El gato de Cheshire* (1965) y es un ejemplo ideal de la forma literaria conocida como «el caso». *El gato de Cheshire* fue un homenaje al felino de *Alice in Wonderland,* que tenía la costumbre de corporizarse y descorporizarse. El gato empezaba por la punta de la cola y dejaba flotando el fantasma de su sonrisa. Los casos de Enrique Anderson Imbert se caraterizan por su brevedad y su ingenio, como la sonrisa del gato de Cheshire.

Enrique Anderson Imbert

Antes de leer

4-20 Los cuentos de misterio En grupos pequeños, identifiquen las características de los cuentos (o las novelas) de misterio.

> **Ejemplo:** *El/La protagonista tiene algún tipo de imperfección.*

Pequeño diccionario

Estudia las siguientes palabras y frases para comprender mejor el texto. Busca las palabras en el texto y usa dos o tres para escribir oraciones originales en una hoja aparte.

andén *m*. En las estaciones, acera a lo largo de la vía que los viajeros usan para subir a y bajar de los vagones. andén
atravesar (ie) *v. tr.* Pasar un objeto por otro.

fantasma *m*. Imagen de una persona muerta.
fingir *v. tr.* Simular, engañar.
valija Maleta, cartera. valija

Preguntas de orientación

While you read **«Sala de espera»** use the following questions as a guide.

1. ¿Qué tipo de crimen cometen Costa y Wright?
2. ¿Qué pasa después del crimen?
3. ¿Adónde va Costa?
4. ¿Quién conversa con él?
5. ¿Cómo reacciona Costa?
6. ¿Qué aparece al otro lado de Costa?
7. ¿Cómo reacciona la señora?
8. ¿Qué hace la aparición?
9. Al llegar el tren, ¿qué le pasa a Costa?
10. ¿Qué hacen los demás personajes?
11. ¿Quién se acerca a Costa y qué hace?
12. ¿Cómo está Costa?

A leer: «Sala de espera» por Enrique Anderson Imbert

Costa y Wright roban una casa. Costa asesina a Wright y se queda con la valija llena de dinero. Va a la estación para escaparse en el primer tren. En la sala de espera una señora se le sienta a la izquierda y le da conversación. Fastidiado, Costa finge con un bostezo que tiene sueño y que se dispone a dormir, pero oye que la señora, como si no hubiera dado cuenta, sigue conversando. Abre entonces los ojos y ve, sentado a la derecha, el fantasma de Wright. La señora atraviesa a Costa de lado a lado con su mirada y dirige su charla al fantasma, quien contesta con gestos de simpatía. Cuando llega el tren Costa quiere levantarse, pero no puede. Está paralizado, mudo; y observa atónito cómo el fantasma agarra tranquilamente la valija y se aleja con la señora hacia el andén, ahora hablando y riéndose. Suben y el tren parte. Costa los sigue con la vista. Viene el peón y se pone a limpiar la sala de espera, que ha quedado completamente desierta. Pasa la aspiradora por el asiento donde está Costa, invisible.

Después de leer

4-21 ¡Sorpresa! En grupos pequeños, comenten los elementos sorprendentes de «Sala de espera».

Ejemplo: *Es sorprendente que la señora hable con un fastasma.*

4-22 El gato de Cheshire En grupos pequeños, conversen sobre lo enigmático o «el gato de Cheshire» de este cuento.

Ejemplo: *En mi opinión, la acción de pasar la aspiradora es enigmática.*

En la sala de espera

Análisis literario: La voz de la narrativa

Términos literarios Usa los siguientes términos literarios para describir «la voz» de la narrativa.

- **El narrador / La narradora** relata los hechos en una novela o en un cuento.
- **La primera persona** es el «yo». Es una voz subjetiva que puede pertenecer al protagonista, a un personaje secundario o a un testigo de la acción.
- **La tercera persona** es «él» o «ella». Es un observador externo o un testigo que ve los sucesos desde afuera.
- **Un narrador / Una narradora omnisciente** relata los pensamientos, los motivos y hasta los sentimientos de los personajes.
- **Un narrador limitado / Una narradora limitada** presenta una visión limitada de los personajes. Es probable que no sepa sus pensamientos, sus motivos y sus sentimientos.
- **El punto de vista** es la perspectiva del narrador.
- **Una narrativa** es un relato o una exposición de hechos.
- **La descripción exterior** refleja el aspecto exterior de un personaje, un escenario, etcétera. Puede centrarse en un aspecto determinado, ya sea la cara de un personaje o una actividad en concreto. Es la perspectiva de un narrador limitado y se caracteriza por el uso de la tercera persona (él, ella, ellos o ellas).
- **La descripción interior** refleja los sentimientos y los procesos mentales de un personaje. Puede hacer referencia a uno o más sentimientos o procesos. Es la perspectiva personal del narrador y se caracteriza por el uso de la primera persona (yo).
- **La descripción interior-exterior** combina los dos tipos de descripción. Puede partir del interior hasta el exterior o vice versa. Es la perspectiva de un narrador omnisciente y se caracteriza por el uso de la primera persona.

4-23 Análisis del cuento En grupos pequeños, contesten las siguientes preguntas acerca de «Sala de espera».

1. ¿Cómo es el narrador de «Sala de espera»?
2. ¿Cómo es la descripción?

Adelante!

Now that you have completed your in-class work on the **Tercera etapa,** you should complete the **Redacción** in the **Tercera etapa** of the *Diario de actividades,* pages 85–89.

4-24 El microcuento Enrique Anderson Imbert inventó el término «microcuento». Basándose en «Sala de espera», conversen en grupos pequeños sobre las diferencias entre el microcuento y el cuento normal.

Ejemplo: *El microcuento es más breve que un cuento normal.*

Cuarta etapa: Cultura

Vídeo: La rana sabia

Introducción

El títere puede decir barbaridades que no les están permitidas a los humanos. Un titiritero es un tipo muy poderoso. Como decía Javier Villafañe, «Si yo he manejado reyes, emperadores, emperatrices, diablos... Dios he manejado yo». El titiritero es casi como un dios.

Antes de ver

 4-25 Lluvia de ideas En grupos pequeños, conversen acerca de los Muppets, Lamb Chop y otros títeres populares. ¿Cuáles son los motivos y los objetivos de sus creadores?

4-26 Guía a la comprensión Antes de ver el vídeo, estudia las siguientes preguntas. Al ver el vídeo, busca las respuestas adecuadas.

1. ¿Cuánto tiempo lleva Fernando haciendo títeres?
2. ¿Por qué hace títeres?
3. ¿Por qué no le gusta a Claudia la expresión «manipular los títeres»?
4. ¿Cuáles son las tareas de los titiriteros?
5. ¿Cuáles son las fuentes de las obras de los títeres?
6. ¿Qué es un títere según Fernando?

Pequeño diccionario

Estudia las siguientes palabras y frases para comprender mejor el vídeo. Busca las palabras en el vídeo y usa dos o tres para escribir oraciones originales en una hoja aparte.

archivo Conjunto ordenado de documentos que una persona, una sociedad, una institución, etcétera, produce en el ejercicio de sus funciones o actividades.
envejecer *v. tr.* Hacer viejo a alguien o algo.
rana Batracio. Todas las especies son muy ágiles y buenas nadadoras, viven de adultas en las inmediaciones de aguas 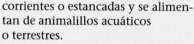 corrientes o estancadas y se alimentan de animalillos acuáticos o terrestres.
telón *m.* Lienzo grande que se pone en el escenario de un teatro, de modo que pueda bajarse y subirse.
títere *m.* Muñeco de pasta u otro material que se mueve por medio de hilos u otro procedimiento.
titiritero *m./f.* Persona que maneja los títeres.

A ver

4-27 Filosofía Al ver el vídeo, nota la filosofía de Fernando y Claudia sobre los títeres.

4-28 Taller de títeres Al ver el vídeo, nota los materiales y los procesos involucrados en la creación de títeres.

Títeres de tamaño gigante

Después de ver

 4-29 Más que diversión Para Fernando y Claudia la fabricación de títeres es más que una diversión. En grupos pequeños, conversen acerca de los objetivos de estos titiriteros.

 4-30 Comparar y contrastar En grupos pequeños, comparen y contrasten las funciones de Fernando y Claudia con las funciones de los titiriteros de los Muppets u otros títeres populares de Estados Unidos.

Cultura en acción: Deportes y pasatiempos

Tema

El tema de **Deportes y pasatiempos** les dará a ustedes la oportunidad de investigar y escuchar, y de escribir y hacer una presentación sobre sus deportes y pasatiempos favoritos. La lectura, la comprensión auditiva y la redacción servirán como puntos de partida para las presentaciones. Ustedes pueden investigar sobre los temas siguientes.

- deportes (radicales, en equipo, no competitivos, etcétera)
- parques de atracciones en países hispánicos
- excursiones, viajes
- cocina
- museos
- teatro o cine
- espectáculos
- exposiciones de arte
- conciertos
- libros
- ¿Otro?

Escenario

El escenario de **Deportes y pasatiempos** es la presentación de las investigaciones sobre la diversión y el tiempo libre.

Materiales

- unas mesas para poner objetos de deportes (equipo de buceo, etcétera)
- un tablero o una pizarra para mostrar las fotografías o los artículos de deporte, etcétera. Esta información se puede conseguir en español en Internet.
- Resultados de la investigación en forma de trabajo escrito
- Mapas de lugares en el país donde se practican los deportes

Guía

Cada uno de ustedes tiene que preparar un informe oral sobre un deporte o un pasatiempo favorito y presentárselo a la clase.

Los informes

El día de la actividad, todos ustedes deben presentar su trabajo y exhibir sus artículos o equipos deportivos cuando sea apropiado. El informe oral incluirá la razón por la cual el/la estudiante tiene interés en este deporte o pasatiempo. También debe mencionar dónde, cuándo y cómo lo practica. Después de cada informe, los demás miembros de la clase deben hacer preguntas. Al final, toda la clase puede ver los panfletos, los artículos y otra información.

El fútbol sobre ruedas

Perspectiva lingüística

Mood

As you probably learned in your previous courses, Spanish has two moods or modes (**modos**): indicative and subjunctive. Rather than thinking of these concepts as two separate systems of tenses, it is better to think of them as one system with two different perspectives. The indicative perspective reflects what is objectively known or believed to be true. The subjunctive perspective, however, is subjective and deals with the realm of internal perceptions. For example:

Indicative	Subjunctive
Creo que el kickboxing **es** el deporte del futuro.	**No creo que** el kickboxing **sea** el deporte del futuro.

In these examples, the indicative verb indicates certainty, while the subjunctive verb indicates a personal opinion about the future of kickboxing.

Although English also has a subjunctive mood, it is not frequently used in everyday speech and, therefore, it is not really a good point of departure for studying the Spanish subjunctive. For the curious, however, the following examples are provided.

Indicative	Subjunctive
I insist that he *studies* every day.	I insist that he *study* every day.
(I assert that he really does study.)	(I order him to study.)

In English, too, the subjunctive casts a shadow of doubt. Will my insisting actually make him study every day or not? This use of the subjunctive reflects the speaker's wishes rather than an objective event, since the insisting may or may not cause him to study.

In the past, grammarians have devised many elaborate methods for determining when one should use the Spanish subjunctive and which form should be used. Most of these methods are based on Latin grammar and, again, are not very good references for Spanish. In this chapter, you will study three basic concepts related to the subjunctive: cause-and-effect relationships, nonspecific states, and subjective reactions. These are large, "rough-tuned" categories that will make the subjunctive mood easier for you to understand.

Perspectiva gramatical

¡Alto!

These activities will prepare you to complete the in-class communicative activities for **Función 4-1** on page 93 of this chapter.

Estructura 4-1: Commands

Commands (**Mandatos**) are strong, direct expressions in which one person tries to make another person or persons take a specific action, for example:

¡Hablen en voz alta!   ¡Hagan la tarea!

As you probably remember from your beginning Spanish course, all commands, except for the affirmative **tú** and **vosotros/vosotras** forms, are based on the present subjunctive. This makes a lot of sense when you remember that one of the concepts underlying the subjunctive is that of cause and effect. In fact, you might want to think of commands as part of a complete sentence, such as the following example.

Quiero que ustedes lean el cuento. → ¡**Lean** el cuento!

As you can see, the full sentence is transformed into a formal command by dropping off the main clause **Quiero que**. The subject pronoun **ustedes** is also deleted because it is clearly understood when one person gives an order to another. Here is a reminder of how to form the **usted** and **ustedes** forms of the present subjunctive: You drop the **-o** ending from the **yo** form of the present tense and add **-e** for **-ar** verbs and **-a** for **-er** and **-ir** verbs for the **usted** command; for the **ustedes** command, you add **-n** to the **usted** command.

	Indicative *yo* form	Subjunctive stem	Singular formal command	Plural formal command
-ar: hablar	hablo	habl-	hable	hablen
-er: leer	leo	le-	lea	lean
-ir: decir	digo	dig-	diga	digan

In order to make negative formal commands, just place **no** before the verb. For example:

¡No hablen! ¡No lean! ¡No digan!

Reflexive and object pronouns are attached to the end of affirmative commands (note the accent mark) but precede negative commands. For example:

¡Acuéstense temprano! ¡No **me** llame en casa!

The command forms of verbs ending in **-car**, **-gar**, or **-zar** undergo a spelling change.

c → qu	g → gu	z → c
sacar	pagar	empezar
saque	pague	empiece

Several formal commands have irregular stems. The most common ones are shown below.

Infinitive	Singular formal command	Plural formal command
dar	(no) dé	(no) den
estar	(no) esté	(no) estén
ir	(no) vaya	(no) vayan
saber	(no) sepa	(no) sepan
ser	(no) sea	(no) sean

4-31 ¿Qué quiere Ud.? Escribe los mandatos afirmativos singulares y plurales para las siguientes frases.

Ejemplo: montar en bicicleta

¡Monte en bicicleta! ¡Monten en bicicleta!

1. bucear con tubo de respiración
2. correr un maratón
3. hacer ejercicio aeróbico
4. jugar al tenis
5. levantar pesas
6. ver la televisión
7. irse de vacaciones
8. acostarse temprano

4-32 ¡No lo haga! Escribe los mandatos negativos para las siguientes oraciones según las indicaciones.

Ejemplo: Quiero echar una siesta.

¡No eche una siesta!

1. Quiero escuchar la radio.
2. Queremos jugar al fútbol americano.
3. Quiero hacer montañismo.
4. Queremos ir a un restaurante.
5. Quiero construir aviones de control remoto.
6. Queremos competir en un maratón.
7. Quiero rendirme a mi oponente.
8. Queremos divertirnos en el parque de atracciones.

¡Adelante!

You should now practice **Estructura 4-1** in the **Práctica de estructuras** section of the *Diario de actividades,* page PE-21.

¡Alto!

These activities will prepare you to complete the in-class communicative activities for **Función 4-2** on page 94 of this chapter.

Estructura 4-2: Subordinate clauses

As you continue your study of the subjunctive mood, it is important that you understand the concepts known as complex sentences and subordinate, or dependent, clauses.

Complex sentences may be considered as two thoughts, one complete and one incomplete, joined together in the same sentence, for example:

Compound sentence		Complex sentence	
main clause +	independent clause	main clause +	subordinate clause
Yo juego al ajedrez...	... y Jorge juega a las damas.	Yo prefiero...	... que juguemos al ajedrez.

In both examples, the main clause is a complete thought; it is actually a complete sentence, albeit a short one. The complete thought is known as the main or independent clause. The incomplete thought is called the subordinate or dependent clause. The latter can have many different grammatical functions. In the example on page 108, the subordinate clause functions as the direct object. Notice that the subjunctive mood occurs *only* in the subordinate clause of a complex sentence.

There are three different types of subordinate clauses in both English and Spanish: noun (nominal) clauses, adjective clauses, and adverb clauses. Spanish subordinate clauses are generally introduced by **que** or a conjunction including **que**, such as **en que**, **para que**, **antes de que**, etc.

A noun clause is a subordinate clause that functions like a noun. It can either be the subject or the direct object of a sentence. If the noun clause reports factual information, the verb in the noun clause is indicative. On the other hand, if the noun clause is a commentary, opinion, subjective reaction, or value judgment, the verb in the noun clause is subjunctive.

Indicative	Subjunctive
Es verdad **que la fotografía es interesante.**	Dudo **que la fotografía sea interesante.**

An adjective clause is a subordinate clause that functions like an adjective. If the adjective clause reports factual information about a specific subject, the verb in the adjective clause is indicative. If the adjective clause comments on a nonspecific subject (nonexistent or hypothetical), the verb in the adjective clause is subjunctive.

Indicative	Subjunctive
Conozco un restaurante **que se especializa en platos vegetarianos.**	Buscamos un restaurante **que se especialice en cocina caribeña.**

In both examples above, the entire adjective clause can be replaced by a simple adjective, such as **famoso.**

Conozco un restaurante **famoso.**   Buscamos un restaurante **famoso.**

An adverb clause is a subordinate clause that functions like an adverb. It adds information (time, place, manner, frequency, duration, reason, cause, conditions, etc.) about the action or event described by the verb in the independent clause of the sentence. In both English and Spanish, adverb clauses are sometimes introduced by expressions other than **que.** For example, the expression **tan pronto como** tells us that the adverb clause modifies the verb in terms of the notion of time. If the adverb clause refers to an action that has already taken place or that is habitual, the verb is expressed in the indicative. Otherwise, a subjunctive verb is used.

Other expressions that introduce adverb clauses include **antes de que, aunque, con tal (de) que, de modo que, después de que, en cuanto, hasta que, luego que, mientras, para que, siempre que, sin que.**

Indicative	Subjunctive
Siempre los ayudo **cuando me lo piden.**	Voy a ayudarlos **cuando me lo pidan.**
Los ayudé ayer **cuando me lo pidieron.**	Esta noche voy a ayudarlos **tan pronto como pueda.**

4-33 El ejercicio Escribe una X ante las oraciones complejas (las que contienen una cláusula independiente y una subordinada).

Ejemplo: __X__ Me gusta que compres una raqueta nueva.

_____ 1. Se recomienda que hagamos ejercicio aeróbico todos los días.
_____ 2. Es bueno que camines una hora todos los días.
_____ 3. Tengo que levantar pesas para fortalecer los huesos.
_____ 4. Mis amigos y yo vamos al gimnasio tres veces por semana.
_____ 5. Los estudiantes necesitan aliviar el estrés.
_____ 6. Me aconsejen que practique yoga.
_____ 7. No conozco a nadie que boxee.

4-34 Identificación Subraya la cláusula subordinada en cada una de las siguientes oraciones. ¡Ojo! No todas las oraciones contienen una cláusula subordinada.

1. Espero que lo pases bien.
2. Los estudiantes quieren divertirse en la playa.
3. Los instructores de buceo quieren que sepamos nadar.
4. Insistimos en que nos enseñen a bailar merengue.
5. A los niños les gusta jugar al escondite.
6. No me gusta que perdamos el Scrabble.
7. Ese jugador de fútbol nunca mete un gol.
8. Dudan que me arriesgue en el montañismo.
9. ¿Quién sabe jugar al póker?
10. ¿Te alegras que nuestro equipo gane terreno?

¡Adelante!

You should now practice **Estructura 4-2** in the **Práctica de estructuras** section of the **Diario de actividades,** page PE-22.

¡Alto!

These activities will prepare you to complete the in-class communicative activities for **Función 4-3** on page 95 of this chapter.

Estructura 4-3a: Present subjunctive of regular verbs

The present subjunctive almost always occurs in the subordinate clause of a complex sentence. However, as you saw in the previous examples, not every complex sentence requires a verb in the subjunctive form. If the sentence is merely reporting a fact, an indicative verb is used in the subordinate clause. If the sentence expresses one of the following types of condition, a subjunctive verb is used in the subordinate clause.

- In cause-and-effect relationships, the subject of the main clause has a direct influence on the subject of the subordinate clause.

    Te sugiero que compitas en el triatlón.

- In nonspecific entities and events, the adjective clause refers to a person, place, or thing in the main clause that is nonspecific, unknown, hypothetical, pending, nonexistent, or doubtful.

    No conozco a nadie que practique deportes radicales.

- In subjective reactions, the main clause expresses an opinion, an emotion, or a value judgment about the subject of the subordinate clause.

    Me sorprende que su madre sea campeona de kickboxing.

The following verbs and expressions indicate these three general uses of the subjunctive.

Ojalá is an expression derived from an Arabic phrase meaning *May Allah grant* . . . Its form does not vary.

Repaso

Review the formation of **gustar** and similar verbs on pages 28–29 of your textbook.

Verbs and phrases that express cause and effect

aconsejar	mandar	prohibir
decir	ojalá	querer (ie)
desear	pedir (i, i)	recomendar (ie)
esperar	permitir	requerir (ie, i)
insistir en	preferir (ie, i)	sugerir (ie, i)

Verbs and phrases that express nonspecific entities and events

cuando	en cuanto
mientras (que)	(no) es posible que...
no hay nadie que...	puede ser que....
después de que	hasta que
no conocer a nadie que...	(no) es probable que...
no hay ningún/ninguna que...	tan pronto como

Verbs and phrases that express subjective reactions

alegrarse de que...	no creer que...
asombrarse de que...	quejarse de que
dudar que...	quizá(s)
enojarse de que...	sentir (ie, i) que...
importarle a uno que...	sorprenderle a uno que...
lamentar que...	temer que...
molestarle a uno que...	tener (ie) miedo de que...
negar (ie) que...	

Subjunctive verbs are formed in the same manner as formal commands. The following charts show the patterns for various types of verbs in the subjunctive.

Present subjunctive of regular verbs

	-ar: hablar	-er: aprender	-ir: vivir
yo	habl**e**	aprend**a**	viv**a**
tú	habl**es**	aprend**as**	viv**as**
Ud./él/ella	habl**e**	aprend**a**	viv**a**
nosotros/ nosotras	habl**emos**	aprend**amos**	viv**amos**
vosotros/ vosotras	habl**éis**	aprend**áis**	viv**áis**
Uds./ellos/ellas	habl**en**	aprend**an**	viv**an**

4-35 Los entrenadores Completa las siguientes oraciones con las formas adecuadas de los verbos indicados.

> **Ejemplo:** Los entrenadores quieren que los jugadores... no cansarse
> *no se cansen*

Los entrenadores quieren que los jugadores...

1. estar atento
2. no acalorarse
3. no empatar
4. correr mucho
5. descubrir la estrategia del oponente
6. competir bien
7. no rendirse

4-36 En equipo Completa las siguientes oraciones con la forma adecuada del verbo entre paréntesis.

> **Ejemplo:** Mis amigos prefieren que yo le _dibuje_ sus retratos (dibujar).

1. Los aficionados quieren que tú _____ todo lo necesario para ganar (preparar).
2. Los entrenadores prefieren que nosotros _____ las movidas básicas (ensayar).
3. Es importante que el capitán del equipo _____ la jugada (arreglar).
4. Es necesario que ellos _____ la línea ofensiva de sus oponentes (romper).
5. Es importante que nosotros _____ en este torneo (competir).
6. La entrenadora insiste en que los jugadores _____ el campo adecuadamente (cubrir).
7. Espero que nuestros oponentes no _____ gol (meter).

Estructura 4-3b: Present subjunctive of stem-changing verbs

Verbs that have stem changes **o → ue** and **e → ie** in the present indicative have the same changes in the present subjunctive *except* for the **nosotros/nosotras** and **vosotros/vosotras** forms. Verbs that have stem changes **e → i** in the present indicative retain the stem change throughout all forms of the present subjunctive.

Present subjunctive of stem-changing verbs			
	o → ue: poder	e → i: pedir	e → ie: pensar
yo	p**ue**da	p**i**da	p**ie**nse
tú	p**ue**das	p**i**das	p**ie**nses
Ud./él/ella	p**ue**da	p**i**da	p**ie**nse
nosotros/ nosotras	pod**amos**	pid**amos**	pens**emos**
vosotros/ vosotras	pod**áis**	pid**áis**	pens**éis**
Uds./ellos/ellas	p**ue**dan	p**i**dan	p**ie**nsen

4-37 Consejos de los padres Completa las siguientes oraciones con las formas adecuadas de los verbos entre paréntesis.

Ejemplo: No quieren que nosotros _pidamos_ (pedir) otro préstamo.

1. Recomiendan que vosotras _____ (pensar) mucho en una carrera.
2. Les gusta que nosotras _____ (poder) ganarnos la vida.
3. Quieren que vosotros _____ (recordar) los valores que os enseñaron.
4. Prefieren que nosotros _____ (conseguir) puestos excelentes.
5. Esperan que vosotras no _____ (repetir) los errores del pasado.
6. Mandan que nosotras _____ (seguir) adelante.
7. Os dicen que vosotros _____ _____ (vestirse) bien.

4-38 Pasatiempos de niños Escribe recomendaciones para los siguientes juegos infantiles, según las indicaciones. Usa una variedad de verbos en las cláusulas independientes, como, por ejemplo: **recomiendo, prefiero, es bueno, es mejor.**

Ejemplo: jugar al escondite
   Recomiendo que juegues al escondite en la casa.

1. volar los papalotes *(kites)*
2. reírse mucho
3. resolver rompecabezas
4. divertirse con los juegos de mesa
5. vestirse de fantasía

Estructura 4-3c: Present subjunctive of verbs with spelling changes

	-car: practicar	-gar: pagar	-zar: comenzar
yo	practi**que**	pa**gue**	comien**ce**
tú	practi**ques**	pa**gues**	comien**ces**
Ud./él/ella	practi**que**	pa**gue**	comien**ce**
nosotros/ nosotras	practi**quemos**	pa**guemos**	comen**cemos**
vosotros/ vosotras	practi**quéis**	pa**guéis**	comen**céis**
Uds./ellos/ellas	practi**quen**	pa**guen**	comien**cen**

4-39 ¿Qué debemos hacer? Usando los elementos siguientes, forma oraciones completas en español.

Ejemplo: yo / pedir / ellos / pagar / las deudas
   Les pido que paguen las deudas.

1. ellos / prohibir / nosotros / comunicarse / con ellos
2. los consejeros / aconsejar / tú / comenzar / tu carrera
3. yo / no creer / él / cargar / todo / a su tarjeta de crédito
4. ella / no conocer / nadie / criticar / tanto
5. él y yo / recomendar / Uds. / utilizar / un programa de computadora

Estructura 4-3d: Irregular present subjunctive verbs

There are only five verbs that are irregular in the present subjunctive. Their forms must be memorized.

Irregular present subjunctive verbs					
	dar	estar	ir	saber	ser
yo	dé	esté	vaya	sepa	sea
tú	des	estés	vayas	sepas	seas
Ud./él/ella	dé	esté	vaya	sepa	sea
nosotros/nosotras	demos	estemos	vayamos	sepamos	seamos
vosotros/vosotras	deis	estéis	vayáis	sepáis	seáis
Uds./ellos/ellas	den	estén	vayan	sepan	sean

4-40 ¡Insisto! Escribe oraciones completas, convirtiendo las siguientes frases en cláusulas subordinadas.

Ejemplo: el volumen de la radio (tú)

Insisto en que bajes el volumen de la radio.

1. ir al museo de arte (nosotros)
2. darme los vídeos (ellos)
3. ser seguro (el equipo deportivo)
4. estar en guardia (los niños)
5. saber nadar antes de meterse a la piscina (tú)

¡Adelante!

You should now practice **Estructura 4-3a-d** in the **Práctica de estructuras** section of the **Diario de actividades**, pages PE-22–PE-26.

Capítulo 5

El medio ambiente: Enfoque en nuestro planeta

Algunos estudiantes exploran el río Sarapiquí.

Primera etapa: Vocabulario

Sugerencias para aprender el vocabulario: Cómo aprender los homónimos

Vocabulario en acción: El medio ambiente

Segunda etapa: Conversación

Función 5-1: Cómo hablar de posibilidades futuras

Función 5-2: Cómo expresar causa y efecto, juicio de valor, emoción y lo desconocido en el pasado

Función 5-3: Cómo hablar de lo hipotético en el pasado

Tercera etapa: Lectura

Sugerencias para la lectura: Cómo buscar detalles importantes

Lectura cultural: «Los 24 pasos del vaquero»

Lectura literaria: «Noble campaña» por Gregorio López y Fuentes

Análisis literario: La organización de los cuentos

Cuarta etapa: Cultura

Vídeo: Las mariposas en Ecuador

Cultura en acción: Una conferencia dedicada al medio ambiente

Repaso de gramática

Perspectiva lingüística: Verbs of being

Perspectiva gramatical:

Estructura 5-1: Conditional

Estructura 5-2: Imperfect subjunctive

Estructura 5-3: **Si** clauses

Primera etapa: Vocabulario

Cultura en acción

While working on the **Primera etapa** in the textbook and the *Diario de actividades*, . . .

- begin preparations to participate in a "community meeting" to decide how to increase awareness of environmental conditions on campus and in the community.
- using the activities as a point of departure, select a topic related to ecology: recycling, preservation of the environment, toxic waste, organic gardening, ecotourism, etc.
- search the Internet for organizations mentioned in this chapter that are involved in conservation efforts.

▆ Nuestra tierra

En español se conoce por muchos nombres, el ambientalismo, la ecología, el ecologismo, la defensa de la naturaleza... todos términos que aparecen diariamente en la prensa hispana para informar al público sobre la necesidad de proteger la naturaleza y ponerla a salvo de los problemas ocasionados por la industrialización moderna. En este capítulo vas a leer artículos y escuchar comentarios sobre los esfuerzos que se están haciendo en los países hispanos para lograr tener un planeta más habitable. ▪

Sugerencias para aprender el vocabulario

Cómo aprender los homónimos Homonyms are words that sound alike but have different meanings and usually different spellings. For example, *sea* and *see*, *ate* and *eight*, *feet* and *feat*. Spanish has approximately two dozen common words but, unlike English, employs a written accent instead of spelling changes to eliminate ambiguities. These forms must be memorized. As you read and write, pay particular attention to the following words and their meanings.

Sin acento	Con acento
aun even *(adverb)*	**aún** still *(adverb)*
como as *(preposition)*	**cómo** how *(adverb)*
de of *(preposition)*	**dé** give *(pres. subj. of* **dar***)*; give! *(formal singular command of* **dar***)*
el the *(definite article)*	**él** he, it *(pronoun)*
este, ese, aquel this, that, that (over there) *(adjective)*	**éste, ése, aquél** this, that, that (over there) *(pronoun)*
mas but *(conjunction)*	**más** more *(adverb)*
se yourself, himself, herself, itself, yourselves, themselves *(reflexive pronoun)*	**sé** I know *(present indicative of* **saber***)*; be! *(familiar singular command of* **ser***)*
mi my *(possessive adjective)*	**mí** me *(object of preposition)*
solo alone *(adjective)*	**sólo** only *(adverb)*
si if *(conjunction)*	**sí** yes *(adverb)*; oneself *(pronoun)*
te you *(object pronoun)*	**té** tea *(noun)*
tu your *(possessive adjective)*	**tú** you *(subject pronoun)*

As you read «**El medio ambiente**», use the following questions as a guide.

1. ¿Cuáles son algunas cosas que se puede hacer para salvar el planeta?
2. ¿Cuál es la primera ciudad ecológica en el mundo?
3. ¿Cuántas organizaciones ecológicas hay en la ciudad?
4. ¿Qué cosas hizo la gente para promover la ecología?
5. ¿Dónde se cultivan las plantas en la ciudad?
6. ¿Cuántos botes de basura tiene cada casa? ¿Para qué son?
7. ¿Cuánto oxígeno consume un automóvil en una hora?
8. ¿Cuáles son algunos de los daños causados por la lluvia ácida?

El cultivo biológico

As you read, write a list or underline the cognates that are related to the topic and be sure to use them as you do the activities.

El medio ambiente

avar con **detergentes ecológicos, secar** la ropa **al aire libre, plantar** árboles y flores o **reciclar** el **vidrio** y el **papel** son cosas que todos podemos hacer para contribuir a salvar el planeta. Si viven en las afueras de la ciudad o en un pueblo, las posibilidades se multiplican. La gente puede **cultivar huertos** sin pesticidas, **instalar células solares** para calentar el agua y proveer la calefacción, **transportarse** en bicicleta, **aprovechar el viento** para sacar agua de los **pozos** y producir electricidad.

Molinos de viento

La primera ciudad ecológica que se ha creado en el mundo está situada en Davis, California. Debido a sus programas de conservación, la comunidad ha recibido **premios** nacionales y hay más de veinte organizaciones que se interesan por la preservación de los recursos naturales y por la educación de sus ciudadanos. Allí los **tejados** de las casas están cubiertos de **placas solares.** Los árboles y arbustos de las calles y los parques públicos son de frutos comestibles, a disposición de los ciudadanos. La mayor parte de los autos son eléctricos, silenciosos y no producen gases tóxicos, aunque éstos se usan poco. Ochenta kilómetros de vía especial, ancha como una autopista, facilitan la circulación de bicicletas. Hasta gente de ochenta años va de compras pedaleando en triciclos.

En la ciudad se cultivan plantas en los balcones, las terrazas y los patios; las **fachadas** de las casas tienen **plantas trepadoras** y hay **jardines** en las **azoteas.** Practican el **cultivo biológico**, prescindiendo de los insecticidas y herbicidas. Saben que cualquier planta, incluso la más pequeña, es beneficiosa para el **medio ambiente.** Cada persona tiene su parcela de tierra y estos jardines reducen, tanto la **contaminación** del aire, como la erosión del suelo. En el pueblo reciclan todo lo que es posible. Cada casa tiene cuatro **botes de basura** distintos: uno para los **residuos no reciclables** como los plásticos; otro para papel, vidrio y metal; el tercer bote es para los **desechos orgánicos** como los restos de verduras y frutas y el último está reservado para la basura especial que puede ser **peligrosa,** como medicamentos, pinturas, disolventes, insecticidas y demás sustancias químicas.

En cuanto a los autos, el mejor auto es aquél que permanece estacionado. Muchas veces se puede utilizar el transporte público o aun ir a pie. El precio que tiene que pagar la **naturaleza** a cambio de nuestros autos es enorme. Un automóvil consume en una hora la misma cantidad de oxígeno que 200 personas en un día. La contaminación del automóvil contribuye a la lluvia ácida que es directamente responsable de la destrucción de los bosques, al **efecto invernadero** y a las enfermedades respiratorias. Aunque es imposible **renunciar** totalmente a nuestros autos, por lo menos hay que aprender a usarlos más razonablemente. Con su actitud, los 50.000 habitantes de esta primera ciudad ecológica demuestran que se puede vivir estupendamente sin contaminar el medio ambiente.

Vocabulario en acción

La ecología

aprovechar to take advantage of

azotea terrace roof, flat roof

contaminación *f.* pollution

cultivar to cultivate

fachada façade, front of a building

huerto vegetable garden; orchard

instalar to install

jardín *m.* garden

lavar to wash

medio ambiente *m.* environment

naturaleza nature

papel *m.* paper

peligroso/peligrosa dangerous

plantar to plant

pozo well

premio prize

reciclar to recycle

renunciar to give up

secar to dry

tejado roof

transportarse to get around

vidrio glass

viento wind

Expresiones útiles

al aire libre outdoor

bote de basura *m.* trash can

célula/placa solar solar panel

cultivo biológico organic gardening

desechos orgánicos organic waste

detergente ecológico *m.* biodegradable detergent

efecto invernadero greenhouse effect

planta trepadora climbing plant *(ivy, etc.)*

residuo no reciclable nonrecyclable waste

5-1 En la lectura Estudia el informe sobre Davis, California, y escribe las palabras homónimas y el significado de cada una de estas palabras.

5-52 Oraciones originales Ahora, escoge cinco pares de homónimos de la lista en la página 116 y escribe oraciones, usando los homónimos con ambos significados.

Ejemplo: aun / aún
Aun de día hace frío.
Aún no llueve aquí.

5-3 ¿Qué podemos reciclar? ¿Sabías que no reciclar una tonelada de plásticos es como tirar una tonelada de petróleo? En parejas...
- identifiquen cinco artículos que sean reciclables.
- identifiquen cinco artículos o productos que sean tóxicos.
- comparen sus listas con las de las demás parejas de la clase.

¡Adelante!
You should now complete the **Estudio de palabras** of the *Diario de actividades,* pages 92–94.

5-4 Una isla desierta Escribe una lista de las ciudades más contaminadas del mundo. ¿Preferirías vivir en una de estas ciudades o en una isla desierta lejos de todos los problemas, como el hombre del dibujo? Explícale tu respuesta a alguien de la clase.

«Consuelo, ¡qué bueno es estar libre de asaltos, smog y productos contaminados!»

Segunda etapa: Conversación

¡Alto!

Before coming to class and working on the **Segunda etapa,** you should review the **Repaso de gramática** on pages 136–144 at the end of this chapter and complete the accompanying exercises in the **Práctica de estructuras** of the *Diario de actividades,* pages PE-27–PE-30.

Cultura en acción

While working on the **Segunda etapa** in the textbook and the **Práctica de estructuras** in the *Diario de actividades, . . .*

- study the vocabulary on page 118 of your textbook. Prepare flash cards and practice with a partner outside of class.
- begin to write your report. Check the accuracy and appropriateness of language and focus on the concepts presented in this and previous chapters.
- look for examples of **si** clauses in your articles and include **si** clauses in your report. For example, **Si tuviéramos un centro de reciclaje en la universidad...**
- use the present perfect indicative to include examples of events that have happened in your chosen community.

Repaso

Review **Estructura 5-1** in the **Repaso de gramática** on pages 138–141 at the end of this chapter and complete the accompanying exercises in the **Práctica de estructuras** of the *Diario de actividades,* pages PE-27–PE-29.

Función 5-1: Cómo hablar de posibilidades futuras

Hacia el futuro

*« En los próximos cincuenta años la población **podría** crecer un 50 por ciento (hasta alcanzar a los 9.000 millones), lo que **triplicaría** la producción de dióxido de carbono, máximo responsable del calentamiento del planeta. »*

Noticias>Sociedad. La Vanguardia Digital. *http://www.lavanguardia.es/web/20020825/31206683.html* (29 Sept. 2002)

5-5 Encuesta ¿Qué opinan del reciclaje y otros asuntos relacionados con el medio ambiente? En grupos pequeños, hagan preguntas y contéstenlas cortésmente, según las indicaciones.

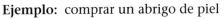

> **Ejemplo:** comprar un abrigo de piel
>
> Estudiante 1: *¿**Comprarías** un abrigo de piel?*
>
> Estudiante 2: *No, no **compraría** un abrigo de piel porque no me gusta llevar ropa hecha de piel de animales.*

1. usar un horno microondas para preparar la comida
2. instalar un purificador de agua en tu casa
3. cazar animales en vías de extinción
4. ponerse desodorante envasado en aerosol
5. construir una casa «ecológica»
6. montar en bicicleta en lugar de ir en auto

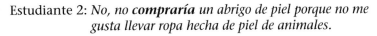

5-6 ¿Qué le dirías tú? ¿Qué harían para salvar nuestro planeta? En parejas, representen las siguientes situaciones, agregando una petición cortés.

> **Ejemplo:** Tu vecino/vecina recoge la hierba cortada en bolsas de plástico y las pone en los basureros.
>
> Estudiante 1: *¿**Podría** dejar la hierba cortada en el jardín? Al descomponerse provee elementos nutritivos para el jardín.*
>
> Estudiante 2: *No sabía eso. Gracias por la información.*

1. Tu vecino/vecina siempre tira los botes de aluminio a la basura.
2. Tu vecino/vecina nunca recicla los periódicos.
3. Tu amigo/amiga conduce un auto grande que gasta mucha gasolina.
4. Tu compañero/compañera de cuarto pone el televisor al entrar a su apartamento aunque no se siente a verlo.
5. Tu colega compra café en tazas desechables.
6. Alguien que fuma quiere participar en tu *car pool.*
7. Una tienda exclusiva de tu ciudad vende muebles de maderas tropicales.
8. Una fábrica de tu comunidad emite malos olores.

5-7 Madre, ¿podría yo...? En grupos pequeños, jueguen al «Madre, ¿podría yo...?», según las indicaciones.

Ejemplo: reciclar las bolsas de plástico

Estudiante 1: *Madre, ¿podría yo reciclar las bolsas de plástico?*
Madre: *Sí, podrías reciclar las bolsas de plástico.*

1. comprar un abrigo de piel
2. hacer ecoturismo en Costa Rica
3. echar el aceite de motor al desagüe
4. reciclar los cartuchos de tinta para la computadora
5. lavar la ropa con detergente no biodegradable
6. sembrar un árbol el día del árbol

¡Adelante!

Now that you have completed your in-class work on **Función 5-1,** you should complete **Audio 5-1** in the **Segunda etapa** of the **Diario de actividades,** pages 95–98.

Repaso

Review **Estructura 5-2** in the **Repaso de gramática** on pages 141–143 at the end of this chapter and complete the accompanying exercises in the **Práctica de estructuras** of the **Diario de actividades,** pages PE-29–PE-30.

Función 5-2: Cómo expresar causa y efecto, juicio de valor, emoción y lo desconocido en el pasado

Civilización y naturaleza

« *La avanzada civilización chemencina había logrado un perfecto equilibrio con la naturaleza.* **No había nada que pudiera amenazar el planeta.** »

El Pirriódico. Terra.es. *http://teleline.terra.es/personal/cheminguay/ocio.htm#a* (29 Sept. 2002)

 5-8 Cómo trataban el medio ambiente Hoy día sabemos mucho más que nuestros antepasados acerca del medio ambiente. En parejas, hablen de las acciones comunes del pasado que afectaban el medio ambiente. Usen las siguientes frases como punto de partida.

Ejemplo: Estudiante 1: *Era común que* ***echaran*** *los residuos en los ríos.*

Estudiante 2: *Era necesario que* ***cortaran*** *los árboles antes de sembrar.*

Era bueno que...   Era imposible que...
Era común que...   Era malo que...
Era dudoso que...   Era necesario...
Era importante que...   Era probable que...

 5-9 Despertar la conciencia En los años sesenta la gente comenzó a notar los efectos que su modo de vida tenía en el medio ambiente, y poco a poco fue cambiando de costumbres. Este proceso sigue lentamente en la actualidad. En grupos pequeños, terminen las siguientes oraciones de una manera original, para reflejar el cambio de actitudes hacia la naturaleza.

1. Hace cinco años, no conocíamos a nadie que...
2. En los años sesenta, no había programas que...
3. Hace diez años, no queríamos usar ningún producto que...
4. En los años cincuenta, la gente buscaba un auto que...
5. Hace un año, queríamos comprar ropa que...
6. En los años setenta, no teníamos ningún producto de limpieza que...

5-10 ¿Qué les recomendaban? Cuando eran niños, ¿qué les decían las personas mayores acerca de la naturaleza? En grupos pequeños, mencionen cinco o seis sugerencias que les daban y que todavía son aplicables para los jóvenes de hoy.

Ejemplo: Estudiante 1: *Me decían que no **tirara** la basura en la calle.*
Estudiante 2: *Me recomendaban que **apagara** las luces cuando saliera de un cuarto.*

¡Adelante!

Now that you have completed your in-class work on **Función 5-2**, you should complete **Audio 5-2** in the **Segunda etapa** of the *Diario de actividades,* pages 99–101.

Repaso

Review **Estructura 5-3** in the **Repaso de gramática** on pages 143–144 at the end of this chapter and complete the accompanying exercises in the **Práctica de estructuras** of the *Diario de actividades,* page PE-30.

Función 5-3: Cómo hablar de lo hipotético en el pasado

El bosque mesófilo

《 *...tenemos el bosque de Fagus grandifolia var. mexicana (guichin o acailite) que es una especie endémica de México, y existe sólo en dos pequeños manchones en Veracruz. **Si estos manchones desaparecieran, la especie estaría condenada a extinguirse localmente.*** 》

La ciudad y el libramiento que queremos. Libramientoxalapa.
http://libramientoxalapa.org/docu/bosque/bosques.html (29 Sept. 2002)

5-11 ¿Cómo sería el planeta...? ¿Cómo sería el planeta si la gente lo tratara mejor (o peor)? En grupos pequeños, comenten la condición hipotética del planeta Tierra, según las condiciones indicadas.

Ejemplo: Si todo el mundo usara más aerosoles...
Estudiante 1: *la capa de ozono **disminuiría**.*
Estudiante 2: ***habría** más casos de cáncer de la piel.*

1. Si más personas usaran el transporte público en lugar de autos particulares...
2. Si las fábricas dejaran de echar los residuos tóxicos en los ríos...
3. Si los gorilas se cazaran hasta la extinción...
4. Si compráramos más productos que fueran reciclables...
5. Si los bosques tropicales desaparecieran...
6. Si todo el mundo dejara de fumar...
7. Si hubiera más especialistas en el medio ambiente...
8. Si utilizáramos más productos biodegradables...

El transporte público

5-12 La «selva urbana» En parejas, hablen acerca de la vida de la «selva urbana» en las siguientes situaciones.

Ejemplo: contaminación de las aguas

Estudiante 1: *¿Cómo sería la «selva urbana» si no contamináramos el agua?*

Estudiante 2: *Si no contamináramos el agua, beberíamos el agua con confianza.*

1. ausencia de zonas verdes
2. embotellamientos de tránsito *(traffic jams)*
3. contaminación del aire
4. basura en las calles
5. ruidos altos
6. falta de cortesía
7. congestión en lugares públicos
8. cólera en la autopista

5-13 Sugerencias para vivir mejor En grupos pequeños, sugieran algunas ideas para mejorar las condiciones de la vida, según las indicaciones. Hagan dos o tres sugerencias para cada indicación.

Ejemplo: Se conservaría más energía si...

Estudiante 1: *fuéramos en bicicleta a la universidad.*

Estudiante 2: *usáramos agua fría para lavar la ropa.*

1. Se conservaría más energía si...
2. Se salvarían más especies en vías de extinción si...
3. Se acabaría con la contaminación si...
4. Se usaría menos agua si...
5. Se talaría menos bosques si...

¡Adelante!

Now that you have completed your in-class work on **Función 5-3,** you should complete **Audio 5-3** in the **Segunda etapa** of the *Diario de actividades*, pages 102–106.

La contaminación del aire

Tercera etapa: Lectura

Cultura en acción

While working on the **Tercera etapa** in the textbook and *Diario de actividades,* . . .

- practice reading for details in Spanish.
- submit examples of loan words you have found in your readings after studying the **Estudio de palabras.**
- brainstorm about "green products" that are available.
- submit an outline of the topic and sources for instructor approval.

Lectura cultural: La ropa y la ecología

Símbolo de libertad en la sociedad occidental: el ponerse estos pantalones vaqueros contamina tanto que los bioingenieros quieren producir algodón azul.

En Agracetus, una finca de Wisconsin (Estados Unidos) especializada en productos agrícolas de vanguardia, y en Calgene, California, están investigando cómo producir un algodón cuya fibra natural sea ya originalmente de color azul.

¿Por qué? Obviamente, para obtener un tejido que permita confeccionar pantalones vaqueros sin la aplicación de tintes en su proceso de producción. Así se ahorraría dinero y se reduciría la contaminación que provoca su ciclo vital, desde su fabricación hasta su combustión en el incinerador. En efecto, más que todo su ciclo de fabricación, el proceso de tinte del tejido con el que se confeccionan los vaqueros es muy contaminante en casi todas sus fases. Y, sin embargo, la ropa tejana es considerada, por mucha gente, como la más simple y ecológica. Evidentemente, no es así. En esta lectura vamos a ver todos los pasos de su elaboración y pensar en las mil maneras en que la actividad humana puede influir, negativa o positivamente, sobre el medio ambiente. ■

Sugerencias para la lectura

Cómo buscar detalles importantes In the previous chapter you picked out the topic sentences and practiced reading for the main idea. Now, you will practice reading more closely for detail. To read for details, use the following strategy: First of all, look at the title of the article on pages 126–127 and turn it into a question: **¿Qué son los vaqueros y cómo pueden tener vida o muerte?** After you have considered the topic, read the general introduction to gain a deeper, more detailed understanding of the passage. To do this, locate the main verb and subject in the introduction and find the nouns and adjectives used to describe the action taking place: **Símbolo de libertad en la sociedad occidental: el enfundarse estos pantalones contamina tanto que los bioingenieros quieren producir algodón azul.** In this introduction to the article there are three key words: **enfundarse, pantalones, contamina.** Ask yourself: **¿Qué pantalones? ¿Cómo contaminan?** How can wearing them contribute to pollution? Skim the rest of the article with the accompanying visuals to obtain additional clues to answer the questions. As you continue to read, ask yourself: *Who? What? When? Where?* and *Why?* to help identify the important details in the article. Remember to use your dictionary only for those words that you are sure you need for comprehension.

Antes de leer

5-14 ¿Te gustan los vaqueros? ¿Cuál es tu opinión personal de los pantalones vaqueros? Escribe cinco razones por las cuales te gusta o no te gusta llevar estos pantalones.

Ejemplo: *Me gusta llevar pantalones vaqueros porque son cómodos.*

5-15 Cada cosa en su lugar Aunque no llevarías un traje de baño a clase, es la prenda perfecta para la playa. En tu opinión, ¿dónde se puede y dónde no se puede llevar pantalones vaqueros? Mencionan cinco lugares y ocasiones aceptables y cinco lugares y ocasiones no aceptables.

Ejemplo: *Yo siempre llevo vaqueros a clase. No es aceptable llevarlos en la oficina donde trabajo.*

5-16 ¿Somos conscientes de la naturaleza? Piensa en algunos artículos (ropa, cosméticos, artículos de limpieza, etcétera) en tu casa que contienen elementos que pueden contribuir a la destrucción de la flora y la fauna o piensa en algunas cosas que haces y que pueden ser perjudiciales para el medio ambiente, la naturaleza o los humanos.

Ejemplo: *Mi madre tiene un abrigo de visón.*

Pequeño diccionario

El artículo «Los 24 pasos del vaquero» de la revista *Muy interesante* nos explica cómo el proceso de fabricar pantalones vaqueros es perjudicial para el medio ambiente. Antes de leer el artículo y hacer las actividades, busca las palabras en el texto y usa dos o tres para escribir oraciones originales en una hoja aparte.

Preguntas de orientación

As you read «**Los 24 pasos del vaquero**», use the following questions as a guide.

1. ¿Qué son los vaqueros o tejanos?
2. ¿Qué quieren hacer los bioingenieros? ¿Por qué?
3. ¿Qué ahorraría dinero y reduciría la contaminación?
4. ¿De dónde se extrae el índigo?
5. ¿Cuándo empezaron a usar el índigo para teñir el tejido?
6. ¿Qué proceso es muy contaminante?
7. ¿Por qué es irónica la situación?
8. ¿Cuántas etapas hay en la elaboración de un par de tejanos?

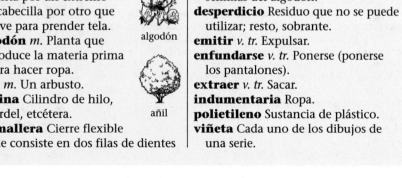

abono Fertilizante orgánico o inorgánico usado en la agricultura para la alimentación de las plantas.

alfiler *m.* Clavito muy delgado de metal con punta por un extremo y cabecilla por otro que sirve para prender tela.

algodón *m.* Planta que produce la materia prima para hacer ropa.

añil *m.* Un arbusto.

bobina Cilindro de hilo, cordel, etcétera.

cremallera Cierre flexible que consiste en dos filas de dientes metálicos y una pieza móvil para abrir y cerrarlos.

daño Lo que causa detrimento, perjuicio o molestia; efecto de dañar.

desgranar *v. tr.* Recoger y quitar las semillas del algodón.

desperdicio Residuo que no se puede utilizar; resto, sobrante.

emitir *v. tr.* Expulsar.

enfundarse *v. tr.* Ponerse (ponerse los pantalones).

extraer *v. tr.* Sacar.

indumentaria Ropa.

polietileno Sustancia de plástico.

viñeta Cada uno de los dibujos de una serie.

ECOLOGÍA

LOS 24 PASOS DEL VAQUERO

Vida, muerte y daños de un par de tejanos

Símbolo de libertad en la sociedad occidental, enfundarse estos pantalones contamina tanto que los bioingenieros quieren producir algodón azul.

En Agracetus, una finca de Wisconsin (EE UU) especializada en productos agrícolas de vanguardia, y en otro lugar del país llamado Calgene, en California, están investigando cómo producir un algodón cuya fibra natural sea ya originalmente de color azul.

¿Por qué? Obviamente, para obtener un tejido que permita confeccionar pantalones vaqueros sin la aplicación de tintes en su proceso de producción. Así se ahorraría dinero y se reduciría la contaminación que provoca su ciclo vital, desde su fabricación hasta su combustión en el incinerador.

Y no se trata de ciencia-ficción. Los bioingenieros que trabajan en estos dos centros están intentando transferir genes procedentes del añil a algunas plantas de algodón. De las hojas de esa especie botánica que viene de la India, Java, América Central y China se extrae el índigo. Este colorante, conocido por los orientales desde la Antigüedad y exportado a Europa hacia el siglo XVI, se emplea desde entonces para teñir de azul. "Con un poco más de tiempo y de dinero, acabaremos por hacer que crezcan *jeans* de las mismas plantas", ha bromeado Ken Barton, investigador de Agracetus.

En efecto, más que todo su ciclo de fabricación, el proceso de tinte del tejido con el que se confeccionan los vaqueros es muy contaminante en casi todas sus fases. Y, sin embargo, la ropa tejana es considerada hoy, por mucha gente, como la indumentaria más simple y ecológica.

Evidentemente, no es así. Veamos todos los pasos de su elaboración y reflexionemos sobre los mil modos en que la actividad humana puede influir, negativa o positivamente, sobre el medio ambiente.

VÍA CRUCIS EN 24 VIÑETAS. Sigamos etapa por etapa el largo proceso vital y el impacto ecológico que produce un pantalón vaquero desde su gestación en la planta del algodón, hasta que desaparece incinerado.

SALIDA

16 SEGUNDO TINTE. Para un color uniforme: electricidad, agua y colorantes. Residuos relativos.

15 LAVADO. Se emplea electricidad, sustancias blanqueadoras (oxidantes) y enzimas, y deja residuos colorantes.

14 CONFECCIÓN. Consume electricidad, hilo sintético y accesorios (botones, alfileres, cremallera).

24 ELIMINACIÓN. Tirarlos a la basura supone incineración y producción de CO_2 y de vapores.

13 CORTE. Ocasiona gasto eléctrico y desperdicios de algodón.

12 LIMPIEZA. El uso de detergentes y agua produce residuos (fosfatos, detergentes y polvo).

11 CONFECCIÓN DEL TEJIDO. Gasta electricidad y origina residuos orgánicos.

1 CULTIVO DEL ALGODÓN. Se usan abonos químicos, pesticidas, fungicidas y defoliantes, que contaminan el agua y el aire.

2 RECOLECCIÓN. Al desgranar, se emiten en el aire hidrocarburos, CO_2, CO y NOx.

3 EMBALAJE. Envueltas en polietileno y ajustadas con correas metálicas, las balas de algodón producen polvo y residuos.

4 TRANSPORTE DEL ALGODÓN. Consume derivados del petróleo y emite hidrocarburos no combustibles, CO_2, CO y NOx.

5 FASE DE ENGRASADO. Gran gasto de electricidad y agua, empleo de grasas y elementos tensoactivos. Residuos químicos.

6 HILADO. Consumo de electricidad y producción de residuos (polvo de algodón).

7 PREPARACIÓN PARA EL TEJIDO. Se gasta electricidad y genera polvo de algodón.

8 ESCALDADO. Se emplea agua y jabón alcalino y deja residuos relativos.

9 PRIMER TINTE. Para el teñido de bobinas se consume electricidad, colorantes y agua para aclarar.

10 ENCERADO. Se utilizan derivados de la celulosa y se producen residuos orgánicos.

17 TRANSPORTE. Consumo de carburantes y residuos relativos: hidrocarburos, CO_2, CO y NOx.

18 ETIQUETA. Su cosido y tinte gastan hilo y electricidad. Genera varios tipos de desechos y agua sucia.

19 ETIQUETA EXTERIOR. Se emplea cartón, tinta, grapas de plástico (consumo de petróleo) y emite vapores contaminantes.

20 TRANSPORTE. Consume carburantes y ocasiona residuos relativos: hidrocarburos, CO_2, CO y NOx.

21 ALMACENAJE. Además del gasto eléctrico, genera residuos.

22 VENTA. La eliminación del empaquetado, de las etiquetas y de la bolsa contamina.

23 USO CONTINUO. Los repetidos lavados emplean electricidad, detergentes, fosfatos...

LLEGADA

PERO NO ACABA AQUÍ... Aunque la función del tejano se ha terminado en este momento, no se han tenido en consideración todos los aspectos contaminantes de su producción: por ejemplo, el proceso de fabricación del nylon para las costuras o el consumo de la energía eléctrica necesaria. Nos hemos limitado a seguir el itinerario más simple posible.

Después de leer

5-17 ¿Verdadera o falsa? Ahora, estudia el artículo de nuevo y decide si las oraciones siguientes son verdaderas (**V**) o falsas (**F**).

_____ 1. El cultivo del algodón requiere el uso de agua para aclarar.

_____ 2. En el proceso de embalaje, las balas producen residuos colorantes.

_____ 3. Durante el transporte hay consumo de derivados del petróleo.

_____ 4. Cuando se prepara el algodón para la confección del tejido, se gasta más agua que colorantes.

_____ 5. Después de limpiar, cortar y confeccionar los pantalones vaqueros, hay que lavarlos y teñir los pantalones dos veces más.

_____ 6. La etiqueta lleva el nombre de la tienda donde se venden los pantalones.

_____ 7. En los almacenes, lavan la tela con sustancias blanqueadoras.

_____ 8. Después de comprar el producto, el comprador tiene que tirar el envoltorio a la basura.

_____ 9. Durante los repetidos lavados, sería mejor emplear detergentes biodegradables.

_____ 10. El último paso en la vida de un par de tejanos es la incineración.

5-18 En tu casa En el proceso de confeccionar los vaqueros, se malgastan agua y electricidad; también se utilizan detergentes, fosfatos y otros productos químicos. En grupos pequeños...

- escriban una lista de productos químicos que utilizan en casa.
- identifiquen los usos de estos productos.
- sugieran maneras para evitar el uso de estos productos.

5-19 Los vaqueros usados Ahora, no solamente se puede reciclar vidrio, latas de aluminio y papel, sino también ropa. Así, se puede sacar más provecho del producto. En grupos pequeños, hablen sobre algunos usos de los vaqueros que ya no sirven porque son viejos o demasiado pequeños.

Ejemplo: *Ayer vi una mochila hecha de unos vaqueros viejos.*

El reciclaje de vidrio

Cultura en acción

While working on the **Lectura literaria** in the textbook, . . .

- complete the activities for **Noble campaña.**
- write a summary of one of the articles that you have selected for your report, after completing the **Redacción** activities on pages 107–111 of the *Diario de actividades.*
- participate in the **Cultura en acción** or hand in your individual written report.

Lectura literaria: Biografía

Gregorio López y Fuentes (1897–1966) nació en el estado de Veracruz, México. Hijo de agricultor, López y Fuentes conocía los tipos de campesinos que describía en sus novelas y cuentos. Después de graduarse de maestro, empezó a trabajar como periodista en la Ciudad de México y siguió la vocación de escritor. López y Fuentes escribió sobre la vida mexicana en sus novelas y cuentos. Pintó las costumbres y la psicología de la gente de una manera verosímil. Su novela, *El indio* (1935), ganó el Premio Nacional de Literatura.

Antes de leer

5-20 Campaña ecológica ¿Recuerdan algún programa de conservación? En grupos pequeños...

- identifiquen tres campañas públicas.
- escriban el lema y nombren la mascota u otro símbolo que se asocien con cada campaña.
- determinen por qué el programa fue un éxito o un fracaso.

Ejemplo: campaña: *prevención de incendios en los bosques*
lema: *"Only you can prevent forest fires."*
mascota: *Smokey Bear*
éxito o fracaso: *Éxito: Fue un programa muy popular, sobre todo con los niños.*

Pequeño diccionario

Estudia las siguientes palabras y frases para comprender mejor el texto. Busca las palabras en el texto y usa dos o tres para escribir oraciones originales en una hoja aparte.

acudir *v. intr.* Ir uno al sitio adonde le conviene o lo llaman.

ágape *m.* Banquete.

aguas negras Aguas que contienen excremento humano.

alcalde *m.* Presidente de un municipio.

asco Repugnancia.

atraso Subdesarrollo.

caudal *m.* Cantidad de agua.

cohete *m.* Tipo de fuegos artificiales.

comitiva Gente que acompaña.

detrito Resultado de la descomposición de una masa sólida.

embriagarse *v. tr.* Tomar alcohol en exceso, emborracharse.

hallazgo Descubrimiento.

hilera Formación en línea de varias cosas.

huerta Terreno destinado al cultivo de árboles frutales.

impreso Panfleto, folleto.

insoportable Intolerable, insufrible.

limo Barro que forma la lluvia en el suelo.

maguey *m.* Cacto del cual se produce la tequila y el pulque.

manifestación *f.* Reunión pública en la que los participantes expresan sus deseos.

manta Trozo rectangular de tejido que se usa para cubrirse.

pasto Hierba que sirve para el sustento de un animal.

pulque *m.* Bebida alcohólica hecha del jugo del maguey.

regidor/regidora Persona que gobierna o dirige.

Preguntas de orientación

As you read **«Noble campaña»**, use the following questions as a guide.

1. ¿Cómo se lucía el pueblo el día de la llegada de la comisión?
2. ¿De dónde vino la comisión?
3. ¿Por qué olía mal el pueblo?
4. ¿Cuál era el propósito de la visita de la comisión?
5. ¿Por qué era urgente que la comisión visitara el pueblo?
6. ¿De qué habló el jefe de la comisión?
7. ¿Convenció el jefe a los habitantes del pueblo?
8. ¿Dónde tuvo lugar el banquete?
9. ¿Qué notaron los invitados?
10. ¿Qué bebidas les sirvieron a los invitados?
11. ¿Cuál fue la bebida preferida en el banquete? ¿Por qué?
12. ¿Qué decisión tomó el jefe de la comisión? ¿Por qué?

A leer: «Noble campaña» por Gregorio López y Fuentes

El pueblo se vistió de domingo en honor de la comisión venida de la capital de la República: manta morena, banderas, flores, música. De haberse podido, hasta se hubiera purificado el aire, pero eso no estaba en las manos del Presidente Municipal. El aire olía así porque a los ojos de la población pasa el río, un poco clarificado ya: es el caudal que sale de la ciudad, los detritos de la urbe, las llamadas aguas negras...

Desde que llegó la comisión, más aún, desde que se anunció su visita, se supo del noble objeto de ella: combatir el alcoholismo, el vino que, según los impresos repartidos profusamente entonces, constituye la ruina del individuo, la miseria de la familia y el atraso de la patria.

Otros muchos lugares habían sido visitados ya por la misma comisión y en todos ellos se había hecho un completo convencimiento. Pero en aquel pueblo el cometido resultaba mucho más urgente, pues la región, gran productora del pulque, arrojaba, según decían los oradores, un mayor coeficiente de vicios.

Dos bandas de música de viento recorrieron las calles, convocando a un festival en la plaza. El alcalde iba y venía dando órdenes. Un regidor lanzaba cohetes a la altura, para que se enteraran del llamado hasta en los ranchos distantes. Los vecinos acudían en gran número y de prisa, para ganar un sitio cerca de la plataforma destinada a las visitas y a las autoridades.

El programa abrió con una canción de moda. Siguió el discurso del jefe de la comisión antialcohólica, quien, conceptuosamente, dijo de los propósitos del Gobierno: acabar con el alcoholismo. Agregó que el progreso es posible únicamente entre los pueblos amigos del agua, y expuso el plan de estudio, plan basado naturalmente en la Economía, que es el pedestal de todos los problemas sociales: industrializar el maguey para dar distinto uso a las extensas tierras destinadas al pulque.

Fue muy aplaudido. En todas las caras se leía convencimiento.

Después fue a la tribuna una señorita declamadora, quien recitó un bellísimo poema, cantando la virtud del agua en sus diversos estados físicos...

¡Oh, el hogar donde no se conoce el vino! ¡Si hay que embriagarse, pues a embriagarse, pero con ideales!

Los aplausos se prolongaron por varios minutos. El Presidente Municipal —broche de oro— agradeció a los comisionados su visita y, como prueba de adhesión a la campaña antialcohólica —dijo enfáticamente— no había ni un solo borracho, ni una pulquería abierta, en todo el pueblo...

A la hora de los abrazos, con motivo de tan palpable resultado, el funcionario dijo a los ilustres visitantes que les tenía preparado un humilde ágape. Fue el mismo Presidente Municipal quien guió a la comitiva hacia el sitio del banquete, una huerta de su propiedad situada a la orilla del río. A tiempo que llegaban, él daba la explicación de la fertilidad de sus campos: el paso de las aguas tan ricas en limo, en abono maravilloso y propicio a la verdura.

No pocos de los visitantes, en cuanto se acercaban al sitio del banquete, hacían notar que el mal olor sospechado desde antes en todo el pueblo, iba acentuándose en forma casi insoportable...

—Es el río —explicaban algunos vecinos—. Son las mismas aguas que vienen desde la ciudad, son las aguas negras, sólo que por aquí ya van un poco clarificadas.

—¿Y qué agua toman aquí?

—Pues, quien la toma, la toma del río, señor... No hay otra.

Un gesto de asco se ahondó en las caras de los invitados.

—¿No se muere la gente a causa de alguna infección?

—Algunos... Algunos...

—¿Habrá aquí mucha tifoidea?

—A lo mejor: sólo que tal vez la conocen con otro nombre, señor...

Las mesas, en hilera, estaban instaladas sobre el pasto, bajo los árboles, cerca del río.

—Y esa agua de los botellones puestos en el centro de las mesas, ¿es del río?

—No hay de otra, señor... Como ustedes, los de la campaña antialcohólica, sólo toman agua... Pero también hemos traído pulque... Perdón, y no lo tomen como una ofensa, después de cuanto hemos dicho contra la bebida...

Aquí no hay otra cosa.

A pesar de todo, se comió con mucho apetito. A la hora de los brindis, el jefe de la comisión expresó su valioso hallazgo: —¡Nuestra campaña antialcohólica necesita algo más efectivo que las manifestaciones y que los discursos: necesitamos introducir el agua potable a todos los pueblos que no la tienen... !

Todos felicitaron al autor de tan brillante idea, y al terminar la comida, los botellones del agua permanecían intactos, y vacíos los de pulque...

Después de leer

 5-21 ¿Cómo son? Fíjense en los personajes del cuento. En grupos pequeños...

- escriban una descripción física y psicológica de los personajes siguientes del cuento.

- preséntenles sus descripciones a los demás miembros de la clase para que adivinen quiénes son.

1. el jefe de la comisión antialcohólica
2. el Presidente Municipal
3. la declamadora
4. un/una habitante del pueblo en el ágape

 5-22 Síntesis El cuento presenta los sucesos desde la perspectiva de la Comisión Antialcohólica. En grupos pequeños, escriban un resumen del cuento desde el punto de vista del alcalde del pueblo.

 5-23 Idea central La idea central de este cuento es que las necesidades de la vida importan más que los planes y las campañas más ilustres. En grupos pequeños...

- comenten uno de los problemas ecológicos más urgentes de su universidad.

- planeen el tema, el lema y la mascota que mejor representen el problema.

- compartan sus ideas con los demás grupos de la clase.

Análisis literario: La organización de los cuentos

Términos literarios Usa los siguientes términos para hablar sobre el lenguaje de los cuentos.

- **El lenguaje literal** se refiere al significado directo de las palabras, como, por ejemplo:

  El río Amazonas es el más largo de Sudamérica.

- **El lenguaje figurado** adorna o embellece la expresión del pensamiento y sirve de representación o figura de otra cosa.

  El listón plateado serpentea por las selvas amazónicas.

- Una **metáfora** es una figura retórica que compara directamente un elemento con otro. En una metáfora simple, el sujeto y el predicado se conectan con el verbo **ser.**

  El río Amazonas es un listón plateado.

  En una metáfora compleja, no hay una conexión explícita. El lector tiene que inferir el significado, por ejemplo:

  El listón plateado sostiene a los habitantes.

- Un **símil** es una comparación indirecta de dos cosas. Las dos cosas se conectan con la palabra **como**, por ejemplo:

  El río Amazonas es como un listón plateado.

- Una **imagen** es la representación de un objeto o de una experiencia por medio del lenguaje. Por ejemplo, un escritor describe a una mujer de la siguiente manera.

  «Era más que hermosa... era perfecta, perfecta como el oro, o como el vino; era primordial, como un latido y era intemporal, como un planeta».

- La **ironía** es una figura que consiste en dar a entender lo contrario de lo que se dice, como, por ejemplo:

  «Éste es el mejor día de mi vida», dijo Pablo al quitarse sus zapatos arruinados. «Me encanta la estación de las lluvias.»

- Un **símbolo** es la relación entre un elemento concreto y uno abstracto. El elemento concreto explica el abstracto. Por ejemplo, en algunas culturas el búho es un símbolo de la muerte y en otras, de la sabiduría.

 5-24 Lenguaje metafórico ¿Hay ejemplos de lenguaje metafórico en este cuento? En grupos pequeños...

- dividan el cuento en secciones.
- revisen el cuento, buscando metáforas y símiles.
- subrayen los ejemplos.
- descifren los significados de las metáforas y de los símiles.

 5-25 Figuras retóricas Hay varios ejemplos de figuras retóricas en el cuento. En grupos pequeños, busquen ejemplos de las figuras retóricas siguientes en «Noble campaña».

1. la imagen
2. la ironía
3. la metáfora
4. el símbolo
5. el símil

¡Adelante!

Now that you have completed your in-class work on the **Tercera etapa**, you should complete the **Redacción** in the **Tercera etapa** of the *Diario de actividades,* pages 107–111.

Cuarta etapa: Cultura

Cultura en acción

While working on the **Cuarta etapa** in the textbook, . . .

- review your information and finalize your research about your selected topic.
- work cooperatively to prepare a simulation related to en environment.
- prepare for your presentation for **Una conferencia dedicada al medio ambiente** for the **Cultura en acción.**

Vídeo: Las mariposas en Ecuador

Introducción

Parecen pequeñas flores. Estas lindas criaturas dan la impresión de no tener un destino. Coloridas y frágiles, zigzaguean por el viento. No es nada sorprendente que las mariposas sean para muchos los insectos más atractivos del planeta. En este vídeo vas a informarte sobre un esfuerzo para proteger las mariposas en Mindo, Ecuador.

Antes de ver

5-26 Lluvia de ideas Varios lugares del mundo son conocidos por sus mariposas. En grupos pequeños, escriban una lista de estos lugares y del tipo de mariposas que se asocia con cada uno.

Ejemplo: *el valle de las Mariposas en México / la mariposa monarca*

You may wish to watch the video the first time with the sound turned off. Study the scenes carefully and try to predict what the content will be. Then watch a second time, listening for oral cognates. Listen a third time for details. These strategies will help you comprehend the message better.

5-27 Guía a la comprensión Antes de ver el vídeo, estudia las siguientes preguntas. Mientras ves el vídeo, busca las respuestas adecuadas.

1. ¿Cuántas variedades de mariposas se encuentran en Mindo?
2. ¿A qué se dedica Rossi Gómez de la Torre?
3. ¿Cómo comienza la vida de la mariposa?
4. ¿Dónde ponen sus huevos las mariposas?
5. ¿Cómo se llama la primera etapa de la vidade una mariposa? ¿Cuánto tiempo dura esta etapa?
6. ¿Qué es la segunda etapa y cuánto tiempo dura?
7. ¿Cómo se protege el *caligo atreus*?
8. ¿Cuáles son las ventajas que traen las mariposas a Mindo?

La mariposa monarca

Pequeño diccionario

Estudia las siguientes palabras y frases para comprender mejor el vídeo. Busca las palabras en el vídeo y usa dos o tres para escribir oraciones originales en una hoja aparte.

apareamiento El juntar las hembras de los animales con los machos para que críen.

búho Ave rapaz nocturna, calzada de plumas, con el pico corvo, los ojos grandes y colocados en la parte anterior de la cabeza, sobre la cual tiene unas plumas alzadas que figuran orejas.

búho

fecundar *v. tr.* Unir la célula reproductora masculina a la femenina para dar origen a un nuevo ser.

hembra Animal del sexo femenino.

macho Animal del sexo masculino.

oruga Larva de los insectos lepidópteros, con doce anillos casi iguales y de colores muy variados, según las especies. Tiene la boca provista de un aparato masticador con el que tritura los alimentos, que son principalmente hojas.

reventar *v. tr.* Deshacer o desbaratar algo aplastándolo con violencia.

talar *v. tr.* Cortar por el pie una masa de árboles.

rescatar *v. tr.* Liberar de un peligro, daño, trabajo, molestia, opresión, etcétera.

A ver

5-28 Contenido del vídeo Mientras ves el vídeo, pon la atención a los siguientes elementos.

1. el ciclo vital de la mariposa
2. los beneficios de las mariposas
3. los peligros que amenazan las mariposas

5-29 Relación con la naturaleza Mientras ves el vídeo, escribe una lista de los elementos (positivos y negativos) que afectan la relación entre los seres humanos y las mariposas.

Algunas mariposas en Ecuador

Después de ver

5-30 ¿Cómo proteger las mariposas? En grupos pequeños, escriban una lista de ideas que podrían incorporar en una campaña para la protección de las mariposas.

Ejemplo: *Producir materiales de enseñanza para las escuelas primarias.*

5-31 Comparar y contrastar Compara las actividades del mariposario de Mindo con los esfuerzos de ecologistas de Estados Unidos para proteger una especie en peligro.

Ejemplo: *el lobo mexicano: Los científicos intentan readaptar el lobo en su habitat natural en el suroeste de Estados Unidos.*

Cultura en acción: Una conferencia dedicada al medio ambiente

Tema

El tema de **Una conferencia dedicada al medio ambiente** les dará a ustedes la oportunidad de investigar y escuchar, y de escribir y hacer una presentación sobre la protección del medio ambiente. La lectura, la comprensión auditiva y la redacción servirán como puntos de partida para las presentaciones.

Escenario

El escenario es una reunión para decidir cómo se puede educar al público para hacerle entender que hay que proteger la naturaleza.

Materiales

- Un programa con los nombres de los presentadores y sus temas.
- Un tablero o una pizarra para mostrar las fotografías o los dibujos que traten de la conservación y la preservación del medio ambiente.
- Carteles con lemas para avisarle al público sobre la necesidad de proteger la naturaleza.

Guía

Cada uno de ustedes deberá preparar un informe oral basado en el tema del medio ambiente.

¡A organizarnos!

El día de la actividad, todos ustedes deben participar en arreglar la sala y en hacerles preguntas a los conferencistas. Cada uno tendrá la oportunidad de presentar su trabajo de investigación y de explicar sus sugerencias para conservar el medio ambiente. Después de cada informe, los demás miembros de la clase deben hacer preguntas.

Al final de la conferencia, toda la clase debe decidir cuáles de las sugerencias serían factibles para implementar en la universidad.

La erosión de las playas... un problema ambiental

Perspectiva lingüística

Verbs of being

The English verb *to be* can be expressed by many different words in Spanish, depending on the context, as, for example: **encontrarse, estar, haber, hacer, hallarse, quedar, resultar, salir, sentar, tener, verse.** The following list provides a few examples.

hacer	**Hace** frío hoy.	*It is cold today.*
hallarse	Manuel **se halla** enfermo.	*Manuel is ill.*
quedar	¿En qué **quedamos**?	*So what is it to be?*
resultar	La película **resultó** interesante.	*The film was interesting.*
tener	**Tengo** prisa.	*I am in a hurry.*

Traditionally, however, only **estar, haber,** and **ser** are treated as verbs of being, and many textbooks present **estar** and **ser** as a contrastive set. In the following sections, rather than contrasting these verbs, we will describe the unique features of **estar, haber,** and **ser**.

Haber

Haber is a unique Spanish verb because it is "impersonal," that is, it does not have a subject. Therefore, the various time frames of **haber** are reflected in a single form.

Indicative Mood		Subjunctive Mood	
present	**hay**	present	**haya**
imperfect	**había**	imperfect	**hubiera**
preterite	**hubo**		
conditional	**habría**		
future	**habrá**		

Although **haber** does not have a subject, it may have a *direct object* (noun or pronoun), as in the following examples.

—¿Hay ardillas en el parque?
—Sí, **las** hay.
—¿Había niños en la fiesta?
—No, no **los** había.

Estar

Uses of *estar*

- In progressive tenses as an auxiliary verb.

  Estoy comprando frutas producidas sin insecticidas para el almuerzo.

- To express location of people, places, and things. Also *is located,* in a figurative sense.

  La Universidad Estatal de Ohio **está** en Columbus.

  Javier **está** en su primer año de universidad.

- Used with adjectives to imply change in condition.

  Jorge **está** muy flaco. (after he has been on a diet)

***Estar* with adjectives**

For native speakers of English, **estar** + *adjective* (versus **ser** + *adjective*) is one of the most complicated concepts. This is because the use of **estar** (or **ser**) depends on the idea that the speaker or writer is trying to convey. Modern linguists agree that **estar** implies a change in condition, as demonstrated in the following examples.

  Después de la lluvia, la hierba **está** muy verde. (normally, it's not that green)

  Nosotros **estamos** tristes. (usually, we're not sad)

  ¡Qué lindas **están** las casas! (they look extraordinary today)

The implication of change may reflect a drastic difference or only an enhanced degree of some normal characteristic. Change is related to time, implying that the current characteristic occurred after a previous condition. Therefore, we can say that **estar** is also contingent on time.

Ser

The verb **ser** also has multiple uses in Spanish. Study the summary below.

Uses of *ser*

- Telling time.

  Son las diez y media.

- Identifying and equating people, places, and things.

  Ella **es** ecologista.

  Hoy **es** martes. **Es** el 29 de julio.

  Éste **es** el centro de reciclaje.

- Origin, possession, identification, makeup.

  Ellos **son** de Nicaragua.

  La bicicleta **es** de Ramiro.

  Es un sistema para purificar el agua.

  El suéter **es** de lana pura.

- Used with adjectives to characterize an entity.

  Los estudiantes **son** inteligentes.

Ser with adjectives

Ser + *adjective* sets up a neutral relationship between an entity (person or thing) and its characteristic. This relationship is free from time constraints and, therefore, expresses what the speaker or writer considers to be the norm.

> La nieve **es** blanca.

Estar and *ser* in identical contexts

Estar and **ser** may be used within identical contexts, but with different meanings, for example:

Estar	Ser
El agua **está** clara.	El agua **es** clara.
The water looks exceptionally clear.	*The water is clear, as usual.*
Carolina **está** muy alta.	Carolina **es** muy alta.
Carolina seems much taller.	*Carolina is a very tall person.*

Perspectiva gramatical

Estructura 5-1a: Conditional of regular verbs

¡OJO!

Many linguists consider the conditional to be a mood **(el modo potencial)** rather than a tense because it refers to hypothetical situations, not reality. In English, this idea is expressed by *would*.

¡Alto!

These activities will prepare you to complete the in-class communicative activities for **Función 5-1** on pages 120–121 of this chapter.

Within the Spanish tense system, some tenses are oriented toward a certain point in time in the present (present, future). Other tenses are oriented toward a point of time in the past (past perfect, preterite, imperfect). These tenses indicate how matters stood "back then" instead of "right now." The *conditional* is also oriented toward the past and indicates an event that follows the recalled point. The following chart shows this relationship visually.

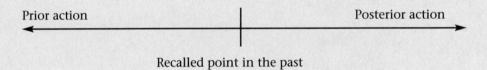

Prior action   Posterior action

Recalled point in the past

Ejemplos:

Prior to recalled point:	Recalled point in past:	Posterior to recalled point:
past perfect indicative	preterite/imperfect	conditional
Lo **habían reciclado.**	Lo **reciclaron/reciclaban.**	Lo **reciclarían.**
They had recycled it.	*They did recycle / were recycling it.*	*They would recycle it.*

Hypothetical situations

The conditional is used to indicate hypothetical situations, such as the following.

> Después de ganarte la lotería, ¿**comprarías** un abrigo de piel?

> Normalmente **reciclaríamos** los periódicos, pero hoy no vamos a hacerlo.

Polite requests

The conditional is also used to make polite requests.

¿**Podrías** prestarme tu bicicleta?

Formation of the conditional

The conditional uses the entire infinitive as its stem. The first- and third-person singular forms are identical but can usually be determined from context.

Conditional of regular verbs			
	-ar: hablar	**-er: comer**	**-ir: vivir**
yo	hablaría	comería	viviría
tú	hablarías	comerías	vivirías
Ud./él/ella	hablaría	comería	viviría
nosotros/nosotras	hablaríamos	comeríamos	viviríamos
vosotros/vosotras	hablaríais	comeríais	viviríais
Uds./ellos/ellas	hablarían	comerían	vivirían

5-32 ¿Qué dirías? Escribe los siguientes verbos en el modo condicional.

Ejemplo: yo / decir

   diría

1. tú / acabar
2. él / ahorrar
3. usted / desperdiciar
4. nosotros / describir
5. vosotras / aprovecharse
6. ustedes / destruir
7. ellas / disminuir
8. yo / proteger
9. ellos / ver
10. ella / deber

5-33 En anticipación de un terremoto Completa las siguientes oraciones usando el modo condicional en cada una.

Ejemplo: *Escucharía* la radio para obtener información. (escuchar)

1. _____ los estantes a la pared y las lámparas y sistemas de iluminación al techo. (sujetar)
2. _____ los objetos pesados o que se quiebran fácilmente en estantes bajos. (colocar)
3. _____ objetos pesados sobre camas o sofás. (no colgar)
4. _____ los maceteros interiores y exteriores que puedan caerse. (asegurar)
5. _____ productos inflamables en gabinetes no muy altos y cerrados. (meter)
6. _____ a los lugares seguros dentro de su casa o fuera de ella. (ir)
7. _____ un punto de reunión, por si la familia se encuentra dispersa. (establecer)

5-34 Acciones para conservar el medio ambiente Escribe oraciones completas, basándote en las siguientes frases, según el ejemplo. Incorpora sujetos lógicos en las oraciones: **los ciudadanos, el gobierno, el público, los ecólogos,** etcétera.

> **Ejemplo:** considerar la protección del medio ambiente como deber ético
>
> *El gobierno consideraría la protección del medio ambiente como deber ético.*

1. respetar el medio ambiente
2. cesar de despojar los recursos naturales
3. plantear una política ambiental específica
4. guardar los sistemas naturales
5. defender el patrimonio natural
6. establecer un desarrollo económico sostenible
7. restaurar los espacios afectados
8. disminuir los impactos ambientales negativos
9. compatibilizar la preservación de los recursos con el desarrollo

Estructura 5-1b: Verbs with irregular stems in the conditional

Many commonly used verbs have irregular stems in the conditional. The following chart shows several of these verbs.

Verbs with irregular stems in the conditional			
infinitive	stem	infinitive	stem
caber	cabr-	querer	querr-
decir	dir-	saber	sabr-
haber	habr-	salir	saldr-
hacer	har-	tener	tendr-
poder	podr-	valer	valdr-
poner	pondr-	venir	vendr-

Remember that any compound of these verbs (**componer, retener,** etc.) will have the same stem change (**compondr-, retendr-,** etc.).

5-35 ¿Qué pasaría? Completa las siguientes oraciones con las formas adecuadas de los verbos entre paréntesis.

> **Ejemplo:** Los ecólogos *mantendrían* (mantener) los bosques por medio de programas de reforestación.

1. Los campesinos _____ (salir) de las zonas rurales para irse a las ciudades si no pudieran talar los bosques.
2. Los pescadores no _____ (poder) pescar si a los peces les faltara el hábitat adecuado.
3. Los activistas _____ (decir) que el planeta está en peligro de extinción si no hubiera leyes.
4. _____ (Haber) más contaminación del aire si todavía usáramos gasolina con plomo.

5. El público _____ (poner) más atención al calentamiento ambiental si hubiera más propaganda.

6. Nosotros _____ (querer) reciclar más si esto nos ahorrara tiempo y dinero.

7. Los estudiantes _____ (saber) más acerca de la ecología si estudiaran la biología ambiental.

8. Estados Unidos _____ (tener) ecoturismo si hubiera más biodiversidad en el país.

9. Los recursos naturales _____ (valer) más si fueran más escasos.

10. Mucha gente _____ (venir) a la universidad si tuviéramos una campaña ambiental.

¡Adelante!
You should now practice **Estructura 5-1** in the **Práctica de estructuras** section of the *Diario de actividades,* pages PE-27–PE-29.

¡Alto!
These activities will prepare you to complete the in-class communicative activities for **Función 5-2** on pages 121–122 of this chapter.

Estructura 5-2: Imperfect subjunctive

The imperfect subjunctive is used in a subordinate clause following expressions of cause-and-effect, nonspecific entities and events, and emotional reactions and value judgments, just as the present subjunctive is used. Whereas the present subjunctive is used only when the verb in the main clause is in the present tense, the imperfect subjunctive may be used when the verb in the main clause is in the present, the imperfect, or the preterite.

Present subjunctive	Imperfect subjunctive
Quiero que mis hijos **aprendan** a respetar el medio ambiente.	Quería que mis hijos **aprendieran** a respetar el medio ambiente.
Mis padres esperan que yo **estudie** ecología.	Mis padres esperaban que yo **estudiara** ecología.
Es una lástima que ella **compre** un abrigo de piel.	Es/Fue una lástima que ella **comprara** un abrigo de piel.

Imperfect subjunctive in polite requests

Another use of the imperfect subjunctive is to make extremely polite requests. An English equivalent for requests of this type would be: "If it isn't too much trouble, I would like . . ."

Quisiera otro café con leche.

¿**Pudieran** ustedes ayudarnos?

Formation of the imperfect subjunctive

¡OJO!
Don't forget that many common verbs have irregular preterites. Review the irregular preterite verbs on pages 57–61 of your textbook.

The imperfect subjunctive is formed from the third-person plural of the preterite tense, minus the final **-ron**. The following chart shows the formation of regular verbs in the imperfect subjunctive. There are two sets of endings for the imperfect subjunctive. (They are equivalent forms, but usage varies from region to region.)

Notice that both sets of endings are used for all three conjugations.

Alternate forms of the imperfect subjunctive

	-ar: hablar		-er: comer		-ir: vivir	
yo	hablara	hablase	comiera	comiese	viviera	viviese
tú	hablaras	hablases	comieras	comieses	vivieras	vivieses
Ud./él/ella	hablara	hablase	comiera	comiese	viviera	viviese
nosotros/ nosotras	habláramos	hablásemos	comiéramos	comiésemos	viviéramos	viviésemos
vosotros/ vosotras	hablarais	hablaseis	comierais	comieseis	vivierais	vivieseis
Uds./ellos/ ellas	hablaran	hablasen	comieran	comiesen	vivieran	viviesen

5-36 Formas plurales Escribe las formas de los siguientes verbos en imperfecto de subjuntivo, según las indicaciones.

Ejemplo: yo / hablar

hablara

1. usted / sobrevivir
2. yo / poder
3. nosotras / andar
4. ellas / ir
5. tú / prevenir
6. vosotros / salir
7. yo / estar
8. ustedes / decir

5-37 En una reserva de animales Escribe oraciones completas acerca de una visita a una reserva de animales, según el ejemplo.

Ejemplo: Nos gustó que _hubiera_ animales salvajes. (haber)

1. Nos impresionó que _____ aves acuáticas. (encontrarse)
2. Era bueno que la reserva _____ similar a su medio natural. (resultar)
3. Nos alegramos de que los animales _____ en buen estado de salud. (estar)
4. Nos sorprendió que los visitantes siempre _____ acompañados por un guía. (ser)
5. Era admirable que los oficiales _____ contra el tráfico de especies amenazadas. (combatir)
6. Era importante que los animales _____ de hábitats y climas semejantes al ambiente de la reserva. (provenir)
7. Lamentamos que todo el mundo no _____ el mensaje de conservación. (oír)

5-38 Contaminación del aire ¿Qué decían los expertos durante un congreso sobre la contaminación del aire? Escribe oraciones completas, según el ejemplo.

Ejemplo: exigían / nosotros no usar sustancias que contaminan el aire
Exigían que no usáramos sustancias que contaminan el aire.

1. recomendaban que / todos evitar el ejercicio físico durante un estado de alerta
2. sugerían que / ancianos permanecer bajo techo
3. querían que / reglamentos proteger la salud pública
4. insistían que / nosotros tomar decisiones responsables acerca del transporte
5. pedían que / oficiales reforzar las leyes
6. deseaban que / no haber más «nieblas asesinas» como la que ocurrió en 1952 en Londres
7. aconsejaban que / las industrias no destruir el ozono estratosférico

¡Adelante!
You should now practice **Estructura 5-2** in the **Práctica de estructuras** section of the *Diario de actividades,* pages PE-29–PE-30.

¡Alto!
These activities will prepare you to complete the in-class communicative activities for **Función 5-3** on pages 122–123 of this chapter.

Estructura 5-3: *Si* clauses

The imperfect subjunctive is used after **si** or **como si** to express a hypothetical condition under which an action would take place, as shown in the following charts.

Si		
	imperfect subjunctive	conditional
Si	yo **tuviera** más espacio	**tendría** un jardín grande.

OR

Si		
conditional		imperfect subjunctive
Tendría un jardín grande	si	**tuviera** más espacio.

In the example above, the hypothetical condition is "if I had more space," and the conclusion, expressed in the conditional, is "I would have a big flower garden." Sometimes these expressions are called contrary-to-fact, because they contradict the existing state of affairs.

Como si		
future/present/ imperfect/preterite		imperfect subjunctive
Antonia hablará/ habla/ hablaba/habló	como si	**fuera** experta en ecología.

The example above states that Antonia speaks (will speak, spoke, etc.) "as if she were an ecology expert," which she may or may not be.

5-39 La situación actual Escribe dos oraciones hipotéticas, usando las siguientes frases, según el ejemplo.

Ejemplo: cazar ballenas

Si cazáramos ballenas desaparecerían de los mares.
Las ballenas desaparecerían de los mares si las cazáramos.

1. talar los bosques
2. desperdiciar los recursos naturales
3. encender los combustibles fósiles
4. echar los contaminantes a los ríos
5. destruir los hábitats de los animales salvajes

5-40 En el pasado ¿Cómo se comportaban nuestros antepasados con respecto al medio ambiente? Escribe siete oraciones completas, según las indicaciones.

Ejemplo: Malgastaban agua...

Malgastaban agua como si fuera un recurso inagotable.

1. Talaban los bosques...
2. Echaban desperdicios tóxicos...
3. Cazaban los animales...
4. Usaban artículos desechables...
5. Conducían autos grandes...
6. Usaban aerosoles con clorofluorocarbonos...
7. Rociaban las cosechas con insecticidas...

5-41 Si fuera presidente Escribe cinco oraciones sobre lo que harías si fueras presidente del Club de Ecología.

Ejemplo: *Si yo fuera presidente del Club de Ecología comenzaría una campaña de reciclaje.*

¡Adelante!
You should now practice **Estructura 5-3** in the **Práctica de estructuras** section of the **Diario de actividades,** page PE-30.

Mente sana, cuerpo sano

Un café al aire libre

La salud y la nutrición

Hoy hay una filosofía de nueva vida, basada en una forma de alimentación. Esta alimentación consiste en una combinación de ingredientes tradicionales o actualizados mediante las tecnologías modernas, en recetas y estilos culinarios de la zona, la cultura y los estilos de vida típicos del Mediterráneo. En este capítulo vamos a investigar no solamente sobre la famosa dieta mediterránea, sino también sobre las formas alternativas de mantener la mente sana y el cuerpo sano. ■

Sol fuente de vitalidad
Cereales   *Aceite de oliva*
Verduras   *Lácteos*
Carnes   *Vinos y cavas*
Embutidos   *Frutos secos*
Frutas   *Miel*
Pescados
Pastas   *Legumbres*
Mar abundante
+
Todos los ingredientes con
las bases de la dieta mediterránea:
Tradición
Variedad y combinación
Moderación
+
Ejercicio
=
Saludable dieta mediterránea

Sugerencias para aprender el vocabulario

Cómo reconocer variaciones regionales Spanish, a language that is spoken by more than 300 million people, varies from country to country. Just as the English spoken in Australia or England differs from that of the United States, Spanish vocabulary varies among the Spanish-speaking countries of the world. For example, in Spain a green bean is called **una judía;** in Chile, **un poroto;** in Venezuela, **una vainita;** and in Argentina, **una chaucha.** You will notice these vocabulary differences in the articles and short stories that were selected from different countries.

Orientación: Preguntas de orientación are included to guide the reading process. They are meant to provide you with strategic practice as you read and may also be used as quick comprehension checks or personalized for additional practice. For example: **¿Cómo se llaman algunas dietas famosas? ¿Es fácil o difícil seguir una de estas dietas?**

Preguntas de orientación

As you read **«La dieta mediterránea»,** use the following questions as a guide.

1. ¿Cuáles son algunos elementos típicos de la dieta mediterránea?
2. ¿Qué comida se debe comer en pequeñas cantidades?
3. ¿Cuáles son algunos otros hábitos saludables que hay que seguir?
4. ¿De dónde salió la dieta mediterránea?
5. ¿Cuándo se empezó a conocer la dieta mediterránea?
6. Según la pirámide de la dieta mediterránea, ¿cuáles son las comidas más saludables y necesarias?
7. ¿Qué tipos de actividades sociales son importantes?
8. ¿Cómo se deben terminar estas actividades sociales?

As you read, write a list or underline the cognates that are related to the topic and be sure to use them as you do the activities.

La dieta mediterránea

Por sus especiales características la **dieta mediterránea** está reconocida como la más **saludable** de todas las existentes. La dieta mediterránea tradicional es aquélla que **se caracteriza** por la abundancia de elementos vegetales como **pan**, pasta, **verduras, ensaladas, legumbres, frutas y frutos secos; aceite de oliva** como principal **fuente de grasa;** consumo de **pescado, pollo, productos lácteos** y **huevos;** pequeñas cantidades de **carnes rojas** y moderadas cantidades de **vino, consumido** en las comidas. A ello hay que **añadir** los siguientes **hábitos saludables** como **levantarse** y **acostarse** a horas regulares, no **preocuparse** mucho, **dar paseos, disfrutar** de los bailes clásicos, **participar en tertulias** y **echarse siestas.**

La dieta mediterránea nació del estudio de la forma de **alimentarse** de las poblaciones del mar Mediterráneo, quienes demostraron **poseer** índices de colesterol mucho más bajos que otros pueblos. Cuando en la década de los años cincuenta, se empezó a conocer la dieta mediterránea, muchos comenzaron a **tomar conciencia** de que la buena alimentación era uno de los pilares de la buena **calidad de vida** y, por lo tanto, de un **bienestar general del cuerpo y del espíritu.**

Aunque los países mediterráneos no poseen todas las mismas **recetas,** sí comparten entre ellos los elementos de esas recetas y las cantidades, ya que éstas se adaptan a la abundancia de esos alimentos en la región. Según estas costumbres, **se diseñó** la denominada «Pirámide de la dieta mediterránea», que **se estructura** de la siguiente manera:

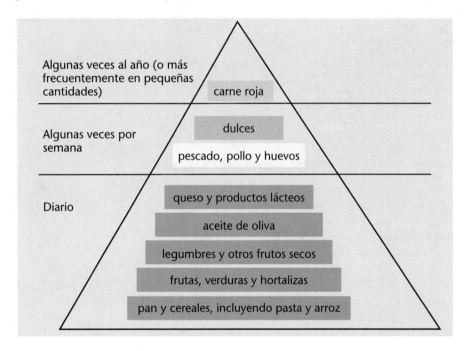

Además de **guiarse** por la conveniencia de **respetar** las cantidades que sugiere la «Pirámide de la dieta mediterránea», hay que añadir otros factores, como es la especial forma de entender la vida y también la alimentación de los habitantes de esta zona. La presentación de **platos atractivos y sabrosos,** elaborados con cuidado y **sin prisa** es muy importante. El **sentarse** a comer rodeados de familiares y amigos en reuniones que duran horas, que **se prolongan** a través de una **sobremesa** y que pueden **terminarse** con una buena siesta, **relajan** y **alivian** del **estrés cotidiano.**

Vocabulario en acción

La nutrición y la salud

aceite de oliva *m.* olive oil

acostarse to go to bed

alimentarse to feed oneself

aliviar to relieve, soothe, alleviate

añadir to add

caracterizarse to be characterized

carne roja *f.* red meat

consumido/consumida consumed

diseñar to design, plan

disfrutar to enjoy something, have fun

ensalada salad

espíritu *m.* spirit

estructurarse to organize, structure

fruta fruit

fruto seco nuts and dried fruit

guiarse to guide

huevo egg

legumbre *f.* vegetable, legume

levantarse to get up, stand up

pan *m.* bread

pescado fish

pollo chicken

poseer to own, have, hold

preocuparse to worry

producto lácteo milk product

prolongarse to go on, carry on

receta recipe

relajar to relax

respetar to respect

saludable healthy

sentarse to sit

sobremesa after-lunch/after-dinner conversation

terminarse to run out

verduras vegetables, greens

vino wine

Expresiones útiles

bienestar del cuerpo y del espíritu *m.* well-being of body and spirit

calidad de vida *f.* quality of life

dieta mediterránea Mediterranean diet

dar paseos to go for walks/strolls

echarse una siesta to take a nap

estrés cotidiano *m.* daily stress

fuente de grasa *f.* source of fat

hábito saludable healthy habit

participar en tertulias to take part in social gatherings to discuss philosophy, politics, art, etc.

platos atractivos y sabrosos attractive and delicious dishes/meals

sin prisa not in a hurry

tomar conciencia to realize

 6-1 ¿Y tu vida? Basándose ustedes en la información de «**La dieta mediterránea**», en grupos pequeños...

• decidan qué elementos de la pirámide de la dieta mediterránea incluyen ustedes en su dieta.

• hablen sobre qué otros factores hay en sus vidas que contribuyen al bienestar del cuerpo.

• indiquen otras comidas o costumbres que se deben incluir para llevar una vida más sana.

6-2 ¿Cómo se dice...? En las lecturas, vas a encontrar palabras que varían de país en país. Busca variaciones del vocabulario de la lista siguiente en tu diccionario. Escribe también las regiones o los países donde se emplean las palabras, si esta información está incluida en tu diccionario.

Ejemplo: ice cream cone

En la América Latina se dice cucurucho de helado. En España se dice barquillo. En Colombia es cono y en Venezuela, barquilla.

1. yogurt
2. candy
3. fast food
4. low-fat
5. cake

6. cookies
7. shrimp
8. hot dog
9. steak
10. corn

6-3 Dime cómo comes Los hábitos alimenticios de cada persona dicen mucho de ella. Descubre cuál es tu actitud ante la comida y aprende de paso a mejorar tus costumbres al respecto. En parejas, contestan el cuestionario y decidan quién tiene los mejores hábitos alimenticios.

1. Cuando estás aburrido/aburrida en casa viendo la televisión, ¿qué haces?
   a. Me entretengo comiendo chocolate, frutos secos o algo parecido.
   b. Como la hora de la cena está lejos, espero a que llegue el «momento crítico» y me como una manzana.
   c. Trato de contenerme porque sé que comer entre horas es fatal para la dieta.
2. Después de una comida abundante...
   a. no pasa nada porque mañana me pongo a dieta.
   b. sufro porque estoy pensando en la cantidad de calorías que contiene cada bocado.
   c. no suelo cometer excesos, y si los cometo, esta misma noche decido cenar algo de fruta.
3. Vas a un restaurante y tus acompañantes piden aperitivo, dos platos y postre. ¿Haces lo mismo?
   a. Si el restaurante es bueno, creo que el no hacerlo sería un crimen.
   b. Sí, siempre pido postre después de comer.
   c. No, nunca lo hago.
4. ¿Qué haces después de enfadarte con alguien o recibir malas noticias?
   a. Voy directamente al refrigerador y empiezo a comer (mejor si es algo con chocolate).
   b. Salgo a la calle para dar un paseo.
   c. Para consolarme tomo uno de los alimentos prohibidos en mi dieta.
5. ¿Qué te gusta tomar de postre?
   a. Fruta.
   b. Café con sacarina.
   c. Café con leche y tarta de chocolate.
6. Generalmente, ¿de qué se compone tu menú?
   a. Legumbres, carne o pescado y yogur.
   b. Lo que haya en casa.
   c. Pasta, carne o pescado, ensalada y fruta.

¡Adelante!

You should now complete the **Estudio de palabras** of the *Diario de actividades*, pages 114–115.

6-4 Unos cambios Ahora, hablen en grupos pequeños sobre cómo pueden incorporar algunos elementos de la dieta mediterránea en su estilo de vida para modificar la manera de comer y vivir.

Segunda etapa: Conversación

¡Alto!

Before coming to class and working on the **Segunda etapa,** you should review the **Repaso de gramática** on pages 164–170 at the end of this chapter and complete the accompanying exercises in the **Práctica de estructuras** of the *Diario de actividades,* pages PE-31–PE-35.

Cultura en acción

While working on the **Segunda etapa** in the textbook and the **Práctica de estructuras** in the *Diario de actividades,* . . .

- select one area of health or nutrition that you wish to present to the class.
- begin to prepare a first draft of a poster, brochure, or information sheet about your topic.
- prepare a categorized list of sources or ad-dresses according to mental and physical health, nutrition, activities, wellness, etc.
- present your topic to your instructor for approval.

Orientación: In this section, you will work on three language functions in contexts that relate to the chapter theme and to the **Perspectiva gramatical** at the end of the chapter. Each **Función** is followed by pair and small-group activities.

Repaso

Review **Estructura 6-1** in the **Repaso de gramática** on pages 165–166 at the end of this chapter and complete the accompanying exercises in the **Práctica de estructuras** of the *Diario de actividades,* page PE-31.

Función 6-1: Cómo hablar de verdades

Los cafés son populares entre los jóvenes de todo el mundo.

Refranes tradicionales...

Beber *y* **comer,** *son cosas que hay que* **hacer.**

Comer *para* **vivir** *y no* **vivir** *para* **comer.**

Vivir *para* **ver,** *y* **ver** *para* **saber.**

6-5 Refranes Muchos refranes en español suelen contener ejemplos del infinitivo como sustantivo. En parejas, lean en voz alta los siguientes frag-mentos de la columna A y busquen sus conclusiones de la columna B. Des-pués, conversen sobre el significado de cada uno.

Ejemplo: Errar es humano, *perdonar es divino.*

        Estudiante 1: *Este refrán significa que todos erramos.*
        Estudiante 2: *Significa también que no debemos juzgar a otros.*

A	B
1. Hablar poco y mal...	y al vino, vino.
2. Tener amigos es bueno...	es mucho hablar.
3. Acostarse temprano y levantarse temprano...	aunque sea en el infierno.
	hace al hombre activo, rico y sano.
4. Una cosa es decir...	no es mentir.
5. Comer hasta enfermar...	no es de hombre prudente.
6. Ir contra la corriente...	y otra es hacer.
7. Llamar al pan, pan...	y ayunar hasta sanar.
8. El fingir...	

6-6 Prevención de enfermedades La salud oral es parte integral de la salud general. En parejas, entrevístense sobre la salud oral, según las indicaciones.

> **Ejemplo:** cepillarse / dentífrico con flúor
>
> > Estudiante 1: *¿Te cepillas los dientes con dentífrico con flúor?*
> > Estudiante 2: *Sí. Cepillarse los dientes con dentífrico con flúor previene las caries.*

1. usar / hilo dental
2. fumar / tabaco
3. aplicar / sellantes dentales
4. beber / agua tratada con flúor
5. obtener / ayuda profesional
6. promover / bienestar de las personas
7. tener / seguro dental
8. sufrir / depresiones y el estrés crónico

6-7 ¿Qué comes? Comer es una parte importante de la rutina de cada uno. En grupos pequeños, intercambien información con respecto a sus comidas. Usen los verbos auxiliares a continuación: **acabar de, desear, gustar, intentar, ir a, pensar, preferir, querer, soler, tender a, tener que.**

Comidas: el desayuno, el almuerzo, la comida, la merienda, la cena

> **Ejemplo:** soler
>
> > Estudiante 1: *¿Qué sueles comer para el desayuno?*
> > Estudiante 2: *Suelo comer cereal y tomar jugo de naranja.*

6-8 En la tienda de comidas dietéticas Muchas personas prefieren comprar en una tienda de comidas dietéticas. En parejas, hablen sobre los productos que compran en ese tipo de tienda, según el ejemplo.

> **Ejemplo:** Estudiante 1: *¿Qué buscas en la tienda de comida dietética?*
> Estudiante 2: *Busco verduras orgánicas para comer. ¿Y tú?*

1. ¿Qué buscas?
2. ¿Qué necesitas?
3. ¿Qué pides?
4. ¿Qué quieres?
5. ¿Qué compras?

¡Adelante!

Now that you have completed your in-class work on **Función 6-1,** you should complete **Audio 6-1** in the **Segunda etapa** of the *Diario de actividades,* pages 116–119.

Repaso

Review **Estructura 6-2** in the **Repaso de gramática** on pages 167–168 at the end of this chapter and complete the accompanying exercises in the **Práctica de estructuras** of the **Diario de actividades,** pages PE-32–PE-33.

Función 6-2: Cómo hablar de la rutina

La rutina

《 *Queridas amigas:*

*Por favor, necesito ayuda. Trabajo todos los días de lunes a viernes. **Me levanto** a las cuatro y media de la mañana y **me acuesto** a las once de la noche. El sábado **tengo que levantarme** a las cinco y media de la mañana. **Suelo acostarme** por la tarde a la una y **levantarme** el día siguiente. Los domingos **me levanto** a las siete y media de la mañana para tomar un café y leer el periódico y **vuelvo a acostarme** a las diez. **Me levanto** a la una y **me tiendo** a las dos. Por la noche **me echo a dormir** a las ocho y media para empezar la semana de nuevo. Quiero saber si duermo demasiado y cuántas son las horas que una persona de unos veinticuatro años debe dormir.*

Atentamente, Ofelia 》

6-9 ¿Qué tenemos en común? ¿Cómo se comparan las rutinas de los estudiantes? En grupos pequeños, entrevístense sobre su rutina, según las indicaciones.

Ejemplo: hora de levantarse

Estudiante 1: *¿A qué hora te levantas?*
Estudiante 2: *Me levanto a las seis. ¿Y tú?*
Estudiante 1: *Me levanto a las ocho.*

1. hora de despertarse
2. actividades regulares (asistir a clases, trabajar, comer, etcétera)
3. aseo personal (afeitarse, bañarse, cepillarse los dientes, lavarse las manos, peinarse, etcétera)
4. diversión (hacer ejercicio, escuchar música, ver televisión, etcétera)
5. hora de acostarse
6. echarse una siesta

6-10 ¿Qué haces? En parejas, pregunten y respondan sobre lo que haces solo/sola, según las indicaciones.

Ejemplo: hablarse de vez en cuando

Estudiante 1: *¿Te hablas de vez en cuando?*
Estudiante 2: *Sí. Me hablo mientras estudio.*

1. cortarse el pelo
2. romperse una uña
3. peinarse bien
4. ponerse crema para el sol
5. vestirse de etiqueta
6. mentirse con frecuencia
7. preocuparse mucho

6-11 Te echo de menos. Todos tenemos amistades a distancia. En parejas, conversen sobre los siguientes temas.

Ejemplo: escribirse cartas

Estudiante 1: *¿Se escriben cartas?*
Estudiante 2: *Sí. Mi amiga y yo nos escribimos cartas.*

1. animarse mucho
2. llamarse por teléfono
3. enviarse mensajes por correo electrónico
4. verse con frecuencia
5. defenderse siempre
6. conocerse hace mucho tiempo (pretérito)
7. escribirse periódicamente

6-12 ¿Qué te pasa, calabaza? En grupos pequeños, entrevístense sobre sucesos inesperados, según las siguientes indicaciones. Alternen las formas singulares con las plurales.

Ejemplo: romperse (singular)

Estudiante 1: *¿Se te rompió algo recientemente?*
Estudiante 2: *Sí, se me rompió un plato.*

¡Adelante!

Now that you have completed your in-class work on **Función 6-2,** you should complete **Audio 6-2** in the **Segunda etapa** of the *Diario de actividades,* pages 119–124.

1. apagarse
2. arrugarse
3. caerse
4. cerrarse
5. doblarse
6. ensuciarse
7. irse
8. ocurrirse
9. olvidarse
10. pararse
11. pasarse
12. quedarse
13. quemarse
14. quitarse
15. romperse (plural)

Función 6-3: Cómo hablar del futuro

Repaso

Review **Estructura 6-3** in the **Repaso de gramática** on pages 168–170 at the end of this chapter and complete the accompanying exercises in the **Práctica de estructuras** of the *Diario de actividades,* pages PE-33–PE-35.

« *Cinco propósitos para mantenerme en forma:*
1. *Comeré una alimentación baja en grasas y azúcares.*
2. *Iré al gimnasio cuatro veces a la semana.*
3. *Perderé esa sobrecarga de grasa.*
4. *Viviré con confianza.*
5. *No marcharé para atrás.* »

6-13 Hoy y mañana ¿Cuáles son sus planes para el año que viene? En parejas, conversen sobre las actividades que harán en el futuro.

Ejemplo: tomar cursos

Estudiante 1: *¿Qué cursos tomarás el próximo año?*
Estudiante 2: *Tomaré cursos de física y español.*

1. cursar estudios
2. comprar
3. hacer planes
4. querer hacer
5. ir
6. divertirse

6-14 Cambios en el futuro En grupos pequeños, predigan el cambio futuro de las costumbres actuales, según las indicaciones.

Ejemplo: viajamos diariamente en auto

Viajaremos diariamente en avioneta.

1. asistir a clases en persona
2. leer libros de papel
3. ver la televisión
4. comer en restaurantes de comida rápida
5. hacer ejercicio en el gimnasio
6. comunicarse por teléfono
7. vivir en casas de madera, ladrillos o bloques
8. ir al consultorio del médico/dentista

 6-15 ¿Dónde estará ahora? En grupos pequeños, indiquen la probabilidad de las actividades de las siguientes personas.

Ejemplo: el/la cirujano general

Estudiante 1: *¿Qué hará el cirujano general ahora?*
Estudiante 2: *El cirujano general dará un discurso ante una asociación de médicos.*

1. el/la presidente de Estados Unidos
2. el/la presidente de su universidad
3. el director / la directora del centro de salud de su universidad
4. el director / la directora de un instituto de salud
5. el/la médico
6. el/la dentista
7. los enfermeros de las escuelas
8. el mejor amigo / la mejor amiga

 6-16 A los sesenta y cuatro años ¿Qué harán para mantener la salud en la «tercera edad»? En grupos pequeños, comenten sobre los siguientes temas.

Ejemplo: la salud oral

Estudiante 1: *Usaré hilo dental todos los días.*
Estudiante 2: *Tendré un examen físico dos veces al año.*

¡Adelante!

Now that you have completed your in-class work on **Función 6-3,** you should complete **Audio 6-3** in the **Segunda etapa** of the *Diario de actividades,* pages 125–128.

1. los males del corazón
2. la flexibilidad y la energía
3. la demencia
4. el apetito y la digestión
5. la soledad y la depresión

Tercera etapa: Lectura

Lectura cultural: Cómo reducir el estrés

Cada vez hay más evidencias científicas de que el aislamiento y la represión de los sentimientos —entre las causas fundamentales del estrés— influyen en las enfermedades del corazón, mientras que la intimidad y el apoyo social pueden ser saludables. Esta intimidad no sólo incluye las relaciones con los demás, sino también un mejor conocimiento de uno mismo. Es difícil dedicarse tiempo a uno mismo, sobre todo cuando se trabaja con metas que deben cumplirse en tiempo y forma, cuando las tareas se acumulan y la lista de los asuntos pendientes sigue creciendo.

La vida estudiantil puede resultar en el estrés.

En esta etapa vas a aprender a reducir el estrés, neutralizar las tensiones y encontrar alivio de una vida agitada en actividades sencillas como una conversación con un buen amigo, un paseo por el parque o un estiramiento de todo el cuerpo. ■

Sugerencias para la lectura

Cómo reconocer la función de un texto Determining the function of the text or why it was written will help you interpret the author's message. Some of the more common functions are to analyze, to advise, to announce, to critique or to review, to describe, or to report factual information. You have already read a wide selection of articles that comment upon the opinions of a famous singer, describe a Mayan legend, and offer advice on different types of employment. As you read the articles in this chapter, practice defining the function or purpose of the text. One of the best indicators of a text's function is the title.

For example, in the article «¡**Desafía la altura**!» you probably expected to find comments about overcoming a fear of heights or about a sport involving high altitudes, perhaps sky diving. The title «**Los 24 pasos del vaquero**» gave you a hint about some type of process involving blue jeans. As you read the sections in this chapter, confirm your hypothesis by checking the author's vocabulary, style, and tone.

Antes de leer

6-17 Causas del estrés En parejas, estudien la siguiente tabla y decidan si están de acuerdo o no con las causas del estrés y el orden en que están presentadas. ¿Cuáles creen que se deben quitar de la lista? ¿Cuáles creen que se deben incluir?

Muerte del esposo /de la esposa	100	Empezar o terminar la universidad	26
Divorcio	73	Cambios en la forma de vivir	25
Separación	65	Problemas con su supervisor/ jefe	23
Muerte de un miembro de la familia	63	Cambios en el horario de trabajo	20
Enfermedad grave	53		
Matrimonio	50	Cambio de residencia	20
Despedida de un trabajo	47	Cambio de universidad/ facultad	20
Jubilación	45	Cambio de pasatiempos	19
Embarazo	40	Cambio en actividades sociales	19
Nuevo trabajo	39		
Dificultades financieras	36	Cambio en las horas de dormir	16
Préstamo de más de $1.000,00	31	Reuniones familiares	15
Unos cambios en las responsabilidades del trabajo	30	Cambio en las comidas	15
Hijo o hija que sa va de casa	29	Vacaciones	13
Problemas con los suegros	29	Fiestas de Navidad	12
Tener éxito en el trabajo	28	Recibir una multa	11
Compañero/Compañera que deja de trabajar	26		

6-18 El estrés personal Todo el mundo tiene algunas cosas que les causan estrés. ¿Cuáles son algunas de las cosas que te afectan más? En grupos pequeños, escriban una lista y después organícenla, siguiendo el modelo de la tabla anterior.

Pequeño diccionario

El artículo de la revista *Prevención* nos propone un plan para reducir el estrés en nuestra vida. Antes de leer este artículo y hacer las actividades, busca las palabras en el texto y usa dos o tres para escribir oraciones originales en una hoja aparte.

acumular *v. tr.* Juntar y amontonar.
desquiciar *v. tr.* Descomponer una cosa, hacerle perder su seguridad, firmeza o control.
estar sometida/sometido Recibir o soportar cierta acción.
estirón corporal *m.* Una forma de ejercicio.
meta Fin a que se dirigen las acciones o deseos de una persona.

semáforo Poste indicador con luces verde, naranja o roja que regula el tránsito en las vías públicas.

semáforo

volante *m.* Rueda que sirve de control de dirección en los automóviles.

volante

A leer

REDUZCA SU ESTRÉS

Nuestro plan de cinco puntos para reducir el estrés puede mejorar su salud emocional y física

odos sabemos que el ejercicio y una dieta saludable son factores esenciales para mantener una buena salud cardíaca. En este artículo, les presentamos un método para ayudarle a controlar los aspectos emocionales que tanto contribuyen a la aparición de las enfermedades cardíacas.

El plan es fácil. Mientras mayor sea el esfuerzo que usted debe realizar para ejecutar la actividad, más puntos acumula. Se concede un punto por aquellas actividades cotidianas que contribuyen a reducir tensiones a corto plazo como, por ejemplo, una cena informal con amigos o disfrutar de su programa de televisión favorito. Se logran dos puntos por realizar actividades que requieren un gran esfuerzo para incluirlas en su rutina diaria, tales como ir a un salón de masajes o caminar por un lugar donde pueda estar en contacto con la naturaleza. Las actividades dirigidas específicamente a reducir el estrés, como las prácticas de yoga o meditación, reciben tres puntos.

Su meta consiste en acumular un mínimo de cinco puntos diarios. Esto significa, por ejemplo, que usted puede lograr su «cuota de tranquilidad» diaria con un estirón corporal de diez segundos al levantarse por la mañana, otro por la tarde y el último antes de acostarse por la noche; una caminata a la hora del almuerzo (que también se toma en cuenta para su total de ejercicios diarios) que le añade dos puntos; compartir algún tiempo con su familia, su compañero/compañera o su mascota cuando regresa del trabajo aporta otro punto; y leer un capítulo de un libro interesante en la cama para el último punto.

Un punto
Comparta su tiempo con sus amistades
Lea un libro o una revista
Disfrute de su entretenimiento favorito: cocinar, pintar, hacer labores de jardinería, etc.
Disfrute de las películas o programas de televisión
Haga tres estiramientos corporales

Haga cinco sesiones de meditación de un minuto cada una
Comparta tiempo con su familia, sus compañeros o su mascota
Tómese un descanso de cinco minutos
Escuche música
Duerma una siesta

Dos puntos
Tome un baño caliente prolongado
Hágase dar un masaje
Participe en un deporte de equipo
Siéntese en silencio durante diez minutos o más
Realice trabajos comunitarios
Camine (o haga ejercicios) durante treinta minutos
Converse con sus amistades

Tres puntos
Tome clases de yoga
Medite durante quince minutos o más
Asista a una reunión de un grupo de apoyo organizado
Escriba en un diario sus sentimientos y emociones

Preguntas de orientación

As you read **«Reduzca su estrés»**, use the following questions as a guide.

1. ¿Cuáles son dos factores esenciales para mantener la salud cardíaca?
2. ¿Cuál es uno de los aspectos que contribuye a las enfermedades cardíacas?
3. ¿Cuántos puntos hay que acumular por día para conseguir tu «cuota de tranquilidad»?
4. ¿Cuántos puntos ganas por hacer tres estirones corporales?
5. ¿Cuándo tienes que hacer cada estirón?
6. ¿Qué actividad da más puntos, una caminata o leer un libro?
7. De las actividades de un punto, ¿cuál es la más difícil? ¿la más fácil?

Después de leer

6-19 Mis actividades favoritas ¿Cuáles son tus actividades favoritas de las listas anteriores? Escoge cuatro actividades de cada categoría y ponlas en el orden de tu preferencia. Después piensa en dos actividades más que consideres equivalentes para incluir en cada lista.

 6-20 La guerra entre conductores En parejas, hablen sobre lo que normalmente hacen cuando están en tráfico y se encuentran con conductores que no son muy corteses o que conducen de manera muy peligrosa.

La guerra entre conductores

Lectura literaria: Juan O. Díaz Lewis

Orientación: In this section, you will learn basic elements of literary analysis. You may then apply these strategies and concepts after reading an article, a poem, a short story, or an essay.

Juan O. Díaz Lewis (1916–) es un escritor panameño. Cursó estudios universitarios en Estados Unidos y obtuvo su título de abogado de la Universidad de Michigan. Además de ser abogado, ha sido profesor y trabajó para UNESCO en París. Escribe cuentos y obras de teatro. El siguiente cuento trata de una persona que cree que padece de locura.

Antes de leer

 6-21 Las alucinaciones En grupos pequeños, identifiquen las características de una alucinación. ¿Cómo se sabe si lo que se experimenta es una alucinación o es la realidad?

Pequeño diccionario

Estudia las siguientes palabras y frases para comprender mejor el texto. Busca las palabras en el texto y usa dos o tres para escribir oraciones originales en una hoja aparte.

acero Aleación de hierro y carbono. Temple y corte de las armas blancas.
ápice *m.* Parte pequeñísima.
arrebatarse *v. refl.* volverse loco.
aterrar *v. tr.* aterrorizar, horrorizar.
cavilar *v. tr.* Pensar con intención o profundidad en algo.
compuerta Plancha fuerte de madera o de hierro, que se desliza por carriles o correderas, y se coloca en los canales, diques, etcétera, para graduar o cortar el paso del agua.
conjurar *v. tr.* Invocar la presencia de los espíritus.

dar la vuelta *v. intr.* Movimiento de una cosa alrededor de un punto, o girando sobre sí misma, hasta invertir su primera posición, o hasta recobrarla de nuevo.
dictamen *m.* Opinión y juicio que se forma o emite sobre algo.
martillazo Golpe fuerte dado con el martillo.
misiva Carta.
sesos Cerebro.
substraer *v. tr.* Librarse.
yacer *v. intr.* Dicho de una persona; Estar echada o tendida.

martillo

sesos

Preguntas de orientación

As you read **«Carta a un psiquiatra»**, use the following questions as a guide.

1. ¿Por qué escribió la carta el hombre?
2. ¿Por qué eligió el destinatario?
3. ¿Por qué le tiene miedo a la locura?
4. Según el hombre, ¿cómo se diferencia la locura de otras enfermedades?
5. ¿Por qué se cree susceptible?
6. ¿Cómo es la vida del hombre?
7. ¿Qué pasó mientras conversaba con amigos?
8. ¿Cómo reaccionó el hombre?
9. ¿Qué decisión tomó?
10. ¿Qué quería que hiciera el doctor?
11. ¿Qué hizo el hombre?
12. ¿En qué estaban de acuerdo todos los presentes

Estimado doctor:

Hoy tuve mi primera alucinación. Debe ser la última. No puedo permitir que se repita. Usted se preguntará a qué se debe esta carta; pero es que no se la puedo dirigir a ninguna otra persona; mi familia no la entenderá y mis amigos dirían que trato de autodramatizarme. Únicamente usted, psiquiatra a quien no conozco, puede recibir y leer una misiva de esta naturaleza.

Dije que hoy sufrí o —como dirían ustedes— experimenté mi primera alucinación. Sin embargo, pienso: si sé lo que es, ya deja de serlo. En verdad esta circunstancia me aterra. La he sentido, y ahora tiemblo al recordarla. Mas esto no le quita ni un ápice de su calidad de alucinación.

Le temo a la locura. ¿No ve? Ya lo dije. Los dos párrafos anteriores me han servido para darle la vuelta a esta declaración. Pero esta carta debe ser ordenada, de otra manera no tendría objeto. ¿Cómo describirme mis sentimientos al pensar en eso que llamamos «locura»? El estómago se me estremece, las piernas desaparecen, muevo la cabeza de un lado para otro y la lengua repite: no, no.

Una vez vi un loco. No lo he podido olvidar. Me habló sin dirigirse a mí, yo no estaba allí, conversaba consigo mismo. El loco mencionó unas voces que oía, y aunque señaló a los dueños, no logré verlos. Esa noche no pude dormir. Acostado quise conjurar a los interlocutores del pobre hombre. No era posible que alguien oyese voces de personas que no existían.

Desde entonces he visto otros locos que oían otras voces o escuchaban el mismo error. Créame, no les tenía miedo a ellos, pobres locos; me horrorizaba la enfermedad. O mejor, sentí temor al darme cuenta de que no sabían que estaban enfermos. El que sufre de cáncer o de tuberculosis o de cualquier otra cosa, puede que no conozca el nombre de su dolencia, pero se siente enfermo. El insano no sabe, no puede saberlo.

Era yo muy joven cuando todo esto. Esa misma juventud me ayudó a tomar una determinación: el día que sospechara que me estaba arrebatando, me mataría. Pero, dirá usted, ¿por qué esta preocupación con la locura? Ya lo sé. La incidencia de locos en una sociedad como la nuestra es muy pequeña. Sin embargo, tanto en mi familia materna como en la paterna los ha habido. Un hermano de mi madre es uno de los pacientes más antiguos del Retiro. Mi hermana mayor perdió la razón hace algunos años. Es una tarea de la cual no me puedo substraer.

De un tiempo a esta parte no había pensado en mi locura. Mi trabajo me satisface completamente; me gusta hacerlo y gozo en él. Soy feliz con mi familia. Este cariño y esa satisfacción echaron a un lado a mi tormento favorito. No me quedaba tiempo para cavilar. Desde hace un año no sueño. Mis noches están llenas de aire, sin nubes. Cierro los ojos y todo es azul.

Hoy conversaba con un grupo de amigos en el jardín de mi casa. No puedo precisar el tema. Sé que todos, excitadísimos, hablaban en voz alta; creo que gritaban. Me dolía la cabeza, todavía me duele. Escuchaba por no entrar en la discusión. Como quien apaga un radio, las voces murieron y se me llenó la cabeza de acordes de órgano. No como las músicas de las películas de locos, que suenan ahuecadas. Los acordes no formaban melodías. Eran sonidos aislados sin relación alguna entre unos y otros.

Volví a ver a mis compañeros. La discusión proseguía. El sudor me cubrió. Casi sin voz, intenté hablar. No me oyeron. Prendido de los brazos de la silla hice un esfuerzo.

Pregunté si no habían oído. Me miraron y tornaron a su tema. Nadie sintió el órgano.

Una vez más se abrieron las compuertas. Nadé en los acordes. Se me derramaron de la cabeza y me corrieron por el cuerpo. Esta vez le ordené a mi voz que me ayudara. Pregunté en voz alta si habían escuchado. Siete cabezas abanicaron la noche. Nadie sintió más que las voces de los otros. ¿Por qué, me dijeron, insistía en escuchar cosas que nadie más oía?

Las sueñas se me metieron en las palmas de las manos. Mis oídos se convirtieron en receptores de músicas perdidas. No había duda, sólo yo escuché los acordes inaudibles del órgano que no era. Cual una serpiente viscosa se me acercaba la locura. Los dejé a su discusión y me arrastré hasta aquí. He pensado huir. ¿Adónde puedo ir que no me alcance? En la pared vi escrita mi determinación de otros años. Sólo puedo librarme acabando conmigo mismo. Es mi único escape. La próxima vez no sabría que las músicas no tienen punto de partida. No podría resistir las voces de personas que nadie ve.

Acabo de sacar de mi guardarropa la pistola. La he puesto a mi lado. Cuando escribo muy ligero, la siento que me hiela el brazo. El acero de un arma es muy frío. Es mucho más frío que cualquier otro. Todo está preparado. Ahora me siento tranquilo. La pistola la mudé a otra esquina del escritorio. Así la puedo ver sin mover la cabeza. Una vez muerto me agradaría resucitar sólo un instante para escuchar su dictamen. Sé lo que diría, y esto me consuela. En verdad estoy tan seguro de que ya no me interesa resucitar. No queda otro camino, lo sé bien.

Médico sin rostro, puede hablar de mi caso con sus colegas. ¡Qué vanidad la mía! Locos como yo no deben ser nada nuevo para usted. Es, sin embargo, un pensamiento agradable. No puedo pedir menos. Creerme el único que supo cuándo se volvió loco. Debo irme ya, sospechoso que volverán las músicas, o pero aún, las voces. Adiós.

M.H.

Dos disparos partieron la noche. Los que hablaban se quedaron mudos. Ninguno quiso levantarse el primero. De pronto, todos se pusieron en pie y corrieron a la casa. En el estudio, la cabeza sobre el escritorio, y los sesos regados por el secante, yacía. Una mano sostenía la carta. Gritos, sollozos y exclamaciones poblaron el cuarto. La esposa, echada en el suelo, intentaba revivir al muerto besándole la otra mano.

Una hora después llegó el juez. La casa estaba llena de gente. Los vecinos todos acudieron. Cada cual quería ayudar en algo. El magistrado inició el interrogatorio. Unos y otros contestaron. Nadie sabía ni el motivo ni la hora del hecho. Le tocó el turno a un señor pálido:

—Usted, caballero, ¿a qué hora oyó el tiro?

—No lo oí, señor. Vivo enfrente, pero estaba probando un órgano que compré hoy. No pude escuchar nada.

Después de leer

 6-22 ¿Loco o cuerdo? ¿Creen ustedes que el hombre está loco? ¿Por qué? En grupos pequeños, hablen sobre estas preguntas. Después, compartan sus opiniones con los demás grupos.

 6-23 Cuestión ética ¿Estaba justificado el hombre en suicidarse? En grupos pequeños, hablen sobre las dos perspectivas.

 6-24 Repetición En la carta al psiquiatra, el hombre repite las mismas ideas varias veces. En parejas, identifiquen estas repeticiones y los sinónimos que usa el escritor. ¿Qué representan?

Análisis literario: El tono

Términos literarios Usa los siguientes términos para hablar sobre el tono de los cuentos.

El **tono** es el modo particular que el autor escoge para escribir el texto. Es decir, el tono refleja la actitud del autor hacia el contenido del texto. El tono afecta, tanto el estilo de la obra y la selección de palabras del escritor, como la sintaxis que éste utiliza para escribir su obra. El tono es un elemento sumamente importante en toda la obra literaria. Aunque hay un sinfín de tonos posibles, aquí se ofrece una lista parcial.

Un tono...

- **ceremonioso** incorpora lenguaje elevado y fórmulas de cortesía.
- **cómico** divierte al lector.
- **íntimo o personal** se caracteriza por la confianza.
- **irónico** enfatiza lo contrario de lo que se dice.
- **misterioso** incorpora elementos sobrenaturales.
- **moralizante** interpreta las acciones humanas según ciertos principios morales.
- **nostálgico** se asocia con el recuerdo de algún bien perdido.
- **persuasivo** trata de inducir al lector a creer o a hacer una cosa.
- **satírico** censura o pone en ridículo un vicio o tontería social.
- **serio** es cuidadoso y solemne.

¡Adelante!

Now that you have completed your in-class work on the **Tercera etapa,** you should complete the **Redacción** in the **Tercera etapa** of the *Diario de actividades,* pages 129–135.

 6-25 El tono En grupos pequeños, identifiquen el tono, el narrador, el protagonista y el tema de «Carta a un psiquiatra». Describan las características de la obra que apoyan el tono.

 6-26 Lenguaje figurado El hombre que le escribe al psiquiatra emplea algunas metáforas en su carta. En parejas, identifiquen estas metáforas y expliquen su uso en el cuento.

¿Qué tendrá este hombre?

Cultura en acción

While working on the **Cuarta etapa** in the textbook, . . .

- complete the plans for the Health Fair.
- participate in the **Cultura en acción** or hand in your individual written report.

Orientación: This section has two purposes. First, the video provides you with up-to-date cultural information about various aspects of life in Spanish-speaking countries. Second, the practice of watching videos will help you improve your listening skills.

 ## Vídeo: El chocolate en la cocina mexicana

Afrodisíaco, reconstituyente universal y pecado del paladar, el chocolate tiene una larga y provocadora historia. En este vídeo vas a estudiar el papel especial del chocolate en la cocina mexicana.

Antes de ver

6-27 Lluvia de ideas ¿Cuáles son sus platos de chocolate preferidos? En grupos pequeños, conversen sobre los tipos de chocolate que les gustan.

Ejemplo: Estudiante 1: *Me gusta una torta de chocolate con glaseado de chocolate.*

Estudiante 2: *Prefiero una barra de chocolate.*

6-28 Guía para la comprensión del vídeo Antes de ver el vídeo, estudia las siguientes preguntas. Mientras veas el vídeo, busca las respuestas adecuadas.

1. ¿Con qué se compara el cacao?
2. ¿Cuáles son sus características?
3. ¿Cuáles son las opciones para preparar el chocolate?
4. ¿Cómo sirven el chocolate los mayas?
5. ¿De qué lengua se deriva la palabra **chocolate**?
6. ¿Cuáles son las influencias que se notan en la cocina poblana?
7. ¿Cuál es uno de los platos representativos de Puebla?
8. ¿Cuáles son algunos de los ingredientes del mole?

Pequeño diccionario

Estudia las siguientes palabras y frases para comprender mejor el vídeo. Busca las palabras en el vídeo y usa dos o tres para escribir oraciones originales en una hoja aparte.

cacahuate *m.* Planta procedente de América, con tallo rastrero y velloso, hojas alternas lobuladas y flores amarillas. El fruto tiene cáscara coriácea y, según la variedad, dos a cuatro semillas blancas y oleaginosas, comestibles después de ser tostadas. Se cultiva también para sacar el aceite.

cacahuate

degustar *v. tr.* Probar o catar, generalmente con deleite, alimentos o bebidas.

espuma Conjunto de burbujas que se forman en la superficie de los líquidos, y se adhieren entre sí con más o menos consistencia.

jícara Vasija pequeña, generalmente de loza, que suele emplearse para tomar chocolate.

nutrir *v. tr.* Aumentar la sustancia del cuerpo animal o vegetal por medio del alimento, reparando las partes que se van perdiendo en virtud de las acciones catabólicas.

A ver

6-29 Culturas del chocolate Al ver el vídeo, escribe una lista de las culturas que se asocian con el chocolate.

6-30 Los platos Al ver el vídeo, apunta en una hoja aparte los ingredientes que se usan para preparar el mole poblano.

Patricia Quintana prepara el chocolate.

Después de ver

 6-31 Otras culturas del chocolate En grupos pequeños, conversen sobre otras culturas que se asocian con el chocolate. ¿De qué manera?

 6-32 Nuestro chocolate En Estados Unidos, como en México, consumimos el chocolate caliente. En grupos pequeños, conversen sobre nuestra «cultura del chocolate».

> **1.** ¿Cómo se prepara?
> **2.** ¿En qué ocasiones se sirve?
> **3.** ¿Qué se come con el chocolate?

Cultura en acción: Una feria de la salud

Tema

El tema de «Una feria de la salud» les dará a ustedes la oportunidad de investigar, de escuchar y escribir y de hacer una presentación sobre la importancia de la nutrición y la salud. La lectura, la comprensión auditiva y la redacción servirán como puntos de partida para las presentaciones.

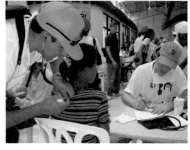
Una feria de la salud

Escenario

El escenario es una conferencia para presentar información sobre la importancia de la salud y la nutrición, a fin de tener una vida sana.

Materiales

- Una pizarra para mostrar carteles, panfletos que expliquen los diferentes temas.
- Una computadora conectada a Internet para demostrar algunos de los programas activas para evaluar la salud y la nutrición en español.

Guía

Cada grupo deberá preparar sus informes, basándose en algún tema de la salud, por ejemplo, el estrés en el trabajo, la importancia de la nutrición, la evaluación de actividades y ejercicios para mantenerse en forma, etcétera.

Las presentaciones

El día de la conferencia, cada grupo debe explicar algunos de los puntos claves de su tema. Después de los informes generales, los otros miembros de la clase pueden visitar cada puesto de información para hacer preguntas, completar un análisis de salud u obtener información sobre los temas que más les interesen.

Perspectiva lingüística

Uses of *se*

Is **se** a confusing word for you in Spanish? **Se** or another object form (**me, te, nos, os**) either precedes or is attached to a verb in Spanish. When you are in doubt about a specific use of **se**, there are several quick and easy tests that you can perform in order to determine the best English equivalent. Study the following information about **se** when it refers to the subject of a sentence.

- Does the subject refer to two human beings?

  Then it's likely that the **se** conveys the idea of *each other.*

  > Rosita y Ricardo **se** conocieron en Tulum.
  > *Rosita and Ricardo met each other at Tulum.*

- Is the subject a single person?

  Then the **se** could have the general meaning of *-self.*

  > Jesús **se** miró en las aguas transparentes del lago.
  > *Jesus looked at himself in the clear waters of the lake.*

- Does the subject refer to people in general instead of to a particular person or persons?

  Then **se** conveys an impersonal subject such as *one* or *they.*

  > **Se** puede tomar el ferry en Puerto Peñasco.
  > *One can take (They can take) the ferry in Puerto Peñasco.*

Study the following items about **se** when it refers to the verb of a sentence.

- Does the verb refer to an emotional reaction?

  Then the best English equivalent for **se** is *get.*

  > Los niños **se** aburren en los museos.
  > *Children get bored in museums.*

- Can you add a word like *up, down,* or *get* to the verb?

  Then **se** is probably an *intensifier* of the verb.

  > Mela siempre **se** come todos los bombones.
  > *Mela always eats up all the candy.*

- Is **se** used with a transitive verb and a nonhuman subject?

  Then **se** conveys a *passive voice.*

  > Las calculadoras **se** vendían a diez dólares.
  > *Calculators are sold for ten dollars.*

¡Alto!

These activities will prepare you to complete the in-class communicative activities for the **Función 6-1** on pages 150–151 of this chapter.

Perspectiva gramatical

Estructura 6-1: Infinitives

Spanish infinitives end in **-ar**, **-er**, **-ir**, and, in a few cases, **-ír**. The infinitive may act as a *verb* (without person or number) or as a *noun* (always masculine singular). In this section, you will learn some of the specific uses for the infinitive. Study the following sections.

Uses of the infinitive as a verb

- Governed by a conjugated verb (only if the subject of the main verb and the action of the infinitive refer to the *same* person or thing). Some of the more common verbs that govern the infinitive include **acabar de, aprender a, desear, enseñar a, esperar, gustar, ir a, poder, querer, saber,** and **tener que.**

  Queremos **comprar** una máquina de fax.

- After **oír** or **ver** to indicate a completed action.

  Te vi **entrar.**

- After many subordinators (only if the subject of the main verb and the action of the infinitive refer to the *same* person or thing). Some of the more common subordinators include **a pesar de, al, antes de, con tal de, después de, en caso de, hasta, para,** and **sin.**

  Entramos sin **verte.**

- As an abbreviated imperative in instructions, for example, on a test.

  Llenar los espacios.

- After **que,** in certain expressions. After **buscar, necesitar, pedir,** and **querer, para** is used rather than **que.**

  Tenemos mucho que **hacer** mañana.

  Necesitan algo para **comer.**

Uses of the infinitive as a noun

- Always masculine singular. The English equivalent for the infinitive used as a subject is generally, but not always, the *-ing* form.

  Usar la computadora hace más fácil el trabajo.

  Perdonar es divino.

- Qualified by an adjective or noun phrase, it is preceded by **el** or **un.**

  El pasar de los autos...

  En un abrir y **cerrar** de ojos *(In a heartbeat)*...

6-33 ¿Qué conjugación es? Completa cada uno de los siguientes infinitivos con la terminación adecuada.

Ejemplo: com-

  comer

1. absten-
2. coc-
3. cuid-
4. esteriliz-
5. exist-
6. fractur-
7. fum-
8. golpe-
9. infect-
10. llor-
11. manten-
12. mord-
13. obstru-
14. part-
15. quem-
16. recuper-
17. sufr-
18. torc-
19. tos-
20. vacun-

6-34 Dichos sobre la salud Completa cada uno de los siguientes dichos con el infinitivo adecuado, según las indicaciones.

> Ejemplo: _____ ligero al atardecer *(eating dinner)*.
> *Es bueno cenar ligero al atardecer.*

Es malo...

1. _____ cigarros, puros y pipas *(smoking)*.
2. _____ con un estómago repleto y pasado *(going to bed)*.
3. _____ demasiado azúcar de mesa, sal, harinas refinadas, arroz refinado, grasas animales, aceites vegetales hidrogenados o parcialmente hidrogenados, alcohol, nicotina, cafeína y todos los alimentos procesados o fritos *(consuming)*.

Es bueno...

4. _____ la serenidad y _____ el estrés *(promoting/preventing)*.
5. _____ profunda y pausadamente *(breathing)*.
6. _____ frutas y _____ jugos de frutas frescas desde por la mañana hasta el mediodía *(eating/drinking)*.

6-35 La aromaterapia ¿Qué es la aromaterapia? Empareja elementos de las columnas A y B para formar oraciones completas.

A	B
____ 1. Desde la antigüedad se han usado diferentes esencias para...	a. agradar a los dioses y a las divinidades.
____ 2. El fin de la aromaterapia es...	b. alejar influencias negativas y despertar estados de conciencia.
____ 3. Hoy día se usan las esencias para...	c. sacar aceites esenciales.
____ 4. Se cree que los beneficios de la aromaterapia incluyen...	d. inhalar indirectamente de un vaporizador o un difusor.
____ 5. Se usan las esencias odoríferas de vegetales para...	e. reducir el estrés, establecer el equilibrio y estimular la mente.
____ 6. Uno de los métodos de aplicación de la aromaterapia es...	f. curar diversas enfermedades.

6-36 La vida sana Completa el siguiente párrafo, usando los infinitivos de la lista a continuación: **actuar, buscar, cambiar, conseguir, decidir, poder, quedarse, tomar.**

El ser humano ha evolucionado durante miles de años lentamente hasta 1. _____ ser un organismo muy evolucionado. Podemos ver, sentir, oler, movernos, oír y pensar. Tenemos ante todo un sistema nervioso muy evolucionado que sobre todo nos da una maravillosa capacidad de análisis para 2. _____, pensar y luego 3. _____. Eso, por supuesto, tiene sus ventajas y desventajas. Las ventajas son que en cualquier momento de nuestras vidas podemos 4. _____ decisiones importantísimas para nosotros y para los demás. Podemos 5. _____ incluso modificar nuestra dieta, para bien y para mal. Podemos angustiarnos por determinadas situaciones o 6. _____ soluciones. Podemos 7. _____ siempre anclados en los mismos hábitos o mejorarlos. Vivir en una zona o intentar 8. _____ a otra.

¡Adelante!

You should now practice **Estructura 6-1** in the **Práctica de estructuras** section of the **Diario de actividades,** page PE-31.

¡Alto!

These activities will prepare you to complete the in-class communicative activities for **Función 6-2** on pages 152–153 of this chapter.

Estructura 6-2: Reflexive verbs

Reflexive pronouns (**me, te, se, nos, os, se**) are always the same person and number as the subject of the verb that they accompany. Verbs that are used with reflexive pronouns are called *pronominal* verbs. Some pronominal verbs are reflexive in meaning; the subject performs some action on or for himself/herself. Other pronominal verbs have different meanings. The following examples show the various types of pronominal verbs and their meanings. Note the use of the pronoun in each case. When a sentence has an auxiliary verb (like **ir a...** or **tener que...**), the pronoun may either precede the auxiliary or be attached to the infinitive, as, for example:

Me voy a lavar el cabello esta noche.
Tenemos que ver**nos** mañana.

Meanings of pronominal verbs

- Reflexive

    Me lavo las manos antes de comer.

- Reciprocal (plural verbs only)

    Marta y yo **nos llamamos** todos los días.

- Accidental or unplanned actions

    ¿Se te cayeron los libros?

    Se me olvidó el anillo.

- Point of departure

    Nos fuimos de la fiesta.

- Make a transitive verb intransitive (action just "happens" without an agent)

    La puerta **se abrió.**

- Impersonal construction

    Se come bien en casa de mi abuela.

- Intensify verb

    Te bebiste la botella de vino entera.

6-37 La salud Escribe el pronombre reflexivo que corresponda a cada uno de los siguientes verbos.

Ejemplo: El dolor __se__ agudiza.

1. Los dolores _____ alivian con analgésicos.
2. _____ aseguramos de que el dentista acepta los seguros.
3. _____ cuido bien porque no quiero enfermarme.
4. ¿Es verdad que _____ curas de los resfriados sin medicamentos?
5. ¿ _____ hacéis miembros de ese gimnasio?
6. En un crucero al Caribe _____ mareamos mucho.
7. Los pacientes _____ ponen las compresas de aceites esenciales.
8. A veces, uno _____ enferma con el cambio de clima.
9. ¿Por qué _____ quejas tanto del ejercicio?
10. ¿ _____ sentís mejor después de los tratamientos?

6-38 ¿Cómo nos afectamos? Completa cada una de las siguientes oraciones con la forma adecuada del verbo entre paréntesis.

1. Los miembros de mi familia querían _____ (help one other).
2. Mis amigos españoles _____ al encontrarse (kissed one other).
3. Mi mejor amiga y yo _____ todos los días (used to communicate with each other).
4. Los niños _____ ayer (met one another).
5. Los hermanos _____ todo (told one another).
6. ¿_____ demasiado (criticized yourself)?
7. ¿Ustedes tenían que _____ tan temprano (say good-bye)?
8. Los hombres _____ con un abrazo (greeted each other).
9. Nosotros siempre _____ bien (got along).
10. _____ amigos el verano pasado (they became).

6-39 Diario de enfermera Escribe sus entradas de un diario en español, dando la idea de que las cosas siguientes sucedieron accidentalmente.

Ejemplo: Unintentionally we left three patients in the elevator.
Se nos quedaron tres pacientes en el ascensor.

1. I unintentionally dropped a bottle of aspirins.
2. We ran out of elastic bandages.
3. The doctor's sterilizer broke.
4. The laboratory rats escaped from the researchers.
5. A student ran away from me upon seeing the hypodermic needle.
6. A brilliant idea occurred to me.
7. The nurse lost her protective lenses.
8. The students spilled (*derramar*) the hot water.
9. The researcher broke a beaker.
10. The patient's prescription expired.

¡Adelante!

You should now practice **Estructura 6-2** in the **Práctica de estructuras** section of the *Diario de actividades,* pages PE-32–PE-33.

¡Alto!

These activities will prepare you to complete the in-class communicative activities for **Función 6-3** on pages 153–154 of this chapter.

Estructura 6-3a: Future tense of regular verbs

Uses of the future tense

The future tense in Spanish is used to indicate events that will occur in the future, as, for example:

Estudiaremos el uso de bases de datos en la clase de computación.

In addition to this very logical use, the future may also be used to indicate probability.

—¿Quién toca a la puerta? —**Será** Pepito. Siempre se le olvidan las llaves.

Formation of the future

You may also use the present tense to talk about events that will happen in the near future, as, for example: **¿Compro los discos compactos mañana?**

Most verbs use the complete infinitive as the stem for the future tense. There is only one set of endings for all three verb conjugations.

	-ar: calcular	-er: aprender	-ir: seguir
yo	calcularé	aprenderé	seguiré
tú	calcularás	aprenderás	seguirás
Ud./él/ella	calculará	aprenderá	seguirá
nosotros/ nosotras	calcularemos	aprenderemos	seguiremos
vosotros/ vosotras	calcularéis	aprenderéis	seguiréis
Uds./ellos/ ellas	calcularán	aprenderán	seguirán

6-40 Formas del futuro Escribe las formas del tiempo futuro de los siguientes verbos reflexivos, según las indicaciones.

Ejemplo: yo / prepararse con cuidado
Me prepararé con cuidado.

1. yo / cepillarse los dientes
2. tú / ducharse con agua tibia
3. usted / acostarse temprano
4. ella / peinarse bien
5. nosotras / no quejarse
6. vosotros / ponerse cómodos
7. ustedes / vestirse según el clima
8. ellos / dedicarse a vivir una vida sana

6-41 Nos cuidaremos mejor. Escribe las siguientes resoluciones en español.

Todos los días...

1. I will eat a healthy diet.
2. You will drink eight glasses of water.
3. She will use dental floss.
4. We will take yoga classes.
5. You *(pl.)* will sleep more.
6. You *(pl.)* will go to the gym.
7. They will reduce stress.

6-42 La medicina del futuro ¿Cómo será el tratamiento médico del futuro? Cambia los verbos de las siguientes oraciones por el tiempo futuro.

Ejemplo: El diagnóstico no **se basa** sólo en la enfermedad del órgano afectado.
se basará

1. La medicina **trata** al individuo como un todo.
2. **Busca** el origen de su enfermedad en todo su cuerpo.
3. Los pacientes **presentan** síntomas por medio de un desequilibrio del cuerpo y la mente.
4. Los médicos **restablecen** la armonía de la unidad.
5. Así **desaparecen** los síntomas.
6. El objetivo de este tratamiento **es** personalizar al paciente.
7. El paciente **cuenta** con un tratamiento único.

Estructura 6-3b: Future tense of irregular verbs

The same verbs that have irregular stems in the conditional have identical irregular stems in the future. For example: Any compound of these verbs will also have an irregular stem, such as **componer** → **compondr-**.

Verbs with irregular stems in the future tense

infinitive	stem		infinitive	stem	
caber	cabr-	-é	querer	querr-	-é
decir	dir-	-ás	saber	sabr-	-ás
haber	habr-	-á	salir	saldr-	-á
hacer	har-	-emos	tener	tendr-	-emos
poder	podr-	-éis	valer	valdr-	-éis
poner	pondr-	-án	venir	vendr-	-án

6-43 Preguntas personales Contesta las siguientes preguntas con oraciones completas en español.

> **Ejemplo:** ¿Qué haras en tu tiempo libre?
> *Saldré con mis amigos.*

En cinco años...

1. ¿Qué querrás más en la vida?
2. ¿Qué clase de amistades tendrás?
3. ¿Qué habrás logrado en tu trabajo?
4. ¿Cómo podrás vivir?
5. ¿Que harás para ayudar a tus seres queridos?

¡Adelante!

You should now practice **Estructura 6-3a-b** in the **Práctica de estructuras** section of the *Diario de actividades,* pages PE-33–PE-35.

6-44 Mis predicciones Escribe cinco predicciones para el año 2020.

> **Ejemplo:** mi universidad
> *En 2020 mi universidad ofrecerá muchos cursos virtuales.*

Capítulo 7

Los latinos en Estados Unidos

Un mural de los héroes mexicanos, Emiliano Zapata y Benito Juárez, Chicago, Illinois

Primera etapa: Vocabulario

Sugerencias para aprender el vocabulario: La presencia hispana en Estados Unidos

Vocabulario en acción: Los hispanos

Segunda etapa: Conversación

Función 7-1: Cómo hablar del pasado reciente

Función 7-2: Cómo reaccionar a lo que ha pasado

Función 7-3: Cómo explicar lo que ocurrirá antes de un momento determinado

Tercera etapa: Lectura

Sugerencias para la lectura: Cómo llegar a comprender

Lectura cultural: «El festín de mi abuela»

Lectura literaria: «María Cristina» por Sandra María Esteves

Análisis literario: La poesía

Cuarta etapa: Cultura

Vídeo: San Antonio y la «Nueva Frontera»

Cultura en acción: Una excursión a una comunidad latina

Repaso de gramática

Perspectiva lingüística: Auxiliary verbs

Perspectiva gramatical:

Estructura 7-1: Present perfect indicative

Estructura 7-2: Present perfect subjunctive

Estructura 7-3: Future perfect indicative

Primera etapa: Vocabulario

Cultura en acción

While working on the **Primera etapa** in the textbook and the *Diario de actividades,* . . .

- you should use the activities as a point of departure and individually select one or two Hispanic communities in the United States you would like to "visit."
- check the city and travel information on the Internet using Virtual Tourist for information about your locations and investigate the historical importance of the city or region to the Hispanic community; the different Hispanic cultures represented; artistic or cultural events or celebrations; museums offering exhibits or featuring Hispanic artists; theaters and cinemas.

La presencia hispana en Estados Unidos

La presencia de los hispanos en Estados Unidos se nota cada día más. Podemos apreciar la riqueza de la cultura hispana en la lengua, la arquitectura, la comida y los festivales. Además, la prensa escrita y los programas de radio y televisión que se dirigen exclusivamente a los hispanohablantes enfatizan la importancia que los hispanos tienen en el comercio y en la política. En este capítulo, vamos a leer y escuchar información sobre la vida diaria de los hispanos y sobre el futuro de este grupo étnico. ■

Sugerencias para aprender el vocabulario

La presencia hispana en Estados Unidos. Have you ever spent a weekend in Las Vegas or visited the zoo in San Diego? As a child, did you want to travel to Florida to visit Disney World or camp with your friends in one of the parks in Colorado? All of these places have one thing in common—Las Vegas, San Diego, Florida, and Colorado are all Spanish words. Many of these cities have maintained and preserved their cultural heritages not only in their city names but also in their street names, architecture, and ethnic neighborhoods. In this section, you will not only investigate place names but also use these words in different contexts.

Preguntas de orientación

As you read «**Los hispanos**», use the following questions as a guide.

1. ¿Cuántas personas hay de origen hispano en Estados Unidos?
2. ¿Qué países poseen la mayor población hispana del mundo? Nombran cinco.
3. Antes de que los pioneros llegaran al este de Estados Unidos, ¿quiénes ya vivían al norte del Río Grande?
4. ¿Cuál fue una consecuencia del tratado de Guadalupe-Hidalgo?
5. ¿Cuándo empezaron a llegar los puertorriqueños a Estados Unidos?
6. ¿Por qué no tienen el problema de conseguir una visa los puertorriqueños?
7. ¿Dónde vive la mayoría de los cubanoamericanos?
8. ¿Qué grupo de hispanohablantes vive en Washington y Filadelfia?
9. ¿Cuántos dominicanos han llegado en la última década?
10. Dentro de 500 años, ¿cuántos norteamericanos van a tener parentesco hispano?

Los hispanos

oy en día más de 22.500.000 personas de origen hispano viven en Estados Unidos. Es decir, casi uno de cada diez **habitantes** del país es de origen hispano. Esto hace que Estados Unidos **posea** la quinta mayor población hispana del mundo después de México, España, Colombia y Argentina.

La mayoría de los hispanos de Estados Unidos no nació aquí. Especialmente en los últimos cuarenta años, millones han venido de los veintiún países **hispanohablantes.** Aunque todos **comparten la misma lengua** y algunos **rasgos culturales,** cada grupo tiene sus propias características. Vamos a considerar algunas de las contribuciones que cada uno de estos grupos **ha aportado.**

Una calle colonial en San Augustín, Florida

Seis de cada diez hispanos en Estados Unidos son de origen mexicano. Muchos de estos mexicanoamericanos no tuvieron que emigrar porque ya vivían al norte del Río Grande antes de

As you read, write a list or underline the cognates that are related to the topic and be sure to use them as you do the activities.

que los **pioneros** llegaran al este del país. Por eso, se les dio la **ciudadanía estadounidense** en el **tratado** de Guadalupe-Hidalgo de 1848, **por medio del cual** México **perdió** la mitad de su territorio, y a Estados Unidos **se incorporó** un tercio de lo que hoy son sus tierras. Este tratado **reconoció** los estados de California, Nevada, Utah, la mayoría de Nuevo México y Arizona y parte de Colorado y Wyoming como territorio **perteneciente** a Estados Unidos.

Una tienda latina en San Francisco, California

Uno de cada diez hispanos es de origen puertorriqueño. Los habitantes de esa **isla** empezaron a llegar en grandes cantidades después de la Segunda Guerra mundial. A diferencia de todos los demás hispanos, los **puertorriqueños,** que han sido **ciudadanos nominales** de Estados Unidos desde 1917, nunca tuvieron problemas de visa. Hoy en día, hay casi tantos puertorriqueños en Estados Unidos como en su isla. Éstos están concentrados en el norte y en el noreste del país, especialmente en áreas metropolitanas como Nueva York y Chicago.

Uno de cada veinte hispanos en Estados Unidos es de origen cubano. A pesar de que antes de 1960 ya había muchos establecidos aquí, a partir de ese año comenzaron a llegar cientos de miles de **refugiados** que **huían de la revolución** comunista. En 1980 otra **ola de refugiados**, más de 100.000, llegó al país. Hoy en día los cubanos forman el núcleo **minoritario** más importante de Florida y hay concentraciones importantes en Nueva York, Nueva Jersey y Chicago.

La llegada de otros grupos de inmigrantes en los últimos años está contribuyendo a la diversidad de las comunidades y cambiando su **fisonomía demográfica.** Los hispanos en Estados Unidos son predominantemente seres urbanos. Nueve de cada diez viven en ciudades, especialmente en grandes metrópolis como Nueva York, Los Ángeles, Chicago, Miami y San Antonio. Tienden a vivir juntos, en sus propios **barrios.** Nueve de cada diez de los inmigrantes hablan español en casa y cerca de la mitad usa el idioma en casi todos los aspectos y transacciones de su vida.

Hoy en día, los centroamericanos conforman el núcleo principal de la población hispana en ciudades como Washington, D.C. y Filadelfia. Unos 170.000 salvadoreños, por ejemplo, se han inscrito en la **Oficina Nacional de la Seguridad de la Patria.** De República Dominicana han llegado entre 200.000 y 400.000 dominicanos en la última década y de América del Sur, especialmente de Colombia, Ecuador y Perú, siguen llegando inmigrantes. Algunos calculan que dentro de 500 años el 50 por ciento de los norteamericanos tendrán **parentesco hispano.**

Un mercado mexicano en San Antonio, Texas

Vocabulario en acción

Los hispanos

aportar to contribute

barrio neighborhood

habitante *m./f.* cada una de las personas que constituyen la población de un barrio, ciudad, provincia o nación

hispanohablante Spanish-speaking

incorporarse to be incorporated

isla island

minoritario/minoritaria minority

ola (ocean) wave

perder to lose

perteneciente belonging to

pionero pioneer

poseer to possess

reconocer to recognize

refugiados refugees

tratado treaty

Expresiones útiles

ciudadanía estadounidense citizenship of the United States

ciudadanos nominales nominal citizens

compartir la misma lengua to share the same language

fisonomía demográfica demographic features

huír de la revolución to escape from the revolution

Oficina Nacional de la Seguridad de la Patria Office of Homeland Security

ola de refugiados wave of refugees

parentesco hispano Hispanic relationship, kinship

por medio del cual through which

rasgo cultural cultural feature

7-1 La presencia hispana ¿Dónde se nota la presencia hispana en Estados Unidos? En parejas...

- decidan qué estados tienen la mayor concentración de personas de habla española según el mapa en la página 175 y la lectura en las páginas 172–173. Si es posible, deben explicar los países de origen de estas personas y explicar también por qué creen que decidieron vivir en estos lugares.

- usen Internet o vayan a la biblioteca para explorar algunos museos, centros culturales, barrios o festivales anuales en dos de estos estados, por ejemplo:
  - el Centro Cultural de la Raza en San Diego, California.
  - el Museo del Barrio en la Quinta Avenida de Nueva York.
  - la Fiesta del Sol en el barrio mexicano de Pilsen, Chicago.
  - el Festival de la Calle Ocho en Miami.
  - el día de la independencia mexicana en San Antonio, Texas.

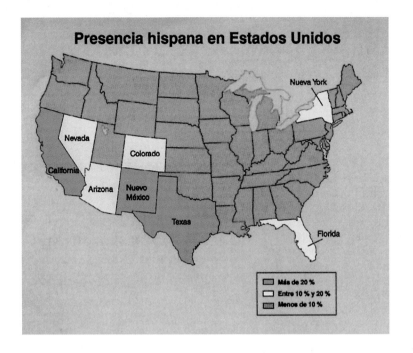

Presencia hispana en Estados Unidos

Más de 20 %
Entre 10 % y 20 %
Menos de 10 %

7-2 ¿Qué hay en el diccionario? Empareja los siguientes estados con su significado. Después, utiliza cada palabra en una oración.

Ejemplo: Nevada   Cantidad de nieve caída sin interrupción sobre la tierra.
Cayó una buena nevada anoche.

_____ **1.** Florida
_____ **2.** Montaña
_____ **3.** Texas
_____ **4.** California
_____ **5.** Virginia
_____ **6.** Colorado
_____ **7.** Carolina
(Norte y Sur)

a. Árbol cubano de madera dura, elástica y casi incorruptible; produce flores que chupan las abejas y elaboran con ellas excelente miel
b. Monte (elevación)
c. Que tiene flores
d. Carrera en la que toman parte dos o más caballos
e. Que tiene color
f. Tejido de algodón, similar a la cretona
g. Pieza de barro cocido en forma de canal, para cubrir por fuera los techos

 7-3 Las ciudades latinas ¿Han viajado a algunas de las ciudades que tienen una población hispana grande? En grupos pequeños...

- identifiquen algunos elementos «hispanos» de las siguientes ciudades.
- digan por qué se consideran hispanas estas características.

Ejemplo: San Antonio
El Álamo. Es una iglesia de adobe de la época colonial.

1. Las Vegas
2. Los Ángeles
3. San Augustín
4. San Francisco
5. Santa Fe
6. El Paso
7. otras ciudades

¡Adelante!
You should now complete the **Estudio de palabras** of the *Diario de actividades,* pages 138–142.

Segunda etapa: Conversación

¡Alto!

Before coming to class and working on the **Segunda etapa,** you should review the **Repaso de gramática** on pages 194–202 at the end of this chapter and complete the accompanying exercises in the **Práctica de estructuras** of the *Diario de actividades,* pages PE-36–PE-39.

Cultura en acción

While working on the **Segunda etapa** in the textbook and the **Práctica de estructuras** in the *Diario de actividades,* . . .

- study the vocabulary on page 174 of your textbook. Prepare flash cards and practice with a partner outside of class.
- begin to write your report. Check the accuracy and appropriateness of language and focus on the concepts presented in this and previous chapters.
- notice how the present perfect subjunctive is used in your articles.
- use the present perfect indicative to include examples of events that have happened in your chosen community.

Repaso

Review **Estructura 7-1** in the **Repaso de gramática** on pages 195–198 at the end of this chapter and complete the accompanying exercises in the **Práctica de estructuras** of the *Diario de actividades,* pages PE-36–PE-38.

Función 7-1: Cómo hablar del pasado reciente

« *El periodismo en español **ha experimentado** un importante* boom *en los últimos años y muchos periodistas hispanos que estudiaron en Estados Unidos y **han trabajado** en medios en inglés están trasladándose a los medios en español.* »

Contacto Magazine. Contacto. *http://www.contactomagazine.com/ periodismo0607.htm* (24 Oct. 2002)

7-4 Una encuesta ¿Qué han hecho última- mente? En parejas, pregunten y contesten acerca de sus actividades recientes.

¿Qué hay de nuevo?

Ejemplo: ir al cine

Estudiante 1: *¿Cuántas veces **has ido** al cine este mes?*
Estudiante 2: ***He ido** al cine dos veces este mes.*

1. ir al teatro
2. cenar en un buen restaurante
3. estudiar en la biblioteca
4. viajar los fines de semana
5. hacer ejercicio
6. leer algo por placer
7. volver tarde a casa
8. romper algo
9. escribir una carta
10. reunirse con un amigo / una amiga

7-5 ¿Te has enterado? ¿Lees los periódicos todos los días o ves las noti- cias en la televisión? En parejas, cuenten lo que han leído en las últimas noticias sobre la comunidad latina en Estados Unidos. Incorporen varias categorías de noticias (deportes, nacionales, internacionales, etcétera).

Ejemplo: *El periodismo en español ha experimentado un importante **boom**.*

7-6 ¿Qué han hecho últimamente? En grupos pequeños, conversen sobre las actividades recientes de estos latinos.

Ejemplo: Jennifer López, cantante
Jennifer López ha filmado una película.

1. Andy García, actor
2. Gloria Estefan, cantante
3. Don Francisco, animador de «Sábado gigante»
4. Isabel Allende, escritora
5. Derek Parra, atleta olímpico
6. Christy Turlington, modelo
7. Paul Sierra, pintor
8. Tatyana Ali, actriz

7-7 Contribuciones de los latinos ¿Conocen las contribuciones de los latinos a nuestro país? En grupos pequeños, emparejen los siguientes latinos con sus contribuciones. Después, conversen sobre la importancia de cada una.

¡Adelante!

Now that you have completed your in-class work on **Función 7-1,** you should complete **Audio 7-1** in the **Segunda etapa** of the *Diario de actividades,* pages 143–147.

_____ 1. Jessica Alba
_____ 2. Joan Baez
_____ 3. Linda Chávez-Thompson
_____ 4. Adrián Fernández
_____ 5. Claudia «Lady Bird» Johnson
_____ 6. Nancy López
_____ 7. Anthony Muñoz
_____ 8. Ellen Ochoa
_____ 9. Geraldo Rivera
_____ 10. Roberto Rodríguez

a. Ha actuado en la película *Clueless* y ha salido en la televisión en «Dark Angel».

b. Ha dirigido un programa de embellecimiento de las autopistas y ha sido la primera dama de Estados Unidos.

c. Ha escrito una columna sindicada, «Column of the Americas», con Patricia Gonzales.

d. Ha ganado el premio «Jugadora de golf del año» tres veces.

e. Ha salido siete veces en los «Top Ten» de las carreras CART.

f. Ha sido abogado y anfintrión de un programa de entrevistas de la televisión.

g. Ha sido activista política y ha grabado canciones folklóricas.

h. Ha sido astronauta, pilota y flautista.

i. Ha sido vice-presidenta de la AFL-CIO.

j. Ha tenido una gran carrera de fútbol americano profesional.

7-8 Relato de un padre latino Completa el siguiente testimonio con la forma adecuada del verbo en el presente perfecto de indicativo.

En mi juventud no tuve oportunidad de estudiar. Por eso, ahora que soy adulto, empecé a ayudar a mi hija, Carolina, en sus estudios porque me _____ (darse cuenta) de que para triunfar en la vida hace falta tener una educación. Carolina tuvo dificultades para leer y escribir cuando era pequeña y para mí fue muy difícil ayudarla con sus tareas. Decidí hablar con sus maestros y ellos me explicaron cómo debía trabajar con mi hija. Desde entonces _____ (mantenerse) contacto con sus maestros y Carolina _____ (alcanzar) notas de 4.0 en sus cursos. Nos _____ (sentir) muy orgullosos de nuestro trabajo y ella _____ (saber) que siempre puede contar con mi ayuda y mi apoyo.

Repaso

Review **Estructura 7-2** in the **Repaso de gramática** on pages 198–199 at the end of this chapter and complete the accompanying exercises in the **Práctica de estructuras** of the **Diario de actividades,** pages PE-38.

Función 7-2: Cómo reaccionar a lo que ha pasado

Edward James Olmos,
actor y activista latino

《 *Han sido pocos los eventos que he experimentado en mi vida que **hayan sido** tan gratificantes para mí como el del proyecto del libro* Americanos. *Según tomó forma se convirtió en caudal de paz interna, poco menos que el experimentar el nacimiento de mis hijos, nada me ha inspirado igual.* 》

Medina, Manuel. 24 Oct. 2002. *Voces de los Padres.* Bilingualnet. *http://sf.bilingual.net/reach/proposal/Una Propuesta Honesta/manuel.html* (24 Oct. 2002)

 7-9 ¿Cómo reaccionan? ¿Cómo reaccionarían si los siguientes incidentes ocurrieran? En parejas, estudien los siguientes incidentes y reaccionen, usando los verbos a continuación como punto de partida.

Reacciones: me alegro de, me preocupa, me da lástima, (no) me gusta, me da pena, (no) me sorprende, me molesta

Ejemplo: Tu amigo acaba de recibir una beca.
> *Me alegro de que mi amigo haya recibido una beca.*

1. Tu compañero/compañera de cuarto acaba de ensuciar tu suéter.
2. Un amigo / Una amiga acaba de tener un accidente con tu auto.
3. Tus padres o abuelos acaban de celebrar su aniversario.
4. Tu instructor/instructora acaba de recomendarte para un premio importante.
5. Tu jefe/jefa acaba de pedirte que trabajes el sábado por la noche.
6. Los administradores de tu universidad acaban de subir la matrícula.
7. Tu mejor amigo/amiga acaba de comprometerse.
8. Tu compañero/compañera de cuarto acaba de comprar un perro.

 7-10 Veteranos latinos En parejas, estudien los siguientes hechos y coméntenlos, según el ejemplo. Varien los comentarios.

Ejemplo: Estudiante 1: Miles de soldados latinos han respondido al llamado para servir.
> Estudiante 2: *Es bueno que miles de soldados latinos hayan respondido al llamado para servir.*

1. Los latinos han contribuido mucho a la defensa de Estados Unidos.
2. La comunidad hispana ha tenido una larga conexión con el servicio militar en Estados Unidos.
3. Hay casi un millón de veteranos latinos que han participado en servicio activo.
4. Treinta y ocho latinos han ganado la Medalla del Congreso al Honor, la condecoración más alta como premio al valor.
5. Guy Gabaldón ha capturado a más de 1.000 soldados enemigos, que es más que cualquier otra persona en la historia de conflictos militares.
6. Muchos hombres y mujeres latinos han hecho el mayor sacrificio en defensa de la libertad.
7. En Texas y otros estados a soldados latinos muertos en combate y condecorados se les ha negado ser enterrados en el cementerio de la localidad donde residían.
8. Es nuestro deber recordar que cuando se trata de dar la sangre por la patria, por Estados Unidos, los hispanos han estado siempre en primera fila.

7-11 ¿Creer o no creer? ¡Vamos a jugar! En grupos pequeños, cuenten cinco actividades verdaderas o ficticias que hayan hecho. Pregúntense el uno al otro acerca de estas actividades e intenten adivinar si la otra persona miente o dice la verdad.

Ejemplo: Estudiante 1: *He aprendido a pilotear un avión.*
Estudiante 2: *¿Dónde has tomado clases?*
Estudiante 1: *En la Universidad Estatal de Ohio.*
Estudiante 2: *¿Cuánto te han costado las clases?*
Estudiante 1: *Trescientos dólares.*
Estudiante 2: *No creo que hayas aprendido a pilotear un avión porque las lecciones cuestan más de trescientos dólares.*

Here is more information on the Crypto-Jews: La reestructuración de los judíos hispanos duró casi 100 años, comenzando en 1391 en la ciudad de Sevilla. Pero en 1492 los Reyes Católicos expulsaron los judíos de España y con esto se acabó la era más importante de los tiempos medievales para la comunidad judía. Sangrientas masacres tomaron lugar y se extendieron por otras partes de España. De los miles de judíos en España, un tercio fue asesinado, un tercio salvó su vida convirtiéndose al cristianismo y el último tercio continuó practicando su fe en secreto. Algunos de esos criptojudíos huyeron del país y se establecieron en Nueva España, o lo que es hoy el suroeste de Estados Unidos.

7-12 Los criptojudíos en Estados Unidos Algunas familias del suroeste de Estados Unidos tienen sus raíces en los judíos expulsados de España en 1492. En grupos pequeños, estudien la siguiente información y coméntenla, usando las expresiones a continuación.

(No) Es posible...
(No) Es probable...
No conocer a nadie...
No hay nadie...
No hay ningún/ninguna...
Puede ser...

Ejemplo: Para la mayor parte de los criptojudíos sus tradiciones hacen parte de su vida familiar; pero no las atribuyen a sus orígenes judíos.
Estudiante: *Es probable que se hayan olvidado de sus orígenes.*

1. Muchos descendientes de estos judíos secretos han vivido como católicos o protestantes.
2. No se han dado cuenta que sus tradiciones familiares son manifestaciones de sus orígenes judíos.
3. Muchas familias han celebrado encendiendo velas los viernes por la noche.
4. Algunos han comido una variación de matzo, hecha de maíz molido, en la Pascua o Semana Santa.
5. Algunas mujeres han continuado celebrando la fiesta de Santa Esther, la que corresponde al festival judío de Purím.
6. Han mantenido en sus tradiciones familiares no comer cerdo o puerco.
7. En los antiguos camposantos se ha encontrado la estrella de David en algunas lápidas.
8. Mucha información sobre la herencia judía en el suroeste se ha sabido recientemente gracias a las numerosas investigaciones.
9. Algunos individuos han expresado interés en volver a practicar la fe judía.
10. Otros han decidido mantener su religión católica o protestante, pero no han dejado de estar intrigados por su origen y su historia.

¡Adelante!

Now that you have completed your in-class work on **Función 7-2,** you should complete **Audio 7-2** in the **Segunda etapa** of the *Diario de actividades,* pages 147–151.

Repaso

Review **Estructura 7-3** in the **Repaso de gramática** on pages 200–202 at the end of this chapter and complete the accompanying exercises in the **Práctica de estructuras** of the **Diario de actividades,** pages PE-38–PE-39.

Función 7-3: Cómo explicar lo que ocurrirá antes de un momento determinado

《 *Tal vez ustedes ya **habrán leído** las noticias en los periódicos sobre la detención de Milagros, por el INS la noche del martes 19 de marzo. No dudamos que su captura tuvo motivaciones políticas debido al trabajo de la organización de la comunidad latina inmigrante. Sin duda se buscaba también desalentar nuestra comunidad y eliminar la cabecilla de la lucha por los derechos de los trabajadores indocumentados. El pretexto de estas acciones contra los inmigrantes son el terrorismo y las leyes antiterroristas, lo cual está injustamente afectando a todos los inmigrantes.* 》

29 Jun. 2002. *Saturday Morning Coffee Hours.* AMERICAS.ORG. <http://www.americas.org/events/saturday_morning_coffee hours.asp.> (29 Jun. 2002)

 7-13 ¿Qué habrán hecho? ¿Qué habrán hecho los famosos para el fin de este año? En parejas, comenten lo que habrán hecho las siguientes personas para el fin de este año.

> Ejemplo: Daisy Fuentes
> Estudiante 1: ***Habrá filmado*** *otro anuncio para la televisión.*
> Estudiante 2: ***Habrá dirigido*** *su propio programa de televisión.*

1. Christina Aguilera
2. Antonio Banderas
3. Cameron Díaz
4. Gloria Estefan
5. Andy García
6. Salma Hayek
7. Enrique Iglesias
8. Jennifer López
9. Ricky Martin
10. Martin Sheen

 7-14 Los latinos de Estados Unidos Se dice que para el próximo censo, los latinos serán el grupo minoritario más grande de Estados Unidos. En parejas, pronostiquen lo que habrán hecho los varios grupos latinos para el año 2020, según las indicaciones. Después, expliquen algunas de las razones para sus pronósticos.

> Ejemplo: la política
> Estudiante 1: *Para el año 2020, los latinos de Estados Unidos **habrán elegido** gobernadores latinos en varios estados.*
> Estudiante 2: *¿Por qué lo crees?*
> Estudiante 1: *Porque el poder político de los latinos aumenta cada vez más.*

1. el cine
2. la economía
3. la educación
4. la ciencia
5. la salud
6. las artes
7. los deportes
8. los medios de comunicación

7-15 Mi agenda Los estudiantes siempre están ocupados. En grupos pequeños, conversen sobre sus agendas para la semana que entra.

Ejemplo: Estudiante 1: *Para miércoles de la semana que entra, habré escrito un informe para mi curso de historia.*

 7-16 Nuestro futuro Ya hablaron sobre lo que habrán hecho los latinos en el futuro. ¿Qué habrán hecho ustedes? En grupos pequeños, conversen sobre sus propias esperanzas.

Ejemplo: Para el año 2020...

Estudiante 1: *Para el año 2020, habré establecido mi propio negocio.*

Para el año...

1. 2005
2. 2010
3. 2015
4. 2020
5. 2025

¡Adelante!

Now that you have completed your in-class work on **Función 7-3,** you should complete **Audio 7-3** in the **Segunda etapa** of the *Diario de actividades,* pages 151–155.

Para el año 2050, ¿habremos descubierto vida extraterrestre?

¿Con qué profesiones habrán soñado de niñas?

Para el año 2020, ¿qué enfermedades habremos curado?

Tercera etapa: Lectura

Cultura en acción

While working on the **Tercera etapa** in the textbook and *Diario de actividades,* . . .

- practice monitoring your comprehension as you read.
- submit examples of proper names and titles of Spanish-speaking people that you have found in the news or in your readings and investigations.
- brainstorm to list different cities with Hispanic populations and mention the festivals, museums, etc., that these cities offer.
- after completing the activities, submit the name of the city and event or location that you are going to research. When all proposals have been submitted, your instructor will select the city or community most appropriate for a "visit." You should complete the tasks outlined in the Guidelines.

Lectura cultural: Unos recuerdos felices

Las recetas para los platos típicos no solamente representan lazos con el país de origen, sino que también reflejan su propia cultura. En «El festín de mi abuela», el narrador habla de su niñez y los recuerdos felices de las celebraciones familiares. El olor a galletas, torta y pollo asado despierta memorias de cuando toda la familia se reunía para celebrar las ocasiones especiales. «El festín de mi abuela» explica cómo la magia de la cocina mexicana transciende fronteras y generaciones. ■

Sugerencias para la lectura

Cómo llegar a comprender When you are reading the newspaper or a magazine, do you stop, glance up from the page, and consider what the writer has stated? Do you agree or disagree with the author's opinion? In this chapter, you should practice using different techniques to monitor your comprehension as you read. Stop as you read each paragraph—find the topic sentence. Can you restate it simply, using your own words? As you continue to read, look for the essential information to support the topic sentence. Could you explain this information to someone?

Does it make sense to you? Now, find the concluding remarks. Do you understand them? As you read the selections in this chapter, use the orientation questions as a guide. They will help you to check your comprehension at different points throughout the readings.

Antes de leer

7-17 Algunos platos típicos ¿Cuáles son algunos platos típicos de los países hispanohablantes? Busca platos o bebidas de España, Argentina, Cuba, Costa Rica y México en Internet o en libros de cocina. Menciona también la provincia o región de origen y el ingrediente principal.

Ejemplo: *En España la paella es un plato muy importante de la comunidad de Valencia. El ingrediente principal de la paella es el arroz.*

7-18 Fiestas tradicionales Piensa en una de las fiestas más inolvidables que hayas celebrado con toda la familia y, en grupos pequeños, comparen estos días festivos.

Pequeño diccionario

El cuento «El festín de mi abuela» trata no solamente de una comida excelente, sino también de unos recuerdos de la juventud del autor. Antes de leer el artículo y hacer las actividades, busca las palabras en el texto y usa dos o tres para escribir oraciones originales en una hoja aparte.

abarrotar *v. tr.* Llenar, atestar.

acariciar *v. tr.* Tocar con cariño o amor.

aderezado/aderezada Condimentado.

ahumado/ahumada Con sabor evocador del humo.

ajo Bulbo blanco, redondo y de olor fuerte, utilizado como condimento.

ajo

aletear *v. intr.* Menear un ave las alas rápidamente.

amargo/amarga Con sabor agrio y desagrable.

azafrán *m.* Condimento amarillo hecho del estigma de una planta de la familia de las iridáceas.

bocado Un poco de comida.

bodega Pieza grande en que se guardan comestibles.

calabacín *m.* Pequeña calabaza cilíndrica de corteza verde y carne blanca.

calabacín

canela Condimento de color marrón extraído de la corteza de un árbol.

cazuela Recipiente de cocina, ancho y poco profundo.

cilantro Planta de hojas verdes que se usa como especia.

clavo Especia de color marrón oscuro, aromática y picante.

crudo/cruda Que no está cocido.

curtido/curtida Marinado, inmerso en vinagre.

desplumar *v. tr.* Quitarle las plumas a un ave como a una gallina o a una paloma.

embriagante Intoxicante.

guarnición *f.* Complemento de hortalizas o legumbres que se sirve con la carne o el pescado.

impregnar *v. tr.* Saturar, infiltrar.

jamaica Bebida hecha de flores de hibisco.

nabo Planta comestible de raíz carnosa y de color blanco o amarillento.

nabo

palomar *m.* Caseta o lugar donde viven las palomas.

perejil *m.* Planta de hojas verdes que se usan como especia.

pichón *m.* Paloma joven.

piloncillo Azúcar morena en forma de cono.

puchero Cocido, sopa con carne y legumbres.

raja Sección que se corta a lo largo de un melón, una cebolla, etcétera.

piloncillo

remaduro/remadura Más que maduro.

res *f.* Vaca, toro.

sancocho de guayaba Fruto de la guayaba cocido con azúcar y canela.

guayaba

A leer: «El festín de mi abuela»

Preguntas de orientación

As you read **«El festín de mi abuela»,** use the following questions as a guide.

1. ¿Dónde vivía la abuela de Víctor?
2. ¿Cuándo celebraron la fiesta?
3. ¿Cuál fue la tarea de Víctor y su primo?
4. ¿Qué hicieron su padre y sus tíos?
5. ¿De dónde consiguió la abuela la receta de la sopa de pichones?
6. ¿Con qué se cocinaron los pichones?
7. ¿Qué es el puchero?
8. ¿Cuál fue el postre?
9. ¿Qué queda en la memoria de Víctor?
10. ¿Qué hizo Víctor después del festín?

El festín comenzó con un furioso aletear. Mi abuela Delfina había decidido deshacerse de los pichones que abarrotaban el palomar del patio de mi tía en el barrio de Canta Ranas, en el sureste de Los Ángeles.

Eran los años cincuenta y yo tenía como ocho años. A mi primo y a mí nos tocó la tarea de limpiar la bodega abandonada al lado de la casa —un cuarto lleno de olor a fruta remadura, polvo y cilantro— donde la comida se podía servir con más comodidad. Y en el patio de mi tía Estela, mi padre y sus hermanos se encargaban de limpiar y desplumar docenas de aves.

Delfina, como supe mucho después, había mirado hacia el pasado para este festín. La receta de sopa de pichones venía de una colección copiada en una caligrafía elegante por mi tatara-tía-abuela, Catalina Clementina Vargas. Estaba fechada el 7 de junio de 1888 y tenía poco que ver con la comida mexicana *nouvelle* o los platos tex-mex que asociamos hoy día con la cocina del suroeste. En vez, la vieja receta de Catalina era típica de la cocina de Guadalajara, cuya complejidad es comparable a la cocina cantonesa o de las provincias de Francia. En Los Ángeles, la historia ha enterrado este aspecto de la cocina mexicana. Pero es parte de una tradición urbana de más de cuatrocientos años que sobrevive en familias como la mía.

Mi abuela cocinó los pichones con perejil, cebolla y ajo en una vieja y enorme cazuela. En el caldo de los pichones hirvió el arroz, añadiéndole clavos molidos, canela y azafrán. Minutos antes de servirlo, regresó los pichones a la cazuela con el caldo y el arroz aromatizados con esas especias de paella. El truco, mi tía aún recuerda, consistía en dejar suficiente caldo para impregnar los pichones con las especias sin que se secara el arroz.

Mientras tanto, mi primo y yo habíamos dejado un espacio limpio en la bodega para una larga fila de mesas. Al atardecer, cuando todo el mundo había llegado, mi abuela y mi tía hicieron una gran entrada con platos de pichón sobre montes de arroz color fuego-naranja. También sirvieron guarniciones de cebolla cruda en rajas inmersas en vinagre, sal y un poco de orégano, y galones de jamaica fría, con su sabor agridulce.

No recuerdo qué más preparó Delfina. Mi tía dice que la comida probablemente comenzó con puchero, una sopa robusta hecha con zanahorias, nabos, calabacines, perejil, huesos de res, pollo y garbanzos o arroz.

Una simple ensalada de lechuga aderezada con aceite de oliva y vinagre podía haber precedido el plato fuerte. Y todo debió haber terminado con un sancocho de guayaba, un postre típico mexicano de mitades de guayaba cocidas con canela y piloncillo, un azúcar sin refinar.

Pero lo que queda en mi memoria es el sabor de los pichones y el azafrán. La intensidad ahumada y ligeramente amarga del azafrán, embravecida con los clavos y la canela, era embriagante. Entre bocados de cebolla curtida, yo chupaba la carne de los huesos diminutos y probablemente me ensuciaba la camisa. Después se pusieron las mesas a un lado y nuestros padres comenzaron a bailar. Yo recosté la cabeza sobre las faldas de mi abuela y me quedé dormido pensando en el festín que acabábamos de tener, mientras ella me acariciaba la frente.

Después de leer

7-19 Algunos detalles Mientras lees el relato otra vez, contesta las siguientes preguntas.

1. ¿Dónde ocurrió la fiesta?
2. ¿Cuándo ocurrió?
3. ¿Quiénes fueron los invitados?
4. ¿Qué sirvieron?

7-20 En el supermercado La mayoría de los supermercados ofrece productos importados de países hispanos. Visita un supermercado y escribe una lista de ocho a diez productos hispanos. Incluye la marca de la comida y el país de origen.

Ejemplo: *Las aceitunas rellenas de anchoa, marca La española, son de Alicante, España.*

7-21 Tu plato favorito Usando la siguiente receta como guía, describan en parejas una de tus ensaladas o uno de tus postres favoritos, incluyendo todos los ingredientes necesarios para prepararlo. También indica para quién o para qué te gusta preparar ese plato y menciona con qué otras comidas o bebidas te gustaría comerlo.

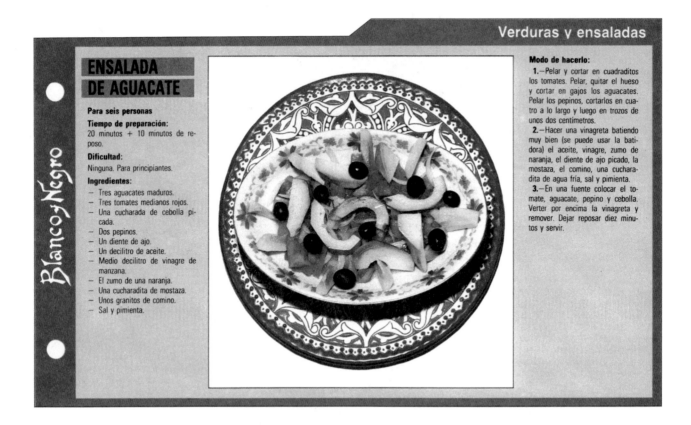

Verduras y ensaladas

Blanco y Negro

ENSALADA DE AGUACATE

Para seis personas

Tiempo de preparación:
20 minutos + 10 minutos de reposo.

Dificultad:
Ninguna. Para principiantes.

Ingredientes:
– Tres aguacates maduros.
– Tres tomates medianos rojos.
– Una cucharada de cebolla picada.
– Dos pepinos.
– Un diente de ajo.
– Un decilitro de aceite.
– Medio decilitro de vinagre de manzana.
– El zumo de una naranja.
– Una cucharadita de mostaza.
– Unos granitos de comino.
– Sal y pimienta.

Modo de hacerlo:
1.—Pelar y cortar en cuadraditos los tomates. Pelar, quitar el hueso y cortar en gajos los aguacates. Pelar los pepinos, cortarlos en cuatro a lo largo y luego en trozos de unos dos centímetros.
2.—Hacer una vinagreta batiendo muy bien (se puede usar la batidora) el aceite, vinagre, zumo de naranja, el diente de ajo picado, la mostaza, el comino, una cucharadita de agua fría, sal y pimienta.
3.—En una fuente colocar el tomate, aguacate, pepino y cebolla. Verter por encima la vinagreta y remover. Dejar reposar diez minutos y servir.

Plato

Para _____ personas

Tiempo de preparación:

Dificultad:

Ingredientes:

Modo de prepararlo:

Lectura literaria: Biografía

Sandra María Esteves, nacida en 1948, es una poeta puertorriqueña que reside en Estados Unidos. Los poemas de Esteves reflejan la experiencia de los inmigrantes puertorriqueños en los grandes centros urbanos. En su poesía hay un fuerte carácter metropolitano y una multiplicidad de temas, incluyendo la naturaleza, la cultura afrocaribeña y la dignidad femenina. Esteves se destaca entre las voces femeninas de la poesía neorricana (puertorriqueños que residen en Nueva York) y expresa claramente la identidad y la condición social de la mujer en sus obras. ■

Sandra María Esteves

Antes de leer

7-22 Principios familiares ¿Cuáles son algunos de los principios que aprendieron de sus familias? En grupos pequeños, identifiquen los principios más importantes para sus familias y describan algunas de las costumbres importantes para sus familias. Después, determinen si sus familias son, en su mayor parte, más «estadounidenses» o más «étnicas».

It is certain that you will find unknown words and phrases in every text. Resist the temptation to overuse your bilingual dictionary. Not only will it take a lot of time, but also you will lose your train of thought. Try to guess the meanings of unknown words from context. Remember, you do not have to know the meaning of every word. What is most important is that you understand the main ideas.

Pequeño diccionario

Estudia las siguientes palabras y frases para comprender mejor el texto. Busca las palabras en el texto y usa dos o tres para escribir oraciones originales en una hoja aparte.

amamantar *v. tr.* Darle la leche del pecho a un bebé.
antepasado Pariente de quien desciende una persona.
barriga Estómago.
El Barrio Vecindad latina.
dueño/dueña Persona que es propietaria de algo.

envenenar *v. tr.* Dar una sustancia tóxica.
Negra *(apodo)* Querida, Amor.
sombra Oscuridad, falta de luz.
vergonzoso/vergonzosa Que falta dignidad, humillante.
volverse (ue) *v. refl.* Llegar a ser, hacerse.

A leer: «María Cristina» por Sandra María Esteves

Read the stanzas aloud, as if they were sentences. Think about the meaning of each pair of verses or stanza. What is the literal meaning? In a more universal sense, what could it mean? Ask yourself, "Why did the poet express her feelings in this way?" Your opinions may differ from those of your classmates, but that is the way it should be. When reading a literary work, every reader reads a different text, because of his/her unique life experiences.

Mi nombre es María Cristina
soy una mujer *puertorriqueña*
nacida en El Barrio.
Nuestros hombres, ellos me llaman Negra
porque me aman
y yo a mi vez los enseño a ser fuertes
respeto sus costumbres heredadas
de nuestros orgullosos antepasados.

Preguntas de orientación

As you read «**María Cristina**», use the following questions as a guide.

1. ¿Dónde nació María Cristina?
2. ¿A quiénes enseña María Cristina? ¿Qué les enseña?
3. ¿Qué respeta María Cristina?
4. ¿Cómo se viste?
5. ¿Qué tipo de comidas le prepara María Cristina a su familia?
6. ¿Cuáles son las dos lenguas que habla María Cristina?
7. ¿Cuáles son las tradiciones que observa María Cristina?
8. ¿Cuáles son los valores que les enseña a sus hijos?
9. ¿Qué ocurre debajo de las escaleras?
10. ¿Cómo les enseña a sus hijos?
11. ¿Qué fue violado en María Cristina?
12. ¿Por qué escribe la poeta la palabra «Puertorriqueña» con letra mayúscula?
13. ¿Por qué escribe la poeta «El Barrio» con letras mayúsculas?

No los mortifico
con ropas provocativas
no duermo
con sus hermanos y primos
aunque se me ha dicho que
ésta es una sociedad liberal
no enveneno sus barrigas
con comidas instantáneas artificiales
en nuestra mesa hay alimentos
de la tierra y el alma.

Mi nombre es María Cristina
hablo dos lenguas
que rompen una en la otra
pero mi corazón habla el lenguaje
de gentes nacidas en la opresión
no me quejo
de cocinar para mi familia
porque abuela me enseñó
que la mujer es la dueña del fuego
no me quejo
de amamantar a mis niños
porque yo determino la dirección de sus valores
soy la madre
de un nuevo tiempo de guerreros
soy la hija
de una raza de esclavos
enseño a mis hijos
cómo respetar a sus cuerpos
para que no los endroguen y mueran
en las vergonzosas sombras bajo la escalera
enseño a mis hijos
a leer y desarrollar sus mentes
de modo que comprendan
la realidad de la opresión
los enseño con disciplina y amor
para que se vuelvan fuertes
y llenos de vida
mis ojos reflejan la pena
de aquello que fue en mí vergonzosamente
violado
pero mi alma
mi alma refleja la fuerza de mi cultura.

Mi nombre es María Cristina soy una mujer Puertorriqueña
nacida en El Barrio.
Nuestros hombres, ellos me llaman Negra
porque me aman
y yo a mi vez
los enseño a ser fuertes.

Después de leer

As you read the poem, identify the verses that describe María Cristina.

 7-23 María Cristina Ahora, van a enfocarse en el «personaje» de María Cristina. En grupos pequeños, hablen sobre las características que describen a María Cristina.

 7-24 Motivos ¿Cuáles son los motivos del poema? En grupos pequeños, comenten la intención y la actitud de la poeta, según las indicaciones.

- ¿Cuál es el papel tradicional de la mujer puertorriqueña, según la poeta?
- ¿Cómo se adapta la puertorriqueña a las presiones de la vida moderna urbana?
- ¿Cuál es el estereotipo del hombre latino? ¿de la mujer latina?
- ¿Qué consejos da la poeta para transformar esos estereotipos?

 7-25 Discusión En grupos pequeños, comenten los siguientes temas.

1. ¿Cómo le ha afectado la opresión a María Cristina? ¿Creen que el ejemplo de María Cristina es representativo de otros grupos culturales en Estados Unidos? ¿Por qué?
2. ¿Cómo ha evitado María Cristina la asimilación cultural a la sociedad estadounidense?
3. ¿Creen que la asimilación y la aculturación son buenas o malas? ¿Por qué?

 7-26 Sus reacciones ¿Qué opinan del poema? En grupos pequeños, expresen las reacciones que experimentaron al leer el poema. Después, seleccionen versos para ilustrar sus reacciones. Usen los siguientes puntos como guía para la conversación.

- las emociones que evoca el poema
- las aplicaciones personales a la vida real
- las percepciones de la cultura puertorriqueña en Estados Unidos

¿Alguna vez leíste un poema en público?

Análisis literario: La poesía

Términos literarios Usa los siguientes términos para hablar sobre la organización de los poemas.

- Un **poema** es cualquier composición escrita en verso.
- Cada línea que compone un poema es un **verso.** Hay dos tipos de versos: **versos con rima** y **versos libres.** Los versos con rima pueden tener rima consonante o rima asonante. Los versos libres son aquéllos en los que el metro y la rima varían según el gusto del poeta.
- La rima es **consonante** si todas las letras, desde la última vocal acentuada, son iguales.

  ¡Ay! la pobre princesa de la boca de **rosa**
  quiere ser golondrina, quiere ser marip**osa.**

  (Rubén Darío, «Sonatina»)

- La rima es **asonante** si solamente las vocales desde la última vocal acentuada son iguales.

  Sombras que sólo yo **veo,**
  Me escoltan mis dos abu**elos.**

  (Nicolás Guillén, «Balada de los dos abuelos»)

- Un poema está compuesto de estrofas. Una **estrofa** es una agrupación de dos o más versos. La siguiente estrofa, por ejemplo, contiene cuatro versos de ocho (o siete) sílabas y una rima consonante ABBA.

  ```
  1    2   3 4    5 6 7 8
  ```
  Hombres necios que acus**áis**   (rima A)
  a la mujer sin raz**ón,**   (rima B)
  sin ver que sois la ocasi**ón**   (rima B)
  de los mismos que culp**áis.**   (rima A)

  (Sor Juana Inés de la Cruz, «Hombres necios que acusáis»)

- Muchas veces la poesía se puede leer en dos planos: el **plano personal** y el **plano representativo** o **simbólico.** En el caso del poema «María Cristina», el plano personal es el que se refiere a la mujer que se llama María Cristina. El plano representativo es el que se refiere a la representación global de la mujer puertorriqueña. Mientras analizas el poema, presta atención a estos dos planos.

 7-27 Estructura Van a estudiar la estructura de este poema. En grupos pequeños, lean el poema y determinen su estructura, basándose en las siguientes preguntas.

1. ¿Cuántos versos tiene el poema?
2. ¿Cuántas estrofas tiene el poema?
3. ¿Cuántos versos tiene cada estrofa?
4. ¿Tienen todos los versos la misma longitud?
5. ¿Hay una rima organizada?
6. ¿Cuál es el tono del poema?
7. ¿Cómo es el narrador?
8. ¿Cuál es el punto de vista?

¡Adelante!

Now that you have completed your in-class work on the **Tercera etapa,** you should complete the **Redacción** in the **Tercera etapa** of the *Diario de actividades,* pages 156–159.

 7-28 Los dos planos Ahora, identifiquen los dos planos en «María Cristina». En grupos pequeños, dividan el poema para que cada persona tenga una sección y conversen sobre los dos planos (el personal y el representativo) de cada sección. Después, compartan la información con los demás grupos.

Cuarta etapa: Cultura

Cultura en acción

While working on the **Cuarta etapa** in the textbook, . . .

- complete the plans for the "trip" to a Spanish-speaking community.
- participate in the **Cultura en acción** or hand in your individual written report.

Vídeo: San Antonio y la «Nueva Frontera»

Ser bilingüe en inglés y español se considera muy importante hoy debido a la economía global. Sin embargo, hace pocos años se consideraba una desventaja.

Antes de ver

 7-29 Lluvia de ideas En grupos pequeños, conversen sobre las ventajas de ser bilingüe en inglés y español en Estados Unidos.

Ejemplo: *Uno puede hacer muchas amistades.*

7-30 Guía para la comprensión del vídeo Antes de ver el vídeo, estudia las siguientes preguntas. Mientras veas el vídeo, busca las respuestas adecuadas.

1. ¿Quiénes fundaron San Antonio?
2. ¿Por qué no quisieron los padres latinos de los años cuarenta y cincuenta enseñarles español a sus hijos?
3. ¿Cómo ha afectado la decisión a sus hijos?
4. ¿En qué campos es importante el español en San Antonio?
5. ¿Por qué quería aprender español Chris Marrous?
6. ¿Cuál es la historia de *La Prensa*?
7. ¿Cuál es una dificultad que el señor Durán ha encontrado?
8. ¿Por qué aconsejó a la campaña para la presidencia de Estados Unidos la compañía de publicidad García LKS?
9. ¿Por qué estudió español Brent Gilmore?

Pequeño diccionario

Estudia las siguientes palabras para comprender mejor el vídeo. Busca las palabras en el vídeo y úsalas para escribir oraciones originales en una hoja aparte.

netamente Con limpieza y distinción. | **tiraje** *m.* Acción y efecto de imprimir.

A ver

7-31 En San Antonio Mientras veas el vídeo, nota los contextos en los que se usa el español.

Brett Gilmore trabaja con un cliente.

7-32 El español de San Antonio Escucha bien los dialectos de español que se oyen en el vídeo. Apunta algunas diferencias del español que has estudiado en tus cursos de español.

Después de ver

 7-33 Estados Unidos hispanos Este vídeo se enfoca en San Antonio. En grupos pequeños, identifiquen otras ciudades que han visitado en las que se oye mucho español. ¿Son ciudades que tienen un ambiente verdaderamente hispano, como San Antonio, o simplemente son ciudades en las que hay muchos hispanohablantes?

> **Ejemplo:** Miami
>
> *Miami sí tiene ambiente hispano en la Pequeña Habana en particular.*

 7-34 La «Nueva Frontera» En el vídeo Patty Elizondo nunca explica por qué se considera San Antonio la «Nueva Frontera». ¿Qué opinan acerca de este tema? En grupos pequeños, hablen sobre lo que esto significa.

> **Ejemplo:** *Para mí, la «Nueva Frontera» significa las oportunidades en los negocios.*

 7-35 ¿Cómo piensas usar tu español? En el vídeo observaron a dos hombres que aprendieron español para fines prácticos. En grupos pequeños, conversen sobre sus planes para usar el español ahora y en el futuro.

> **Ejemplo:** *Pienso hacerme profesor de español.*

Cultura en acción: Una excursión a una comunidad latina

Tema

El tema **Una excursión a una comunidad latina** les dará a ustedes la oportunidad de investigar, escuchar, escribir y hacer una presentación sobre las comunidades latinas en Estados Unidos. La lectura, la comprensión auditiva y la redacción servirán como puntos de partida para las presentaciones. Ustedes pueden informarse sobre lo siguiente.

- Una fiesta del barrio
- Una celebración religiosa
- Un restaurante famoso
- La comida típica de los mercados
- Los monumentos históricos
- Los centros de compras al aire libre
- Las organizaciones hispanas (MeChA, etc.)
- ¿Otra cosa?

Escenario

El escenario de **Una excursión a una comunidad latina** es el de una excursión a una ciudad para visitar puntos de interés, tales como museos, teatros, mercados, iglesias, etcétera.

Un mercado al aire libre en la calle Olvera, Los Ángeles, California

Materiales

- Un tablero o una pizarra para mostrar fotografías o carteles de los lugares. Esta información se puede conseguir en Internet o en libros de turismo.
- Mapas del lugar que indiquen los diferentes sitios de interés.
- Un panfleto con descripciones de los lugares que se pueden visitar.

Guía

Una simple lista de tareas que cada persona tiene que llevar a cabo. Cada uno de ustedes tendrá una tarea.

- **Comité de excursión.** En parejas, ustedes tienen que escoger uno de los lugares de interés y hacer una investigación sobre él. Deben traer a la clase un dibujo o una foto. Como punto de partida, deben usar las preguntas básicas (¿Quién? ¿Qué? ¿Cuándo? ¿Dónde? ¿Por qué?). Los «guías» utilizarán la información cuando lleven a los «turistas» por la ciudad.
- **Guías.** Este grupo está encargado de recibir la información sobre los lugares y preparar las presentaciones para cada lugar.
- **Comité de los museos.** Este grupo está encargado de poner varios puestos en la clase con artículos típicos. Deben mostrar fotos y describir los artículos.
- **Comité de la comida.** Este grupo está encargado de comprar u organizar la comida y la bebida, para representar un puesto de mercado. Si se desea, cada uno puede contribuir con algo de dinero o traer bebidas o frutas para representar un puesto en la calle.
- **Turistas.** Ustedes deben preparar preguntas sobre el barrio. Su papel es visitar los lugares, conversar con los guías y hacerles comentarios y preguntas.

¡Excursión a una comunidad latina!

El día de la actividad, todos ustedes deben participar en el arreglo de la sala. Cuando comience la excursión, cada guía debe llevar un grupo a un sitio de interés y dar una presentación breve. Los turistas pueden hacer preguntas adicionales. En camino, pueden parar en el puesto de comida y comprar algo para comer. Todos ustedes deben visitar cada lugar y comentar sus experiencias con sus compañeros.

Repaso de gramática

Perspectiva lingüística

Auxiliary verbs

In **Capítulo 1**, you studied the present progressive, formed from the present tense of the auxiliary verb **estar** + *present participle*. In **Capítulo 6**, you studied verbs that are used with infinitives, such as **acabar de, ir a,** and **tener que.** In this chapter, you will study the remaining progressive tenses, as well as two of the perfect tenses. These are sometimes referred to as *compound tenses,* because they are compounded from an appropriate tense of the auxiliary verb plus either a present or past participle.

Estar is the auxiliary verb used for all of the progressive tenses. Remember that the progressive tenses are used primarily to indicate actions in progress at a specific point in time. The following information summarizes the formation of these tenses and provides examples of some additional uses for certain tenses.

Progressive Tenses

Present Tense

Auxiliary verb (estar): **estoy, estás, está, estamos, estáis, están**
Present participle: **estudiando, comiendo, insistiendo**
Additional uses:

- temporary or unexpected action

  Vivo en San Antonio pero últimamente **estoy viviendo** en Chicago.

- repetitive events

  Estamos viendo muchos vídeos estos días.

- surprise or indignation

  ¿Qué nos **estás diciendo?**

Imperfect Tense

Auxiliary verb (estar): **estaba, estabas, estaba, estábamos, estabais, estaban**
Present participle: **estudiando, comiendo, insistiendo**
Additional uses:

- repetitive events

  Cada vez que **estaban cenando** en ese café, veían a la misma mujer vieja vestida de manera muy extraña, con sus nietos.

- surprise or indignation

  ¿En qué **estabas pensando?**

Auxiliary verb **(estar): estuve, estuviste, estuvo, estuvimos, estuvisteis, estuvieron**
Present participle: **estudiando, comiendo, insistiendo**
Additional uses:

- prolonged past action over a period of time

  Estuvieron trabajando en Albuquerque cinco años.

Future Tense

Auxiliary verb **(estar): estaré, estarás, estará, estaremos, estaréis, estarán**
Present participle: **estudiando, comiendo, insistiendo**
Additional uses:

- events felt to be in progress already

  Estaremos manejando a El Paso mañana a esas horas.

- express probability about what is actually in progress

  Estarán estudiando a las siete.

Similar constructions are formed with **seguir** or **continuar** as the auxiliary verb to convey the idea of *to be still, to keep on,* or *to go on* doing something.

Las máquinas **siguen funcionando** porque nadie las apagó.

Continuó hablando como si fuera experto en la materia.

Haber is the auxiliary verb used with the *perfect tenses*. These tenses and their uses will be described in **Perspectiva gramatical.**

Perspectiva gramatical

¡Alto!
These activities will prepare you to complete the in-class communicative activities for the **Función 7-1** on pages 176–177 of this chapter.

Estructura 7-1a: Present perfect indicative of verbs with regular participles

The present perfect tense is generally used less often in Spanish than in English. In most Spanish-speaking countries, in fact, the preterite is used more commonly than the present perfect. The present perfect is most widely used in Spain.

Spain: Se **han casado.**

Other countries: Se **casaron.**

The present perfect indicative is formed by the present tense of the auxiliary verb **haber** plus the past participle. The following chart shows the formation and examples of the present perfect indicative.

Present perfect indicative		
auxiliary (**haber**)	participle	uses
he	cantado	• events that happened in a period of time that includes the present
has	entendido	**He ido** dos veces esta semana.
ha	lucido	• very recent events
hemos		¿No **has podido** hacerlo?
habéis		• past events relevant to the present
han		¿Quién **ha dejado** este recado?
		• negative time phrases
		Hace mucho tiempo que no **hemos comido**.

Regular past participles are formed by removing the infinitive ending and adding **-ado** (**-ar** verbs) or **-ido** (**-er** and **-ir** verbs) to the stem of the verb. Both English and Spanish have several irregular participles. In English, for example, the participle of *look* is *looked,* but the irregular participle of *took* is *taken.*

7-36 Cadena de triunfos Completa las siguientes oraciones con la forma adecuada del verbo entre paréntesis en el presente perfecto de indicativo.

1. La población latina de Estados Unidos _____ (crecer) mucho en la última década.
2. Los latinos _____ (tener) éxitos y fracasos en su empeño por abrirse paso en la compleja sociedad norteamericana.
3. Su punto débil _____ (ser) niveles de educación inferiores al promedio de la población.
4. Algunos latinos _____ (alcanzar) niveles extraordinarios en sus campos.
5. El actor José Ferrer _____ (recibir) el Oscar por su actuación en Cyrano de Bergerac.
6. El Dr. Severo Ochoa _____ (ganar) el Premio Nóbel de Medicina.
7. La Coca-Cola _____ (nombrar) un presidente latino, Roberto Goizueta.
8. Los residentes de Nuevo México _____ (elegir) a Edward Roybal al Congreso de Estados Unidos.

7-37 Éxitos de los latinos en Estados Unidos Completa el siguiente párrafo con las formas adecuadas de los verbos entre paréntesis en el presente perfecto de indicativo.

Los latinos de Estados Unidos 1. _____ (tener) una fuerte ética de trabajo. Los latinos emigrantes en particular 2. _____ (trabajar) duro y 3. _____ (perseverar). Así, muchos 4. _____ (alcanzar) una vida mejor. Ellos 5. _____ (renovar) el ideal norteamericano. Los latinos 6. _____ (exhibir) también un alto grado de patriotismo. Los latinos 7. _____ (luchar) por Estados Unidos en cada gran conflicto desde la revolución. Los latinos en Estados Unidos 8. _____ (sostener) la economía nacional y la prosperidad de este país. La mano de obra y el sudor de los latinos 9. _____ (ayudar) a construir esta nación. Lo más importante es que los latinos 10. _____ (estar) entre los estadounidenses más laboriosos y 11. _____ (dominar) industrias muy importantes como las de la agricultura, la vivienda, los servicios, los cuidados infantiles y la atención a los ancianos.

7-38 El desafío de la educación Completa las siguientes oraciones sobre la educación de latinos en Estados Unidos con verbos escogidos de la lista a continuación.

ha contraatacado, ha convertido, ha logrado, ha manifestado, ha provocado, ha sido, han afectado

1. La educación entre los latinos se _____ en una crisis nacional.
2. Sólo el 10.6 por ciento de los hispanos de veinticinco años de edad o más _____ al menos un diploma universitario.
3. La brecha entre los niños latinos y los no latinos se _____ en muchas dimensiones de la educación.
4. La discriminación _____ el mayor problema porque el rápido crecimiento de la población latina _____ resentimiento en muchas áreas del país.
5. Las leyes contra la educación bilingüe y contra los emigrantes, como la del *English Only*, _____ a los hispanohablantes.
6. Así, la comunidad hispana _____ para que cese ese tipo de conducta.

Estructura 7-1b: Present perfect indicative of verbs with irregular participles

In Spanish, some of the most frequently used verbs have irregular participles. You will have to memorize these forms.

¡OJO!

Any compound of these verbs will also have an irregular past participle, as, for example:

descubrir → descubierto

prescribir → prescrito

imponer → impuesto

Irregular past participles			
infinitive	participle	infinitive	participle
abrir	abierto	morir	muerto
cubrir	cubierto	poner	puesto
decir	dicho	resolver	resuelto
escribir	escrito	romper	roto
hacer	hecho	ver	visto
imprimir	impreso	volver	vuelto

It is important to remember that **-er** and **-ir** verbs that have stems ending with a vowel (**caer, creer, oír,** etc.) carry an accent over the **-í-** in the past participle (**caer → caído, creer → creído, oir → oído**).

7-39 Preparaciones para una fiesta Elena y Daniel se están preparando para hacer una fiesta. Escribe las respuestas de Daniel, según el ejemplo.

Ejemplo: Elena: ¿Abriste las botellas de vino?
Daniel: Sí, ya las _he abierto_.
Elena: ¿Escribiste las invitaciones?
Daniel: ¿Sí, ya las 1. _____.
Elena: ¿Viste el mantel nuevo?
Daniel: Sí, ya lo 2. _____.
Elena: ¿Pusiste la mesa?
Daniel: Sí, ya la 3. _____.
Elena: ¿Cubriste los platos con papel aluminio?
Daniel: ¿Sí, ya los 4. _____.
Elena: ¿Hiciste el ponche?
Daniel: Sí, ya lo 5. _____.
Elena: ¿Le dijiste la hora a la camarera?
Daniel: Sí, ya se la 6. _____.
Elena: ¿Rompiste el florero?
Daniel: No, mi amor. Todavía no lo 7._____.

¡Adelante!
You should now practice **Estructura 7-1a-b** in the **Práctica de estructuras** section of the **Diario de actividades,** pages PE-36–PE-38.

¡Alto!
These activities will prepare you to complete the in-class communicative activities for **Función 7-2** on pages 178–180 of this chapter.

Estructura 7-2: Present perfect subjunctive

The present perfect subjunctive, like the present perfect indicative, consists of a conjugated form of the auxiliary verb **haber** plus a past participle. The following chart shows the formation of the present perfect subjunctive and provides examples of its uses.

Present perfect subjunctive		
auxiliary (haber)	**participle**	**uses**
haya	cantado	• in a subordinate clause following a verb that expresses an emotional reaction
hayas	entendido	
haya	lucido	Me alegro que ustedes **hayan llegado** a tiempo.
hayamos		
hayáis		• in a subordinate clause following a verb that expresses a value judgment
hayan		
		Es imposible que **hayan salido** sin pagar.
		• in a subordinate clause following a verb that expresses a nonspecific entity or event
		No conocemos a nadie que **haya vivido** en San José.

¡Alto!
Don't forget to review the uses of the subjunctive on pages 110–114 of your textbook.

Note that the present perfect subjunctive (rather than the present subjunctive) tense is used in these examples, because the action in the subordinate clauses occurs *before* the action in the main clause.

7-40 Ciencia y salud Completa las siguientes oraciones con verbos escogidos de la lista, usando el presente perfecto de subjuntivo.

afectar, aprobar, contribuir, desarrollar, producir, recibir, responder, sufrir

1. Nos asombramos de que muchas enfermedades _____ hasta dos veces más a los hispanos que al resto de la población estadounidense.
2. Es bueno que los laboratorios farmacéuticos _____ nuevos medicamentos para combatir enfermedades que afectan a millones de hispanos que viven en Estados Unidos.
3. El cincuenta y seis por ciento de los hispanos duda que su comunidad _____ cuidados médicos de menor calidad que los cuidados de los blancos no hispanos.
4. Es lamentable que los hispano-estadounidenses _____ deficiencias de salud.
5. Un factor que quizás _____ a esto es la falta de acceso al cuidado médico por falta de seguro médico.
6. Es impresionante que las empresas _____ nuevos medicamentos para combatir enfermedades que afectan desproporcionadamente a los hispanos de Estados Unidos, como el VIH y el SIDA, distintos tipos de cáncer, incluyendo el cervical, el colo-rectal y el pulmonar, la diabetes mellitus tipo 2, los accidentes cerebrovasculares.
7. Molesta que la Oficina de Alimentos y Medicinas de Estados Unidos todavía no _____ estos nuevos medicamentos.
8. Es importante que la Asociación Nacional de Médicos Hispanos _____ a los intereses de 26.000 médicos licenciados y de 1.800 facultativos médicos hispanos dedicados a la enseñanza de la medicina y a la investigación.

7-41 Mis impresiones sobre los latinos Repasa la información que has aprendido sobre los latinos en Estados Unidos y termina las siguientes oraciones, usando verbos en el presente perfecto de subjuntivo.

Ejemplo: Lamento que...

Lamento que un porcentaje bajo de latinos se haya graduado de la escuela secundaria.

¡Adelante!
You should now practice **Estructura 7-2** in the **Práctica de estructuras** section of the *Diario de actividades,* page PE-38.

Dudo que...
Es bueno que...
Es importante que...
Es malo que...
Es sorprendente que...
Me alegro de que...
Me asombro de que...
No conozco a nadie que...
No creo que...
No es posible que...
No es probable que...
No hay nadie que...
No hay ninguno que...
Puede ser que...

Estructura 7-3: Future perfect indicative

The future perfect indicative is seldom used. Its main purpose is to indicate what will have happened by a certain point in the future.

Future perfect indicative		
auxiliary (**haber**)	participle	uses
habré	cantado	• actions and events that will have taken place by a particular point in the future
habrás	entendido	
habrá	lucido	Para el año 2025, **habré pagado** los préstamos de la universidad.
habremos		
habréis		• probability in the recent past
habrán		Ana no quiere ir al cine. Ya **habrá visto** la película.
		• surprise in interrogative sentences
		¿Quién lo **habrá hecho**?

7-42 Los latinos y el censo Contesta las siguientes preguntas con oraciones completas en español, según la tabla. Usa verbos en el futuro perfecto de indicativo.

Ejemplo: ¿Con cuántas personas habrá aumentado la población hispana de Estados Unidos en 2005?
La población hispana habrá aumentado con 4.699.000 personas.

Población hispana de Estados Unidos			
2000	**2005**	**2015**	**2025**
31.360.000	36.059.000	46.704.000	58.925.000

1. ¿En qué porcentaje habrá crecido la población hispana entre el 2005 y el 2015?
2. ¿Con cuántas personas habrá aumentado la población hispana en 2015?
3. ¿Habrá crecido más la población hispana entre los años 2005 y 2015 o 2015 y 2025, según el porcentaje?
4. En tu opinión, ¿qué estado habrá perdido más hispanos en el 2025?

7-43 Los ancianos y el censo Contesta las siguientes preguntas con oraciones completas en español, según la tabla. Usa verbos en el futuro perfecto de indicativo.

Distribución de población 60+ (porcentajes)			
	2010	**2020**	**2030**
Blanco, no hispano	80.0	76.8	73.2
Norteamericano de origen africano, no hispano	8.7	9.4	9.7
Americano nativo, no hispano	.5	.5	.5
Norteamericano de origen asiático, no hispano	3.4	4.1	4.8
Hispano	7.4	9.3	11.9

1. ¿Qué grupo habrá mantenido su población durante veinte años?

_____

2. ¿Qué grupo habrá perdido población durante veinte años?

_____

3. ¿Qué grupo habrá aumentado más para el 2030?

_____

4. Para el 2020, ¿qué grupos habrán ganado igual porcentaje?

_____

7-44 Me graduaré de la universidad Completa el siguiente párrafo con las formas adecuadas de los verbos entre paréntesis.

Para el día de mi graduación yo _____ (tomar) una decisión sobre mi futuro. Yo _____ (completar) todas las tareas y _____ (terminar) todos los exámenes. Mis seres queridos _____ (recibir) las invitaciones a la ceremonia de graduación. Mis amigos y yo _____ (hacer) todos los arreglos para una fiesta de graduación y _____ (invitar) a todo el mundo. Antes de salir de la universidad yo _____ (vender) mis libros de texto. Mi amigo y yo _____ (alquilar) un apartamento en la ciudad donde vamos a trabajar. ¡Claro! Nosotros _____ (conseguir) empleo y _____ (decir) «adiós» a la vida estudiantil.

7-45 Predicciones para tu estado ¿Cómo habrán cambiado las siguientes poblaciones de tu estado para el año 2020? Escribe tus predicciones, usando el futuro perfecto de indicativo.

Ejemplo: los latinos

Creo que la población latina de mi estado habrá aumentado el treinta por ciento para el 2020.

1. los americanos nativos

   _____

2. los ancianos

   _____

3. los hispanos

   _____

4. los jóvenes

   _____

5. los norteamericanos de origen africano

   _____

¡Adelante!

You should now practice **Estructura 7-3** in the **Práctica de estructuras** section of the *Diario de actividades,* pages PE-38–PE-39.

Capítulo 8

Fenómenos extraños

Los Atlantes de Tula, ¿guerreros toltecas o extraterrestres?

Primera etapa: Vocabulario

Sugerencias para aprender el vocabulario: Cómo reconocer y usar aumentativos

Vocabulario en acción: En las noticias

Segunda etapa: Conversación

Función 8-1: Cómo hablar de acciones terminadas en el pasado

Función 8-2: Cómo hablar de circunstancias hipotéticas

Función 8-3: Cómo hablar de lo que habrías hecho en ciertas circunstancias

Tercera etapa: Lectura

Sugerencias para la lectura: Cómo inferir

Lectura cultural: «Desventuras de un médico tras el coche que le llevó la grúa»

Lectura literaria: «La muerte» por Ricardo Conde

Análisis literario: El cuento

Cuarta etapa: Cultura

Vídeo: El cibercafé

Cultura en acción: Casos increíbles

Repaso de gramática

Perspectiva lingüística: Spanish word order in sentences

Perspectiva gramatical:

Estructura 8-1: Past perfect indicative

Estructura 8-2: Past perfect subjunctive

Estructura 8-3: Conditional perfect

Primera etapa: Vocabulario

Cultura en acción

While working on the **Primera etapa** in the textbook and the *Diario de actividades, . . .*

- begin to prepare a presentation for a "talk show" about an incredible event that has happened to you.

- use the activities as a point of departure and select headlines from magazines (*Muy interesante, Año cero, Mía,* etc.) or newspapers (*El País, ABC* [Madrid], *El Tiempo* [Colombia], *Excelsior* [México], etc.). You will share these with your classmates. Check the Internet and the library for interesting articles.

▰ Aunque no lo creas...

Así empieza el famoso dicho de Robert L. Ripley, el primer hombre que dedicó su vida a recorrer el mundo en busca de cualquier cosa increíble, extraña o insólita. Después de su muerte en 1949, los cuentos de este periodista excéntrico ganaron fama mundialmente y el público siguió con interés los relatos de las mil y una maravillas que Ripley escribió en sus viajes a 198 países. Hoy en día, a la gente aún le interesan lo curioso, lo extraño y lo misterioso que muchas veces no tienen ninguna explicación lógica. En este capítulo, vas a leer sobre uno de los primeros casos «extraños» emitido por la radio que causó histeria colectiva en Estados Unidos. También investigarás otra fuente, los tabloides, donde se encuentran muchos de estos sucesos extraños o casos increíbles que ocurrieron en los últimos años. ¿Se estrelló un OVNI en Nuevo México? ¿Hubo avistamientos en Florida? ¿Existen las casas encantadas? ¿Qué dicen las noticias? ▪

Sugerencias para aprender el vocabulario

Cómo reconocer y usar aumentativos In many of the tabloids, the stories are "larger than life." Spanish has a variety of suffixes that are attached to nouns, adjectives, or adverbs to express largeness or intensity. For example, by simply adding **-ote**, you can change the word **libro** (*a normal book*) to **librote** (*a big, heavy book*). Other common endings are **-ota, -ón/-ona** (**sillón, cajón**) and **-azo/-aza** (**pelotazo, paquetazo**). While it is fun to experiment with words, you should be careful when using them in conversation. Some word and suffix combinations may produce words that have unpleasant or offensive meanings. You may use **grande** (*large frame*) to refer to the physical size of a person; however, referring to him or her as **grandote/grandota** (*huge, bulky, hulking*) would not be acceptable in certain contexts. If you are not sure of the appropriate use, check with your instructor, because your dictionary may not give this information.

El hombre lobo ataca

Preguntas de orientación

As you read «**En las noticias**», use the following questions as a guide.

1. ¿Qué evento causó la histeria colectiva de una nación?
2. ¿Cuándo ocurrió este evento?
3. ¿Quiénes atacaron la Tierra?
4. ¿Qué hacía la gente al escuchar el programa?
5. ¿Cuál es otra fuente de las noticias extrañas?
6. ¿Qué tipo de noticias ofrecen?
7. ¿Qué piensa Vargas Llosa sobre este tipo de periodismo?
8. Según él, ¿cómo se puede combatir esta prensa sensacionalista?

As you read, write a list or underline the cognates that are related to the topic and be sure to use them as you do the activities.

El pánico causado en Estados Unidos por un programa de radio **demostró** por primera vez la capacidad de los **medios de comunicación** para **provocar la histeria colectiva**. A las 8 de la tarde del 30 de octubre de 1938, la neoyorquina CBS **emitía** una recreación de la novela de H. G. Wells, *La guerra de los mundos*, en la que los marcianos atacaban la Tierra con un **mortífero rayo calórico** tirando **flechazos de luz** a todas las ciudades y pueblos del mundo. El **guionista** y locutor que durante una hora **hizo enloquecer al país** con su teatralización, llena de **efectos especiales sonoros**, fue Orson Wells y su «Mercury Theatre on the Air». La gente lloraba, salía de sus casas, **prevenía** de sus familiares de la invasión, solicitaba ambulancias, **pedía auxilio** a la policía... El tono realista de la **emisión** («La CBS interrumpe su programa para anunciar que un **meteoro** de grandes dimensiones ha caído en Grovers Hill, a pocos kilómetros de Nueva York... »), y el crédito de Welles, hicieron posible la mayor **broma** de Halloween.

Otra fuente de información sobre casos extraños se encuentra en los **tabloides**, la llamada «**prensa amarilla**» o **sensacionalista**, de gran éxito en Estados Unidos y en muchos países hispanohablantes. Es el resultado **impreso** de una receta **sencilla** y **eficaz**: información impactante y morbosa, verdadera o **tergiversada**, crímenes y sexo, escándalos, deportes, **avistamientos, casas encantadas**, cómics, **grandes titulares** de doble sentido y muchas fotos, a veces **trucadas** o en **fotomontaje**. Persigue la evasión y diversión del lector, más que su información; la representación de las noticias es provocadora e intenta reflejar, y gustar, a los sectores más populares de la sociedad.

Sobre la prensa amarilla, el escritor peruano nacionalizado español Mario Vargas Llosa **lamentó** que sea «**una plaga de nuestro tiempo**, que por desgracia **se da por igual** en las sociedades más cultas y en las más primitivas» y que afecta a todos los países. Definió esa prensa como la que se basa en «la información malintencionada, que lo que busca es entretener, divertir, aunque sea sacrificando la vida privada de las personas, a las que muchas veces hace un daño tremendo, y destruye un poco los valores de una sociedad». Ese fenómeno, dijo, «sólo puede **ser combatido** culturalmente, **no a través de ninguna forma de censura o represión**, porque **el remedio sería peor que la enfermedad**. Si no nos vacunamos con la cultura y la educación contra ese tipo de periodismo, creo que nuestras instituciones **peligran**». ¿Qué opinas tú? ¿Es una plaga o simplemente una manera de entretenerse **haciendo cola** del supermercado?

Vocabulario en acción

En las noticias

avistamiento sighting (of UFOs, etc.)

broma joke

demostrar to show, demonstrate

eficaz efficient

emisión *f.* broadcast

emitir to broadcast

fotomontaje *m.* photomontage

guionista *m./f.* scriptwriter

impreso/impresa printed

lamentar to complain

meteoro meteor

peligrar to be in danger

prevenir to avoid, prevent; to warn

sencillo/sencilla simple, plain; easy

(prensa) sensacionalista yellow press, tabloid press, tabloids

tabloide *m.* tabloid press

tergiversado/tergiversada distorted, misrepresented

trucado/trucada tricked, falsified

Expresiones útiles

casa encantada haunted house

darse por igual to not make any difference

efectos especiales sonoros special sound effects

el remedio es peor que la enfermedad the cure is worse than the illness

flechazos de luz rays of light

grandes titulares headlines *(in a newspaper)*

hacer enloquecer al país to drive the country crazy

medios de comunicación (mass) media

mortífero rayo calórico deadly (lethal) heat ray

no a través de ninguna forma de censura o represión not through any form of censorship or repression

pedir auxilio to ask for help

plaga de nuestro tiempo scourge of our time

prensa amarilla yellow press, tabloid press, tabloids

provocar la histeria colectiva to cause mass hysteria

ser combatido to be fought against

 8-1 Las noticias de hoy ¿Qué ocurrió en las noticias esta semana? En parejas...

- cuenten y comenten algunos de los casos increíbles que ocurrieron en las noticias.
- escriban un resumen sobre uno de estos eventos.

 8-2 ¿Están de acuerdo? ¿Lees los tabloides? ¿Piensas que la información es malintencionada? En grupos de tres, decidan si la prensa amarilla puede destruir la vida de las personas o los principios de una sociedad, o si es inofensiva y simplemente una manera de entretenerse.

8-3 A practicar Estudia los aumentativos siguientes y escribe la raíz de cada palabra. Después, escribe cinco oraciones completas, usando los aumentativos.

1. ricachón
2. cochazo
3. solterón
4. codazo
5. preguntón
6. poblacho
7. cursilón
8. casucha
9. palabrota
10. pajarraco

¡Adelante!

Now you should complete the **Estudio de palabras** of the *Diario de actividades,* pages 162–164.

¡Alto!

Before coming to class and working on the **Segunda etapa,** you should review **the Repaso de gramática** on pages 224–228 at the end of this chapter and complete the accompanying exercises in the **Práctica de estructuras** of the *Diario de actividades,* pages PE-40–PE-42.

Cultura en acción

While working on the **Segunda etapa, . . .**

- study the chapter vocabulary outside of class by using your textbook, preparing flash cards, and/or practicing with a partner.
- check the appropriateness and accuracy of language.
- focus on the concepts presented in this and previous chapters.
- look for examples of **si** clauses and the past perfect in your readings and incorporate these structures in your letters. On the day of the **Cultura en acción,** you should react to classmates' presentations, as, for example: **Si yo hubiera encontrado el Chupacabras, habría...**

Repaso

Review **Estructura 8-1** in the **Repaso de gramática** on pages 225–226 at the end of this chapter and complete the accompanying exercises in the **Práctica de estructuras** of the *Diario de actividades,* page PE-40.

Función 8-1: Cómo hablar de acciones terminadas en el pasado

« *Un grupo de astronautas nunca olvidará el día en que volaron a través de una nube de auroras. Afuera, una tormenta geomagnética* **había comenzado** *y el Transbordador se encontraba en medio de ella. Auroras multicolores los rodeaban. «Era algo indescriptible», dice astronauta Dan Burbank.*

El cosmonauta Yuri Malenchenko, un especialista de misión abordo del STS-106, **había acumulado** *más de 137 días en el espacio—la mayoría como comandante de la estación espacial rusa* Mir. *Él lo* **había visto** *todo, pero aun así, quedó estupefacto. «Yuri dijo que jamás* **había visto** *nada similar», recuerda Burbank.* »

Espacio... la frontera final

«Aurora a sus pies», <http://ciencia.msfc.nasa.gov/headlines/y2002/08jul_underfoot.htm> (25 Oct. 2002)

8-4 Fenómenos extraordinarios En grupos pequeños, describan fenómenos extraordinarios, un fenómeno de la naturaleza (las auroras, una erupción volcánica, etcétera) o un fenómeno inexplicado (círculos de luz, signos en los campos de cultivo, etcétera), que hayan experimentado. Usen las siguientes preguntas como puntos de partida.

Ejemplo: *Esa noche había mirado una película de terror en la tele.*

1. ¿Qué habías hecho ese día (esa tarde, esa noche) antes de experimentar el fenómeno?
2. ¿Habías hablado con otra persona respecto al fenómeno?
3. ¿Habías experimentado ese fenómeno anteriormente?
4. ¿Habías leído un artículo al respecto?
5. ¿Habías visto el fenómeno en la televisión o habías oído noticias en la radio?

 8-5 Inventos Era probable que muchos inventos se consideraran fenómenos extraños al principio. En grupos pequeños, escojan inventos del siguiente listado y comenten lo que había motivado sus creadores a crearlos o lo que había pensado el público al respecto.

Ejemplo: productos cosmetológicos
Las mujeres habían usado pomadas muy duras coloreadas de minerales y jugos.

1. el nilón
2. el aire acondicionado
3. el avión
4. la cremallera
5. el formica
6. el bolígrafo
7. la televisión
8. el reloj de pulsera
9. la congelación rápida de alimentos
10. el radar
11. el juego «Monopoly»
12. el transistor
13. los cierres velcro
14. el cinturón de seguridad
15. el marca pasos

8-6 Ig Nobel, los premios a la ciencia más chocante En parejas, estudien la lista de ganadores de los premios Ig Nobel de los Anales de Investigaciones Improbables. Comenten las razones que motivan estas investigaciones usando el pluscuamperfecto de indicativo.

Ejemplo: *Física. El doctor Len Fisher de Bath (Reino Unido), por calcular la forma óptima de mojar una galleta en el café.*

Estudiante 1: *Un día, el doctor Fisher había dejado caer su galleta en el café.*

Estudiante 2: *La galleta se había disuelto en el café y no pudo sacarla.*

Ig Nobel, los premios a la ciencia más chocante

Y los ganadores de este año son...

Coincidiendo con la solemne concesión de los Nobel, una alegre panda° de profesores y alumnos de Harvard, agrupados bajo el nombre de «Annals of Improbable Research» (Anales de Investigaciones Improbables), concede los Ig Nobel, también en una ceremonia pero llena de gamberradas.° Estos galardones,° que cualquiera se avergonzaría de ganar, premian las investigaciones más absurdas, bobas y pintorescas que se hayan hecho en el año. Hay que advertir que todas ellas están realizadas con rigor y salen en las mismas revistas científicas que publican sus hallazgos los investigadores más notables del planeta. Para que se aprecie el auténtico alcance de los Ig Nobel, éstos son los galardonados de este año en las diversas modalidades:

- **Física.** *Ex aequo* al doctor Len Fisher, de Bath (Reino Unido), por calcular la forma óptima de mojar una galleta en el café, y al profesor Jean-Marc Vanden-Broeck, de la Universidad de East Anglia (Reino Unido), por calcular cómo verter a chorro una taza de té sin que la tetera gotee.

- **Biología.** A Paul Bosland, del Instituto de Chile de la Universidad de Nuevo México (Estados Unidos), por la reproducción de un chile jalapeño que no pica.

- **Sociología.** A Steve Penfold, de la Universidad de York de Toronto (Canadá), por su tesis doctoral sobre la sociología de las tiendas de donas canadienses.

- **Medio ambiente.** A Hyuk-ho Kwon, de la empresa Kolon de Seúl (Corea del Sur), por inventar una ropa para negocios autoperfumable.

- **Paz.** A Carl Fourie y Michelle Wong, de Johannesburgo (Sudáfrica), por inventar una alarma antirrobos para coches que activa un lanzallamas.

panda *gang*   **gamberradas** *hooliganism*   **galardones** *awards*

¡Adelante!

Now that you have completed your in-class work on **Función 8-1**, you should complete **Audio 8-1** in the **Segunda etapa** of the **Diario de actividades,** pages 166–169.

Repaso

Review **Estructura 8-2** in the **Repaso de gramática** on pages 226–227 at the end of this chapter and complete the accompanying exercises in the **Práctica de estructuras** of the **Diario de actividades,** pages PE-40–PE-41.

Función 8-2: Cómo hablar de circunstancias hipotéticas

《 *Una noche de junio de 1950, un hombre vestido de una manera inusual, fue visto en Times Square, Nueva York. El personaje, que parecía tener unos treinta años, paseaba entre la multitud a la salida de un teatro. Llevaba una ropa anticuada; un sombrero alto, chaqueta con una hilera de botones a la espalda, pantalones de cuadros blancos y negros. Iba calzado con zapatos con hebilla. Los testigos declararon haberlo visto inmóvil en mitad de un cruce, «observando asustado» los vehículos y semáforos, como si nunca* **hubiera visto** *nada igual. Finalmente pareció darse cuenta del tráfico y comenzó a cruzar sin preocuparse del paso de los vehículos. Un taxi lo alcanzó de lleno y cuando fueron a ayudarle ya estaba muerto.* **》**

«Transmutar el Tiempo en Presente Absoluto», <http://www.geocities.com/aishoka/KRONOS.html> (25 Oct. 2002)

 8-7 ¡Sorpresa! El mundo está lleno de sorpresas, ¿no? En parejas...

- mencionen tres cosas (cada uno) que les sorprendieran positiva o negativamente.
- usen una variedad de expresiones de sorpresa, según las indicaciones.

Ejemplo: *Me sorprendió que hubiera leído sobre casos reales de la combustión espontánea.*

1. Me sorpendió que...
2. Me pareció increíble que...
3. Quedé muy impresionado/impresionada con que...
4. Nunca pensé que...
5. Jamás me imaginé que...
6. Me asombró que...
7. Era probable que...

 8-8 Películas fenomenales Todos hemos visto películas y programas de televisión que cuentan sucesos extraordinarios. En parejas, elijan una película / un programa que ambos/ambas han visto y conversen completando las siguientes frases de una manera lógica.

Ejemplo: la película *Señales*
(No) Habría visto...

Estudiante 1: *No habría visto la película si mi amigo no me hubiera invitado al cine.*

1. (No) Habría ido...
2. (No) Habría comprado...
3. (No) Habría comido/bebido...
4. (No) Habría hecho...
5. (No) Habría tenido...
6. (No) Habría creído...
7. (No) Habría dicho...
8. (No) Me habría divertido...

8-9 Enigmas En grupos pequeños, estudien los siguientes fenómenos paranormales. Coméntenlos, usando estas expresiones en sus comentarios.

¡Ojalá!, dudo, es imposible, es increíble, es sorprendente, niego, no creo, quizá, tal vez

> **Ejemplo:** De una mesa del comedor se elevó una pequeña mano de una forma muy bella que regaló una flor.
>
> Estudiante: *¡Ojalá que hubiera visto este fenómeno!*

1. Por los vídeos de filmaciones termodinámicas se apreciaron movimientos de energía calórica que no se detectarían con una cámara de vídeo común.

2. Se tomaban fotografías de personas (esto en una sesión de espiritismo) y en la fotografía instantánea aparecían palabras y frases inexplicables.

3. El mito del vampiro ha estado presente desde tiempos inmemoriales, en casi todas las culturas de la Tierra.

4. Desde hace mucho tiempo, había casos en que el cuerpo humano se ha inflamado bruscamente sin que pueda darse una explicación convincente acerca de cómo ha podido ocurrir.

5. Los expertos en parapsicología advierten de los peligros de la Ouija, al parecer un dispositivo capaz de desatar fuerzas que muy pocas veces son posibles de controlar.

6. En 1929 un miembro de la comitiva del presidente estadounidense Herbert C. Hoover, declaró haberse topado con un fantasma en uno de los pasillos del museo Isaac Hernández Blanco.

7. Hay quienes afirman que una criatura similar a la del lago Ness existe en el lago Nahuel Huapi; esto puede deberse a diferentes causas, que van desde estrategias turísticas a fenómenos naturales mal interpretados o la verdadera existencia de una criatura, quizá no prehistórica pero sí desconocida.

8. Gracias a los equipos de televisión y vídeo, se pueden ver imágenes del más allá. Incluso se ha descubierto que los espíritus nos espían a través de las pantallas de televisión o los monitores de vídeo, apagados o encendidos.

8-10 Transmutar el tiempo Algunas personas creen que la materia puede transmutar el tiempo. El siguiente pasaje continúa el caso extraño, presentado en el ejemplo al principio de esta función. En grupos pequeños, estudien el pasaje y coméntenlo, según las indicaciones.

> Transportado al depósito de cadáveres, se examinaron los objetos que llevaba encima... Las primeras investigaciones se dirigieron a la dirección que había en las tarjetas de visita. Nadie conocía a Rudolf Fentz, cuyo nombre no figuraba en los listines telefónicos, ni tampoco existía registro alguno de su identidad o huellas digitales. El capitán de policía que llevaba el caso indagó en registros de años anteriores y descubrió a un tal Rudolf Fentz Jr. ya fallecido, cuya viuda vivía en Florida. Se puso en contacto con ella y al preguntarle por su marido, ésta le explicó que su marido había muerto cinco años atrás. También le explicó que el padre de su marido, del mismo nombre, había desaparecido misteriosamente en 1876. Una noche de primavera de aquel año, salió a pasear y nunca más se supo de él. Su familia realizó largas y costosas búsquedas, sin que ninguna aportara rastro alguno de su paradero. El capitán de policía halló también una lista de personas desaparecidas en 1876, y el nombre de Rudolf Fentz figuraba en ella.

¡Adelante!

Now that you have completed your in-class work on **Función 8-2,** you should complete **Audio 8-2** in the **Segunda etapa** of the *Diario de actividades,* pages 170–173.

Repaso
Review **Estructura 8-3** in the **Repaso de gramática** on pages 227–228 at the end of this chapter and complete the accompanying exercises in the **Práctica de estructuras** of the **Diario de actividades,** pages PE-41–PE-42.

Función 8-3: Cómo hablar de lo que habrías hecho en ciertas circunstancias

« *Una noche del mes de diciembre de 1977 un hombre pasó en coche y reparó en una mujer joven vestida de blanco detrás del portón del cementerio de la Resurrección. Creyendo que tal vez se **hubiera quedado inadvertidamente cerrada** dentro, el automovilista llamó a la policía. Pero cuando llegaron, la joven había desaparecido. Notaron, sin embargo, que las barras de hierro forjado del portón del cementerio estaban ligeramente dobladas hacia fuera y distinguieron a ambos lados las huellas de dos manos.* »

El cementerio de la Resurrección

Fenomenos extraños 10. webs.sinectis.com.ar. <http.webs.sinectis.com.ar/mcagliani/c10.htm> (25 oct. 2002)

 8-11 Si fuéramos diferentes... Casi todo el mundo quiere cambiar sus propias circunstancias de vez en cuando. En parejas, comenten sus circunstancias y los cambios que habrían hecho.

Ejemplo: Si yo hubiera nacido rico/rica, *habría comprado* un chalet en Colorado.

1. Si yo me hubiera ganado la lotería...
2. Si no me hubiera matriculado en esta universidad...
3. Si me hubiera especializado en otra materia...
4. Si yo hubiera viajado a _____...
5. Si yo hubiera nacido en _____...
6. Si yo hubiera comprado _____...
7. Si yo hubiera sabido _____...

 8-12 Si lo hubiera visto En grupos pequeños, hablen acerca de los siguientes sucesos históricos desde la perspectiva de un participante o un observador. Usen los verbos a continuación.

Ejemplo: circunnavegar la Tierra en globo aerostático
Si hubiera circunnavegado la Tierra en globo aerostático, habría sacado muchas fotos.

Verbos: contarme, decirme, escuchar noticias, experimentar, oír de, participar, presenciar, ser testigo de, ver

1. el diluvio de Johnstown, Pennsylvania de 1889
2. el hundimiento del Titanic de 1912
3. el huracán Mitch de (Centroamérica) de 1998
4. el terremoto de San Francisco de 1906
5. la epidemia mundial de influenza de 1918
6. la explosión del transbordador *Challenger* en 1986
7. la nevada de 1888 del este de Estados Unidos
8. la sequía de los años treinta
9. la «tormenta perfecta» de 1991

8-13 Las líneas de Nazca En el desierto cerca de la ciudad de Nazca, Perú, se han encontrado unas líneas que han despertado la curiosidad de todos. Vistas desde avioneta, estas líneas forman enormes figuras, jeroglíficos, rayos y rectángulos. En parejas, estudien la foto de las líneas de Nazca y hablen sobre ellas, según las indicaciones.

Ejemplo: ver las líneas

Estudiante: *Si yo hubiera visto las líneas de Nazca, habría creído en los extraterrestres.*

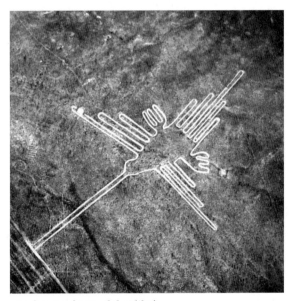

La famosa figura del colibrí

La famosa figura del colibrí

Muchos de los dibujos y líneas hechos en el desierto de Nasca se realizaron al parecer con una finalidad astronómica. El pico de este colibrí o picaflor va a dar hasta una línea que representa uno de los solsticios. La distancia entre los extremos de sus alas es de 66 m. Hasta el presente se han encontrado 18 figuras de aves, entre ellas las que representan de un ave fragata a un condor.

1. hacer las líneas
2. descubrir las líneas
3. investigar sobre las líneas
4. poner un anuncio sobre las líneas
5. volar sobre las líneas
6. describir las líneas
7. ver fotos de las líneas

¡Adelante!

Now that you have completed your in-class work on **Función 8-3,** you should complete **Audio 8-3** in the **Segunda etapa** of the *Diario de actividades,* pages 174–177.

Tercera etapa: Lectura

Cultura en acción

While working on the **Tercera etapa** in the textbook and *Diario de actividades, . . .*

- practice making inferences.
- submit examples of augmentatives from your readings after completing the **Estudio de palabras.**
- share different experiences that you have had with parking problems at your university, your place of work, your apartment complex, etc.
- give an outline of your "strange event" to the instructor for approval.

Lectura cultural: ¡No me digas!

Probablemente cuando estás esperando para pagar en el supermercado, pasas algunos minutos leyendo los periódicos sensacionalistas que se encuentran al lado de la caja. En este capítulo vamos a leer algunas noticias de periódicos y revistas hispanos como *Semanario de lo insólito, Año cero* y *Muy interesante* que ilustran el hecho de que los acontecimientos reales a veces son más curiosos que los ficticios. ■

Sugerencias para la lectura

Cómo inferir The articles that you will read in this chapter are about events that have occurred and were reported in newspapers or magazines from various Spanish-speaking countries. As you read, use your background knowledge about the type of information that is typically given in different news reports and also about the cultural context of the region or country in which the event took place. First of all, examine the general content of the article. A report about an upcoming local election will probably name the candidates, their positions on important issues, and perhaps earlier events of the campaign.

After you have identified the main points, examine the cultural content: Who are the candidates? Why are these political issues important to the region or country? What were the events that led to the selection of the candidates? Even though you may be able to understand the surface information, in order to interpret the author's message you must be able to "read between the lines" to make the appropriate inferences. Use the prereading activities and student annotations to help you. Reading a newspaper from the same country two or three times a week on the Internet will also help you build a cultural context—as well as keep you informed about the international news.

Antes de leer

8-14 Cuando yo era joven... Estudia el chiste. Después, en parejas...

- piensen en tres comentarios más que dirían los hombres en el chiste sobre los cambios que han ocurrido en la sociedad.

- piensen en tres comentarios que hacen sus padres, abuelos o amigos de la tercera edad sobre otros cambios que han experimentado.

Ejemplo: *Los hombres dirían que...*

Mis parientes mayores dicen que...

—Dicen que aumenta la población, pero yo cada vez veo a menos gente.

8-15 ¿Nuestro enemigo? Aunque la mayoría de la gente considera que un auto es imprescindible, también admite que puede ser la causa de mucho estrés. En parejas...

- hablen sobre los problemas de estacionamiento en la universidad.
- citen otras razones por las cuales el auto, a veces, parece ser nuestro peor enemigo.
- ofrezcan algunas soluciones a los problemas.

Ejemplo: Los problemas: *Los pagos mensuales del seguro son muy altos.*

Las soluciones: *Hablar con diferentes agentes de seguros para conseguir la mejor tarifa.*

Pequeño diccionario

El artículo del periódico madrileño *ABC* explica lo que le pasó a un médico en Madrid cuando la grúa se le llevó el coche. Antes de leer el artículo y hacer las actividades, busca las palabras en el texto y usa dos o tres para escribir oraciones originales en una hoja aparte.

acceder *v. intr.* Aceptar, permitir, consentir.
alivio Consolación, despreocupación.
arrastre *m.* Transporte, remolque (del auto).
averigüar *v. tr.* Buscar la verdad hasta descubrirla; preguntar.
coche patrulla *m.* Auto de policía.
denunciar el caso *v. tr.* Informar a la policía de un delito.
depósito Lugar en que retienen autos.
derrumbarse *v. refl.* Desanimarse, desencantarse.
(día) festivo *m.* Día en que no se trabaja.
entregar *v. tr.* Dar.
esfuerzo Intento.
gastos Costo; cantidad de dinero que se debe pagar por un servicio.
grúa Vehículo que levanta autos y los lleva de un punto a otro.
hallar *v. tr.* Encontrar.
hora corta Poco tiempo, rato breve.

coche patrulla

grúa

llave *f.* Instrumento de metal que se acomoda a una cerradura y que sirve para abrirla o cerrarla.
maletín del instrumental *m.* Bolso de instrumentos que llevan los médicos.
manifestar *v. tr.* Decir.
multa Sanción que pone la policía por una infracción.
piso Apartamento.
polémico/polémica Problemático.
por las cercanías Cerca.
por los alrededores Por el vecindario, por el barrio.
recurrido/recurrida Llevado (un caso, una petición) delante del juez para considerar el caso otra vez.
señor de la ejecutiva *m.* Jefe de la oficina.
sitio Lugar, localidad.
vacío/vacía Vacante, desocupado.

llave

maletín del instrumental

A leer: «Desventuras de un médico tras el coche que le llevó la grúa»

Madrid, Isabel Montejano

Preguntas de orientación

As you read **«Desventuras de un médico tras el coche que le llevó la grúa»**, use the following questions as a guide.

1. ¿Qué pasó con el coche del doctor Agustín Cabezas? ¿Por qué?
2. ¿Adónde fue el doctor con su esposa?
3. ¿Qué tenía dentro del coche?
4. ¿Adónde fueron para recoger el vehículo?
5. ¿Cuántas multas ya tenía por pagar el doctor?
6. ¿Por qué no pudieron llevarse el coche hasta el lunes?
7. ¿Con quién tuvieron que hablar para poder sacar los objetos del coche?
8. ¿Por qué no quisieron que la Policía Municipal los llevara a casa?

El «Vuelva usted mañana» de Mariano José de Larra se ha convertido en esta ocasión en «vuelva usted dentro de tres días» para el doctor Agustín Cabezas Gutiérrez, pese a sus esfuerzos y buenas intenciones de pagarlo todo, para llevarse el coche del depósito donde lo había llevado la polémica grúa.

El doctor se había ido al cine con su esposa y había dejado su vehículo mal estacionado, lo que reconoce. Cuando volvieron y se encontraron con el sitio vacío, averiguaron por los alrededores que la grúa había pasado por las cercanías, lo cual, en medio del desastre, fue un alivio, «ya que tenía dentro un paquete y las llaves del piso».

Al informarse por teléfono que se hallaba en el depósito de Cuatro Caminos, tomaron un taxi muy contentos, creyendo que en poco tiempo recuperarían el coche y entre unas cosas y otras, en una hora corta estarían en casa.

Pero... por obra y gracia de la burocracia, sus ilusiones se derrumbaron. En el depósito ya no estaba el señor de la ejecutiva y como tenían dos multas por pagar —aunque una de ellas estaba recurrida—, lo que suponía 5.000 pesetas, además de los gastos del arrastre, y «este señor no se encuentra allí ni festivos ni domingos», hasta el lunes no podían llevarse el coche. El doctor manifestó entonces que él estaba dispuesto a pagar lo que fuera e insistió en que llevaba en el vehículo las llaves de casa. Pero nada de nada.

Fue entonces cuando el doctor manifestó: «¿Y si llevara dentro el maletín del instrumental y tuviese que operar con urgencia a un paciente?» Ése era su problema. Agustín Cabezas se lo pensó y se fue a denunciar el caso a la Comisaría de Tetuán, desde donde habló telefónicamente con el Juzgado de Guardia, consiguiéndose orden para que le entregasen el paquete y las llaves. Cuando regresaron al depósito de Cuatro Caminos les entregaron los objetos y les quisieron llevar a casa en un coche de la Policía Municipal, a lo que no accedieron «por no parecerles correcto utilizar un coche patrulla para estas cosas particulares».

Después de leer

8-16 ¿Qué pasó? ¿Cuáles fueron los acontecimientos importantes en el caso del doctor? Estudia el artículo de nuevo y, al lado de cada párrafo, escribe notas con los detalles más importantes.

8-17 La polémica de la grúa ¿Has tenido problemas con grúas o con algún depósito de coches? Escribe un párrafo que explique lo que pasó cuando la grúa se te llevó el auto o el auto de alguien que conoces. Usa las siguientes preguntas como guía.

- ¿Cuándo y dónde ocurrió?
- ¿Cuánto tiempo tardó en solucionarse el problema?
- ¿Qué problemas tuviste (o tuvo) para recuperar el auto?
- ¿Quién pagó la multa? ¿Cuánto costó?

8-18 Mafalda Parece que el Dr. Cabezas y la gente que observa Mafalda tienen algo en común. Después de estudiar el chiste, comenten, en parejas, los eventos observados por Mafalda y hablen sobre «uno de esos días» que hayan tenido recientemente.

Mafalda, «Uno de esos días»

 8-19 Privilegios ¿Debe haber la misma ley para todos? Muchos oficiales del gobierno a veces parecen estar fuera del alcance de la ley cuando cometen delitos o infracciones. En parejas...

- decidan si se debe privilegiar a ciertos grupos de personas (como médicos, embajadores, políticos, policías, gente rica, etcétera).
- hablen sobre qué tipos de privilegios deben tener estos grupos.
- compartan la información con los demás grupos de la clase.

Tabloides en venta

Lectura literaria: Biografía

Ricardo Conde (1946–) nació en Valencia, una ciudad en la costa mediterránea de España. Conde cursó estudios universitarios y dedicó sus talentos a la ingeniería electrónica y la computación. Estas experiencias proveen la inspiración para sus cuentos futurísticos. Ahora, Conde reside en Estados Unidos, donde escribe cuentos y poesía y practica las artes de la fotografía, el dibujo y la cerámica. ■

Ricardo Conde

Antes de leer

8-20 La realidad virtual El mundo que nos rodea se convierte en «ilusión» cuando las computadoras lo presentan como la realidad virtual. Hoy en día hay lentes, aparatos y tecnología que han sido diseñados para transformar la experiencia perceptiva de la persona que los usa. En grupos pequeños, contesten las siguientes preguntas.

1. ¿Pasan ustedes horas jugando con los juegos de computadora?
2. ¿Pueden ser adictivos los juegos? ¿Por qué?
3. ¿Han experimentado ustedes la realidad virtual? ¿Dónde? ¿Cómo reaccionaron?
4. ¿Les recomendarían ustedes la realidad virtual a otros estudiantes? ¿Por qué?

Pequeño diccionario

Estudia las siguientes palabras y frases para comprender mejor el texto. Busca las palabras en el texto y usa dos o tres para escribir oraciones originales en una hoja aparte.

agujero Abertura más o menos redonda.
cosquilleo Sensación producida sobre ciertas partes del cuerpo, como las costillas; una sucesión rápida de toques ligeros.
en aras de En el altar de.
gallardo/gallarda Elegante, agraciado.

lugubrez *f.* Tristeza, melancolía.
matiz *m.* Tono o gradación de color.
mugriento/mugrienta Lleno de grasa o suciedad.
pecaminoso/pecaminosa Inmoral.
techado/techada Cubierto con techo.

A leer: «La muerte» por Ricardo Conde

Preguntas de orientación

As you read **«La muerte»,** use the following questions as a guide.

1. ¿Cuál era la condición física de Juan Gutiérrez? ¿Por qué?
2. ¿Cómo era su «realidad»?
3. ¿Qué ocurrió un día?
4. ¿Cuánto tiempo hacía que no salía Juan de su cuarto?
5. ¿Qué creía que le había pasado? ¿Por qué?
6. ¿Qué hizo Juan?
7. ¿Qué esperaba?
8. ¿Cómo reconocía a la muerte?
9. ¿Cuáles eran las sensaciones que experimentaba?
10. ¿Qué tipo de equipo usaba Juan?
11. ¿Cómo era su cuarto comparado con la ilusión virtual que había tenido?
12. ¿Qué se veía desde el agujero en la pared?
13. ¿Cuáles eran las sensaciones que experimentaba por primera vez?
14. ¿Cómo contrastaba esto con su mundo virtual?
15. ¿Qué decisión tomó Juan?
16. ¿Por qué dijo Juan que quería estar muerto?

Juan Gutiérrez, joven gallardo, delgado, flaco, de piel blanca como leche porque nunca vio el sol, pasaba sus días y noches conectado a su ciberespacio, ese mundo enorme de realidad virtual que alimentaba sus ojos y alma por el día y lo llenaba de placer pecaminoso por la noche en aras de la perfecta cibermujer.

Un día pasó lo que no había pasado antes. Hubo una gran explosión al otro lado de la habitación que él comunicaba y de la cual nunca había salido en su efímera vida de sólo veinte años. La oscuridad era completa. Dejó de tener sensaciones. No tenía ni calor ni frío ni sentía pena ni alegría. No sentía nada. De repente, por primera vez en su vida experimentaba una sensación que nunca había sentido. Por referencia no tardó mucho en darse cuenta que esta sensación era de miedo... temía que eso fuera lo que en términos *virtuales* era la muerte. Y pensó— «No es tan malo».

Así pasó el tiempo, inmóvil, tratando de sentir y apreciar aquellos sentimientos de miedo y muerte de su cuerpo terrenal. Esos sentimientos que eran propios y no generados por la silicona. Esperaba lo que pronto empezaría y estaba atento para experimentar todas las sensaciones cuando su ser se separara de su cuerpo mortal. Lo sabía porque ya lo había experimentado en su muerte *virtual*.

Esperó y esperó y nada ocurrió. Por fin la sensación de miedo ya había desaparecido y sólo quedaba la quietud. El silencio y la oscuridad le molestaban.

Pensó que ya había muerto y que tenía que estar postrado por eternidad. No se sentía nada mal. Decidió hacer lo mejor de lo que tenía. Se sorprendió cuando movió una mano y se quitó su guante y pareció como si lo hubiera quitado de verdad. Alcanzó por sus gafas *virtuales* y se dijo— «Ya hace tiempo que quería quitarlas».

Abrió sus ojos y una habitación gris mugrienta y llena de humo apareció delante de él, muy lejos de la estancia de lujo que siempre había visto a través de sus lentes. De un flanco de la habitación, la pared presentaba un gran agujero donde una intensa luz blanca se mezclaba de polvo y humo. Se levantó, o por lo menos creyó levantarse, y se asomó por la claridad. Delante de él había un mundo diferente, perfectamente tridimensional con millones de matices verdes, techado de celeste azul. Marrones, rojos y amarillos saltaban a sus ojos por dondequiera que miraba. En su existencia *virtual* no había experimentado ese cosquilleo en su piel que se llamaba viento entremezclado con el olor suave de tierra mojada. Todo en su mundo posterior, de los vivos, era fuerte, saturado y extremo.

Miró una vez atrás, vio la lugubrez de una habitación llena de monitores y aparatos electrónicos, miró hacia la luz, aspiró todo el aire que sus pulmones pudieron recoger y gritó con el rugido de un animal salvaje— «¡Quiero estar muerto!» Saltó al verde del pasto y corriendo se perdió entre árboles y follaje para nunca ser visto jamás.

Después de leer

8-21 La realidad y la «realidad» En el cuento «La muerte», el protagonista experimenta la «realidad *virtual*» y la «realidad verdadera». En grupos pequeños, cuenten algunas experiencias que hayan tenido, en las cuales han experimentado la «realidad *virtual*». Después, comenten si sabían que la realidad *virtual* no era la realidad verdadera. ¿Por qué?

Ejemplo: *No parecía real porque era demasiado intensa.*

8-22 La realidad virtual La realidad virtual es la simulación de un ambiente, incluyendo gráficos tridimensionales, por medio de un sistema de computadoras que usa equipo y programas interactivos. El autor de «La muerte» utiliza palabras para crear una realidad *virtual* al lector. En grupos pequeños, revisen el cuento y busquen palabras y frases específicas que evoquen imágenes sensoriales. Describan estas sensaciones.

Ejemplo: *el olor suave de tierra mojada (el olfato)*

Análisis literario: El cuento

Términos literarios No hay una sola realidad asociada con un texto literario. Cualquier texto literario incorpora un sinfín de realidades porque cada lector experimenta el texto a través de sus propias experiencias. La siguiente lista de ejemplos ofrece algunas de las muchas características del lector que dan forma a un texto literario.

Usa los siguientes términos para hablar sobre los cuentos.

- **Edad** A los niños les gusta el libro *Alicia en el país de las maravillas*; los adultos entienden el cuento a un nivel más profundo.
- **Personalidad** Una persona introvertida y una persona extrovertida pueden responder de maneras opuestas al mismo poema.
- **Otros textos que has leído** Un individuo que lee muchos cuentos policíacos puede adivinar fácilmente el clímax y el desenlace.
- **Conocimiento de otra(s) cultura(s)** Una persona que ha viajado o que ha vivido en el extranjero puede entender mejor algunos de los conceptos culturales y las costumbres que se mencionan en un cuento.

Mientras estudias el cuento «La muerte», piensa en tus propias experiencias e intenta determinar cómo influyen sobre tu interpretación del cuento.

8-23 Características de los lectores Ya estudiaron varias maneras en que las características personales del lector pueden afectar su lectura. En grupos pequeños, comenten cómo sus propias experiencias afectaron su lectura del cuento. Después, compartan sus experiencias con los demás grupos.

Ejemplo: *He experimentado la realidad virtual, así conozco las sensaciones.*

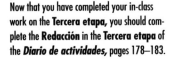

¡Adelante!
Now that you have completed your in-class work on the **Tercera etapa,** you should complete the **Redacción** in the **Tercera etapa** of the *Diario de actividades,* pages 178–183.

8-24 Elementos básicos En grupos pequeños, identifiquen y describan los siguientes elementos literarios.

1. el escenario
2. los personajes
3. el narrador
4. el punto de vista
5. la descripción
6. el tono

Cuarta etapa: Cultura

Cultura en acción

While working on the **Cuarta etapa** in the textbook and the *Diario de actividades,* . . .

- continue your research related to strange events that have recently been reported in the news.
- consider if these events would have been as widely reported and/or documented had it not been for the use of e-mail, chat-rooms, web pages, etc.
- prepare for your presentation for **Casos increíbles** for the **Cultura en acción.**

Vídeo: El cibercafé

La computadora e Internet son cada vez más necesarios en la vida de muchos latinoamericanos, pero para un gran porcentaje de la población, esta tecnología todavía cuesta mucho para mantenerla en los hogares. El «Cibercafé» le da acceso a la alta tecnología para un público amplio a precios razonables.

Antes de ver

8-25 Lluvia de ideas En grupos pequeños, conversen sobre las ventajas y desventajas de usar los servicios de un cibercafé.

Ejemplo: *Una desventaja es que tienes que ir al cibercafé.*

8-26 Guía para la comprensión del vídeo Antes de ver el vídeo, estudia las siguientes preguntas. Mientras veas el vídeo, busca las respuestas adecuadas.

1. ¿Dónde se encuentran los cibercafés en América Latina?
2. ¿Dónde se enseña más sobre lo que es la computadora?
3. ¿Cuáles son los programas que se usan en los cibercafés?
4. ¿Qué hacen los clientes?
5. ¿Qué ocurre a veces a través del *chat*?
6. ¿Por qué prefieren los jóvenes ir a un cibercafé?

Pequeño diccionario

Estudia las siguientes palabras y frases para comprender mejor el vídeo. Busca las palabras en el vídeo y usa dos o tres para escribir oraciones originales en una hoja aparte.

cibercafé *m.* Establecimiento donde se ofrecen servicios de computadora.
distraer *v. tr.* Apartar la atención de alguien del objeto a que la ponía o a que debía ponerla.
escanear *v. tr.* Pasar por el escáner (máquina que explora un espacio o imagen, y los traduce — escáner

en señales electrónicas para su procesamiento).
imprimir *v. tr.* Marcar en el papel o en otra materia las letras y otros caracteres gráficos mediante procedimientos adecuados.
plática Conversación.

impresora

A ver

8-27 ¿Qué hacen? Mientras ves el vídeo, nota las actividades de las personas en los cibercafés latinoamericanos.

Un cibercafé en México

8-28 La tecnología Examina la tecnología en el vídeo, tanto las máquinas como los programas. Compara esta tecnología con la que usas tú.

Después de ver

 8-29 Comparaciones En grupos pequeños, hablen acerca de las diferencias y las semejanzas en el uso de computadoras por los jóvenes de América Latina y Estados Unidos.

Ejemplo: *Las computadoras son populares en ambos lugares.*

 8-30 Controversia La cuestión de conversar con gente a través del *chat* es muy controvertida. En grupos pequeños, hablen sobre lo que hay pro y contra de conocer a gente a través del *chat* y la seguridad o el peligro al salir con esa gente.

Ejemplo: *Muchas personas mienten durante el chat.*

Cultura en acción: Casos increíbles

Tema

El tema de «Casos increíbles» les dará a ustedes la oportunidad de escuchar y escribir, y de investigar y hacer una presentación sobre algunos casos increíbles que han aparecido en las noticias. La lectura, la comprensión auditiva y la redacción servirán como puntos de partida para las presentaciones.

Cristina Saralegui

Escenario

El escenario es un programa de televisión donde los participantes le presentarán y describirán sus casos increíbles al público.

Materiales

- Un mapa que indique dónde ocurrió el evento
- Fotos o dibujos del evento
- Artículos que den evidencia de que el caso increíble ha ocurrido

Guía

Una simple lista de las tareas que cada persona tiene que desarrollar. Cada uno de ustedes tendrá una tarea.

- **Participantes.** Cada uno de ustedes tiene que enviarle una carta que exponga el caso al «director» / a la «directora» del programa (el instructor / la instructora). Esta persona escogerá de tres a seis participantes para el programa del día. Cada participante tiene que intentar convencer al público de que su evento realmente ocurrió.
- **Testigos.** Si el tiempo lo permite, cada participante puede traer «testigos» para corroborar el caso.
- **El anfitrión / La anfitriona.** El «anfitrión» / La «anfitriona» debe entrevistar a cada participante. Si hay seis participantes, el instructor / la instructora puede seleccionar a dos personas para hacer las entrevistas. Esto permitirá que cada persona entreviste a dos o tres participantes.
- **El locutor / La locutora.** El «locutor» / La «locutora» tiene que presentar a cada participante y hacerle una breve introducción. También debe hablarle al público, haciéndole algunas preguntas relacionadas con cada caso, haciéndole preguntas personales o contando chistes.
- **El público.** Todos los demás deben participar como espectadores.

El programa de televisión

El día de la actividad todos deben participar en el arreglo de la sala. Se debe arreglar el salón de clase con cinco o seis sillas delante de la clase para los participantes y las demás sillas como si fueran para un programa de televisión. El «animador» / la «animadora» preparará a la audiencia, haciéndole preguntas, y después presentará a cada participante y a sus testigos. Ellos explicarán el caso mientras que el anfitrión / la anfitriona les hace preguntas, al mismo tiempo que invita la participación del público.

Perspectiva lingüística

Spanish word order in sentences

Compared to English, Spanish word order is much more flexible. The following sentences demonstrate this flexibility.

- El joven experimentó la sensación del viento en la piel por primera vez.
- En la piel, el joven experimentó la sensación del viento por primera vez.
- Por primera vez, el joven experimentó la sensación del viento en la piel.
- El joven por primera vez experimentó la sensación del viento en la piel.
- Experimentó por primera vez el joven la sensación del viento en la piel.

Some of these sentences are rather literary in style; they wouldn't be used in everyday speech. Nevertheless, what is important to observe in the examples are the "chunks" of words or phrases that go together.

el joven / experimentó / la sensación del viento / en la piel / por primera vez

The word order within the various chunks is *not* flexible. The following section offers some guidelines on maintaining the integrity of chunks of language.

Adjectives

Descriptive adjectives generally follow the nouns that they modify.

Al joven le gustaba el equipo **electrónico.**

However, descriptive adjectives may precede their noun to effect a certain style or to change or intensify its meaning.

Le pasó un **tremendo** susto.

Articles always precede the nouns that they modify.

La realidad virtual es **un** concepto reciente.

Limiting adjectives (possessives, demonstratives, numbers) precede their respective nouns.

Hubo una explosión en **su** casa.

Ese lugar está hecho un desastre.

Hay **doce** personas en la clase de español.

Prepositional phrases

Prepositional phrases always begin with a preposition.

Por primera vez experimentó la sensación.

Negative expressions

In negative expressions, the negative word may precede the verb or follow it (if **no** precedes the verb).

Nadie vino a la reunión.

No vino **nadie** a la reunión.

¡Alto!

These activities will prepare you to complete the in-class communicative activities for the **Función 8-1** on pages 207–208 of this chapter.

Perspectiva gramatical

Estructura 8-1: Past perfect indicative

The *past perfect* or *pluperfect indicative* indicates a past action that occurred before a particular point in the past. It is used to describe actions or events that took place before another action or event in the past. The event that happened further in the past is expressed with the past perfect indicative.

The more recent past event is usually expressed with the imperfect or preterite.

Cuando el médico llegó, la grúa ya se **había llevado** su auto.

Cuando tú me compraste la computadora, mi mamá ya me **había comprado** el mismo modelo.

The past perfect is a compound tense formed by the imperfect of **haber** + *past participle*.

The following chart provides examples of the formation of this tense.

Past perfect indicative			
-ar: estudiar	**-er: entender**	**-ir: insistir**	**reflexivo: irse**
había estudiado	había entendido	había insistido	me había ido
habías estudiado	habías entendido	habías insistido	te habías ido
había estudiado	había entendido	había insistido	se había ido
habíamos estudiado	habíamos entendido	habíamos insistido	nos habíamos ido
habíais estudiado	habíais entendido	habíais insistido	os habíais ido
habían estudiado	habían entendido	habían insistido	se habían ido

8-31 Antes de entrar a la universidad Completa las siguientes oraciones con las formas adecuadas de los verbos entre paréntesis en el pluscuamperfecto de indicativo.

Ejemplo: Mis amigos y yo *habíamos hecho* (hacer) muchas fiestas.

1. Yo _____ (recibir) mi diploma de la secundaria.
2. Mi familia _____ (despedirse) de mí.
3. La universidad me _____ (pedir) mi expediente de la secundaria.
4. La universidad _____ (requerir) que tomara varios exámenes.
5. Mis compañeros de cuarto y yo nos _____ (escribir) mensajes por correo electrónico.
6. Yo _____ (comprar) una computadora portátil.
7. Mi familia y yo _____ (visitar) varias universidades.
8. Mis amigos me _____ (hacer) una fiesta de despedida.

8-32 Hombres de negro (HDN) ¿Cuál era el propósito de las visitas de estos agentes del silencio? Completa las siguientes oraciones con las formas adecuadas de los verbos entre paréntesis en el pluscuamperfecto de indicativo.

1. En los informes anteriores los hombres de negro casi siempre _____ (aparecer) en grupos de tres.

2. Ellos _____ (vestirse) de traje negro, camisa blanca y corbata negra con zapatos de gruesas suelas.

3. A veces los agentes _____ (seguir) la moda y otras _____ (lucir) con varias décadas de retraso.

4. En la mayoría de las visitas los agentes _____ (llegar) en una limusina Cadillac; en una ocasión los misteriosos _____ (conducir) un Buick anticuado que olía por dentro como un auto nuevo.

5. En sus visitas _____ (exhibir) tarjetas de identidad de la CIA o de las Fuerzas Aéreas de Estados Unidos.

6. Casi siempre los HDN _____ (advertir) que los testigos no dijeran nada acerca de las visitas.

7. A pesar de los avisos, los agentes _____ (caracterizarse) por su falta de violencia.

8-33 Génesis del «Hombre Maravilla» Completa el siguiente párrafo sobre los orígenes del superhéroe de las tiras cómicas, usando el pluscuamperfecto del indicativo.

El Hombre Maravilla 1. _____ (ser) un ser humano pero a través de un arduo tratamiento se hizo un ser compuesto de energía iónica. El joven Simón Williams 2. _____ (heredar) la empresa de su familia. Al perder la competitividad frente a otras empresas, el joven, siguiendo el consejo de su hermano, 3. _____ (establecer) una alianza con una organización criminal. El consejo de dirección de la empresa 4. _____ (descubrir) esta unión. Por eso ellos 5. _____ (denunciar) a Simón. Un tribunal lo 6. _____ (declarar) culpable y lo 7. _____ (condenar) a prisión. Sin embargo, Encantadora 8. _____ (liberar) a Simón y lo 9. _____ (llevar) a la selva amazónica donde su aliado, el Barón Zemo, tenía su base. Zemo, enemigo de las empresas que le 10. _____ (amenazar) a Simón, le ofreció a éste la oportunidad para vengarse. Al someterse al «rayo iónico» Simón adquirió la fuerza y la resistencia sobrehumanas que Zemo le 11. _____ (prometer).

¡Adelante!
You should now practice **Estructura 8-1** in the **Práctica de estructuras** section of the **Diario de actividades,** page PE-40.

¡Alto!
These activities will prepare you to complete the in-class communicative activities for **Función 8-2** on pages 209–210 of this chapter.

Estructura 8-2: Past perfect subjunctive

The *past perfect subjunctive* follows the patterns for expressing the subjunctive in cause-and-effect relationships, nonspecific entities and events, emotional reactions and value judgments, and hypothetical situations. The past perfect subjunctive is used when the action of the verb in the subordinate clause occurred prior to the action in the main clause of the sentence. Usually, the verb in the main clause is in the imperfect or the preterite, although there are no absolute rules.

Study the following examples.

No había nadie en la clase que **hubiera oído** del chupacabras.

Nos sorprendió que los vendedores no **hubieran preparado** sus quioscos.

Griselle me miraba como si la **hubiera insultado.**

The past perfect subjunctive is formed by the imperfect subjunctive of **haber** + *past participle*.

Past perfect subjunctive			
-ar: estudiar	**-er: entender**	**-ir: insistir**	**reflexivo: irse**
hubiera estudiado	hubiera entendido	hubiera insistido	me hubiera ido
hubieras estudiado	hubieras entendido	hubieras insistido	te hubieras ido
hubiera estudiado	hubiera entendido	hubiera insistido	se hubiera ido
hubiéramos estudiado	hubiéramos entendido	hubiéramos insistido	nos hubiéramos ido
hubierais estudiado	hubierais entendido	hubierais insistido	os hubierais ido
hubieran estudiado	hubieran entendido	hubieran insistido	se hubieran ido

¡OJO!

There is an alternate form of the pluperfect subjunctive that is used in Spain and parts of Latin America. The forms are: **hubiese, hubieses, hubiese, hubiésemos, hubieseis, hubiesen** + *past participle*. For example: **yo hubiese leído.**

8-34 Algo misterioso Completa las siguientes oraciones sobre un ser misterioso que observaste o del que leíste, usando el pluscuamperfecto de subjuntivo.

> Ejemplo: Se veía como si...
>
> *Se veía como si se hubiera maquillado.*

1. Hablaba como si...
2. Se portaba como si...
3. Parecía como si...
4. Me sorprendió que...
5. Tenía miedo de que...

8-35 Tus esperanzas Escribe oraciones completas en español, expresando lo que esperabas de las siguientes personas.

> Ejemplo: Jennifer López
>
> *Esperaba que Jennifer López hubiera ganado un Oscar.*

1. los escritores de ciencia ficción
2. los ingenieros aeronáuticos
3. los directores de las películas de terror
4. tu mejor amigo/amiga
5. tu profesor/profesora

¡Adelante!

You should now practice **Estructura 8-2** in the **Práctica de estructuras** section of the *Diario de actividades,* page PE-41.

¡Alto!

These activities will prepare you to complete the in-class communicative activities for **Función 8-3** on pages 211–212 of this chapter.

Estructura 8-3: Conditional perfect

The *conditional perfect* is frequently combined with the past perfect subjunctive in sentences that include *si* clauses expressing contrary-to-fact situations in the past. In the following examples, notice that the main clause is in the conditional perfect and that the *si* clause is in the past perfect subjunctive.

> Si hubiéramos invertido nuestro dinero, **nos habríamos hecho millonarios.**
>
> Si ustedes hubieran salido a tiempo, no **se habrían perdido** el desfile.

The order of the clauses may be reversed, as in these examples.

> **Nos habríamos hecho** millonarios si hubiéramos invertido nuestro dinero.
>
> No **se habrían perdido** el desfile si ustedes hubieran salido a tiempo.

The conditional perfect is formed by the conditional of **haber** + *past participle*.

Conditional perfect			
-ar: estudiar	**-er: entender**	**-ir: insistir**	**reflexivo: irse**
habría estudiado	habría entendido	habría insistido	me habría ido
habrías estudiado	habrías entendido	habrías insistido	te habrías ido
habría estudiado	habría entendido	habría insistido	se habría ido
habríamos estudiado	habríamos entendido	habríamos insistido	nos habríamos ido
habríais estudiado	habríais entendido	habríais insistido	os habríais ido
habrían estudiado	habrían entendido	habrían insistido	se habrían ido

8-36 Era una noche tormentosa Completa las siguientes oraciones de una manera lógica, usando el condicional perfecto.

Ejemplo: Si ellos no hubieran...

Si ellos no hubieran gritado, no habrían asustado al ser.

1. Si yo no hubiera ido...
2. Si mis amigos no me hubieran pedido...
3. Si tú me hubieras informado...
4. Si nos hubieran avisado...
5. Si nosotros hubiéramos llevado...

8-37 ¿Qué habrías hecho? Lee las siguientes experiencias y escribe una reacción para cada una, según el ejemplo.

Ejemplo: Si yo hubiera... ver un OVNI...

Si yo hubiera visto un OVNI, se lo habría dicho a mi mejor amiga.

Si yo hubiera...

1. encontrarse con Elvis...
2. ver al Chupacabras...
3. perder mi auto...
4. atropellar a alguien con mi bicicleta...
5. sentir la presencia de un espíritu...

8-38 Leyendas urbanas Una leyenda urbana es normalmente una historia increíble y a veces terrible que circula espontáneamente entre el público, que se narra de diversas formas y que tiende a considerarse como cierta, a pesar de la evidencia que hay en contra de dicha historia. Estudia los siguientes rumores y escribe tus reacciones, según las indicaciones.

Ejemplo: Si yo hubiera oído esta leyenda... no lamer los sobres porque hay huevitos de cucaracha

Si yo hubiera oído esta leyenda, yo no habría lamido ningún sobre.

Si yo hubiera oído esta leyenda...

1. Una joven muerta hace *auto stop* en la carretera.
2. Walt Disney está congelado en espera de una cura para el cáncer.
3. Las cloacas de Nueva York están infestadas de cocodrilos porque un matrimonio, cansado de tener uno como mascota, lo arrojó por el inodoro.
4. Se descubrió un nuevo virus incurable de Internet que borrará todos los datos del disco duro.
5. Un mensaje electrónico te pide que reenvíes el mensaje a todos tus amigos y conocidos. Informa que varios proveedores de servicio de Internet se han comprometido a donar un centavo por cada copia enviada, con destino a solventar los costos de una operación de un niño enfermo.

¡Adelante!
You should now practice **Estructura 8-3** in the **Práctica de estructuras** section of the *Diario de actividades,* pages PE-41–PE-42.

Capítulo 9

Fiestas y tradiciones

El festival de Inti Raymi, el dios del sol de los incas

Primera etapa: Vocabulario

Sugerencias para aprender el vocabulario: Los superlativos

Vocabulario en acción: Celebraciones en el mundo hispano

Segunda etapa: Conversación

Función 9-1: Cómo identificar el agente de una acción

Función 9-2: Cómo expresar lo negativo

Función 9-3: Cómo hablar de lo parentético

Tercera etapa: Lectura

Sugerencias para la lectura: Cómo entender la cultura

Lectura cultural: «El día en que bailan... los esqueletos»

Lectura literaria: «Balada de los dos abuelos» por Nicolás Guillén

Análisis literario: Lenguaje africano y ritmo

Cuarta etapa: Cultura

Vídeo: «Madrid, ciudad que nunca duerme»

Cultura en acción: Una celebración típica

Repaso de gramática

Perspectiva lingüística: Voice

Perspectiva gramatical:

Estructura 9-1: True passive

Estructura 9-2: Negative transformations

Estructura 9-3: Relative clauses

Primera etapa: Vocabulario

Cultura en acción

While working on the **Primera etapa** in the textbook and the *Diario de actividades*, . . .

- prepare for a festival, using costumes, songs, and food.
- use the activities as a point of departure and select a festival from among those mentioned in the **Vocabulario en acción** or other celebrations from Spanish-speaking countries (**romerías, hogueras de San Juan, feria de Sevilla, carnaval,** etc).
- check the Internet and the library for additional information.

¡OJO!

Some adjectives do not take -**ísimo/-ísima** endings. They include:

- those ending in -**i, -uo, -io,** or -**eo** (example: **rubio**).
- words stressed on the third-to-last syllable (example: **político**).
- augmentatives, diminutives, and comparatives (example: **mayor**).
- compound adjectives (example: **pelirrojo**).
- many adjectives of more than three syllables ending in -**ble** (example: **inexplicable**).

In this chapter, you will notice that many holidays are not capitalized in Spanish. Only proper names and religious terms are capitalized, for example: **el día de San Patricio, Pascua.**

▦ Festejos y diversiones

Los festejos y las diversiones son muy populares entre los hispanos. En los estados de California, Texas y Florida, la gente prefiere los meses de marzo y abril para realizar estos acontecimientos. En el Carnaval de Miami, en la Fiesta de San Antonio en Texas, así como también en el resto del mundo hispano, la mayoría de la gente se reúne para llevar a cabo fiestas étnicas, exhibiciones de arte, bailes e innumerables presentaciones musicales. En este capítulo, vamos a hablar de algunas fiestas, festivales y celebraciones tradicionales que se celebran en los diferentes países hispanos. ■

Sugerencias para aprender el vocabulario

Los superlativos If you wish to stress an adjective in English, you can include the words *very* or *extremely*. In Spanish, the superlative endings -**ísimo** or -**ísima** serve a similar function.

The construction is quite simple. If the adjective ends in a consonant, you simply add -**ísimo/-ísima** to the end of the singular form, and any accents on the word stem are dropped. For example, **frágil** → **fragilísimo**. If the adjective ends in a vowel, you must drop the final vowel before adding -**ísimo/-ísima**. For example, **bello** → **bellísimo**. Spelling changes occur when the final consonant of an adjective is **c, g,** or **z**: **riquísimo, larguísimo, felicísimo.** As you read the following sentence, notice that the suffix changes its form to agree in number and gender with the noun modified: **Mi hermana compró un libro interesantísimo sobre fiestas y tradiciones.** As you read **Celebraciones en el mundo hispano,** find the superlatives and underline them.

▦ Celebraciones en el mundo hispano ▦▦▦

a palabra **fiesta**, que proviene del latín *festa* y significa **alegría** o **diversión**, se puede aplicar a **celebraciones religiosas** o **seculares**. Aunque es difícil **agrupar** todas las celebraciones que hay en el mundo hispano en categorías bien definidas, en este capítulo vas a aprender sobre cuatro tipos de fiesta:

- las que se celebran con motivo religioso;
- las que celebran un **acontecimiento** nacional o histórico;
- las que vienen de una tradición popular;
- las que **conmemoran** eventos sociales.

1. ¿Qué significa la palabra **fiesta**?
2. ¿Cuáles son los cuatro tipos de fiestas?
3. ¿En qué país tienen procesiones solemnes en Semana Santa?
4. ¿Quiénes llevan los pasos por las calles?
5. ¿Qué conmemoran las Posadas?
6. ¿En qué fiesta corren los toros y la gente por la misma calle?
7. En las Américas, ¿cuál es una festividad nacional muy importante?
8. ¿En qué ciudad y país se construyen monumentos gigantes de cartón sólo para quemarlos?
9. ¿Cuándo se celebra el Carnaval?
10. ¿Cuáles son algunas celebraciones familiares?

As you read, write a list or underline the cognates that are related to the topic and be sure to use them as you do the activities.

En Estados Unidos, cuando se piensa en celebraciones religiosas, las que se nos **vienen a la mente** normalmente son las fiestas navideñas o las de la Pascua florida. En muchos países se celebra la Semana Santa una semana antes de la Pascua florida. La Semana Santa de Sevilla, España, es conocida mundialmente por sus **procesiones solemnes**. En estas procesiones hombres y mujeres llevan estos pasos en hombros por las calles con estatuas religiosas que representan la vida y muerte de Jesús.

Semana Santa, Arcos de la Frontera, España

En México, las Posadas se celebran en todas las ciudades y los pueblos. Para conmemorar el viaje de María y José a Belén, la gente va de casa en casa cantando **villancicos**, pidiendo **posada** o buscando una habitación para descansar. Después, hay fiestas con **cena**, **baile** y **juegos**, como el de romper las piñatas.

Otras fiestas religiosas son el día de los Reyes Magos y las fiestas patronales cuyo santo o virgen protegen el barrio, el pueblo o la ciudad, como el día de San José de Valencia o el de la Virgen de Guadalupe de México. Hay otras fiestas que vienen del antiguo calendario ritual agrícola de los indígenas y **enlazan** los ciclos festivos de la **cosecha** con las celebraciones cristianas. Las danzas que se presentan en el Ballet Folklórico de México representan la **mezcla** de las tradiciones indígenas con las tradiciones católicas.

Pasos de la Sagrada Familia, Oaxaca, México

Ernest Hemingway, el famoso novelista estadounidense, explicó en su obra *The Sun Also Rises* la fiesta de San Fermín que va del 7 al 14 de julio en Pamplona. Allí, los gigantes y los **cabezudos**, o cabezas grandes, salen cada mañana por las calles. Por la tarde hay **encierros** donde toros, hombres y mujeres comparten la misma carrera por la ciudad.

Entre las festividades nacionales, en las Américas, una que se considera importantísima es el del día de la independencia. Cada país tiene una fecha que **conmemora** una batalla o un evento que le logró la independencia de España. En México,

Fiesta de enero, Chiapa de Corso, México

el 16 de septiembre se celebra aquel día de 1810 cuando el padre Hidalgo liberó a los prisioneros de la cárcel de Dolores, y encarceló a los españoles ricos del pueblito.

Desfile de los gigantes, Pamplona, España

Las fallas de Valencia, España

Una bella quinceañera baila el primer vals con su padre.

Cuando la gente común se reunió en la iglesia, el padre Hidalgo los impresionó con las palabras que se convirtieron en el **lema** de la independencia mexicana, el famoso Grito de Dolores: «Mexicanos, ¡viva México!» Hoy se celebra esta fecha con fiestas en la calle, con **desfiles** y con un plato típico. Los chiles en nogada, por sus colores rojo, blanco y verde, representan la bandera mexicana.

Hay celebraciones que vienen de una tradición popular, como las fallas de Valencia que van del 15 al 19 de marzo. En las calles se construyen centenares de monumentos grandísimos de cartón y madera de carácter satírico por toda la ciudad. Se queman estas fallas el último día de la fiesta.

Los chiles en nogada, México

El carnaval de Cádiz es una celebración callejera que ocurre alrededor de cuarenta días antes de la Semana Santa. La gente **se disfraza** con trajes elegantísimos y va en **carrozas** o a pie por las calles de la ciudad, cantando y bailando.

Por último, hay **celebraciones familiares** y **sociales**. Las fiestas de **cumpleaños**, las **despedidas de solteras** y **de solteros** y las **bodas** son típicas en casi todos los países. También las chicas celebran la fiesta de la **quinceañera**, evento que marca

El carnaval de Cádiz, España

la transición de la **niñez** a la **juventud**. No menos importantes son el día del santo, que honra el **santo patrón** del nombre de la persona, el día de la madre, el día del padre, el **día de los enamorados** y el **día de la amistad**.

Vocabulario en acción

Celebraciones en el mundo hispano

acontecimiento event, happening

agrupar to group together

alegría happiness, joy

baile *m.* dance

boda wedding

cabezudo carnival figure with a large head

carroza carnival float

cena dinner

conmemorar to commemorate, honor

cosecha harvest

cumpleaños *m. sing.* birthday

desfile *m.* parade

disfrazarse to disguise oneself

diversión fun activity

encierro running of the bulls in the streets of Pamplona

enlazar to link, tie

familiar (of the) family

fiesta party, celebration; feast day

juego game

juventud *f.* youth

lema slogan

mezcla mixing, blending

niñez *f.* childhood

paso religious float

posada inn

quinceañera fifteen-year-old girl

santo patrón / santa patrona patron saint

villancico Christmas carol

Expresiones útiles

celebraciones familiares y sociales family and social celebrations

celebraciones religiosas o seculares religious or secular celebrations

despedida de soltera/soltero shower/party for bride/groom before they are married

día de la amistad *m.* Friendship Day (date varies from country to country)

día de los enamorados *m.* Valentine's Day (February 14)

procesiones solemnes solemn processions

venir a la mente to come to mind

9-1 ¿Qué fiestas celebras? En el Calendario de Fiestas Populares de México se encuentran alrededor de 10.000 celebraciones anuales en el país. ¿Celebramos tantas fiestas en Estados Unidos? En parejas...

- escriban una lista de fiestas o celebraciones sociales, religiosas y nacionales que se celebran en Estados Unidos.

- indiquen cuáles de estas fiestas se conmemoran en sus familias.

Ejemplo: Celebración social: *cumpleaños*
Celebracion religiosa: *Ramadán*
Celebración nacional: *día de la independencia*

 9-2 En el extranjero En algunos países de América Latina, se están empezando a celebrar algunas fiestas nacionales estadounidenses como el día de acción de gracias. En parejas cuenten cómo se celebra el día de acción de gracias en sus casas.

Thanksgiving Day

CAMINO REAL SAN SALVADOR

Menú Especial

- *Cóctel champagne*
- *Crema de almejas*
- *Ensalada Waldorf*
- *Filete y barra de queso*
- *Pavo al horno y salsa de arándano*
- *Jamón Virginia con salsa de piña y cereza*
- *Costilla de cerdo con salsa de barbacoa*
- *Camote y bróculi*
- *Pastel de calabaza*
- *Pastel de queso*

Reservaciones a los teléfonos: 23-3344 y 23-5790

Celebre Thanksgiving Day con la Familia Camino Real

Hotel Camino Real le invita con su familia a celebrar con nosotros este jueves 28, el día de acción de gracias.

Hemos preparado en Restaurante Escorial un delicioso buffet para almuerzo y cena con un menú especial para la ocasión.

Venga con su familia y celebre el día de acción de gracias en el mejor hotel.

Restaurante

Escorial

Deliciosamente incomparable

9-3 El día de acción de gracias Estudien el anuncio Thanksgiving Day y contestan las preguntas. Después, comparen sus propias celebraciones del día de acción de gracias con la celebración descrita en el anuncio.

1. ¿En qué país hispano tiene lugar esta celebración?
2. ¿Qué ofrece el menú del Hotel Camino Real?
3. ¿A quién invita el hotel a celebrar el día de acción de gracias?
4. ¿A qué hora piensas que puede ir la gente a comer al hotel?

 9-4 ¿Sí o no? En parejas y contestando las siguientes preguntas, decidan qué fiestas nacionales que se celebran en Estados Unidos merecen la pena.

- ¿Son divertidas?
- ¿Son demasiado comerciales?
- ¿Sólo tienen importancia porque son días feriados y no hay que ir al trabajo o a las clases?

¡Adelante!
You should now complete the **Estudio de palabras** of the *Diario de actividades,* pages 186–189.

¿Cómo celebras tú estas fiestas?

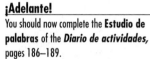

Segunda etapa: Conversación

¡Alto!

Before coming to class and working on the **Segunda etapa,** you should review **the Repaso de gramática** on pages 249–254 at the end of this chapter and complete the accompanying exercises in the **Práctica de estructuras** of the *Diario de actividades,* pages PE-43–PE-45.

Repaso

Review **Estructura 9-1** in the **Repaso de gramática** on pages 249–250 at the end of this chapter and complete the accompanying exercises in the **Práctica de estructuras** of the *Diario de actividades,* pages PE-43–PE-44.

Función 9-1: Cómo identificar el agente de una acción

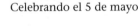

*« El ejército francés **fue derrotado por las fuerzas mexicanas** en la Batalla de Puebla, el 5 de mayo de 1862. Aunque el 5 de mayo es una fiesta nacional mexicana, **es celebrado** de una forma más festiva **por los estadounidenses.** »*

Celebrando el 5 de mayo

9-5 Fiestas muy divertidas En parejas, cuenten sobre algunas fiestas divertidas que recuerden, usando las siguientes preguntas como un punto de partida.

Ejemplo: ¿Quién limpió la casa antes de la fiesta?

Estudiante 1: *La casa fue limpiada por mi compañero de cuarto.*

1. ¿Quién envió las invitaciones?
2. ¿Quién ordenó las flores?
3. ¿Quién compró las decoraciones?
4. ¿Quiénes pusieron la mesa?
5. ¿Quiénes trajeron los refrescos?
6. ¿Quién preparó las comidas?
7. ¿Quiénes tocaron la música?

9-6 Nuestras tradiciones favoritas ¿Cuáles son sus tradiciones favoritas? En grupos pequeños, describan cinco de sus costumbres favoritas, usando la voz pasiva en sus oraciones.

Ejemplo: *Los dulces de Navidad fueron preparados por mi abuela.*

9-7 ¿Quién lo hizo? En grupos pequeños, identifiquen los agentes en la lista siguiente. Usen verbos como **componer, escribir, celebrar, establecer,** etcétera, para hacer las preguntas.

Ejemplo: Estudiante 1: ¿Quién compuso la canción «White Christmas»?

Estudiante 2: «White Christmas» fue compuesta por Irving Berlin.

If you don't know the answers to **Actividad 9-7,** see if you can recognize them from the following list: Clement Clarke Moore, los romanos británicos, Dr. John McCrae, George M. Cohan, George Romero, los fundadores de Pasadena, California, Don Juan de Oñate y Salazar, los Green Bay Packers, San Valentín, Stephen King.

1. la novela *Carrie*
2. la película *Night of the Living Dead*
3. el poema «'Twas the Night Before Christmas»
4. la canción «Born on the Fourth of July»
5. la primera tarjeta del día de San Valentín
6. el poema «In Flanders Fields»
7. el desfile «Tournament of Roses»
8. el primer «Superbowl»
9. el primer «Thanksgiving» en las Américas
10. enviar flores el primer día de mayo

¡Adelante!

Now that you have completed your in-class work on **Función 9-1,** you should complete **Audio 9-1** in the **Segunda etapa** of the *Diario de actividades,* pages 188–191.

Repaso
Review **Estructura 9-2** in the **Repaso de gramática** on pages 251–252 at the end of this chapter and complete the accompanying exercises in the **Práctica de estructuras** of the *Diario de actividades,* pages PE-44–PE-45.

Función 9-2: Cómo expresar lo negativo

《 *Más que tú,* **no hay nadie**
que me sostenga cuando estoy caído
y me levante con su amor 》
por Carlos Vives

Carlos Vives

 9-8 Nuestras pertenencias En parejas, estudien la lista siguiente de pertenencias, marquen con una X (sin que sus compañeros/compañeras lo vean) las que crean que tienen sus parejas. Después, conversen acerca de sus predicciones, según el ejemplo.

Ejemplo: Estudiante 1: *Creo que tienes unos carteles de deportes.*

Estudiante 2: *No, no tengo ningún cartel de deportes. (Sí, tengo varios carteles de deportes.)*

☐ carteles de _____
☐ más de dos compañeros/ compañeras de cuarto
☐ tarjetas de crédito
☐ juegos de mesa
☐ comidas congeladas en el refrigerador

☐ colección de vídeos o DVD
☐ mascotas
☐ platos que hacen juego
☐ todos los discos compactos de _____

 9-9 No hay nada que hacer A veces es difícil encontrar actividades interesantes. En grupos pequeños, quéjense de la falta de actividades en su universidad o ciudad. Usen la siguiente lista de categorías como un punto de partida e incorporen las frases negativas en la conversación.

música, arte, clubes, deportes, cine, baile, cafés

Ejemplo: *No hay ningún club que tenga música española.*

 9-10 Los aguafiestas Siempre hay un aguafiestas en cada grupo. En grupos pequeños conversen acerca de los aguafiestas y de las cosas que no les gustan, usando la siguiente lista como punto de partida.

película, deporte, actividad cultural, idea, diversión, fiesta, música

Ejemplo: vídeo
No les gusta ningún vídeo que veamos.

¡Adelante!
Now that you have completed your in-class work on **Función 9-2,** you should complete **Audio 9-2** in the **Segunda etapa** of the *Diario de actividades,* pages 191–198.

Repaso

Review **Estructura 9-3** in the **Repaso de gramática** on pages 253–254 at the end of this chapter and complete the accompanying exercises in the **Práctica de estructuras** of the *Diario de actividades,* pages PE-44–PE-45.

Función 9-3: Cómo hablar de lo parentético

《 *Para pasar los días festivos felices, diles a los miembros de tu familia* **que** *este año las responsabilidades de los días festivos serán un esfuerzo conjunto. Entonces haz que cada miembro de la familia describa* **lo que** *significa «esfuerzo conjunto». Escribe una lista de todo* **lo que** *hay que hacer y usa el método de sortear cada tarea para ver* **a quién** *le corresponde.* 》

«Aliviar la tensión de los días festivos.» FEI EA post, Otoño 2001. <www.feinet.com/pubs/200104/pdf/spanish.pdf>

 9-11 Un rompecabezas Hay muchas expresiones que usamos en Estados Unidos que no tienen un equivalente en español. En parejas, explíquenle las siguientes expresiones a un hispanohablante de otro país.

Ejemplo: homecoming

> Estudiante 1: ¿Qué es «homecoming»?
> Estudiante 2: *«Homecoming» es una celebración en la que los graduados de un colegio o una universidad vuelven a reunirse con sus compañeros.*

1. school colors
2. concrete goose in costume (or another yard ornament)
3. banana split
4. latch-key kid
5. ticket scalpers
6. smoothies
7. Buffalo wings
8. hayride

 9-12 ¿Qué día festivo es éste? En Estados Unidos, hay días festivos que no se celebran en el mundo hispano. En grupos pequeños, expliquen los siguientes días festivos, usando una cláusula relativa en cada explicación.

Ejemplo: Sweetest Day

> *Es un día festivo en que los enamorados se regalan bombones y otros artículos para demostrarse cariño.*

1. Martin Luther King, Jr. Day
2. President's Day
3. St. Patrick's Day
4. Secretaries' Day
5. Memorial Day
6. Labor Day
7. Halloween
8. Columbus Day
9. Veterans Day
10. Kwanzaa

¡Adelante!

Now that you have completed your in-class work on **Función 9-3,** you should complete **Audio 9-3** in the **Segunda etapa** of the *Diario de actividades,* pages 198–203.

 9-13 Mis propias tradiciones Cada persona tiene sus tradiciones personales y únicas. En parejas, hablen sobre sus tradiciones personales, según el ejemplo.

Ejemplo: *Mi hermana me dio una caja antigua para caramelos en la que guardo mis lápices.*

Tercera etapa: Lectura

Cultura en acción

While working on the **Tercera etapa** in the textbook and *Diario de actividades,* . . .

- discuss the cultural similarities and differences in celebrations and **fiestas** with your classmates as you read the articles in this chapter.
- after studying the **Estudio de palabras**, submit examples of antonyms, using vocabulary words in this chapter.
- share your memories of Halloween and then discuss any similarities and differences with the **día de los muertos.**
- prepare an outline of your chosen festival and submit it to the instructor for approval.

Lectura cultural: El día de los muertos

Nadie se escapa de su propio destino: la muerte. Según la tradición cristiana, el día para recordar a todos los santos es el primero de noviembre, y el día para recordar a los fieles difuntos es el 2 de noviembre. En muchos países hispanos esos días tienen unos significados muy especiales y se celebran de una manera muy diferente. El artículo «El día en que bailan... los esqueletos» te va a explicar lo que sucede. ■

El niño quería algunas calaveras de azúcar para celebrar el día de los muertos, Patzcuaro, Morelia, México.

Sugerencias para la lectura

Cómo entender la cultura Learning another language means not only acquiring a new way to express yourself but also learning about the culture and trying to understand how others relate to that culture. One of the first things to consider when thinking about different cultures is how a particular concept relates to what you already know. We have called the information that you already possess "background knowledge." For example, as you read the ad «**La más hechicera**», you recognize not only the context but also the concept of a Halloween party. The visuals and vocabulary (**noche de brujas, fantasmas, murciélagos, calabazas**) help reinforce that concept.

However, as you read «**El día en que bailan... los esqueletos**», even though words such as **esqueleto, cementerio**, and **muertos** are familiar, the concepts they represent are very different from that of **noche de brujas**. There are several things you can do to help develop a cultural understanding of the readings in this chapter.

- Examine the visuals in the reading carefully and try to imagine what they are like in "real life." Are the skeletons part of a Halloween costume? How are they dressed? What are they made of?

- Look for an explanation of the visuals in the text. Why are skeletons important? What do they represent?

- Read carefully and underline or circle the words or phrases that occur in an unfamiliar context. **El día de los muertos surge de la tradición indígena del culto a los ancestros.** What are the roots of this tradition? How does it relate to the ancestors?

- If the answers to your questions are not provided in the text, you may have to go to outside sources. An encyclopedia, a book on civilization and culture, or the Internet may provide you with the background information you need.

As you continue to explore the Spanish language and culture, you will find many concepts that are unfamiliar. Welcome the opportunity to explore some of these differences as exciting challenges.

Antes de leer

Preguntas de orientación

1. ¿Dónde tiene lugar esta celebración?
2. ¿Qué actividades hay para los adultos?
3. ¿Qué pueden hacer los niños?
4. ¿A qué hora empieza la fiesta para los adultos? ¿Y para los niños?

9-14 La más hechicera El siguiente anuncio ofrece una fiesta para celebrar *Halloween*. Lee el anuncio, usando las **Preguntas de orientación** como guía y, en parejas, escriban una lista de palabras o frases que se asocien con la noche de *Halloween*.

¡La más hechicera!

de Noche de HALLOWEEN!

Le esperamos en **EL PARLAMENTO**
el jueves 31 de octubre,
desde las 20:30 horas.

¡NOCHE DE BRUJAS!
¡Los esperan con los tradicionales
fantasmas, murciélagos y calabazas!
¡Divertidísimo!

Habrá música con:

• **Agrupación Eclipse** • **Genny** •
Cherokee • **Marisol Motta** •

Además, RIFAS Y PREMIOS
a los mejores disfraces

¡Venga con su pareja!

Y en el restaurante **EL GALEÓN**,
la noche es de los niños...
¡desde las 18:00 horas!
Sorpresas, juegos y mucha alegría

9-15 Una fiesta de niños De pequeño/pequeña, ¿cómo pasabas la noche de *Halloween*? En parejas, hablen sobre...

• cómo se preparaban para la fiesta.
• cuáles eran sus disfraces favoritos.
• dónde y con quién salían a pedir dulces.

Pequeño diccionario

El siguiente artículo del periódico *El Nuevo Herald* de Miami explica la historia y los eventos que ocurren durante el día de los muertos. Antes de leerlo y hacer las actividades, busca las palabras en el texto y usa dos o tres para escribir oraciones originales en una hoja aparte.

amedrentador/amedrentadora
Que provoca miedo.
amenaza velada de una mutilación
Peligro de contener objetos que
corten una parte del cuerpo.
asunto Tema, cuestión.
atemorizante Que causa o da
miedo.
colocarse *v. refl.* Ponerse, participar.
cometa Juguete de papel
en forma de diamante,
que se hace volar
con una cuerda larga.
comulgar *v. intr.* Unirse.
convertirse (ie, i) *v. refl.*
Transformarse.
convivir *v. intr.* Vivir juntos.

dulce *m.* Caramelo, golosina.
en torno a Alrededor de;
relacionado con.
estrago Ruina, daño.
fantasma *m.* Espectro;
aparición de un ser
muerto.
flor de maravillas *f.*
Caléndula, un tipo
de flor.
rodear *v. tr.* Ocurrir antes
o después de.
travesura Acción propia de
niños para divertirse que
ocasiona algún trastorno.
un barniz de Una capa superficial
de pintura; apariencia.

fantasma

flor de
maravillas

cometa

Preguntas de orientación

As you read **«El día en que bailan... los esqueletos»**, use the following questions as a guide.

1. ¿Dónde se celebra el día de los muertos?
2. ¿Qué fecha marca el comienzo de la celebración?
3. ¿Dónde se originó la fiesta?
4. ¿Cómo se representa a la muerte?
5. ¿Qué tipo de actividades hay en el sur de California?
6. ¿Cuál es el arte tradicional para ese día?
7. ¿Cómo decoran los altares?
8. ¿Cuál es la diferencia entre los centros urbanos y las zonas rurales?
9. ¿Por qué les dan dulces a los muertos?
10. ¿Cómo se celebra esta fiesta en Guatemala?
11. ¿Por qué ha ganado esta fiesta popularidad en Estados Unidos?
12. ¿Quiénes han convertido el día de los muertos en una nueva forma del arte?

A leer: «El día en que bailan... los esqueletos»

Halloween puede ser una festividad peligrosa con esqueletos, los monstruos y los fantasmas que tienen connotaciones amedrentadoras, y con los dulces se consiguen de puerta en puerta, que llevan la amenaza velada de una mutilación.

Pero en algunas zonas de California, el medio oeste, el sudoeste, de América Latina y todo México, los esqueletos bailan, los fantasmas son espíritus ancestrales y los dulces son la manera en que los vivos comulgan amorosamente con los muertos.

El 31 de octubre marca el comienzo de la celebración del día de los muertos. La festividad, que se originó en México, honra la memoria de los seres queridos ya muertos, reafirma el poder de su espíritu y reconoce —con un sentido de alegría y travesura— la mortalidad humana.

«En cierto sentido, el día de los muertos es un anti-*Halloween*», dice René Arceo, director artístico de The Mexican Fine Arts Center Museum en Chicago.

«La festividad presenta la muerte como parte del ciclo natural de la vida, sin el negativismo usual y las asociaciones atemorizantes. Es también una alternativa al comercialismo de *Halloween*».

En Estados Unidos, la popularidad del día de los muertos creció durante la década pasada. Las festividades que rodean este día han surgido en ciudades y zonas con poblaciones mayoritariamente chicanas.

«En el sur de California, el día de los muertos es la celebración folklórica anual más extendida», dice Tomás Benítez, de Los Ángeles. «Las exhibiciones de arte, los conciertos y las representaciones teatrales en torno al día de los muertos se han convertido en una manera de reafirmar la identidad chicana». De acuerdo con la tradición mexicana, este día es la época en que los muertos regresan e intervienen en los asuntos de los vivos. Es también una oportunidad para que los ancestros y los descendientes convivan.

«En la tradición latina, los vivos y los muertos están operando en el mismo universo todo el tiempo. Uno no está aquí por uno mismo; está vinculado a otras dimensiones. El día de los muertos es la época en que recordamos los muertos que están aquí para nosotros. Uno los busca a ellos y ellos lo buscan a uno». El arte tradicional para el día de los muertos —esculturas de esqueletos en miniatura que tocan en grupos de mariachis, beben con amigos, manejan autos— resume la actitud mexicana hacia la muerte y hacia los que han fallecido.

«Los esqueletos se colocan en actividades humanas, en parte con humor y en parte con la actitud mental de que los muertos están vivos en el recuerdo y en el espíritu». Los vivos atraen a sus seres queridos hacia el plano físico, construyendo altares y tumbas, o arreglos domésticos donde se usan objetos que el muerto amó en vida —artefactos, fotos, velas, flores, incienso, libaciones, ropas.

«A menudo, tienen flores de maravillas (las flores de los muertos). Si el altar está en la casa, como suele ocurrir, los pétalos de las maravillas serán esparcidos fuera, formando una senda hasta la puerta, para que el espíritu no se pierda y no provoque estragos», dice Ramón Gutiérrez, profesor de historia y de estudios étnicos en la Universidad de California, San Diego.

«En los centros urbanos en México, los altares pueden tener figuritas de plástico o botellas de Pepsi, elementos de la vida moderna. Las zonas rurales tienden a poner los frutos o productos nativos».

Casi todos los altares tienen las comidas favoritas de los muertos, especialmente los dulces. «La comida reestablece las relaciones con los muertos al proporcionarles alimentos», dice Gutiérrez.

Altar del día de los muertos con esqueletos, frutas y «pan de muerto», Oaxaca, México

Unas familias decoran las tumbas de sus ancestros, cerca de Cuernavaca, México.

«Los dulces son vistos como una manera de neutralizar cualquier actitud hostil entre los vivos y los muertos. Es por eso que los cráneos están hechos de azúcar... para que nada negativo suceda». «El día de los muertos surge de la tradición indígena del culto a los ancestros», dice Mary Lou Valencia, curadora del Centro Cultural de la Raza, centro cultural latino de San Diego. «Con la conquista española, estas tradiciones fueron coadoptadas y adquirieron un barniz de cristiandad».

Aunque las ideas del día de los muertos son específicas de México, celebraciones similares que honran a los muertos tienen lugar en América Central y dondequiera que existan grandes poblaciones indígenas.

«En Guatemala, en la ciudad de Santiago Sacatepeque, la gente pone a volar cometas enormes para comunicarse con las almas que viven en el cielo. En cualquier país latinoamericano con poblaciones indígenas, se encontrará alguna forma de culto a los ancestros en esta época del año».

En Estados Unidos, el día de los muertos ha crecido con el aumento de la inmigración mexicana. Pero han sido los artistas latinos, los que han tomado la festividad como un vehículo de expresión política y social, quienes han llevado el día de los muertos a la luz pública.

«En Estados Unidos, los artistas se toman libertades con las costumbres tradicionales. Los altares son mucho más vanguardistas y modernos. El día de los muertos se ha convertido en el punto capital de una nueva forma del arte.»

Después de leer

9-16 Costumbres diferentes Ahora, repasa el artículo y subraya las oraciones que explican los acontecimientos que son únicos en el día de los muertos. Después, en parejas...

- hagan una pequeña investigación sobre uno o dos de estos acontecimientos.
- preséntenle los resultados de su investigación a la clase.

9-17 ¿Cómo se relacionan? Escribe una breve explicación de cómo las siguientes cosas están relacionadas con el día de los muertos.

1. los espíritus ancestrales
2. los altares
3. los esqueletos
4. los dulces

9-18 Similitudes ¿Te has dado cuenta de que existe un obvio paralelismo entre el día de los muertos y *Halloween*? En parejas, hagan una lista de semejanzas y diferencias entre estos dos días festivos.

9-19 ¿Y qué se hace... ? Mafalda está perpleja porque no sabe lo que se debe hacer con el «cadáver» de la pila. ¿Enterrarla como si fuera una mascota? Si Mafalda viviera en México, ¿qué haría por su pila en el día de los muertos?

Repaso

Before beginning this **etapa,** review the information about poetry on page 16 of your textbook.

Lectura literaria: Biografía

Nicolás Guillén (1902–1989) nació en Camagüey, Cuba. Durante los años treinta, mientras trabajaba de periodista en La Habana, conoció al poeta español Federico García Lorca. Éste ejerció una gran influencia sobre el joven poeta cubano y lo impulsó a que visitara las capitales de Europa y Latinoamérica. En 1953, Guillén fue expulsado de Cuba por razones políticas y se fue a París. En 1959, después de la revolución en Cuba, Guillén volvió a su patria. ■

Nicolás Guillén

Antes de leer

9-20 Temas nacionales En la historia de cualquier país, hay ciertos grupos que se destacan en su cultura. En grupos pequeños, conversen acerca de la historia de Estados Unidos. Nombren algunos de los grupos étnicos que más han contribuido a la cultura estadounidense y hagan una lista de las contribuciones de estos grupos.

> **Ejemplo:** *los norteamericanos nativos: En la época moderna han contribuido mucho a la construcción de las torres y los rascacielos.*

Pequeño diccionario

Estudia las siguientes palabras y frases para comprender mejor el texto. Busca las palabras en el poema y usa dos o tres para escribir oraciones originales en una hoja aparte.

abalorio Bolita de vidrio agujereada que se usa para hacer adornos y labores.
aro Pieza de hierro o de otra materia rígida, en forma de circunferencia.
caimán *m.* Reptil, cocodrilo de América.
despedazar *v. tr.* Romper en pedazos.
escoltar *v. tr.* Acompañar a una persona o cosa para protegerla.
fulgor *m.* Resplandor, brillo.
galeón *m.* Antigua nave grande de vela.

collar de abalorios

gongo Batintín, tambor.
gorguera Pieza de armadura antigua que protege el cuello.
guerrero/guerrera Concerniente a la guerra.
pétreo/pétrea Como de piedra.
preso Prisionero.
repujado/repujada Labrado a martillo de chapas metálicas de modo que resulten figuras en relieve.
taita *m.* Abuelo.
vela Tela fuerte que recibe el viento y hace adelantar un barco.

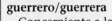
gorguera

Preguntas de orientación

As you read **«Balada de los dos abuelos»**, use the following questions as a guide.

1. ¿Quiénes son las dos sombras que acompañan al narrador?
2. ¿Qué llevan los abuelos?
3. ¿Cómo son los dos abuelos?
4. ¿Qué recuerda el abuelo negro?
5. ¿De qué se queja el abuelo blanco?
6. ¿Cuáles son los dos papeles del galeón en la historia de Cuba?
7. ¿Con qué compara la costa de Cuba el poeta?
8. ¿Quién se encuentra preso?
9. ¿A qué se refiere la «piedra de llanto y de sangre»?
10. ¿Quién es don Federico?
11. ¿Quién es Taita Facundo?
12. ¿Qué junta el narrador?
13. ¿En qué sentido son «los dos del mismo tamaño»?

A leer: «Balada de los dos abuelos» por Nicolás Guillén

Sombras que sólo yo veo, me escoltan mis dos abuelos.
Lanza con punta de hueso, tambor de cuero y madera: mi abuelo negro.
Gorguera en el cuello ancho, gris armadura guerrera: mi abuelo blanco.
Pie desnudo, torso pétreo los de mi negro; pupilas de vidrio antártico
　　las de mi blanco.
África de selvas húmedas y de gordos gongos sordos...
—¡Me muero!
(Dice mi abuelo negro.)
Aguaprieta de caimanes verdes mañanas de cocos...
—¡Me canso!
(Dice mi abuelo blanco.)
Oh velas de amargo viento galeón ardiendo en oro...
—¡Me muero!
(Dice mi abuelo negro.)
¡Oh costas de cuello virgen engañadas de abalorios... !
—¡Me canso!
(Dice mi abuelo blanco.)
¡Oh puro sol repujado, preso en el aro del trópico; oh luna redonda y limpia
　　sobre el sueño de los monos!
¡Qué de barcos, qué de barcos!
¡Qué de negros, qué de negros!
¡Qué látigo el del negrero!
Piedra de llanto y de sangre, venas y ojos entreabiertos, y madrugadas
　　vacías, y atardeceres de ingenio, y una gran voz, fuerte voz
　　despedazando el silencio.
¡Qué de barcos, qué de barcos!
¡Qué de negros, qué de negros!
Sombras que sólo yo veo, me escoltan mis dos abuelos.
Don Federico me grita y Taita Facundo calla; los dos en la noche sueñan
　　y andan, andan.
Yo los junto.
—¡Federico!
¡Facundo! Los dos se abrazan.
Los dos suspiran. Los dos las fuertes cabezas alzan: los dos del mismo
　　tamaño, bajo las estrellas altas; los del mismo tamaño, ansia negra y
　　ansia blanca, los dos del mismo tamaño, gritan, sueñan, lloran, cantan.
Sueñan, lloran, cantan, lloran, cantan.
¡Cantan!

Después de leer

9-21 Ritmo En grupos pequeños, escojan a alguien para leer estas líneas en voz alta. Mientras el lector lee, marquen el compás con palmadas sobre los escritorios. Después, noten el número de palabras y sílabas por verso en los últimos cuatro versos y describan el efecto total de esta sección del poema.

9-22 Historia familiar En «Balada de los dos abuelos», la historia y la cultura de Cuba se ven por medio de la historia familiar del narrador. En grupos pequeños, repasen la historia familiar contada en el poema y expresen sus opiniones al respecto.

Análisis literario: El lenguaje africano y el ritmo

Términos literarios Usa los siguientes términos literarios para hablar sobre la poesía.

Nicolás Guillén es conocido tanto por la musicalidad de sus poemas como por los temas de la vida popular de la gente afrocubana. Vamos a examinar algunos de los elementos destacados de la poesía guillenesca.

- **Fuentes creadoras.** Hay dos fuentes importantes en las obras de Guillén: **la negrista**, caracterizada por el orgullo en sus raíces afrocubanas, y **la social**, caracterizada por su preocupación por la gente explotada del mundo.

- **Lenguaje africano.** Guillén utiliza vocablos africanos muy efectivamente en sus poemas. En el poema «Sensemayá», por ejemplo, se repite «¡Mayombe-bombe-mayombé!» Esta frase (o estribillo), que tiene su origen en la cultura yoruba, evoca el sonido del tambor que se emplea en los cultos religiosos africanos. La imitación de un sonido en un vocablo (como el del tambor en este ejemplo) se llama en términos literarios onomatopeya. Otros ejemplos son los sonidos de animales, como el «cucurucucú» de la paloma y el «miau» del gato.

- **Ritmo del *son*.** El son es una forma de música y baile típica de los cubanos de origen africano. El son se caracteriza como un ritmo africano con letra parecida al romance tradicional español. Se originó en la provincia de Oriente, se popularizó por toda la isla de Cuba y se trasladó a Nueva York durante los años treinta. El lector experimenta el son en el movimiento constante y en la musicalidad de los poemas de Guillén.

- **Presencia auténtica de lo africano en Cuba.** En la poesía de Nicolás Guillén se encuentran personalidades de origen africano que aportan contribuciones de los africanos a la cultura cubana. Guillén evoca esta presencia en sus poemas con el uso del humor y el diálogo. En «Balada de los dos abuelos», la presencia africana de la cultura cubana es reafirmada por el narrador.

If you would like to read more of Nicolás Guillén's poetry, try «Búcate plata» (de *Motivos de son,* 1930) or «Sensemayá» (de *West Indies Limited,* 1934).

¡Adelante!

Now that you have completed your in-class work on the **Tercera etapa,** you should complete the **Redacción** in the **Tercera etapa** of the *Diario de actividades,* pages 204–207.

 9-23 El verso En parejas, identifiquen la rima (asonante o consonante) y los dos planos (el personal y el representativo) de «Balada de los dos abuelos». Después, describan las técnicas literarias que emplea el poeta (símiles, metáforas, elementos visuales, etcétera).

9-24 Elementos básicos En grupos pequeños, den ejemplos de los siguientes elementos literarios en el poema.

1. el lenguaje africano
2. el ritmo del son
3. la presencia afrocubana

Cuarta etapa: Cultura

Cultura en acción

While working on the **Cuarta etapa** in the textbook, ...

- compare and contrast some of the meeting places and festive activities that take place in Madrid with those in your city.
- prepare for and participate in the **Cultura en acción, Una celebración típica.**

In the video, the narrator mentions the phrase «**bajo el mando de Franco».** This refers to the former dictator of Spain, Francisco Franco Bahamonde (1892–1975). Franco was born on December 4, 1892, in El Ferrol, Spain. After graduating from the infantry academy in 1910, he rose rapidly in the army and was named commander of the Spanish Foreign Legion in 1923. In 1936 Franco was sent to the Canary Islands by the leftist Spanish government. In July of the same year, he joined other right-wing officers in a revolt against the Republic, and in October he became commander-in-chief and head of a new Nationalist regime. A bloody civil war ensued, in which Franco was supported by German volunteer forces sent by the German chancellor Adolf Hitler. After three years of war, Franco's forces claimed victory on April 1, 1939, and Franco established himself as dictator. In 1947, Franco declared Spain a monarchy, with himself as "regent for life." In 1969, he designated Prince Juan Carlos, grandson of Spain's former King Alfonso XIII, as his official successor. At Franco's death in Madrid on November 20, 1975, Juan Carlos became king.

 ## Vídeo: Madrid, ciudad que nunca duerme

Madrid es la capital de España. Desde las ocho de la mañana, la ciudad zumba con actividad. Las calles de Madrid están llenas de gente día y noche.

Antes de ver

 9-25 Lluvia de ideas En grupos pequeños, conversen acerca de la rutina normal de su ciudad. ¿A qué hora abren y cierran las tiendas? ¿Cuáles son las actividades normales a diferentes horas del día y de la noche? ¿Cuáles son las mayores celebraciones del año en su ciudad?

9-26 Guía para la comprensión del vídeo Antes de ver el vídeo, estudia las siguientes preguntas. Después, ve el vídeo y busca las respuestas adecuadas.

1. ¿Por qué hay tanta actividad en Madrid?
2. ¿Por qué cierran los negocios de las dos a las cuatro de la tarde?
3. ¿Cuál es la religión principal de España?
4. ¿Cuál es uno de los equipos más populares de fútbol?
5. ¿Qué significa «ir de tapas»?
6. ¿Cuándo y cómo se celebra el carnaval en Madrid?
7. ¿Qué es la institución de la chocolatería?

Pequeño diccionario

Estudia las siguientes palabras y frases para comprender mejor el vídeo. Busca las palabras en el vídeo y usa dos o tres para escribir oraciones originales en una hoja aparte.

amanecer *m.* Tiempo durante el cual empieza a aparecer la luz del día.
enterrar *v. tr.* Dar sepultura a un cadáver.
madrugada Tiempo posterior a la medianoche y anterior al amanecer.

parranda Fiesta en grupo, especialmente si se realiza por la noche y con bebidas alcohólicas.
picar *v. tr.* Comer cortando o dividiendo en trozos muy menudos.
tapa Pequeña porción de algún alimento que se sirve como acompañamiento de una bebida.

A ver

9-27 Actividades Mientras ves el vídeo, piensa en las varias actividades de los jóvenes que ves. ¿Son semejantes sus actividades a las tuyas?

El carnaval en Madrid

9-28 Madrid y su «personalidad» Mientras ves el vídeo, enfócate en la «personalidad» de Madrid. Escribe apuntes al respecto para apoyar tu caracterización de la ciudad.

Después de ver

 9-29 La «personalidad» de Madrid En grupos pequeños, compartan sus apuntes de la **Actividad 9-28**. Para ustedes, ¿es Madrid una ciudad muy «extranjera» o no? ¿Por qué?

 9-30 Comparar y contrastar En grupos pequeños, conversen acerca de las semejanzas y las diferencias entre Madrid y una ciudad grande de Estados Unidos como Nueva York, Chicago o Los Ángeles. Usen las siguientes categorías como punto de partida.

negocios, religión, deportes, comidas tradicionales, festivales

Cultura en acción: Una celebración típica

Tema

El tema de **Una celebración típica** les dará a ustedes la oportunidad de escuchar y escribir, y de investigar y hacer una presentación sobre algunas festividades y celebraciones latinas. La lectura, la comprensión auditiva y la redacción servirán como puntos de partida para la celebración.

El 5 de mayo en Denver, Colorado

Escenario

El escenario de **Una celebración típica** es un país hispanohablante durante una celebración religiosa, histórica o social.

Materiales

- Para mejorar el escenario, ustedes deben utilizar ilustraciones, carteles y fotografías de monumentos famosos de la ciudad, lugares o artículos que reflejen la atmósfera de celebración y fiesta.
- Ustedes pueden llevar trajes típicos que se ven durante las celebraciones regionales.
- Hay que hacer un panfleto para anunciar y describir el evento.
- Si se desea, cada uno puede contribuir con algo de dinero o puede traer comida y bebida típicas del lugar.

Guía

Una simple lista de tareas que cada persona tiene que hacer. Cada uno de ustedes tendrá una tarea.

- **Comité de la música.** Este grupo está encargado de investigar sobre las canciones típicas que se tocan durante la celebración y también debe traer los equipos de sonido, las grabadoras, etcétera. Si también hay baile, este comité debe prepararse para enseñarles algunos pasos sencillos a los demás miembros de la clase.
- **Comité de investigación.** Este grupo está encargado de hacer una investigación y explicación sobre el significado religioso, histórico o social del evento.
- **Comité de trajes tradicionales.** Este grupo está encargado de hacer una investigación sobre los trajes tradicionales que se llevan durante esta celebración.
- **Comité del escenario.** Este grupo está encargado de traer fotos, carteles o dibujos del lugar (la plaza, algunos edificios principales, etcétera) para darle un ambiente bonito y un contexto a la celebración.

¡A celebrar!

El día de la celebración, todos ustedes deben participar en arreglar la sala y servir la comida en la mesa. Cuando la celebración comience, hay que poner la música y todos los participantes deben saludarse. Si hay baile, todos deben aprender algunos pasos sencillos.

Repaso de gramática

¡OJO!

The basic sentence pattern in both Spanish and English goes by the acronym SAAD, which stands for "simple, affirmative, active, declarative." The following sentences are examples of SAADs:

Ángel comió el pollo.   *Ángel ate the chicken.*

As you may guess, although SAAD is the basic sentence pattern, it is not the only one! In this section, you will learn about some ways in which the basic SAAD is transformed in Spanish.

¡OJO!

A word of caution is in order. In Spanish, the passive voice is used somewhat less frequently than in English. This may be due to the fact that Spanish offers a very flexible word order in the active voice that allows the direct object to be brought to the front of the sentence without changing it to the passive voice, such as: **Los disfraces los diseñará Mario.**

¡Alto!

These activities will prepare you to complete the in-class communicative activities for the **Función 9-1** on page 236 of this chapter.

Perspectiva lingüística

Voice

The linguistic concept called *voice* is very important in both English and Spanish. The following sentence is an example of *active voice*.

Ángel **comió** el pollo.

In this sentence, the subject is **Ángel** and, therefore, the emphasis is on him. It is clear (and logical) that he ate the chicken. Suppose, however, that we want to focus on **el pollo** rather than on **Ángel**. By moving **el pollo** to the subject's location, we get the following sentence.

El pollo **comió** Ángel.

Although this sentence is gramatically correct, it sounds dangerously like **El pollo comió a Ángel**! Needless to say, this would be a very improbable state of affairs! So, in order to emphasize **el pollo** as the focus and without the resulting sentence sounding really strange, we can use the *passive voice*.

El pollo **fue comido** por Ángel.

As you can see, the passive voice enables us to emphasize what would normally be the direct object by moving it to the front of the sentence (and, in the process, making it the subject).

Perspectiva gramatical

Estructura 9-1: True passive

As you learned in the **Perspectiva lingüística**, Spanish has both an active and a passive voice. In addition, you have already learned structures that are related to the passive voice: the impersonal **se** (**Se prepara mucho pollo en este restaurante**) and **estar** + *past participle* (**El pollo está preparado**). These two structures are distinguished from the *true passive*, however, by their lack of an explicitly stated agent. The following chart shows how the true passive is formed.

True passive			
subject	**ser + *past participle***	**por**	**agent**
La celebración	fue es será } planeada	por	Luisa.
Los disfraces	fueron son serán } diseñados	por	Mario.

Now, let's analyze these model sentences. In the first model sentence, the subject **la celebración** is singular. The form of **ser**, in this case, is also singular and can be expressed in past, present, or future time. Notice that the participle **planeada** has a feminine singular ending to agree with **la celebración**. Finally, we have the marker **por** and the agent **Luisa**, who did the planning. The second sentence has a plural subject, **los disfraces**, and, therefore, a plural form of **ser**. **Diseñados**, the participle, has a masculine plural ending to agree with **los disfraces**.

9-31 Festival del tango en Buenos Aires Escribe los equivalentes en español de las siguientes oraciones.

1. The Buenos Aires Tango Festival will be celebrated by **tangueros** from all over the world.
2. Over 400 hours of classes at all levels will be taught by renowned teachers.
3. Live concerts will be presented by great orchestras.
4. Books, videos, CDs, footwear, and costumes will be offered by the vendors.
5. Valuable prizes and invitations will be received by the winners of the International Tournament of Tango.

9-32 Calendario festivo de España Convierte las siguientes oraciones de la voz activa a la voz pasiva.

Ejemplo: Los residentes de Alicante celebraron el día de San Juan.

El día de San Juan fue celebrada por los residentes de Alicante.

1. Los canarios celebrarán el carnaval del 7 al 16 de febrero.
2. El pintor Manuel Panadero Escala diseñará el cartel oficial del carnaval.
3. Los gallegos exaltaron los mariscos en una fiesta gastronómica desde hace mucho tiempo.
4. Los gastrónomos preparaban mariscos de la ría, como ostras, camarones y cangrejos.
5. Los habitantes de Pamplona combinaron los elementos religiosos de los sanfermines con otros elementos como la corrida de toros.
6. En 1591 el obispo trasladó la fecha de los sanfermines del 10 de octubre al 7 de julio.

9-33 Historia del 5 de mayo Vuelve a escribir el siguiente párrafo, empleando la voz pasiva.

En 1862 las fuerzas francesas esperaban la bienvenida en Puebla, México. El presidente Benito Juárez nombró los generales para defender la ciudad. Ignacio de Zaragoza fortificó la colina de Guadalupe al norte de la ciudad. El 5 de mayo 2.000 hombres militares y ciudadanos de Puebla vencieron a 6.000 soldados del ejército mejor entrenado de la época en un ataque frontal. El general Porfirio Díaz dirigió el repelón del ataque final francés. El presidente nombró la ciudad Puebla de Zaragoza en honor a esta victoria.

¡Adelante!

You should now practice **Estructura 9-1** in the **Práctica de estructuras** section of the *Diario de actividades*, pages PE-42–PE-43.

¡Alto!

These activities will prepare you to complete the in-class communicative activities for **Función 9-2** on page 237 of this chapter.

Estructura 9-2: Negative transformations

In the previous section, you learned how to transform a SAAD from active to passive voice. Now, we are going to study another type of transformation that allows us to change an affirmative sentence into a *negative* one. In fact, you already know how to do the simplest form of negative transformation by placing **no** directly in front of the verb nucleus.

Luisa planeó la celebración. → Luisa **no** planeó la celebración.

However, if another negative expression is occupying the subject's place, then **no** is omitted.

Nadie planeó la celebración.

The following chart shows the subtleties of how these two types of negative transformation might be used.

Question	Answer
¿Quién planeó la celebración?	**Nadie** la planeó.
¿Por qué no habrá una celebración este año?	**No** la planeó **nadie**.

In the first question, the emphasis is on **¿Quién?** Therefore, in the answer, the negative subject **nadie** is placed in front and emphasized. In the second question, the emphasis is on **celebración**. The answer, therefore, conveys the same idea . . . **Nadie la planeó.** Negative words that may appear in the **no** location are shown in the following chart.

nada	*nothing*
nadie	*nobody, no one*
ni	*nor*
ni... ni	*neither . . . nor*
ninguno/ninguna	*no, no one*
ningún/ninguna	*(+ noun) no (+ noun)*
nunca	*never*
jamás	*never*
tampoco	*neither, not . . . either*

9-34 La independencia: México y Estados Unidos Cambia las siguientes oraciones con expresiones negativas, según el ejemplo.

Ejemplo: En México el presidente siempre da el «Grito de Dolores».
En Estados Unidos... *el presidente nunca da el «Grito de Dolores».*

1. Los mexicanos siempre gritan los nombres de los héroes de la independencia. Los estadounidenses...
2. En México todo el mundo termina la celebración con la exclamación «¡Viva México!» En Estados Unidos...
3. Durante el mes de septiembre los mexicanos comen mole poblano y chiles en nogada. Los estadounidenses...
4. En México todos se visten de los colores de la bandera mexicana, rojo, blanco y verde, también. En Estados Unidos...
5. En México toda plaza central tiene puestos que venden comida y recuerdos. En Estados Unidos...

9-35 El cumpleaños terrible de Silvia Transforma las siguientes oraciones a la forma negativo.

Ejemplo: Tengo mi entrada también.
No tengo mi entrada tampoco.

1. Todos llegaron a la fiesta a tiempo.
2. Le regalé algo bonito a la festejada.
3. La anfitriona me ofreció café y bombones.
4. Varios invitados felicitaron a la cumpleañera.
5. Silvia siempre celebra su cumpleaños de una manera divertida.

9-36 El festival del café Escribe los equivalentes en español de las siguientes oraciones.

Ejemplo: I never attended a festival in Puerto Rico.
Nunca asistí a un festival en Puerto Rico.

1. Neither my friends nor I knew that there is a coffee festival in Puerto Rico.
2. We had never drunk Puerto Rican coffee until we went to the festival.
3. We had not eaten Puerto Rican desserts either.
4. We did not like the **pasta de guayaba** or the **dulce de lechosa**.
5. Nevertheless, there is nothing better than a cup of Puerto Rican coffee with **flan**.

Pasta de guayaba is a fruit paste made from guava fruit. **Dulce de lechosa** is papaya cooked with sugar and cinnamon. **Flan** is baked custard.

¡Adelante!

You should now practice **Estructura 9-2** in the **Práctica de estructuras** section of the **Diario de actividades,** page PE-44.

Estructura 9-3: Relative clauses

You have already studied clauses in **Capítulo 4.** *Relative clauses* are like little sentences embedded within a noun phrase that describe it as an adjective does. Here is an example.

La mujer **que habló** planeó la celebración.

In this case, the relative clause **que habló** describes the subject of the sentence, **la mujer,** and must immediately follow it. In the next example, the relative clause **que Marta planeó** describes the direct object of the sentence.

Asistí a la celebración **que Marta planeó.**

Again, the relative clause immediately follows the noun that it describes. Relative clauses may begin with a variety of words, the most frequently used being **que,** which is used to refer to both people and things. The following chart provides a list of relative pronouns and their English equivalents with examples.

Relative	Equivalent	Example
que	*that, which*	Ella es la mujer **que** vimos en el parque.
		Éste es el festival **que** mencioné.
lo que	*what*	**Lo que** nos dijeron es muy interesante.
todo lo que	*all that, everything that*	Ellos hicieron **todo lo que** les pedimos.
el que / la que / los que / las que	*he who / she who / those who / the one(s) who*	Quiero hablar con **la que** planeó la celebración.
quien/quienes	*who*	Los directores, **quienes** arreglaron las festividades, acaban de llegar.
cuyo/cuya/ cuyos/cuyas	*whose*	Juana es la amiga **cuyos** padres nos invitaron a cenar.
donde	*where*	Valencia es la ciudad de **donde** viene el escritor.
el cual / la cual / los cuales / las cuales	*which, who*	Fui al auditorio en **el cual** tuvo lugar el concierto.

9-37 Fiestas de Costa Rica Completa las siguientes oraciones con los pronombres relativos adecuados.

1. Costa Rica es un país _____ gran diversidad biológica, geográfica y cultural es admirable.
2. Celebran el día de los niños en el Museo del Niño, _____ ofrece actividades culturales y recreativas.
3. Limón es la ciudad _____ celebran carnavales con baile, desfiles y actos culturales.
4. En San Antonio de Escazú hay desfiles de carretas típicas y boyeros, _____ arrean los bueyes.
5. Todo _____ vimos en el día de los parques nacionales nos fascinó.
6. Al volver a Estados Unidos les contamos a nuestros amigos _____ aprendimos en Costa Rica.

9-38 El festival de la calabaza Escribe los equivalentes en español de las siguientes oraciones.

1. My friends and I went to the town where they have the Pumpkin Festival.
2. Everything that we saw had to do with pumpkin.
3. The queen of the festival, whose dress looked like a pumpkin, was very pretty.
4. We ate many pumpkin foods, which were unusual but delicious.
5. What I liked best was the pumpkin turnover (**empanada**).

9-39 Música para fiestas y eventos Completa el siguiente anuncio con los pronombres relativos adecuados.

¿1._____ somos y 2._____ hacemos? Somos un grupo de jóvenes 3._____ forma una empresa para prestar servicios en el área de música y amplificación para fiestas, matrimonios y eventos. Contamos con equipos de primera calidad con 4._____ podemos atender cualquier tipo de evento. El repertorio de música 5._____ manejamos es de gran variedad. 6._____ caracteriza nuestra empresa es la atención a las necesidades particulares y específicas de cada cliente. Somos una empresa 7._____ flexibilidad permite que negociemos con los diferentes casos 8._____ se puedan presentar.

¡Adelante!

You should now practice **Estructura 9-3** in the **Práctica de estructuras** section of the **Diario de actividades,** page PE-45.

Capítulo 10

Las artes y la creatividad

El mercado de artesanía, Oaxaca, México

Primera etapa: Vocabulario

Sugerencias para aprender el vocabulario: El lenguaje coloquial

Vocabulario en acción: El arte en mi vida

Segunda etapa: Conversación

Función 10-1: Cómo hablar de relaciones de tiempo, espacio, duración y propósito

Función 10-2: Cómo hablar de la duración de una actividad

Función 10-3: Cómo usar palabras descriptivas como sustantivos

Tercera etapa: Lectura

Sugerencias para la lectura: Cómo leer: Un repaso

Lectura cultural: «El humilde arte de la vida» por Liza Gross

Lectura literaria: «La raza cósmica» por José Vasconcelos

Análisis literario: El ensayo

Cuarta etapa: Cultura

Vídeo: El Nuyorican Poets Café

Cultura en acción: Una conferencia sobre las artes

Repaso de gramática

Perspectiva lingüística: Register

Perspectiva gramatical:

Estructura 10-1: **Para** and **por**

Estructura 10-2: Time expressions with **hacer**

Estructura 10-3: Nominalization

Primera etapa: Vocabulario

Cultura en acción

While working on the **Primera etapa** in the textbook and *Diario de actividades,* . . .

- Select one of the three options:
  - (a) Begin to prepare a presentation of your favorite Hispanic artist (in either the category of **bellas artes** or of **artesanías**).
  - (b) Begin to plan a short poem, story, or essay to present during the arts festival.
  - (c) Investigate a particular style of painting, pottery, etc., and plan to present an original work of art based on your investigation.
- Use the activities as a point of departure and use the categories given in **bellas artes** and **artesanías** as cues to investigate well-known artists from Spanish-speaking countries. Check the Internet and the library for samples of your chosen artist's works.

■ En busca de las nueve musas

Las musas eran nueve diosas de la mitología griega que protegían las ciencias y las artes. Las musas eran las hijas de Zeus, el padre de los dioses, y de Mnemosina, la diosa de la memoria. Vivían en el Parnaso y eran las asistentes de Apolo, el dios de la poesía. Cantaban en un coro en todos los festivales de los dioses en el Olimpo y todos los escritores siempre invocaban a una de ellas antes de empezar a escribir. Unas de las diosas y sus campos más reconocidos son: Talía, diosa de la comedia, Melpómene, diosa de la tragedia y Terpsícore, diosa de la danza. En este capítulo, vas a examinar muchas formas diferentes de las artes en los países hispanos y en Estados Unidos y vas a considerar el papel que el arte hace en tu vida. ■

Sugerencias para aprender el vocabulario

El lenguaje coloquial. In Spanish, just as in English, slang consists of new words and old words used in new ways. Like idiomatic expressions, slang expressions do not usually have an exact equivalent in English. Therefore, if you wanted to tell someone that you really had a good time you might use the standard verb **divertirse** *(to have fun, enjoy oneself)*, or you might say **Lo pasé bomba.** Although slang terms are usually not accepted in compositions or formal speech, they are freely used among friends, and occasionally a slang expression makes its way up the usage ladder and becomes acceptable even in formal writing. You will also see slang expressions in literature that reflects the oral speech of everyday life. Slang expressions have certain characteristics in common.

- They enjoy a brief popularity and then are forgotten.
- They are usually specific to a country or region.
- They are difficult to find in reference books because they generally belong to oral communication.

Here are some common expressions from a variety of Spanish-speaking countries that have remained popular for over a decade.

Spain	Argentina
abrirse = marcharse	macanudo = buena persona
catear = suspender (un examen)	zafar = escaparse
chachi = fantástico	bancarse = aguantar

Mexico

qué buena onda = qué bueno
hacer el oso = meter la pata, equivocarse
jefe/jefa = padre/madre

El arte en mi vida

¡OJO!

If a feminine noun in Spanish begins with the sound of stressed **a** (written **a** or **ha**), **el/un** is used instead of **la/una**, for example, **el arte**, but **las artes; un hada**, but **unas hadas**.

Preguntas de orientación

As you read «**El arte en mi vida**», use the following questions as a guide.

1. ¿Cómo define el arte Germain?
2. ¿Por qué le gusta viajar tanto?
3. En su cultura, ¿qué expresan a través del arte?
4. A María, ¿qué le encantaba de niña?
5. ¿Qué vendía en el colegio y que hicieron sus profesoras?
6. Según María, ¿de qué nace el arte?
7. ¿Cuál es el medio artístico preferido de Leonardo y Teresa?
8. ¿Qué esperan que la gente haga con sus fotos?
9. ¿Cómo define José el arte?
10. ¿Qué es ser actor?
11. ¿Qué tipo de baile estudió Carmen?
12. ¿Qué sentía cuando bailaba con su pareja?

As you read, write a list or underline the cognates that are related to the topic and be sure to use them as you do the activities.

Germain

Para mí, el arte es **armonía**, armonía con las cosas que me **rodean**. Suena raro, pero creo que el arte es cultura; son nuestros **sentimientos** expresados en una **obra**. También pienso que se puede conocer la realidad colectiva de otros pueblos a través de nuestro arte. Soy de Camerán y en mi cultura, expresamos todos los sentimientos, alegría, tristeza... a través del arte. Cuando una persona nace, por ejemplo, se baila mucho y se canta durante

Germain

algunos días. Lo mismo pasa cuando una persona se muere. En este caso, después de llorar se canta y se baila. Otros aspectos del arte en mi tierra son las diferentes **esculturas** que expresan la relación del hombre con la naturaleza, y los **ciclos de la vida**. Cuando el arte es colectivo, este concepto **se confunde** con la cultura de nuestro pueblo. Pero también, al nivel individual **es nuestra estampa más indeleble**. Aquí la persona comunica su opinión sobre un tema o sobre el mundo, con símbolos más o menos comprensibles. Sin embargo, lo más importante es que el arte es cosa de humanos. Por eso es siempre interesante intentar conocer el arte de los demás. Es una buena puerta de entrada para una mejor comunicación entre culturas, un buen inicio para un mundo más tolerante.

María

Desde que era muy pequeña me encantaba **dibujar** y **colorear**. Luego mi abuela, que venía a vivir por temporadas a mi casa en San Salvador, me enseñó a **bordar**, a **tejer** y a manejar la máquina de coser. Fui aprendiendo que todo eso me permitía producir cosas: vestidos para mis muñecas Barbie, tarjetas para los cumpleaños de la familia, **dibujos** para vender en la escuela (¡por lo cual me regañaron las profesoras!). Se podría decir «crear», pero prefiero la palabra producir. **Disfruto** muchísimo esa dimensión de mi vida, la de hacer cosas con mis manos. Me **deleita** el proceso y también los resultados. Claro que no toda «cosa» producida con deleite se llama arte. El terreno del arte es mucho más **restringido**; pero, igual que mis dibujos de niña, nace de la manipulación humana de algo físico o material—ya sea **sonidos**, **movimientos**, colores, formas o texturas—y del placer de producir algo para sí y para los demás.

María

Leonardo y Teresa

Leonardo

Nosotros **percibimos el arte** como una manera de expresar emociones. Nuestro medio artístico preferido es la fotografía. Este medio nos permite capturar imágenes realistas y al mismo tiempo podemos modificar para **crear una imagen inverosímil.** Cuando yo vivía en Argentina, comencé a sacarles fotografías a mis familiares y amigos. Esto despertó en mí un gran interés por la fotografía cultural. Teresa empezó a sacar fotos en Nueva York, su ciudad natal, porque le fascinaban la gente y otros aspectos de la vida urbana. Creemos que hay diferentes métodos expresivos y artísticos para cada persona. El nuestro es la fotografía pero todos son importantes para el desarrollo de la mente, el corazón, el alma y la sociedad. ¡Inspírate!

Teresa

José

José

Para mí el arte es la reflexión de la vida y la sociedad. Yo considero que la máxima expresión del arte es el teatro porque combina la literatura y el arte visual. Shakespeare dijo que todo el mundo es un teatro y todos los hombres y mujeres son actores. A través del teatro, uno puede **engañar** a la naturaleza. Ser actor es vivir muchas veces porque el actor toma una personalidad diferente cada vez que sale al **escenario.** Es emocionante y **excitante** vivir otra vida que **atrae** a gente al teatro. A través del teatro el actor puede **representar el retrato de la sociedad.** Creo que, por esto, **actuar** es el arte que **trasciende** el tiempo desde el nacimiento de la civilización hasta nuestros días.

Carmen

Cuando vivía en Madrid, iba al gimnasio varias veces a la semana. Los viernes por la tarde mis amigos y yo empezamos a dar clases de **baile de salón** en el gimnasio, de una manera informal. Nos enseñaban swing americano, tango, salsa, merengue, foxtrot y pasodoble español. Siempre me ha gustado bailar, pero cuando empecé a aprender estos bailes y sobre todo, cuando empecé a **sincronizarme** con la pareja de baile que me correspondía, descubrí un nuevo mundo antes desconocido para mí. Me gustaba tanto que, empecé a ir a una discoteca donde sólo ponían música para baile de salón. Cada vez que **iba desenvolviéndome** mejor en el baile y acompásandome mejor con mi compañero de baile, percebía más la comunicación que establecía con él. No sólo percebía la belleza de la música y su ritmo, sino también la interacción que hacía con la persona que tenía en frente de mí; todo ello me hizo sentir el baile como un arte.

Carmen

Vocabulario en acción

Las artes

actuar to perform, to act

armonía harmony

atraer to attract

bordar to embroider

colorear to color

confundir to confuse

deleitar to delight, please

dibujar to draw

dibujo drawing

disfrutar to enjoy

engañar to deceive, mislead, fool, take in

escenario stage

escultura sculpture

excitante exciting, stimulating

movimiento movement

obra work (of art, book, etc.)

restringido/restringida limited, cut back, restricted

rodear to surround, encircle

sentimiento feeling

sincronizarse to synchronize

sonido sound

tejer to weave, to knit

trascender to reach beyond; to have a wide effect

Expresiones útiles

baile de salón ballroom dancing

ciclo de la vida life cycle

crear una imagen inverosímil to create an unlikely, implausible image

ir desenvolviéndose to become involved in; to develop; to improve

pasar unas horas to spend some time

percibir el arte to perceive/notice art

representar el retrato de la sociedad to represent the portrait of society

ser nuestra estampa más indeleble to be / to leave our most indelible impression

10-1 ¿Qué significa para ti? La siguiente lista representa la división clásica de las bellas artes y las artesanías. Clasifica las siguientes formas de arte según tu interés (5 = me interesa mucho; 0 = no me interesa nada en absoluto). Después, en parejas, contesten las siguientes preguntas.

- ¿Qué papel hace el arte en tu vida?
- ¿Te gusta ir a conciertos? ¿al teatro? ¿a exposiciones de arte?
- ¿Quiénes son algunos de tus artistas preferidos?

Las bellas artes	**Las artesanías y otras expresiones artísticas**
la pintura	la cerámica
la danza	los tejidos
la escultura	los bordados
la cinematografía	los decorados (adornos, ornamentos, etcétera)
la arquitectura	la ebanistería (hacer muebles)
el teatro	la orfebrería (hacer objetos artísticos de oro, plata y otros metales preciosos)
la música	
la fotografía	
la literatura	el diseño de carteles
el dibujo	el diseño gráfico
	la moda
	el arte en Internet

10-2 Para gustos se han hecho colores A veces una pintura o una escultura puede tener varias interpretaciones. En grupos pequeños...

- hablen sobre sus diferentes interpretaciones.
- piensen en un título.
- escriban lo que diría el pintor.
- escriban lo que diría la oveja detrás del árbol.

Oveja detrás del árbol

10-3 ¿Tienes una buena imaginación? Uno de los requisitos para ser artista o escritor/escritora es tener una buena imaginación. El siguiente «examen» te ayudará a evaluar tus propios poderes de imaginación.

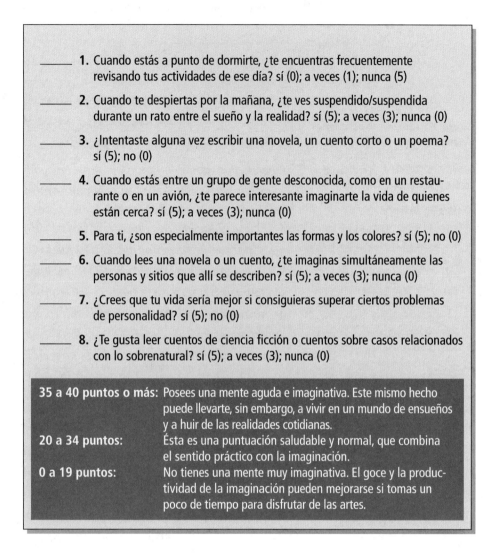

_____ **1.** Cuando estás a punto de dormirte, ¿te encuentras frecuentemente revisando tus actividades de ese día? sí (0); a veces (1); nunca (5)

_____ **2.** Cuando te despiertas por la mañana, ¿te ves suspendido/suspendida durante un rato entre el sueño y la realidad? sí (5); a veces (3); nunca (0)

_____ **3.** ¿Intentaste alguna vez escribir una novela, un cuento corto o un poema? sí (5); no (0)

_____ **4.** Cuando estás entre un grupo de gente desconocida, como en un restaurante o en un avión, ¿te parece interesante imaginarte la vida de quienes están cerca? sí (5); a veces (3); nunca (0)

_____ **5.** Para ti, ¿son especialmente importantes las formas y los colores? sí (5); no (0)

_____ **6.** Cuando lees una novela o un cuento, ¿te imaginas simultáneamente las personas y sitios que allí se describen? sí (5); a veces (3); nunca (0)

_____ **7.** ¿Crees que tu vida sería mejor si consiguieras superar ciertos problemas de personalidad? sí (5); no (0)

_____ **8.** ¿Te gusta leer cuentos de ciencia ficción o cuentos sobre casos relacionados con lo sobrenatural? sí (5); a veces (3); nunca (0)

35 a 40 puntos o más: Posees una mente aguda e imaginativa. Este mismo hecho puede llevarte, sin embargo, a vivir en un mundo de ensueños y a huir de las realidades cotidianas.

20 a 34 puntos: Ésta es una puntuación saludable y normal, que combina el sentido práctico con la imaginación.

0 a 19 puntos: No tienes una mente muy imaginativa. El goce y la productividad de la imaginación pueden mejorarse si tomas un poco de tiempo para disfrutar de las artes.

Segunda etapa: Conversación

¡Alto!

Before coming to class and working on the **Segunda etapa,** you should review the **Repaso de gramática** on pages 275–282 at the end of this chapter and complete the accompanying exercises in the **Práctica de estructuras** of the **Diario de actividades,** pages PE-46–PE-50.

Cultura en acción

While working on this **etapa,** . . .

- study the chapter vocabulary outside of class by using your textbook, preparing flash cards, and/or practicing with a partner.
- begin to write a report about your selected artist, begin your short literary or poetic presentation, or write a description about your original piece of artwork.
- check the appropriateness and accuracy of structures used in your report.
- look for examples of **para** and **por** and time expressions with **hacer** in the readings and incorporate these structures into your reports.
- use appropriate time expressions to describe how long selected artists have been involved in their work or how long ago the works were completed on the day of the **Cultura en acción,** for example: **Hace sesenta años que José Vasconcelos escribió el libro Indología.**

Repaso

Review **Estructura 10-1** in the **Repaso de gramática** on pages 275–280 at the end of this chapter and complete the accompanying exercises in the **Práctica de estructuras** of the **Diario de actividades,** pages PE-46–PE-47.

In case you have forgotten the vocabulary for giving directions, here are some useful expressions:

a la derecha to the right

a la izquierda to the left

bajar go down

doblar turn

seguir derecho go straight

subir go up

¡Adelante!

Now that you have completed your in-class work on **Función 10-1,** you should complete **Audio 10-1** in the **Segunda etapa** of the **Diario de actividades,** pages 215–220.

Función 10-1: Cómo hablar de relaciones de tiempo, espacio, duración y propósito

Enviado por Fernando Blanco el 12 de noviembre de 2000 a las quince horas, veintinueve minutos, veintiún segundos: Antimanifiesto

《 *El arte es uno de los primeros reflejos del ser humano. Y tiene que haber alguna razón* **para** *ello. Normalmente, la naturaleza no genera una capacidad o una habilidad tan sólo* **para** *decorar. Tiene que haber algún tipo de razón práctica y sólida* **para** *el arte. Y yo creo que el arte es, en cierto modo, un tipo de lenguaje de programación. El arte expande nuestra consciencia. Cualquier tipo de arte, no importa dónde, puede elevar el listón de lo que los seres humanos son capaces de entender o apreciar hasta un nivel un poquito superior. Hasta cierto punto, la evolución del arte es equivalente a la evolución de la cultura. Hasta cierto punto, ésa es la catedral, eso es en lo que están trabajando todos los artistas.* 》

«Artes para un nuevo siglo.» Fin-Fan-Zine, Nov. 12, 2002. <http://www.dreamers.com/finfanzine/articulos/122.htm> (29 Jan. 2003)

10-4 Lecciones Cuando eran niños, muchos de ustedes tomaron lecciones de música, de arte o de baile. En grupos pequeños, hagan preguntas sobre las lecciones que tomaron y su duración y contéstenlas.

Ejemplo: Estudiante 1: *Cuando eras niña, ¿tomaste lecciones del violín?*
Estudiante 2: *Sí, lo estudié por ocho años.*

10-5 Direcciones En parejas, expliquen cómo ir del edificio donde está su sala de clase a los siguientes sitios de la universidad.

Ejemplo: la biblioteca
Sal por la puerta principal, dobla a la izquierda, pasa por la fuente, sube la colina y estás detrás de la biblioteca.

10-6 Fechas límites Los estudiantes tienen muchas responsabilidades. En grupos pequeños, conversen acerca de las responsabilidades que tienen la semana que viene y las fechas límites para cada una.

Ejemplo: *Para el martes que viene tengo que escribir una composición para mi curso de inglés.*

10-7 Un juego Piensen en un artículo que tienen en la mochila o en el bolsillo. Sin mostrarlo, el primer jugador describe el uso de ese artículo. Los demás jugadores intentan adivinar qué es el artículo.

Ejemplo: Estudiante 1: *La uso para abrir la puerta de mi apartamento.*
Estudiante 2: *Es una llave.*

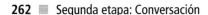

Repaso

Review **Estructura 10-2** in the **Repaso de gramática** on pages 280–281 at the end of this chapter and complete the accompanying exercises in the **Práctica de estructuras** of the **Diario de actividades,** pages PE-48–PE-49.

Función 10-2: Cómo hablar de la duración de una actividad

《 *Allá lejos y* **hace** *tiempo…*

*…decían en mi pueblo (Tacuarembó) como prólogo a cualquier anécdota pasada. Aunque hubiese ocurrido en esa misma habitación era «allá lejos», la distancia del recuerdo. La tradición oral es el origen de todas las culturas. También es la que une familias, amigos y abrevia distancias varias. Por eso lo invitamos a compartir este espacio: un lugar donde hablaremos de todo aquello que tenemos muy presente, aquello que fue «**allá lejos y hace tiempo**»…* 》

«Allá lejos y hace tiempo». <http://www.todo.com.uy/svguia.php3?pg=/memorias/memorias.htm> (2 Nov. 2002)

 10-8 Una encuesta En grupos pequeños, entrevístense sobre las actividades artísticas que hayan tenido en el pasado, según las indicaciones.

acuarela, arquitectura, arte, cine, cuento, danza, dibujo, escultura, fotografía, pintura, poesía, teatro

Ejemplo: Estudiante 1: *¿Cuánto tiempo hace que pintaste con acuarelas?*
Estudiante 2: *Tomé un curso de acuarelas en el colegio hace tres años.*

 10-9 Recuerdos de una exposición En grupos pequeños, describan las exposiciones de arte que les impresionaron más. Mencionen cuándo fueron a las exposiciones.

Ejemplo: *Hace cuatro años fui a una exposición de la pintora Mary Cassatt.*

¡Adelante!

Now that you have completed your in-class work on **Función 10-2,** you should complete **Audio 10-2** in the **Segunda etapa** of the **Diario de actividades,** pages 221–224.

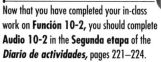 **10-10 Hacía tiempo que…** En parejas, conversen acerca de sus actividades recientes que fueron interrumpidas.

Ejemplo: *Hacía dos horas que estudiaba cuando mis amigos me invitaron al cine. Hacía tiempo que no iba al cine.*

Repaso

Review **Estructura 10-3** in the **Repaso de gramática** on pages 281–282 at the end of this chapter and complete the accompanying exercises in the **Práctica de estructuras** of the *Diario de actividades,* pages PE-49–PE-50.

Función 10-3: Cómo usar palabras descriptivas como sustantivos

« *El pasado miércoles 28 de marzo se presentó el libro de Mario Braun,* Recoleta, arte y símbolos, *que traza un recorrido del lugar desde otro punto de vista: **el artístico.** Así,* Recoleta, arte y símbolos *va desarrollando su historia y explicando el profundo significado de los hallazgos artísticos más importantes. Sucede que **el de la Recoleta** fue el cementerio elegido por las familias más tradicionales del país, como las de los antiguos terratenientes, industriales y ganaderos.* »

«Eternamente artístico». <http://www.lamaga.com.ar/www/area1/pg_literatura_nota.asp?id_nota=7185> (2 Nov. 2002)

 10-11 No lo menciones En grupos pequeños, conversen acerca de los siguientes temas. Después de mencionar el tema una vez, no lo repitan.

> el cine español, la música cubana, el teatro chicano, el arte moderno, la poesía épica, los murales mexicanos, las danzas folklóricas

> **Ejemplo:** Estudiante 1: *Me encantan las películas francesas porque son elegantes.*
>
> Estudiante 2: *Las rusas me interesan más porque son de más suspenso.*
>
> Estudiante 3: *Las norteamericanas tratan de temas más interesantes, como las de vaqueros.*

 10-12 ¿Qué prefieres? En grupos pequeños, expresen sus preferencias con respecto a las artes. Consulten la lista de artes y artesanías en la página 260 de su libro de texto.

> **Ejemplo:** Estudiante 1: *Me gusta la pintura francesa.*
>
> Estudiante 2: *Me gusta la española.*

¡Adelante!

Now that you have completed your in-class work on **Función 10-3,** you should complete **Audio 10-3** in the **Segunda etapa** of the *Diario de actividades,* pages 224–229.

10-13 Cuadros famosos En parejas, comenten los siguientes cuadros pintados por artistas hispanos.

> **Ejemplo:** *Me gusta el cuadro de Goya pero el de Botero es más contemporáneo.*

Salvador Dalí: *La persistencia de memoria*

Frida Kahlo: *Autoretrato con pelo suelto*

Fernando Botero: *Los bailarines*

Francisco de Goya y Lucientes: *La maja vestida*

Tercera etapa: Lectura

Cultura en acción

While working on the **Tercera etapa** in the textbook and *Diario de actividades,* . . .

- review the reading strategies from previous chapters and approach your articles and literary selections in a systematic way, using the suggestions in this chapter.
- carefully examine the articles in this chapter and the *Diario de actividades* for words that are related to art and select the appropriate definitions and/or equivalents after completing the **Estudio de palabras.**
- share information about the different objects of **artesanía** collected in your travels or that you have received as gifts.
- prepare an outline of your presentation and hand it in to your instructor for approval.

Lectura cultural: La artesanía y la fantasía del mundo hispanohablante

La artesanía es una muestra del espíritu imaginativo e inquieto de los pueblos que se ha cultivado a través de los siglos. Cada país tiene sus artesanos que se dedican a una infinidad de formas artísticas. Algunos materiales que emplean los artesanos son metales sin valor, como el latón o la hojalata, filigranas de orfebrería con oro y piedras nobles y preciosas, como ópalos o esmeraldas. El artesano usa materiales simples como el barro y el cartón para crear verdaderas maravillas. Estas obras son tan populares que hoy hay centros comerciales en las grandes ciudades que se dedican a su venta e incluso hay sitios en Internet que promocionan esta forma de arte. ■

Blusas bordadas de diseños tradicionales, Oaxaca, México

Sugerencias para la lectura

Cómo leer: Un repaso By now you are acquainted with a variety of reading strategies and probably are incorporating many of them unconsciously as you read your articles and literary selections. To further improve your reading proficiency when you are faced with a text, you should try to recall the steps you have practiced in *De paseo* and in your *Diario de actividades* in a systematic manner.

- First, look over the text quickly, checking for visual and format clues. The setup of the text, pictures, and illustrations will help create a context for the reading.

- Then, scan the text carefully for words, phrases, and cognates as clues to the purpose of the text. Form a hypothesis about the purpose of the text.

- Next, identify the main ideas, characters, settings, and events by scanning the text again.

- Remember that each paragraph has a topic sentence, usually located at the beginning.

- At this stage, use any comprehension questions that accompany the reading selection as a guide for targeting specific information.

- After you have identified the main elements and details, read the text more slowly and carefully, checking your comprehension at different points throughout the reading.

- Now, go back and recheck your hypothesis. Did you correctly predict the purpose of the text? If so, try to summarize or restate the theme of the text in your own words.

- As a final activity, discuss the reading with others to see if they share your opinion.

Antes de leer

10-14 El que tiene arte va por todas partes Lee la lista de artículos de artesanía que se fabrican en Estados Unidos e indica dónde se encuentra cada uno. Después, escribe cinco o seis artículos más que no estén en la lista.

Artículo	Estado o región
_____ 1. máscaras y caras de cerámica	**a.** Washington
_____ 2. talla de un tótem	**b.** Carolina del Norte
_____ 3. botas de vaquero	**c.** Texas
_____ 4. símbolos de embrujo	**d.** Nueva Orleans
_____ 5. artículos hechos de conchas	**e.** Maine
_____ 6. muebles	**f.** Pennsylvania (Amish)
_____ 7. trampas para pescar langostas	**g.** Florida
_____ 8. joyería de plata	**h.** Nuevo México

10-15 En tu casa... El atractivo de muchos artículos de artesanía es el precio. En los países extranjeros, se pueden encontrar verdaderas maravillas a precios razonables. ¿Tienes algún ejemplo de arte popular de algún país hispanohablante en tu casa? ¿Qué recuerdos compraste cuando fuiste de vacaciones? Escribe una lista de cinco o seis artículos que tienes y menciona...

- dónde lo compraste.

- si su uso es religioso, utilitario, decorativo o recreativo.

Ejemplo: *Cuando fui a Cancún compré algunas mantas multicolores. Las tengo en mi coche para proteger los asientos.*

Pequeño diccionario

El artículo de la revista *Américas* define el arte popular. Antes de leer el artículo y hacer las actividades, busca las palabras en el texto y usa dos o tres para escribir oraciones originales en una hoja aparte.

a menudo *adv.* Frecuentemente.
amalgama Reunión de cosas no semejantes.
bastón *m.* Vara con puño para apoyarse al andar.
cortejar *v. tr.* Galantear.
crear lazos *v. tr.* Hacer amistad.
creyente *m./f.* Persona que tiene fe en algo.
crisol *m.* Recipiente usado para fundir diversas materias a elevadas temperaturas.

bastón

embellecer *v. tr.* Arreglar, hacer algo más bonito, adornar.
encantador/encantadora Que hace viva y grata impresión.
enraizado/enraizada Establecido en un lugar, arraigado.
entretener (ie) *v. tr.* Divertir.
forjar *v. tr.* Formar, crear, proyectar.
rama de vid Tallo de la planta donde crecen las uvas.
regir (i, i) *v. tr.* Controlar, mandar, gobernar.

rama de vid

Preguntas de orientación

As you read **«El humilde arte de la vida»**, use the following questions as a guide.

1. ¿Qué es el arte contemporáneo?
2. ¿Cuál es el propósito del arte popular?
3. ¿Dónde está presente el arte popular?
4. ¿Cuáles son las dos maneras de clasificar el arte?
5. ¿Cuál de las cuatro formas es la más visible?
6. ¿Cuál es la base fundamental del arte religioso?
7. ¿Qué son los milagros? ¿Para qué sirven?
8. ¿Cómo ha cambiado el uso de las máscaras a través del tiempo?
9. ¿Cuáles son algunos ejemplos del arte utilitario?
10. ¿Qué tiene por objeto el arte recreativo?
11. ¿Para qué sirve el arte decorativo?
12. ¿Qué tipo de arte son los recuerdos?

A leer: «El humilde arte de la vida» por Liza Gross

El arte contemporáneo de América Latina, como los pueblos de la región, es una amalgama, un crisol de influencias y esfuerzos de varias direcciones.

Es el propósito del arte popular que se mantiene constante.

Desde los tiempos precolombinos, el arte popular ha sido el principal vehículo a través del cual las gentes de América Latina han expresado sus sueños y miedos, cortejado a sus amantes, entretenido a sus niños, adorado a sus dioses y honrado a sus antepasados. En esta época, continúa siendo un mecanismo importante para relacionarse con los mundos físicos, sociales y espirituales. En realidad, el arte popular está presente en la mayoría de las facetas de la vida de América Latina. Existen varios métodos para clasificar el arte popular latinoamericano: por función material, técnica, lugar de origen o edad.

Para este artículo, vamos a organizar los objetos de acuerdo con su función: ceremonial, utilitaria, recreativa o decorativa. El arte ceremonial, tanto secular como religioso, es la forma más visible y dramática de la expresión popular artística latinoamericana. En toda la región, hay pintorescos desfiles y ceremonias que conmemoran hechos históricos, patrióticos o militares de la comunidad. Estos festivales crean lazos entre los miembros de una comunidad y contribuyen a forjar una identidad nacional. Las máscaras, disfraces y objetos tradicionales de significado simbólico desempeñan un papel muy importante en estas dramatizaciones populares.

La mayoría del arte ceremonial latinoamericano, sin embargo, es religioso. La base fundamental del arte religioso es el concepto de «la promesa», un voto entre el creyente y los miembros del mundo espiritual que rigen los destinos del individuo, la familia y la comunidad.

Por ejemplo, los milagros, pequeños objetos votivos que se colocan en el altar en cumplimiento de una promesa, están presentes en toda América Latina. Pequeños ojos de plata y réplicas de piernas y brazos en madera dan testimonio de los poderes curativos de un santo. Las máscaras también son una importante manifestación del arte popular religioso. Para los rituales religiosos profundamente enraizados en los tiempos precolombinos, los shámenes usaban máscaras para representar a los espíritus. En la actualidad, las máscaras se usan mayormente durante la celebración del día de santos y otras fechas importantes del calendario católico de algunos países.

Una cruz con milagros

Un gran porcentaje del arte popular latinoamericano es utilitario, una respuesta a las circunstancias físicas, sociales o económicas de una comunidad. Ropa cosida a mano, muebles, utensilios de cocina u otros objetos de uso diario sobreviven en grandes cantidades, a pesar de que éstos van siendo reemplazados gradualmente por objetos fabricados masivamente.

A pesar de que los artistas populares tienen como prioridad cumplir con ciertos requisitos impuestos por el medio ambiente, van más allá de las consideraciones puramente prácticas, embelleciendo y decorando sus objetos con imágenes creativas basadas en tradiciones. Los bastones aparecen adornados con serpientes y ramas de vid, los recipientes tienen forma de llamas o cabras y los bancos parecen armadillos o caballos. Los productos

Máscaras mayas, Chichicastenango, Guatemala

textiles, particularmente los utilizados en el vestido, también son una manifestación común del arte popular.

El arte popular recreativo que tiene por objeto entretener y divertir incluye juguetes, como autobuses y aeroplanos, así como juegos y miniaturas. A primera vista, las piezas de arte popular recreativo pueden considerarse meramente juguetes, pero a menudo revelan aspectos fundamentales de la vida social y religiosa. Los diablos de Ocumicho, México, son figuras encantadoras, pero también sirven para recordar el eterno conflicto entre el bien y el mal. Los niños y niñas juegan con herramientas agrícolas y muñecas en preparación para sus futuros trabajos en su vida adulta.

Una niña cuna vestida de ropa tradicional, Islas San Blas, Panamá

A pesar de que el arte popular decorativo —los objetos utilizados para adornar el cuerpo, el hogar y otros lugares— refleja las costumbres y los valores estéticos locales, la forma de estos objetos no está necesariamente relacionada con su función. Son obras de arte en sí mismas, a pesar de que permanecen circunscritas a las tradicionales culturales de sus creadores. Los recuerdos evocan imágenes de sucesos importantes o de visitas realizadas a lugares específicos.

Una cerámica azul de México

Después de leer

10-16 Fantasía y arte ¿Cuáles son las diferentes clasificaciones del arte popular? Estudia el artículo de nuevo y subraya las categorías de acuerdo con su función. Después, en los márgenes, anota algunos ejemplos específicos de cada categoría.

10-17 ¿Qué son? ¿Para qué sirven los siguientes objetos? ¿En qué países los encontrarías? En grupos pequeños...

- estudien las fotografías y adivinen el material, el uso y el país de origen de cada objeto.
- preparen una explicación para defender cada respuesta.
- cada miembro del grupo debe explicar cómo usaría cada artículo o dónde lo pondría.

	Material	Explicación de su uso	País de origen
una alfombra	lana seda nilón algodón	ceremonial utilitario recreativo decorativo	Argentina México Panamá Venezuela
un jarro	barro cristal papel plástico	ceremonial utilitario recreativo decorativo	Argentina Ecuador España Uruguay
un santo	barro cerámica papel madera	ceremonial utilitario recreativo decorativo	Argentina España México Puerto Rico
un mate y una bombilla	cerámica piedra plata plástico	ceremonial utilitario recreativo decorativo	Argentina México Paraguay Perú

10-18 Bueno, bonito y barato Usando tu libro de texto como guía, busca en Internet o en libros de turismo como *Fodor's Travel Guide* el arte popular o artículos de artesanía que sean típicos de cinco de los países siguientes. Menciona...

- el artículo.
- el país.
- una descripción.

1. Argentina	3. Colombia	5. España	7. Perú
2. Chile	4. Ecuador	6. México	8. Venezuela

Lectura literaria: Biografía

José Vasconcelos, uno de los escritores mexicanos más leídos, levantó muchas polémicas en su país natal. Vasconcelos nació en Oaxaca en 1882 y murió en la Ciudad de México en 1959. Después de hacer la secundaria, cursó estudios en leyes. Sirvió de secretario de educación pública dos veces y fue rector de la universidad. Por razones políticas se desterró a Europa y Estados Unidos en 1925. Al volver a su país, ocupó la dirección de la Biblioteca México. Sus ensayos filosóficos se caracterizan por un apasionamiento personal que crearon, tanto admiradores como enemigos. Su filosofía polémica fue expresada en el libro *Indología* (1926): «Que nuestra mayor esperanza de salvación se encuentra en el hecho de que no somos una raza pura, sino un mestizaje; un puente de razas futuras, un agregado de razas en formación: agregado que puede crear una estirpe más poderosa que los que proceden de un solo tronco». ■

Antes de leer

10-19 Polémica en Estados Unidos En grupos pequeños, piensen en las obras literarias o los documentos históricos sobre los asuntos raciales que produjeron polémicas en Estados Unidos. ¿Cuáles fueron los motivos de sus autores?

Ejemplo: *Appeal to Congress for Impartial Suffrage* por Frederick Douglass
Quería que los africanonorteamericanos participaran de manera igual a los blancos en la política de Estados Unidos.

Pequeño diccionario

Estudia las siguientes palabras y frases para comprender mejor el texto. Busca las palabras en la lectura y usa dos o tres para escribir oraciones originales en una hoja aparte.

Atlántida Maravilloso continente cuya cultura dejaron escrita en vagos relatos Homero y los grandes escritores e historiadores de la antigüedad.
ebrio/ebria Dicho de una persona: Embriagada por la bebida.
estirpe *f.* Raíz y tronco de una familia o linaje; en una sucesión hereditaria, conjunto formado por la descendencia de un sujeto a quien ella representa y cuyo lugar toma.

estría Cada una de las rayas en hueco que suelen tener algunos cuerpos.
henchir *tr. v.* Llenar, ocupar totalmente.
prodigio Suceso extraño que excede los límites regulares de la naturaleza.
rasgo Facción del rostro.
semejar *intr. v.* Dicho de una persona o de una cosa: parecerse a otra.
superar *tr. v.* Vencer obstáculos o dificultades.

Preguntas de orientación

As you read **«La raza cósmica»**, use the following questions as a guide.

1. ¿Cómo caracteriza Vasconcelos el pasado de América Latina?
2. ¿Cómo ve el futuro de América Latina?
3. ¿Con qué compara la raza mestiza?
4. ¿Cuáles son las razas individuales que formarán la raza mestiza?
5. ¿Cuáles son las características de las razas mencionadas que admira Vasconcelos?
6. ¿Crees que son estereotípicas estas características?

A leer: «La raza cósmica» por José Vasconcelos

En la América española ya no repetirá la naturaleza uno de sus ensayos parciales, ya no será la raza de un solo color, de rasgos particulares, la que en esta vez salga de la olvidada Atlántida; no será la futura ni una quinta ni una sexta raza, destinada a prevalecer sobre sus antecesoras; lo que de allí va a salir es la raza definitiva, la raza síntesis o raza integral, hecha con el genio y con la sangre de todos los pueblos y, por lo mismo, más capaz de verdadera fraternidad y de visión realmente universal.

Si la América Latina fuese no más otra España, en el mismo grado que Estados Unidos son otra Inglaterra, entonces la vieja lucha de las dos estirpes no haría otra cosa que repetir sus episodios en la tierra más vasta y uno de sus rivales acabaría por imponerse y llegaría a prevalecer. Pero no es ésta la ley natural de los choques, ni en la mecánica ni en la vida. La oposición y la lucha, particularmente cuando ellas se trasladan al campo del espíritu, sirven para definir mejor los contrarios, para llevar a cada uno a la cúspide de su destino, y, a la postre, para sumarlos en una común y victoriosa superación.

¡Cuán distintos los sones de la formación iberoamericana! Semejan el profundo *scherzo* de una sinfonía infinita y honda: voces que traen acentos de la Atlántida; abismos contenidos en la pupila del hombre rojo que supo tanto, hace tantos miles de años y ahora parece que se ha olvidado de todo. Se parece su alma al viejo cenote maya, de aguas verdes, profundas, inmóviles, en el centro del bosque, desde hace tantos siglos que ya ni su leyenda perdura. Y se remueve esta quietud de infinito, con la gota que en nuestra sangre pone el negro, ávido de dicha sensual, ebrio de danzas y desenfrenadas lujurias. Asoma también el mongol con el misterio de su ojo oblicuo que toda cosa la mira conforme a un ángulo extraño que descubre no sé qué pliegues y dimensiones nuevas. Interviene asimismo la mente clara del blanco, parecida a su tez y a su ensueño. Se revelan estrías judaicas que se escondieron en la sangre castellana desde los días de la cruel expulsión; melancolías del árabe, que son un dejo de la enfermiza sensualidad musulmana; ¿quién no tiene algo de todo esto o no desea tenerlo todo? He ahí al hindú, que también llegará que ha llegado ya por el espíritu, y aunque es el último en venir, parece el más próximo pariente. Tantos que han venido y otros más que vendrán, y así se nos ha de ir haciendo un corazón sensible y ancho que todo lo abarca y contiene, y se conmueve; pero henchido de vigor, impone leyes nuevas al mundo. Y presentimos como otra cabeza, que dispondrá de todos los ángulos, para cumplir el prodigio de superar la esfera.

Después de leer

10-20 Polémica En grupos pequeños, conversen acerca de la polémica que rodea la idea de «La raza cósmica». ¿Por qué creen ustedes que este ensayo fue tan polémico cuando fue publicado? ¿Creen que todavía continúa siendo polémico? ¿Por qué?

10-21 El movimiento chicano En la década de los setenta algunos chicanos, individuos y organizaciones que compartían un sentido de orgullo en la identidad mexicanoamericana, se referían a ella como «La raza cósmica» o simplemente «la raza» para promover sus ideales culturales y políticos. En grupos pequeños, traten sobre la propiedad de esa frase para usarla en el contexto chicano.

Análisis literario: El ensayo

Términos literarios. Usa los siguientes términos literarios para hablar sobre el ensayo.

El **ensayo** es un tipo de prosa en que el autor brevemente analiza, interpreta o evalúa un tema. Esta forma literaria comenzó con el escritor francés Michel de Montaigne en el siglo XVI, pero aparece abundantemente en la literatura contemporánea. El ensayo difiere del cuento en que es una forma literaria no novelesca. El ensayo se basa en sucesos reales y es de carácter **universal**, aunque puede adoptar una perspectiva **subjetiva**. Con frecuencia, el ensayo trata de un **tema cultural** y este tema es más evidente que en otras formas literarias. El ensayo tiene varios propósitos, entre ellos:

- revolucionar con ideas.
- interrogar al mundo.
- exponer algún sistema de pensamiento o de ideas.
- interpretar.
- persuadir.

10-22 El ensayo En grupos pequeños, determinen los elementos de «La raza cósmica» que correspondan a los propósitos típicos de los ensayos.

10-23 Tema del ensayo El ensayo es una de las formas literarias más populares de Latinoamérica, y uno de los temas más destacados es **la identidad** de uno mismo, de su origen y de su cultura. En grupos pequeños, discutan cómo se relaciona «La raza cósmica» con el tema de la identidad.

¡Adelante!

Now that you have completed your in-class work on the **Tercera etapa,** you should complete the **Redacción** in the **Tercera etapa** of the *Diario de actividades,* pages 230–232.

Cuarta etapa: Cultura

Cultura en acción

While working on the **Cuarta etapa** in the textbook, . . .

- complete the plans for the arts festival.
- complete and proofread your written report, essay, poem, or short story, or put the finishing touches on your artwork.
- participate in the **Cultura en acción** or hand in your individual written work.

 ## Vídeo: El Nuyorican Poets Café

El Nuyorican Poets Café está en bajo Manhattan (el *Loisaida*). Desde su fundación ha sido un punto de referencia cultural de la comunidad latina en Nueva York. El Nuyorican Poets Café ofrece una variedad de expresiones artísticas inclusive *poetry slams,* música en vivo, arte de presentaciones y exposiciones de fotos y pinturas.

Antes de ver

 10-24 Lluvia de ideas En grupos pequeños, expresen sus opiniones acerca de la poesía moderna y del arte de presentaciones.

10-25 Guía para la comprensión del vídeo Antes de ver el vídeo, estudia las siguientes preguntas. Después, ve el vídeo y busca las respuestas correctas.

1. Según Miguel Alargín, el director del Nuyorican Poets Café, ¿por qué no son inmigrantes los latinos?
2. Al principio, ¿quiénes acudieron al Nuyorican Poets Café? Ahora, ¿quiénes llegan?
3. ¿Por qué es importante la expresión oral?
4. ¿En qué sentido es el Nuyorican Poets Café un centro internacional?
5. ¿Qué se vende en el Nuyorican Poets Café?

Pequeño diccionario

Estudia las siguientes palabras y frases para comprender mejor el vídeo. Busca las palabras en el vídeo y usa dos o tres para escribir oraciones originales en una hoja aparte.

acudir *v. intr.* Ir o asistir con frecuencia a alguna parte.
arrimar *v. tr.* Acercar o poner algo junto a otra cosa.
criarse *v. intr.* Cuidarse, alimentarse uno mismo.

vecindario Conjunto de los vecinos de un municipio, o solo de una población o de parte de ella.

En el Nuyorican Poets Café

A ver

10-26 El ambiente Nota el ambiente en el Nuyorican Poets Café. ¿Cómo es? ¿Cómo es la gente?

10-27 Miguel Alargín Además de ser el dueño del Nuyorican Poets Café, Miguel Alargín es poeta, dramaturgo y escritor. ¿Cuál es la filosofía de Miguel? Apunta sus observaciones.

Después de ver

 10-28 Identidad ¿Qué tiene el Nuyorican Poets Café que ver con el concepto de la identidad cultural? En grupos pequeños, conversen sobre este tema.

 10-29 Nobleza En el vídeo Miguel Alargín menciona «esa cultura puertorriqueña que tiene la nobleza de incluir toda otra cultura que quiere arrimarse». En grupos pequeños, conversen acerca del significado de esa cita.

Cultura en acción: Una conferencia sobre las artes

Tema

El tema de **Una conferencia sobre las artes** les dará a ustedes la oportunidad de escribir un poema, un cuento o un ensayo sencillo o de investigar, preparar y hacer una presentación en clase sobre su artista favorito.

La lectura, la comprensión auditiva y la redacción servirán como puntos de partida para las presentaciones.

Escenario

El escenario es una conferencia en la que ustedes van a explicar el estilo, el propósito o la técnica de su artista favorito. Cada uno va a enseñar una de sus obras y recitar el poema que acompaña la obra. Si es cineasta, puede demostrar un segmento de un vídeo; si es pintor/pintora, uno de sus cuadros; escultor/escultora, una de sus estatuas o fotografías de sus obras; etcétera. Si no hay bastante tiempo para todos los estudiantes, el instructor/la instructora de la clase puede escoger cinco o seis estudiantes para hacer presentaciones.

Materiales

- Una mesa para exhibir las estatuas o los artículos de artesanía.
- Un tablero para mostrar los cuadros o fotografías.
- Una grabadora o disco compacto para la música.
- Un proyector para transparencias.
- Un panfleto con una descripción breve de cada artista (dónde y cuándo nació, algunos premios que ganó, una oración o dos sobre su vida, etcétera).

Objetivos

In this section, you will . . .

- work cooperatively to prepare a simulation related to poetry "slam" and art fest.
- participate in the simulation.
- practice oral communication skills in a realistic environment.

Guía

Una simple lista de las tareas que cada persona tiene que hacer. Cada uno de ustedes tendrá una tarea.

Comité de equipo. Este grupo está encargado de recibir los pedidos de cada participante y debe estar seguro de que todo esté montado y funcionando para el día de las presentaciones.

Comité del programa. Este grupo está encargado de recibir la información sobre cada artista y su obra y poner en una forma lógica la descripción en un programa para el día de la presentación.

Anfitrión/Anfitriona. Esta persona le presenta cada estudiante al grupo.

¡Vamos a la conferencia!

El día de la *Cultura en acción,* todos deben arreglar el salón de clase y hacer preguntas después de cada presentación sobre cada artista y su obra. Después de las presentaciones, todos ustedes pueden mirar más detalladamente las obras y los artefactos en el salón de clase.

Perspectiva lingüística

Register

Register is a linguistic concept that refers to a continuum of formality that affects language use. Although this concept is sometimes called *style,* it does not refer only to the formal, literary language that we often think of as stylish language.

Casual   ⟵————————————————————————————⟶   Formal

Register continuum

The following examples indicate how moving along the register continuum affects not only structure but also vocabulary and pronunciation.

	Casual	**Formal**
address	tú/vos	usted
	vosotros/vosotras	ustedes
requests	Préstame tu libro.	¿Podría prestarme su libro?
formality/style	profe	profesor
pronunciation	¿'Tá bien?	¿Está bien?
vocabulary	decir	proferir

Perspectiva gramatical

Estructura 10-1: *Para* and *por*

These words are typically quite difficult for native speakers of English because we tend to equate them both with the English word *for.* The fact is, however, that **para** and **por** have many English equivalents, and trying to memorize one-to-one correspondences does not work. **Para** and **por** belong to a class of words called *relators* because they express relationships between words in a sentence. This large group of relators can be broken down into categories or clusters that help make sense of the various usages. Hopefully, **para** and **por** will be less confusing to you after you examine their underlying cluster meanings and, in some cases, see a visual representation of their relationship.

These activities will prepare you to complete the in-class communicative activities for **Función 10-1** on page 262 of this chapter.

Estructura 10-1a: *Para*

Spatial and temporal relationships

Para expresses the relationship between a moving entity and its destination.

- *Destination.* **Para** is used when an entity (person or thing) sets out for, but has not yet reached, its destination.

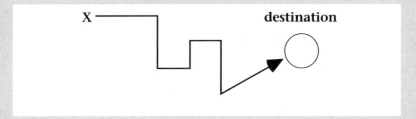

    Mis amigas salieron **para** San Antonio.

- *Goal.* **Para** expresses the idea of an activity that is directed toward a goal.

    Estudio **para** ser periodista.

- *Purpose.* **Para** refers to figurative "destinations" or purposes, both human and inanimate.

    Mis abuelos me dieron un estéreo **para** mi cuarto.

    Es un regalo **para** mi madre.

- *Destinations in time.* **Para** refers to deadlines.

    Hagan los ejercicios de gramática **para** mañana.

- *Lack of correspondence.* **Para** is used when making unexpected comparisons.

    Para su edad, Bentley dibuja muy bien.

Set expressions with *para*

Para is used in many set expressions, such as the following.

estar para	*to be about to*
(no) estar para bromas	*(not) to be in the mood for jokes*
no ser para tanto	*not to be that bad*
¿Para qué?	*For what?*
¿Para quién?	*For whom?*
para siempre	*forever*

10-30 Usos de *para* Explica brevemente los diferentes usos de **para** en las siguientes oraciones.

Ejemplo: Me dieron dinero para comprar el libro.

purpose / in order to

1. Mi amigo estudió para profesor de español.
2. Salimos para el congreso de poesía a las seis.
3. Para una señora mayor está en buenas condiciones de salud.
4. Compré el regalo para mi hermano.
5. Estamos para publicar un libro de poesía.
6. Voy a apreciar la pintura para siempre.
7. ¿Trabajaste para ellos?
8. Para mañana todo estará listo.

10-31 Equivalentes Escribe los equivalentes de las siguientes oraciones en español.

1. The book will be published by December.
2. The poets were walking toward the café.
3. Where are you going?
4. We are working for the political campaign.
5. She wrote that song for her friend.

Estructura 10-1b: *Por*

Spatial and temporal relationships

Por expresses relationships between moving entities and spaces or stationary entities.

- *Through.* **Por** expresses the movement of an entity through a space or thing.

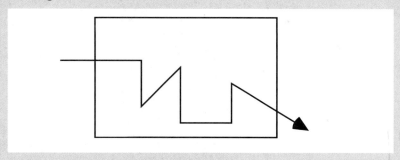

Los estudiantes viajaron **por** México.

- *Along.* **Por** expresses the movement of an entity along a path.

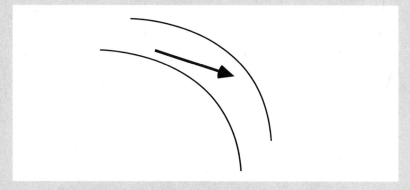

Vamos a la universidad **por** la calle Juárez.

- *Past or by.* **Por** expresses movement of an entity past or by a person, place, or thing.

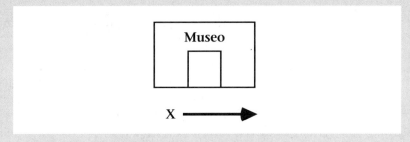

El autobús pasa **por** el Museo de Ciencia y Tecnología.

- *Over.* **Por** expresses a two-dimensional movement over a surface.

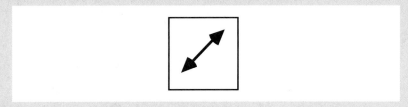

El agua se derramó **por** la mesa.

- *Time.* **Por** also refers to linear movement in clock or calendar time.

  Pensamos quedarnos en Nuevo México **por** dos meses.

  Escuché música **por** media hora.

  Hemos vivido en esta ciudad **por** mucho tiempo.

- *Task.* **Por** refers to an action remaining to be done.

  Nos queda una novela **por** leer.

- *Vague location.* **Por** refers to a vague or inexact location.

  Creo que Anamaría vive **por** aquí.

Actions and their relationships

- *Agent.* **Por** is used to express the relationship between an action and its agent.

  La casa fue construida **por** José y su esposa.

- *Instrument.* **Por** expresses the relationship between an action and the instrument that accomplished it.

  Nos enviaron un paquete **por** avión.

- *Means.* **Por** expresses the relationship between an action and the means by which it is accomplished.

  Los abogados enviaron los documentos **por** avión.

- *Cause.* **Por** expresses the relationship between an action and its cause.

  No fuimos a ver esa película **por** miedo.

Notions of intensity, completeness, and thoroughness

Por is used in many expressions that refer to the extent of an action.

El huracán destruyó la comunidad **por** completo.

Notions of exchange, substitution, replacement, and representation

- *In exchange for.* **Por** is used to express the idea of exchange.

    Le pagué 60 dólares **por** el sillón.

- *Substitution or replacement.* **Por** expresses the idea of replacement or substitution.

    El profesor Ramos estaba enfermo, así que ayer yo di la clase **por** él.

- *Representation.* **Por** expresses the idea of an entity representing another entity.

    El licenciado Barrios es el diputado **por** el estado de Sonora.

- *Interest, support, and favor.* **Por** is used to express notions of interest, support, and favor.

    Mayra se preocupa **por** sus sobrinos.

    Rafael trabaja **por** su familia.

    Votamos **por** el mejor candidato.

Set expressions with *por*

Por is used in set expressions such as the following.

por cierto	*of course, surely*
¡Por Dios!	*Good Lord! For God's sake!*
por ejemplo	*for example*
por eso	*therefore, for that reason*
por favor	*please*
por fin	*finally*
¿Por qué?	*Why?*
por supuesto	*of course*

10-32 Expresiones con *por* Explica brevemente los diferentes usos de **por** en las siguientes oraciones.

Ejemplo: Me permites el lápiz, por favor.

　　　　　set expression

1. Envié el manuscrito por correo.
2. Vendí mi antigua computadora por doscientos dólares.
3. Como estaba enferma trabajé por Manuela.
4. Llegaron tarde por perder el autobús.
5. Mi cuñado maneja como loco a ochenta millas por hora.
6. No puedo encontrar mis llaves aunque estaban por aquí esta mañana.
7. Por supuesto. Lo haré inmediatamente.
8. Ese proyecto fracasó por completo.

10-33 Equivalentes Escribe los equivalentes de las siguientes oraciones en español.

1. We were walking along the Gran Vía this morning.
2. I paid twenty dollars for this dictionary.
3. Professor Santos taught the class for Professor Ramos yesterday.
4. They were very worried about the exam.
5. That museum was designed by a famous arquitect.
6. They arrived by car at midnight.
7. How many months did you study in Spain?

10-34 Contrastes Completa las siguientes oraciones con **para** o **por**, según el contexto.

La semana pasada estuve en Puerto Rico 1. _____ tres días. El día que salí 2. _____ San Juan estaba nevando mucho y el avión salió con dos horas de retraso 3. _____ la nieve. Cuando llegué al aeropuerto nadie me esperaba y 4. _____ eso partí 5. _____ el hotel en taxi. 6. _____ la tarde fui al Viejo San Juan 7. _____ ver el Moro y los otros sitios históricos. Cené en un restaurante típico porque 8. _____ mí no hay nada como la comida puertorriqueña. 9. _____ ser tan económica la comida fue excelente.

¡Adelante!

You should now practice **Estructura 10-1a-b** in the **Práctica de estructuras** section of the **Diario de actividades**, pages PE-46–PE-47.

¡Alto!

These activities will prepare you to complete the in-class communicative activities for **Función 10-2** on page 263 of this chapter.

Estructura 10-2: Time expressions with *hacer*

The third-person singular form of **hacer (hace, hacía)** is used with time expressions to indicate how long an action has/had been going on or how long ago an action occurred/had occurred.

Ongoing actions (present)

- **Hace** + *time expression* + *present*

Hace cinco años que estudio cerámica.	*I have been studying ceramics **for five years.***

- *Present* + **desde hace** + *time expression*

Estudio cerámica **desde hace cinco años.**	*I have been studying ceramics **for five years.***

- *Present* + **desde** + *time expression*

Estudiamos para un examen de historia **desde ayer.**	*We have been studying for a history test **since yesterday.***

Ongoing actions (past)

- **Hacía** + *time expression* + **que** + *imperfect*

Hacía un año que Marta pintaba.	*Marta had been painting **for a year.***

- *imperfect* + **desde hacía** + *time expression*

Esculpíamos **desde hacía tres meses.**	*We had been sculpting **for three months.***

Ago

- *Preterite* + **hace** + *time expression*

Fuimos al museo Frida Kahlo **hace un mes.**	*We went to the Frida Kahlo Museum **a month ago.***

10-35 Acciones en progreso Escribe oraciones completas en español, basándote en los siguientes elementos.

Ejemplo: tú y yo / tallar en madera / cinco años

Hace cinco años que tú y yo tallamos en madera.

1. José y Leonardo / sacar fotos / diez años
2. María / escribir poesía / tres meses
3. yo / tejer alfombras / seis semanas
4. Margarita y Rosa / practicar metalistería / un mes
5. Guillermo / dibujar / cuarenta años

10-36 El arte del pasado Escribe oraciones completas en español, basándote en los siguientes elementos.

Ejemplo: dos semanas / los artistas / pintar el mural

Hacía dos semanas que los artistas pintaban el mural.

1. un siglo / muchos arquitectos / construir la catedral
2. dos años / el estudio / producir cerámica
3. diez meses / Alma / esculpir en mármol
4. seis semanas / las hermanas / fabricar papel artesano
5. tres siglos / ese pueblo / tallar figuras de animales

10-37 ¿Cuándo ocurrió? Escribe las siguientes oraciones en español.

1. The animal figures in Altamira cave were painted 18,000 years ago.
2. Construction on the Sagrada Familia began 120 years ago.
3. Velázquez painted *La rendición de Breda* more than 300 years ago.
4. The modern movement in art began a century ago.
5. Moorish art in Spain flourished 1,200 years ago.

Estructura 10-3: Nominalization

In order to avoid repetition, Spanish adjectives may become nouns. This process is called *nominalization.* Study the following example.

Me gustan las pinturas románticas.   A Alfredo le gustan las **cubistas.**

I like the romantic paintings.   *Alfredo likes the cubist ones.*

In the above sentence, it is understood that Alfredo likes cubist paintings, even though the noun is not repeated.

Araceli prefiere el torno de alfarero motorizado y Luis prefiere el tradicional.

Araceli prefers the motorized potter's wheel and Luis prefers the traditional one.

In the second sentence, it is clear that Luis prefers the traditional potter's wheel, because that referent was mentioned in the first clause. In addition, the article **el** clearly refers to the noun **torno.**

In addition to the marked forms of the articles (**el, la, los, las**), the neuter article **lo** may also be used to nominalize adjectives. **Lo** is always used with the masculine singular form of the adjective and expresses an abstract idea.

Lo bueno de las cámeras digitales es que puedes borrar las fotos malas.

The good thing about digital cameras is that you can erase the bad photos.

¡Adelante!

You should now practice **Estructura 10-2** in the **Práctica de estructuras** section of the **Diario de actividades,** pages PE-48–PE-49.

¡Alto!

These activities will prepare you to complete the in-class communicative activities for **Función 10-3** on page 264 of this chapter.

10-38 ¿Cómo se dice? Escribe las siguientes frases en español, según el ejemplo.

> **Ejemplo:** el arte moderno
>
> *el moderno*

1. las pinturas acuarelas
2. los escritores latinoamericanos
3. las novelas policíacas
4. las bombillas uruguayas
5. la escultura de mármol
6. los objetos decorativos
7. el artículo religioso

10-39 Transformaciones Transforma las siguientes oraciones, cambiando los adjetivos a sustantivos.

> **Ejemplo:** Hay muchos colores de flores. Me gustan más las flores azules.
>
> *Me gustan más las azules.*

1. Alejandra prefiere las esmeraldas a los ópalos. Sí, prefiere las piedras preciosas.
2. El profesor Ramírez enseña la escultura clásica en su curso. La profesora Delgado enseña la escultura moderna.
3. Hay muchos estilos de pintura. Se destacan el estilo barroco, el estilo clásico, el estilo realista y el estilo surrealista.
4. Los fotógrafos profesionales usan una variedad de cámeras. Algunos fotógrafos prefieren las cámeras reflex y otros prefieren las cámeras digitales.
5. Los artesanos modernos producen máscaras de *papier maché.* Los artesanos antiguos produjeron máscaras de cerámica.
6. Los indígenas tejen muchos tipos de textiles. Tejen textiles ceremoniales y textiles decorativos.
7. Los artículos de los artesanos son muy imaginativos. Hay artículos utilitarios y artículos puramente artísticos.

10-40 Preferencias artísticas Escribe los equivalentes en español para las siguientes oraciones.

1. Ángela prefers modern art but Alejandro prefers classical.
2. We always listen to rock music but our friends listen to classical.
3. I have a reflex camera and my brother has a digital one.
4. Catalina likes romantic poetry and Carlos likes epic.
5. Elena uses the synthetic dyes (**los tintes**) but Eduardo uses the natural ones.

¡Adelante!

You should now practice **Estructura 10-3** in the **Práctica de estructuras** section of the *Diario de actividades,* pages PE-49–PE-50.

Glossary (Spanish–English)

Abreviaturas

adj	adjetivo	*fam*	familiar	*prep*	preposición
adv	adverbio	*interj*	interjección	*pron*	pronombre
aux	auxiliar	*interr*	interrogativo	*s*	sustantivo
conj	conjunción	*m*	masculino	*v*	verbo
f	femenino	*pl*	plural		

A

a *prep* to
  a causa de *prep* because of
  a diferencia de *prep* unlike
  a fin de que *conj* in order that,
    so that
  a lo mejor *adv* probably
  a menos que *conj* unless
  a través de *prep* through
abogado/abogada *s* lawyer
abstener (ie) *v* to abstain
abuelo/abuela *s*
  grandfather/grandmother
aburrir *v* to bore
acabar *v* to finish
  acabar de (+ infinitivo) *v*
    to have just . . .
acampar *v* to camp
acariciar *v* to caress
acción *s/f* action
  día de acción de gracias *s/m*
    Thanksgiving
aceite de oliva *s/m* olive oil
aceituna *s* olive
aclarar *v* to clarify
aconsejar *v* to advise
acontecimiento *s* event, happening
acostarse (ue) *v* to go to bed
actor/actriz *s* actor/actress
actuar (ú) *v* to act, perform
acuarela *s* watercolor
acuático: hacer esquí acuático *v*
  to water-ski
acudir *v* to gather together;
  to come to the rescue
acuerdo *s* agreement
  llegar a un acuerdo *v* to come
    to an agreement
adaptarse *v* to adapt
además *adv* besides, in addition,
  furthermore
aderezado *adj* covered with
  salad dressing
adiestrar *v* to train
adivinar *v* to guess
adquirir (ie) *v* to acquire
afición *s/f* avocation
aficionado/aficionada *s* fan
afirmar *v* to state, declare, affirm
agobiante *adj* tiresome
agradar *v* to please, gratify

agrupar *v* to group together
aguja *s* needle
ahora *ad v* now
  hasta ahora *adv* until now
ahorrar *v* to save (money)
aire libre *s/m* outside, open air
  al aire libre *adj* outdoor
ajedrez: jugar (ue) al ajedrez *v*
  to play chess
ajetreo *s* bustling about, fuss
ajo *s* garlic
ala *s* wing
alcanzar *v* to reach
al: a + el *contraction* to/at the
  al contrario *adv* on the contrary
  al fin y al cabo *adv* after all
  al final a *adv* at the end
  al igual que *conj* just as, like
  al principio *adv* in/at the beginning
alegrarse *v* to be happy
alegría *s* happiness, joy
alguien *pron* someone, anyone
alimentarse *v* to feed oneself
alimento *s* food
aliviar *v* to relieve, soothe, alleviate
alrededores *s/m pl* surroundings
alzar *v* to raise
amasar *v* to make a dough
ambiente *s/m* environment,
  atmosphere, surroundings
  medio ambiente *s* environment
amenazado *adj* threatening
amenazar *v* to threaten
amigo/amiga *s* friend
amistad: día de la amistad *s/m*
  Friendship Day (date varies)
amplificar *v* to amplify, enlarge
analizar *v* to analyze
andar *v* to walk
anfitrión/anfitriona *s* host/hostess
animar *v* to pick up, stimulate
ánimo: estado de ánimo *s* state
  of mind
aniversario de bodas *s* wedding
  anniversary
ansioso *adj* anxious
antepasado/antepasada *s* ancestor
anteriormente *adv* previously,
  formerly
antes *adv* before
  antes de (que) *prep (conj)* before
antigüedad *s/f* antique

anunciar *v* to announce
anuncios (clasificados) *s* (classified)
  ads
añadir *v* to add
año *s* year
  Año Nuevo *s* New Year
  fiesta de los quince años *s*
    coming-of-age celebration
    for a 15-year-old female
aportar *v* to contribute
apreciar *v* to appreciate
aprender *v* to learn
  aprender de memoria *v*
    to memorize
aprendizaje *s/m* learning;
  apprenticeship, training period
apresurarse *v* to be in a hurry
aprobar (ue) (un examen/curso) *v*
  to pass (an exam/course);
  to approve
aprovechar *v* to take advantage of
apuntes *s/m* class notes
apuro *s* hurry, haste
aquel/aquella *adj* that (over there)
  en aquel entonces *adv* in those days
aquél/aquélla *pron* that (over there)
aquí *adv* here
  hasta aquí *adv* until this point
arcilla *s* clay
arco *s* arch
arder *v* to burn
armonía *s* harmony
arpa *s* harp
áreas de estudios *s* coursework
arqueólogo *s* archeologist
arreglar *v* to arrange
arreglo musical *s* musical
  arrangement
arte *s/f* art
  artes plásticas *s/f* visual/
    three-dimensional arts
  bellas artes *s/f* fine arts
  practicar artes marciales *v*
    to practice martial arts
artista *s/mf* artist
arveja *s* pea
ascendencia *s* ancestry
asco *s* disgust
asegurar *v* to assure
asemejarse a *v* to be like
así *adv* thus, so
asimilarse *v* to assimilate

asistencia *s* attendance
asombroso *adj* astonishing, amazing
astro *s* heavenly body
astronauta *s/mf* astronaut
astrónomo/astrónoma *s* astonomer
asumir *v* to assume, take on
ataúd *s/m* coffin
atención: prestar atención *v*
    to pay attention
atracción: parque de atracciones *s/m*
    amusement park
atractivo *adj* attractive
atraer *v* to attract
atraso *s* retardation, delay
atravesar (ie) *v* to cross
atropellar *v* to knock down
aumentar *v* to increase, augment
aun *adv* even
aún *adv* still
aunque *conj* although
autoridad *s/f* authority
auxilio: pedir (i, i) auxilio *v*
    to ask for help
avance *s/m* advance
avergonzado *adj* ashamed
averiguar *v* to find out, guess
aviso *s* warning, advice
avistamiento *s* sighting
    (of UFOs, etc.)
azafrán *s/m* saffron (a spice)
azotea *s* terrace roof, flat roof

B

bachillerato *s* undergraduate program;
    high school diploma (in some
    countries)
bailar *v* to dance
baile *s/m* dance
   baile de salón *s/m* ballroom
    dancing
bajo *s* bass guitar; *adj* short; low
balada *s* ballad
balbuceo *s* stammer, stutter
balde *s/m* bucket
baloncesto: jugar (ue) al baloncesto *v*
    to play basketball
banda de sonido *s* soundtrack
bandeja *s* tray
barrio *s* neighborhood
barro *s* mud
basura *s* trash
   bote de basura *s/m* trash can
batalla *s* battle
batería *s* drum set
bautizo *s* baptism
beca *s* scholarship
becario/becaria *s* scholarship student
béisbol: jugar (ue) al béisbol *v*
    to play baseball
bellas artes *s/f* fine arts
bicicleta *s* bicycle
   montar en bicicleta *v*
    to ride a bicycle
   bicicleta de montaña *s*
    mountain bike

bien *adv* well
   caer bien *v* to like; to suit
   pasarlo bien *v* to have a good time
   salir bien en un examen *v*
    to pass a test
bienestar *s/m* welfare; well-being
bilingüe *adj* bilingual
bilingüismo *s* bilingualism
bisabuelo/bisabuela *s*
   great-grandfather/
   great-grandmother
blanco *adj* white
bocado *s* bite, morsel
boda *s* wedding
   aniversario de bodas *s* wedding
    anniversary
bodega *s* wine cellar
boleto *s* ticket
bolsa (de valores) *s* stock exchange
bordar *v* to embroider
borinqueño/borinqueña *s, adj*
   Puerto Rican
bote de basura *s/m* trash can
broma *s* joke
bucear *v* to scuba dive
bueno *adj* good
   buena cocina *s* gourmet cooking
buscar *v* to look for, search for
búsqueda *s* search, pursuit
butaca *s* theater seat

C

cabalgata *s* parade
caballo *s* horse
caber *v* to fit; to have enough room
cabezudo *s* carnival figure with
   large head
cabo: al fin y al cabo *adv* after all
cadena *s* network, channel
caer *v* to fall
   caer bien/mal *v* to like/dislike;
    to (not) suit
café *s/m* cafe; coffee
calabaza *s* pumpkin, squash
calavera *s* skull
calentar (ie) *v* to heat, warm
calificar *v* to grade, correct papers
calidad *s/f* quality
calle *s/f* street
calórico: mortifero rayo calórico *s*
   deadly (lethal) heat ray
cámara *s* camera
caminar *v* to walk
caminata: dar una caminata *v*
   to take a hike
camino *s* road
campaña: tienda de campaña *s* tent
campo *s* country, rural area; field
   campo de estudios *s* field of
    studies
cancha *s* court; field
canción *s/f* song
   canción folklórica *s/f* folk song
   canción grabada *s/f* recorded song
canela *s* cinnamon

cantante *s/mf* singer
cantar *v* to sing
capa *s* layer
   capa de ozono *s* ozone layer
caracterizarse *v* to be characterized
cariño *s* affection
   tenerle (ie) cariño a alguien *v*
    to feel affection for someone
carnaval *s/m* carnival, Mardi Gras
   (celebration three days before Lent)
carne roja *s/f* red meat
carrera *s* career
carretera *s* highway
carroza *s* carnival float
carta *s* letter; playing card
   carta al director *s* letter to the editor
   jugar (ue) a las cartas *v* to play cards
cartel *s/m* poster, sign
casa encantada *s* haunted house
casi *adv* almost
caso: en caso de que *conj* in case
castañuelas *s* castanets
castillo *s* castle
cataclismo *s* catastrophe
catedrático/catedrática *s* university
   professor
caudal *s/m* flow
causa *s* cause
cazar *v* to hunt
cazuela *s* casserole
cebolla *s* onion
celebración *s/f* celebration
celebrar *v* to celebrate
célula solar *s* solar panel
cena *s* dinner
censura *s* censorship
centro *s* center; downtown
   centro ceremonial *s* ceremonial
    center
   centro de reciclaje *s* recycling center
cerebro *s* brain
ceremonioso *adj* formal
charla *s* chat, discussion
chorizo *s* spicy sausage
ciclismo de montaña *s* mountain
   biking
ciclo *s* cycle
   ciclo de la vida *s* life cycle
ciclón *s/m* cyclone
ciencia *s* science
científico/científica *s* scientist
ciervo *s* deer
cilantro *s* coriander (an herb)
cine *s/m* cinema; film, movie
   ir al cine *v* to go to the movies
cisne *s/m* swan
ciudadanía *s* citizenship
ciudadano/ciudadana (nominal) *s*
   (nominal) citizen
ciudadela *s* citadel, fortress
clase: faltar a clase *v* to miss class
clavo *s* clove (a spice)
clima *s/m* climate
cobre *s/m* copper
cocina *s* cuisine, cookery
   buena cocina *s* gourmet cooking

cocinar *v* to cook
cohete *s/m* rocket; firework
cola *s* tail, line
   hacer cola *v* to stand in line
colar (ue) *s* to strain
coleccionar *v* to collect
colorear *v* to color
combatido: ser combatido *v*
   to be fought against
comedia *s* comedy; play
comercio *s* trade
cómico: tira cómica *s* comic strip
como *prep, conj* like; as
   tan pronto como *conj* as soon as
cómo *adv* how; like what
compacto: disco compacto *s*
   compact disc, CD
compañerismo *s* companionship,
   partnership
compañero/compañera *s*
   companion, partner
compartir *v* to share
compás *s/m* rhythm
competencia *s* competition
competitividad *s/f* competitiveness
complejo *adj* complex
componer *v* to compose, form
comportamiento *s* behavior
comprar *v* to buy
comprobar (ue) *v* to prove
computadora *s* computer
   computadora portátil *s* laptop
   computer
comunicación *s/f* communication
   medios de comunicación *s/pl*
   means of communication, media
comunicarse *v* to communicate
con *prep* with
   con tal de que *conj* provided that
conciencia: tomar conciencia *v*
   to realize
concierto *s* concert
conducir *v* to drive
conejo *s* rabbit
conferencia *s* lecture
   dar una conferencia *v* to lecture
conflicto *s* conflict
confundir *v* to confuse
conjunto *s* musical group
conmemorar *v* to honor,
   commemorate
conocer *v* to know; to meet
consecuencia *s* consequence
conseguir (i, i) *v* to get, obtain
consejero/consejera *s* adviser
consejo(s) *s* advice; advice column
consiguiente *adj* consequent, resulting
   por consiguiente *adv* consequently
construir *v* to construct, build
consumido *adj* consumed
consumidor/consumidora *s*
   consumer
contaminación *s/f* pollution
contar (ue) *v* to tell; to count
contener (ie) *v* to contain
contraer *v* to contract

contrario: al contrario *adv*
   on the contrary
contribuir *v* to contribute
convenir (ie, i) *v* to convene;
   to agree
corregir (i, i) *v* to correct
correo electrónico *s* e-mail
correr *v* to run
corrido *s* Mexican folk song
corriente *s/m* current (of a stream or
   river); *adj* commonplace
cortejo *s* procession
cosecha *s* crop, harvest
costumbre *s/f* custom
cotidiano *adj* everyday, daily
crear una imagen inverosímil *v*
   to create an unlikely image
crecer *v* to grow
creciente *adj* growing
crecimiento *s* growth
creer *v* to believe, think
   creo que... *v* I believe that . . .
   ¿no crees? *v* don't you think?
criarse (í) *v* to grow up
criticar *v* to criticize
crucigrama: hacer crucigramas *v*
   to do crossword puzzles
crudo *adj* raw
cuadra *s* block
cuadro *s* painting
cual *adj* which, what
cuál *interr* which, what
cualidad *s/f* quality, characteristic
cuando *adv* when
cuándo *interr* when
cuanto *adv* as much as
   en cuanto a *adv* as to, with regard to
cuánto *interr* how much
   cuánto hace que *interr*
   how long has it been
   cuántos *pl* how many
Cuaresma *s* Lent
cubiertos *s/pl* silverware
cucharada *s* tablespoon
cucharadita *s* teaspoon
cuchichear *v fam* to whisper
cuenta: darse cuenta de *v*
   to realize
cuento *s* short story, tale
cuero *s* leather
cuerpo *s* body
cueva *s* cave
culpabilidad *s/f* blame, guilt
culpar *v* to blame
cultivar (la tierra, el jardín) *v*
   to cultivate (the land, flowers)
cultivo biológico *s* organic
   gardening/farming
cultural: rasgo cultural *s*
   cultural feature
cumpleaños *s/m* birthday
cumplir *v* to fulfill, complete,
   accomplish
cuota *s* quota
curar *v* to cure
cuyo *relative pron* whose

D

danzón *s/m* a slow Cuban dance
dar *v* to give
   dar paseos *v* to go for walks/strolls
   dar una caminata *v* to take a hike
   dar una conferencia *v* to lecture
   darse cuenta de *v* to realize
   darse por igual *v* to not make
   any difference
dato *s* datum
de *prep* of; from
   de esta manera *adv* in this way
   del mismo modo *adv* similarly
deber *v* must; to owe
debido al hecho que *conj* due to the
   fact that
decir (i, i) *v* to say; to tell
   querer (ie, i) decir *v* to mean
declarar *v* to declare
dedicar *v* to dedicate (time)
defunción *s/f* death; *pl* obituaries
degradación *s/f* degradation,
   debasement
dejar *v* to let, allow; to leave
delito *s* misdemeanor
demandar *v* to demand
demográfico: fisonomía demográfica
   s demographic features
demostrar *v* to show, demonstrate
deporte *s/m* sport; pl sports section
   (of newspaper)
   deporte radical *s* extreme sport
   practicar un deporte *v* to play
   a sport
deportista *s/mf* athlete; sportsperson
derecha *s* right
derribar *v* to knock down
derrochar *v* to waste
derrotar *v* to defeat
desafiante *adj* defiant
desamparo *s* helplessness;
   abandonment
desarrollarse *v* to develop
desarrollo *s* development
desastre natural *s/m* natural disaster
desatar *v* to spark
descansar *v* to rest
descanso *s* rest, relaxation
descartar *v* to reject, discard, cast aside
descendiente *s/m f* descendant
desconocer *v* to be unfamiliar with
desconocido *adj* unknown
descripción *s/f* description
desde *prep* since
desear *v* to wish, want, desire
desechar *v* to discard, throw away,
   reject
desechos orgánicos *s* organic waste
desempeñar un papel *v* to play a role
desempleado *adj* unemployed
desempleo *s* unemployment
desenvolver: ir desenvolviéndose *v*
   to become involved in;
   to develop; to improve
desfile *s/m* parade

desigualdad *s/f* inequality
despedida *s* closing (of a letter)
  despedida de soltero/soltera *s* bachelor party/bridal shower
desperdiciar *v* to waste
desperdicio *s* waste, remains
desplomarse *v* to collapse
después *adv* afterward
  después de (que) *prep, conj* after
destruir *v* to destroy
detener (ie) *v* to detain
detergente ecológico *s/m* biodegradable detergent
detestar *v* to detest
detrito *s* waste product
deuda *s* debt
devolver (ue) *v* to return
día *s/m* day
  día de acción de gracias Thanksgiving
  día de la amistad Friendship Day (date varies)
  día de los fieles difuntos All Souls' Day (November 2)
  día de los enamorados Valentine's Day (February 14)
  día feriado/festivo holiday
  día de los muertos Day of the Dead (October 31)
  día de la raza Columbus Day (October 12)
  día de los Reyes Magos Three Kings' Day (January 6)
  día de San Fermín Saint Fermin's Day (July 7)
  día de San Patricio Saint Patrick's Day (March 17)
  día de San Valentín Valentine's Day (February 14)
  día del santo patron saint's day
  día de todos los santos All Saints' Day (November 1)
  día del trabajo Labor Day
diario *adj* daily
dibujar *v* to sketch, draw
dibujo *s* drawing, sketch
dieta mediterránea *s* Mediterranean diet
diferencia: a diferencia de *prep* unlike
diferenciarse *v* to differ from
difunto: día de los fieles difuntos *s/m* All Souls' Day (Nov. 2)
diluvio *s* flood
dios/diosa *s* god/goddess
dirección *s/f* address
director: carta al director *s* letter to the editor
dirigente *s/mf* leader, head
dirigir *v* to direct, address
disco compacto *s* compact disc, CD
diseñar *v* to design, sketch, plan
diseño (gráfico) *s* (graphic) design
disfraz (pl disfraces) *s/m* disguise
disfrazarse *v* to disguise oneself

disfrutar *v* to enjoy something, have fun
disgustar *v* to annoy, displease
disminución *s/f* decrease, reduction
disminuir *v* to diminish
distinto *adj* distinct, different
diversidad *s/f* diversity
diversión *s/f* fun activity
divertirse (ie, i) *v* to have a good time, enjoy oneself
divorcio *s* divorce
doblar *v* to turn; to fold
doctorado *s* Ph.D. degree
doler (ue) *v* to hurt, ache
donde *adv* where
dónde *interr* where
dorarse *v* to turn brown; to be gilded
dormir (ue, u) *v* to sleep
drama *s/m* drama, play
dramaturgo *s* playwright
dudar *v* to doubt
dueño/dueña *s* owner
duración: de larga duración *adj* long-playing
durante *adv* during

E

e *conj* and (before words beginning with **i** or **hi**)
echarse una siesta *v* to take a nap
ecología *s* ecology
ecológico: detergente ecológico *s/m* biodegradable detergent
economía *s* business; economy
edad *s/f* age
  tercera edad *s/f* retirement years, old age
edificar *v* to build, construct
edificio *s* building
efecto invernadero *s* greenhouse effect
efectos especiales sonorosos *s* special sound effects
eficaz *adj* efficient
ejemplo *s* example
  por ejemplo *adv* for example
ejercicio *s* exercise
  hacer ejercicios (aeróbicos) *v* to exercise (do aerobics)
el *adj* the
él *pron* he, it
elección *s/f* election
electrónica *s* electronics
electrónico *adj* electronic
  correo electrónico *s* e-mail
elegir (i, i) *v* to choose
elevar *v* to raise
embargo: sin embargo *adv* nevertheless
embriagarse *v* to get drunk/intoxicated
emigrante *s/m f* emigrant
emigrar *v* to emigrate, leave one's homeland
emisión *s/f* broadcast
emitir *v* to broadcast
empatar *v* to tie (the score)

empleo *s* work, job; employment
empresa *s* business, firm
  empresa multinacional *s* multinational corporation
en *prep* in; on; at
  en aquel entonces *adv* in those days
  en caso de que *conj* in case
  en cuanto a *adv* as to, with regard to
  en fin *adv* finally
  en resumen *adv* in summary
enamorado: día de los enamorados *s/m* Valentine's Day (February 14)
enamorarse *v* to fall in love
encabezamiento *s* salutation (of a letter)
encantado: casa encantada *s* haunted house
encantar *v* to delight; to love
enchufar *v* to plug in
encierro *s* running of the bulls in the streets of Pamplona, Spain
encogerse de hombros *v* to shrug one's shoulders
encontrar (ue) *v* to find, encounter
enfermedad *s/f* disease
enfermero/enfermera *s* nurse
enfrentarse *v* to face, confront
engañar *v* to deceive, mislead, fool, take in
enlazar *v* to harness; to link; to tie together
enloquecer: hacer enloquecer al país *v* to drive the country crazy
enojar *v* to anger
ensalada *s* salad
ensayar *v* to practice, rehearse; to try out
ensayo *s* essay
enseñanza *s* teaching
enseñar *v* to teach
enterarse *v* to find out
enterrar (ie) *v* to bury
entonces *adv* then, next
  en aquel entonces *adv* in those days
entrada *s* ticket, entrance
entre *prep* among, between
entregar *v* to hand in; to deliver
entrenador/entrenadora *s* coach
entrenamiento *s* training
entrenar *v* to train; to coach
entretenimiento *s* entertainment
entusiasmar *v* to enthuse
envase *s/m* container
enviar (í) *v* to send
equipo *s* team
equivocado: estar equivocado *v* to be mistaken
érase una vez *adv* once upon a time
erguido *adj* erect, straight
erradicar *v* to eliminate
escalar *v* to climb, scale
escalera *s* staircase, steps
escalón *s/m* step
escasez (pl escaseces) *s/f* scarcity, shortage

escenario *s* setting; stage
escenografía *s* set design, scenery
escoger *v* to choose, select
esconder *v* to hide
escribir *v* to write
escritura *s* writing
escuchar *v* to listen
escultor/escultora *s* sculptor
escultura *s* sculpture
ese/esa *adj* that
ése/ésa *pron* that
esfuerzo *s* effort
  esfuerzo físico *s* physical effort
especializarse *v* to major
especie *s/f* species
espectáculo *s* show; *pl* entertain-
    ment section (of newspaper)
espectador/espectadora *s* spectator
esperanza *s* hope
  esperanza de la vida *s* life expectancy
esperar *v* to wait for; to hope for;
    to expect
espíritu *s/m* spirit
esposo/esposa *s* spouse,
    husband/wife
esquela *s* obituary notice
esquí: hacer esquí acuático *v*
    to water-ski
esquiar (í) *v* to (snow) ski
establecer *v* to establish
estadio *s* stadium
estado de ánimo *s* state of mind
estadounidense *adj* of the United
    States
estampa: ser nuestra estampa más
    indeleble *v* to be / to leave our
    most indelible impression
estar *v* to be
  estar considerado como *v* to be
    considered as
  estar equivocado *v* to be mistaken
  estar seguro (de que) *v* to be sure
    (that)
estatua *s* statue
este/esta *adj* this
éste/ésta *pron* this
estereotipo *s* stereotype
estilo *s* style
estrella *s/m f* movie star
  súper estrella internacional *s*
    international superstar/celebrity
estrenar *v* to perform/wear for the
    first time
estreno *s* first performance, première
estrés *s/m* stress
estrofa *s* division of a poem
    consisting of several lines
estructurarse *v* to organize, structure
estudiantil *adj* student
estudio *s* study; studio
etiqueta *s* tag, price tag
étnico *adj* ethnic
evaluar (ú) *v* to evaluate
evitar *v* to avoid
examen *s/m* test, exam

examen de ingreso *s/m* entrance
    exam
  salir bien/mal en un examen *s*
    to pass/fail a test
excavar *v* to unearth
excursión *s/f* excursion, day trip
existir *v* to exist
éxito *s* hit (song); success
  tener éxito *v* to be successful
exitoso *adj* successful
explicar *v* to explain
exponer *v* to expose, show
exposición *s/f* exhibition, showing
extenderse (ie) *v* to extend
extinción: en vías de extinción *adj*
    endangered
extranjero/extranjera *s* foreigner

F

fabricado *adj* manufactured
facultad de (derecho, etc.) *s/f* school
    of (law, etc.)
fabricar *v* to manufacture
fachada *s* façade, front of a building
falla *s* power outage
  fallas de San José *s/pl* Festival of
    Saint Joseph
fallecer *v* to die
faltar *v* to lack
  faltar a clase *v* to miss class
familiar *s/mf* relative; *adj*
    (of the) family
farmacéutico/farmacéutica *s*
    pharmacist
fascinar *v* to fascinate
favorecer *v* to favor
fecha *s* date
feria *s* fair
feriado: día feriado *s/m* holiday
festejar *v* to celebrate
festín *s/m* banquet
festivo *adj* holiday
  día festivo *s/m* holiday
fiesta *s* party, celebration, feast day
  fiesta de la quinceañera *s* coming-
    of-age celebration for a 15-year-
    old female
fila *s* row
filmar *v* to film
fin *s/m* end
  a fin de que *conj* in order that, so that
  al fin y al cabo *adv* after all
  en/por fin *adv* finally
final: al final *adv* at the end
financiar *v* to finance
firma *s* signature
físico: esfuerzo físico *s* physical effort
fisonomía demográfica *s*
    demographic features
flamenco *s* type of Spanish gypsy
    music
flauta *s* flute
flecha *s* arrow
flechazo de luz *s* ray of light
flor *s/f* flower

florido: Pascua florida *s* Easter
fomentar *v* to encourage, promote
fondo *s* background
fortalecer *v* to strengthen
fortaleza *s* fortress
foto(grafía) *s/f* photograph
  revelar fotos *v* to develop
    photographs
  sacar fotos *v* to take pictures
fotógrafo/fotógrafa *s* photographer
fotomontaje *s/m* photomontage
freír (í, i) *v* to fry
frontera *s* border, frontier
fruta *s* fruit
fruto seco *s* nuts and dried fruit
fuego *s* fire
fuente de grasa *s/f* source of fat
fuerza *s* force
  fuerza laboral *s* workforce
función *s/f* performance
funcionario/funcionaria *s*
    functionary
  funcionario alto *s* high-ranking
    official
fútbol: jugar (ue) al fútbol *v*
    to play soccer
  jugar (ue) al fútbol americano *v*
    to play football

G

galería *s* principal hall; gallery
gallo *s* rooster
  Misa de gallo *s* Midnight Mass
ganar *v* to win; to earn
gente *s/f* people
gerente *s/mf* manager, supervisor
gimnasia: hacer gimnasia *v*
    to do gymnastics
gimnasio *s* gym(nasium)
globo *s* balloon
golosina *s* treat
golpear *v* to hit, beat, strike
grabación *s/f* recording
grabado *adj* taped
grabar *v* to record
gracias: día de acción de gracias *s/m*
    Thanksgiving
graduarse (ú) *v* to graduate
gráfico: diseño gráfico *s* graphic
    design
grandes titulares *s/m* headlines
    (in a newspaper)
grasa: fuente de grasa *s* source of fat
grave: consecuencia grave *s* serious
    consequence
gruñir *v* to grumble, murmur angrily
guaracha *s* popular Cuban and
    Puerto Rican dance
guayabera *s* loose, lightweight man's
    shirt
guerra *s* war
guerrero *s* warrior
guía *s* guide
  guía del ocio *s* leisure-time guide
  guía turística *s/m f* tour guide

guiarse *v* to guide
guionista *s/m f* scriptwriter
guisar *v* to stew
guiso *s* stew
gustar *v* to like

H

haber *v aux* to have
　había una vez *adv* once upon
　　a time
habitante *s/mf* inhabitant (of a
　region, country, etc.)
hábito saludable *s* healthy habit
hace *adv* ago
　hace más de *adv* more than . . . ago
　hace menos de *adv*
　　less than . . . ago
　hace mucho que *adv*
　　a long time ago
　hace poco que *adv*
　　a short while ago
hacer *v* to do; to make
　hacer cola *v*
　　to stand in line
　hacer crucigramas *v*
　　to do crossword puzzles
　hacer ejercicios *v* to exercise
　hacer ejercicios aeróbicos *v*
　　to do aerobics
　hacer enloquecer al país *v*
　　to drive the country crazy
　hacer esquí acuático *v* to water-ski
　hacer excursiones *v*
　　to take short trips
　hacer gimnasia *v*
　　to do gymnastics
　hacer hincapié *v* to stress,
　　emphasize
　hacer montañismo *v* to climb
　　mountains
　hacer obras manuales *v* to do
　　manual labor
　hacer una gira *v* to take a tour
　hacer una solicitud *v* to apply
　hacer windsurf *v* to windsurf
hallar *v* to find, locate
hallazgo *s* finding, discovery
hasta *adv* until
　hasta ahora *adv* until now
　hasta aquí *adv* until this point
　hasta que *conj* until
hazaña *s* great/heroic deed
hecho (de/en) *adj* made (of/in)
hecho *s* fact
　debido al hecho que *conj*
　　due to the fact that
herida *s* wound
hermanastro/hermanastra *s*
　stepbrother/stepsister
hervir (ie, i) *v* to boil
hielo: patinar sobre hielo *v*
　to ice skate
hijastro/hijastra *s* stepson/
　stepdaughter
hijo/hija *s* child, son/daughter

hilera *s* row
hincapié: hacer hincapié *v* to stress,
　emphasize
hispano *adj* Hispanic
hispanohablante *s/mf* Spanish
　speaker; *adj* Spanish-speaking
hispanoparlante *s/mf* Spanish
　speaker; *adj* Spanish-speaking
histeria: provocar la histeria colectiva
　v to cause mass hysteria
hockey: jugar (ue) al hockey sobre
　hielo *v* to play ice hockey
hogar *s/m* home
hombro *s* shoulder
　encogerse de hombros *v*
　　to shrug one's shoulders
homenaje *s/m* homage
honrar *v* to honor
horario *s* schedule
hornear *v* to bake
horóscopo *s* horoscope
huelga *s* strike
huerto *s* vegetable garden; orchard
hueso *s* bone
huevo *s* egg
huir *v* to flee, escape
huracán *s/m* hurricane

I

identificar *v* to identify
idioma *s/m* language
iglesia *s* church
igual *adj* equal
　al igual que *conj* just as, like
igualdad *s/f* equality
imagen *s/f* image
imaginar *v* to imagine
imperio *s* empire
importar *v* to matter, be important
impreso *s* pamphlet; *adj*
　printed
imprimir *v* to print
inagotable *adj* endless
inclinarse *v* to bow
incorporarse *v* to be incorporated
indeleble: ser nuestra estampa más
　indeleble *v* to be / to leave our
　　most indelible impression
indicación *s/f* direction
indígena *s/mf* Indian, native; *adj*
　indigenous
infantil *adj* children's
infarto *s* heart attack
informática *s* computer science
informe *s/m* report
ingeniería *s* engineering
　ingeniería electrónica *s*
　　electronic engineering
ingeniero/ingeniera *s* engineer
ingreso *s* income; entry
　examen de ingreso *s/m*
　　entrance exam
inmigrante *s/m f* immigrant
inmigrar *v* to immigrate
inscribirse *v* to enroll

inscripción *s/f* registration,
　enrollment, tuition
insoportable *adj* unbearable
instalar *v* to install
instrumento: tocar un instrumento
　musical *v* to play a musical
　instrument
intercambio *s* exchange
interesar *v* to interest
internacional: noticias
　(inter)nacionales *s*
　　(inter)national news
　súper estrella internacional *s*
　　international superstar/celebrity
intervenir (ie, i) *v* to intervene
introducir *v* to insert; to introduce
inundación *s/f* flood
invadir *v* to invade
invasor/invasora *s* invader
invento *s* invention
inverosímil *adj* unlikely
interpretar *v* to interpret
invernadero: efecto invernadero *s*
　greenhouse effect
investigación *s/f* research,
　investigation
investigar *v* to investigate
invitado/invitada *s* guest
ir *v* to go
　ir al cine *v* to go to the movies
　ir al museo *v* to go to
　　the museum
　ir al teatro *v* to go to the theater
　ir desenvolviéndose *v*
　　to become involved in;
　　to develop; to improve
　ir de vacaciones *v* to go
　　on vacation
isla *s* island
izquierda *s* left

J

jamás *adv* never
Jánuca *s/f* Hanukkah
jardín *s/m* garden
　cultivar el jardín *v*
　　to cultivate/garden (flowers)
jaula *s* cage
jerga *s* slang
jitomate *s/m* tomato
jubilado/jubilada *s* retiree
jubilarse *v* to retire
juego *s* game (Monopoly,
　hide-and-seek, etc.)
jugar (ue) *v* to play (game/sport)
　jugar al ajedrez (baloncesto/
　　béisbol/fútbol/etc.) *v*
　　to play chess (basketball/
　　baseball/soccer/etc.)
　jugar a las cartas *v* to play cards
　jugar a los naipes *v* to play cards
juicio *s* court
junto *adv* together
juramento *s* oath
juventud *s/f* youth

L

laboral *adj* work
  fuerza laboral *s* work force
labrar *v* to work in stone/metal/wood
lácteo: producto lácteo *s* milk product
ladrón/ladrona *s* thief
lagartija *s* lizard
laico *adv* secular
lamentar *v* to complain
lanzarse al vacío *v* to leap into
  the void
lavar *v* to wash
lectura *s* reading (matter)
leer *v* to read
legumbre *s/f* vegetable, legume
lema *s/m* slogan
lengua *s* language; tongue
  lengua franca *s* medium
    of communication between
    people of different languages
  lengua materna *s* native language
lente *s/m* lens
leña *s* firewood
levantar *v* to raise
  levantar pesas *v* to lift weights
  levantarse *v* to get up, stand up
libra *s* pound
libre *adj* free
  aire libre *s/m* outside, open air
  al aire libre *adj* outdoor
  tiempo libre *s* free time
libro *s* book
licenciatura *s* bachelor's degree
licuadora *s* blender
líder *s/m* leader, head of government /
  political party / union /
  organization
lienzo *s* canvas
limpiaparabrisas *s/m* windshield wiper
llama *s* flame
llamar *v* to call
llanto *s* weeping
llegar *v* to arrive
  llegar a un acuerdo *v*
    to come to an agreement
llevar *v* to carry, take; to wear
locutor/locutora *s* announcer
lograr *v* to achieve, attain
logro *s* achievement
luego *adv* then
  luego que *conj* as soon as
lugar *s/m* place
luna *s* moon
luz (pl luces) *s/f* light
  flechazo de luz *s* ray of light

M

madera *s* wood
madrastra *s* stepmother
madrina *s* godmother
madrugada *s* early morning
maestría *s* master's degree; teaching
  degree
maíz *s/m* corn, maize

mal *adv* badly
  caer mal *v* to dislike; not to suit
  salir mal en un examen *v*
    to fail a test
malgastar *v* to waste
malo *adj* bad; evil
  sacar malas notas *v* to get
    bad grades
mandar *v* to send
mandato *s* command
manecilla *s* hand (of a watch)
manera: de esta manera *adv*
  in this way
manifestación *s/f* demonstration,
  protest march
mano *s/f* hand
manta *s* blanket
mantener (ie) *v* to maintain;
  to support
máquina *s* machine
mar *s/m* sea
marcar *v* to dial
marciales: practicar artes marciales *v*
  to practice martial arts
marco *s* frame
maremoto *s* tidal wave
marfil *s/m* ivory
mariposa *s* butterfly
mármol *s/m* marble
mas *conj* but
más *adv* more
  hace más de *adv* more than . . . ago
materia *s* school subject
materno: lengua materna *s*
  native language
matrícula *s* tuition
matricularse *v* to register, enroll
mayoría *s* majority
medalla *s* medallion
mediante *adv* by means of
medicina preventiva *s* preventive
  medicine
médico/médica *s* doctor
medida *s* measurement
medio ambiente *s/m* environment
medios *s* means
  medios de comunicación *s/pl*
    means of communication, media
medir (i, i) *v* to measure
mediterránea: dieta mediterránea *s*
  Mediterranean diet
mejilla *s* cheek
mejor: a lo mejor *adv* probably
melodía *s* melody
memoria: aprender de memoria *v*
  to memorize
menos *adj* fewer, less
  a menos que *conj* unless
  hace menos de *adv*
    less than . . . ago
mensaje *s/m* message
mentir (ie, i) *v* to lie
mercado *s* market
  mercado mundial *s*
    world market
merecer *v* to deserve, be worth

merecer la pena *v* to be worth
  the trouble
mestizaje *s/m* racial mixture
  (indigenous and white)
meteoro *s* meteor
meter *v* to put (into)
metro *s* subway
mezcla *s* mixture, blending
mezclar *v* to mix
mezquita *s* mosque
mi *adj* my
mí *pron* me
miedo *s* fear
miembro del comité *s*
  committee member
mientras *adv* while
miga *s* crumb
milagro *s* miracle
militar *s/m* soldier; *adj* military
minoría *s* minority
minoritario *adj* minority
misa *s* mass
  Misa de gallo *s* Midnight Mass
mismo *adj* same
  del mismo modo *adv*
    in the same way
  lo mismo *pron* the same (thing)
modo *s* means; manner
  del mismo modo *adv*
    in the same way
molestar *v* to bother
molido *adj* ground
monje/monja *s* monk/nun
monolingüe *adj* monolingual
montaña *s* mountain
  bicicleta de montaña *s*
    mountain bike
montañismo: hacer montañismo *v*
  to climb mountains
montar a caballo *v* to ride horseback
  montar en bicicleta *v* to ride
    a bicycle
  montar en moto *v* to ride
    a motorcycle
moralizante *adj* moralizing
mortífero rayo calórico *s* deadly
  (lethal) heat ray
mostrar (ue) *v* to show
moto(cicleta): montar en moto *v*
  to ride a motorcycle
movimiento *s* movement
mucho *adj* much; *pl* many
  hace mucho que *adv*
    a long time ago
muerte *s/f* death
muerto: día de los muertos *s/m*
  Day of the Dead (Oct. 31)
multar *v* to fine
mundial *adj* worldwide
  mercado mundial *s*
    world market
mundo cibernético *s* cyberworld
muro *s* wall
música (clásica, folklórica, rock,
  seria, tejana) *s* (classical, folk,
  rock, serious, Texan) music

musical: tocar un instrumento
musical *v* to play a musical
instrument
músico/música *s* musician
museo *s* museum
ir al museo *v* to go to the museum

N

nabo *s* turnip
nacimiento *s* birth
nada *pron* nothing
nadar *v* to swim
nadie *pron* no one
naipe: jugar (ue) a los naipes *v*
to play cards
natural: recurso natural *s*
natural resource
naturaleza *s* nature
navaja *s* knife
nave *s/f* ship
navegar *v* to surf (the Web)
navegar (a la vela) *v*
to go boating (to sail)
Navidad *s/f* Christmas
negar (ie) *v* to deny
negociar *v* to negotiate
negocio *s* business
nevada *s* snowfall
ni *conj* neither, (not) either
ninguno *adj* not any, none
niñez *s/f* childhood
nivel técnico *s/m* level of technology
¿no? *interr* isn't he/she/it?
¿no crees? *v* don't you think?
Nochebuena *s* Christmas Eve
nocivo *adj* noxious, harmful
nosotros/nosotras *personal pron* we
nota *s* grade
sacar buenas/malas notas *v*
to get good/bad grades
noticias *s* news
novelesco *adj* fictional
noviazgo *s* courtship
nuevo: Año Nuevo *s* New Year
número *s* number

O

o *conj* or
o... o *conj* either . . . or
obligado *adj* required
obra *s* work (of art, book, etc.)
hacer obras manuales *v*
to do manual labor
obtener (ie) *v* to obtain
ocasionar *v* to cause
ocio *s* spare time, leisure time
guía del ocio *s* leisure-time guide
ocultar *v* to hide
**Oficina Nacional de la Seguridad de
la Patria** *s* Office of Homeland
Security
ofrenda *s* offering
oír *v* to hear
ojalá *interj* one hopes, may Allah grant

ola *s* (ocean) wave
ola de refugiados *s* wave of refugees
óleo: pintar al óleo *v* to paint in oils
olla *s* cooking pot
onda *s* wave, fad
opereta *s* light opera, operetta
opinar *v* to think, have an opinion
opinión *s/f* editorial column
(in newspaper/magazine)
oponer *v* to oppose
ordenador *s/m* computer (Spain)
orgánico: desechos orgánicos *s*
organic waste
oro *s* gold
oscuro: cuarto oscuro *s* darkroom
(for photography)
otorgar *v* to hand over, grant
otro *adj* another, other
por otra parte *adv* on the other hand
oyente *s/mf* auditor, listener

P

padrastro *s* stepfather
padrino *s* godfather, godparent
pago *s* payment
palo *s* pole
paloma *s* pigeon
pan *s/m* bread
pandereta *s* tambourine
pandillero *s* gang member
pantalla *s* screen
panza *s* belly
papel *s/m* paper; role
desempeñar un papel *v*
to play a role
paquete *s/m* package, parcel
para *prep* for; in order to
para que *conj* so that
paracaídas *s/m* parachute
parada *s* bus stop
parecer *v* to seem
parecerse *v* to be like, resemble
parecido *adj* alike, similar
pared *s/f* wall
pareja *s* couple, pair
parentesco *s* relationship, kinship
parque *s/m* park
parque de atracciones *s/m*
amusement park
parrilla *s* grill
párroco *s* parish
parte: por otra parte *adv* on the
other hand
participar en tertulias *v* to take part
in social gatherings to discuss
politics, etc.
partido *s* game, match
pasar *v* to pass
pasar lista *v* to take attendance
pasar unas horas *v* to spend
some time
pasarlo bien *v* to have a good time
pasatiempo *s* pastime
Pascua florida *s* Easter
pasear *v* to take a walk

paseo *s* walk, stroll
paso *s* step; group of wooden statues;
religious float
pasto *s* grass
pata *s* foot, paw
pataleo *s* kicking
patinar *v* to skate
patinar sobre hielo *v* to ice skate
patinar sobre ruedas *v*
to roller skate, roller blade
**patria: Oficina Nacional de la
Seguridad de la Patria** *s*
Office of Homeland Security
patrón: santo patrón/santa patrona *s*
patron saint
paz *s/f* peace
peatón/peatona *s* pedestrian
pedir (i, i) *v* to ask for, request
pedir auxilio *v* to ask for help
película *s* film, movie
peligrar *v* to be in danger
peligroso *adj* dangerous
pena *s* trouble; pain
merecer/valer la pena *v*
to be worth the trouble
pensar (ie) *v* to think
peor *adj* worse
percibir *v* to perceive/notice (art)
perder (ie) *v* to lose
perejil *s/m* parsley
perfil *s/m* profile
periodista *s/m f* journalist, reporter
permanecer *v* to remain
pero *conj* but
perro *s* dog
personaje *s/m* character, person
(in a story)
perteneciente *adj* belonging to
pesa: levantar pesas *v* to lift weights
pesadilla *s* nightmare
pescado *s* fish
pescar *v* to fish
picada *s* snack
picado *adj* chopped
piedra *s* stone, rock
pincel *s/m* artist's brush
pintar *v* to paint
pintar al óleo *v* to paint in oils
pintor/pintora *s* painter
pintura *s* painting
pío *s* peep
pionero/pionera *s* pioneer
piscina *s* swimming pool
pista *s* track; rink
pitido *s* whistle
placa solar *s/m* solar panel
plaga de nuestro tiempo *s*
scourge of our time
planeta *s/m* planet
planta trepadora *s* climbing plant
(ivy, etc.)
plantar *v* to plant
plástico: artes plásticas *s/f*
visual/three-dimensional arts
plata *s* silver
plato *s* dish, meal

plaza *s* place
población *s/f* population
poco *adj* little, not much
   hace poco que *adv* a short while ago
poder (ue) *v* to be able
político/política *s* politician; *s/f* politics; *adj* political
pollo *s* chicken
poner *v* to put, place
por *prep* along; by; for; in exchange for; through
   por consiguiente *adv* consequently
   por ejemplo *adv* for example
   por eso *adv* therefore
   por fin *adv* finally
   por lo tanto *adv* therefore
   por medio del cual *prep* through which
   por otra parte *adv* on the other hand
   por primera vez *adv* for the first time
por qué *interr* why
porque *conj* because
portarse *v* to behave oneself
portavoz *s/m* spokesperson
porvenir *s/m* future
posada *s* inn
posdata *s* postscript
poseer *v* to own, have, hold, possess
posgrado *s* postgraduate
posponer *v* to postpone, put off
pozo *s* well
practicar *v* to practice
   practicar artes marciales *v* to practice martial arts
   practicar un deporte *v* to play a sport
preferir (ie) *v* to prefer
premio *s* prize
prender *v* to light
prensa amarilla/sensacionalista *s* gutter press, tabloid press
preocuparse *v* to worry
prestado *adj* loaned
   sacar prestado *v* to check out (from library)
préstamo *s* loan
prestar *v* to lend
   prestar atención *v* to pay attention
presupuesto *s* budget
prevenir (ie, i) *v* to avoid, prevent; to warn
primer(o) *adj, pron* first
   por primera vez *adv* for the first time
   primer término *s* foreground
principio: al principio *adv* in/at the beginning
prisa: sin prisa *adv* not in a hurry
procedencia *s* origen
procesiones solemnes *s/f* solemn processions
producido en *adj* produced in
productividad *s/f* productivity
producto lácteo *s* milk product
profesorado *s* teaching position, professorship

profundización *s/f* investigation/research
programa *s/m* program; syllabus
prolongarse *v* to go on, carry on
promedio *s* average
   promedio de la vida *s* average lifespan
prometer *v* to promise
promocionar *v* to promote
pronto *adv* quickly
   tan pronto como *conj* as soon as
proponer *v* to propose, name
propósito *s* purpose, objective
protagonista *s/m f* main character
proteger *v* to protect
protestar *v* to protest
provocar la histeria colectiva *v* to cause mass hysteria
proyecto *s* project
prueba *s* quiz, test
publicar *v* to publish
público *adj* public
   transporte público *s/m* public transportation
puesto (de trabajo) *s* job
punto *s* point

Q

que *conj, pron* that, which; who
qué *adj, interr* what, which
   qué tal si *interr* what if
quejarse *v* to complain
querer (ie, i) *v* to wish, want; to love
   querer decir *v* to mean
quien *pron* who
quién *interr* who(m)
quince: fiesta de los quince años *s* coming-of-age celebration for a 15-year-old female
quinceañera *s* a 15-year-old female
quirúrgico *adj* surgical
quizá(s) *adv* perhaps, maybe

R

radical: deporte radical *s/m* extreme sport
radio *s/f* radio programming
raja *s* strip, slice
Ramadán *s/m* Ramadan
rasgo *s* characteristic, feature
   rasgo cultural *s* cultural feature
raspar *v* to scrape
rastro *s* trace
rayar *v* to scratch
rayo: mortifero rayo calórico *s* deadly (lethal) heat ray
raza: día de la raza *s/m* Columbus Day (Oct. 12)
razón *s/f* right, reason
   tener razón *v* to be right
realización de operaciones comerciales *s/f* fulfillment/carrying out of commercial operations

realizar *v* to carry out, execute; to make
receta *s* recipe
rechazar *v* to refuse; to reject
reciclable *adj* recyclable
   residuo no reciclable *s* nonrecyclable waste
reciclaje *s/m* recycling
reciclar *v* to recycle
reclamar *v* to demand (payment)
reconocer *v* to recognize
recto *adj* straight
recuperar *v* to recuperate; to recover
recurso (natural) *s* (natural) resource
red *s/f* World Wide Web; net, network
redondo *adj* round
refugiado/refugiada *s* refugee
   ola de refugiados *s* wave of refugees
refugiarse *v* to take refuge
regalar *v* to give as a gift
regular *v* to regulate
relajar *v* to relax
religioso *adj* religious
(re)llenar una solicitud *v* to fill out an application
remedio *s* remedy
renunciar *v* to give up
repasar *v* to review
repertorio *s* repertoire
reponer *v* to repose; to replace
reportero/reportera *s* reporter
representar *v* to represent
represión *s/f* repression
requerir (ie, i) *v* to require
requisito *s* requirement
res *s/f* beef
residir *v* to live, reside
residuo *s* waste
   residuo no reciclable *s* nonrecyclable waste
resolver (ue) *v* to solve
respetar *v* to respect
responsabilidad *s/f* responsibility
restaurar *v* to restore
restringido *adj* limited, cut back, restricted
resultado *s* result
resultar *v* to result, turn out to be
resumen *s/m* summary
   en resumen *adv* in summary
retener (ie) *v* to retain; to keep
retirado/retirada *s* retiree
retrato *s* portrait
retrospectivo: escena retrospectiva *s* flashback
reunirse (ú) *v* to meet, get together
revelar (fotos) *v* to develop (photographs)
revolución *s/f* revolution
riesgo *s* risk
rima *s* rhyme
ritmo *s* rhythm
rivalidad *s/f* rivalry
robo *s* robbery
odear *v* to surround, encircle
rollo *s* roll of film

Rosh Hashanah *s* Rosh Hashanah
rueda: patinar sobre ruedas *v*
    to roller skate, roller blade
ruido *s* noise

S

saber *v* to know
sabio/sabia *s* wise person, sage; *adj*
    wise
sabroso *adj* delicious
sacar *v* to take out
  sacar buenas/malas notas *v*
    to get good/bad grades
  sacar fotos *v* to take pictures
  sacar prestado *v* to check out
    (from library)
sacerdote *s/m* priest
sala *s* living room
  sala de cine *s* movie theater
  sala de recreación *s* recreation room
salir *v* to leave
  salir bien/mal en un examen *v*
    to pass/fail a test
salón *s/m* hall, ballroom
salud *s/f* health
saludable *adj* healthy
  hábito saludable *s* healthy habit
saludo *s* greeting
salvar *v* to save (a life)
santo *s* saint; *adj* holy
  día del santo *s/m*
    patron saint's day
  día de todos los santos *s/m*
    All Saints' Day (Nov. 1)
  santo patrón / santa patrona *s*
    patron saint
  Semana Santa *s* Holy Week
  viernes Santo *s/m* Good Friday
sartén *s/f* skillet
satélite *s/m* satellite
se *pron* yourself, himself, herself, itself,
    oneself, yourselves, themselves
secar *v* to dry
secuestrado *adj* kidnapped
secular *adj* secular
sedentario *adj* sedentary
seguir (i, i) *v* to follow, continue
segundo *adj* second
seguridad: Oficina Nacional de
    la Seguridad de la Patria *s*
    Office of Homeland Security
sello *s* stamp
selva *s* jungle
semáforo *s* stoplight
Semana Santa *s* Holy Week
semejante *adj* similar
sencillo *s* single (record); *adj*
    simple, plain; easy
sendero *s* path
sensacionalista: prensa sensacionalista
    s gutter press, tabloid press
sentarse *v* to sit
sentimiento *s* feeling
sentir (ie, i) *v* to feel
señor/señora *s* lord, Sir, Mr.; lady,
    madam, Mrs.

sequía *s* drought
ser *v* to be
  ser combatido *v* to be fought against
  ser muy corriente *v* to be
    commonplace
  ser nuestra estampa más indeleble
    v to be / to leave our most
    indelible impression
serio *adj* serious
serpiente *s/f* snake
si *conj* if
sí *adv* yes
siempre *adv* always
siesta: echarse una siesta *v*
    to take a nap
silueta *s* silhouette
sin *prep* without
  sin embargo *adv* nevertheless
  sin prisa *adv* not in a hurry
  sin que *conj* without
sinagoga *s* synagogue
sincronizarse *v* to synchronize
sindicato *s* labor union
sino *conj* but
sirviente *s/m f* servant
sitio *s* place
sobrar *v* to be left over, be more than
    enough
sobremesa *s* after-lunch/after-dinner
    conversation
sobresalir *v* to stand out, excel,
    be outstanding
sobrevivir *v* to survive
sociedad *s/f* society
sol *s/m* sun
solar: placa/célula solar *s* solar panel
solemne *adj* solemn
  procesiones solemnes *s/f*
    solemn processions
solicitar (una beca) *v* to apply
    (for a scholarship)
solicitud *s/f* application
sollozo *s* sob
solo *adj* alone
sólo *adv* only
soltero: despedida de soltero/ soltera
    s bachelor party/bridal shower
solucionar *v* to solve
sombra *s* shadow
someterse *v* to submit, surrender
son *s/m* popular Cuban dance
sonido *s* sound
sonrosado *adj* blushing
sordo *adj* hearing-impaired
sorprender *v* to surprise
sostener (ie) *v* to sustain
suceso *s* current event, happening
sueldo *s* salary
suelo *s* soil, dirt; floor
sugerir (ie, i) *v* to suggest
sumergirse *v* to submerge
superar *v* to overcome
súper estrella internacional *s*
    international superstar/celebrity
supervivencia *s* survival
suponer *v* to suppose

T

tablado *s* stage
tablero *s* bulletin board
tabloide *s/m* tabloid press
tachado *adj* crossed off/out
tal *adj* such, such a
  con tal de que *conj* provided that
  qué tal si *interr* what if
tallado *adj* carved
taller *s/m* workshop, studio
también *adv* also
tambor *s/m* drum
tampoco *adv* neither, (not) either
tan *adv* so
  tan pronto como *conj*
    as soon as
tanto *adj* so much
  por lo tanto *adv* therefore
taquilla *s* box office
tararear *v* to hum
tarea *s* homework; task
tarjeta *s* card
  tarjeta de residente *s* resident card
  tarjeta verde *s* green card
tasca *s* coffee shop, bar
taza *s* cup
te *pron* (to) you
té *s/m* tea
teatro *s* theater
teclado *s* (computer) keyboard
técnico/técnica *s* technician; *s/f*
    technique; *adj* technical
  nivel técnico *s/m*
    level of technology
tejado *s* roof
tejano *adj* Texan, referring to Texas
tejer *v* to weave, to knit
tela *s* cloth, fabric
telaraña/Telaranya *s* spider web;
    World Wide Web
televisión *s/f* television
telón *s/m* theater curtain
temer *v* to fear
templo *s* temple
tender *v* to tend toward
tener (ie) *v* to have
  tener éxito *v* to be successful
  tenerle cariño a alguien *v* to feel
    affection for someone
  tener que ver con *v* to have to
    do with
  tener razón *v* to be right
tenis *s/m* tennis
  jugar (ue) al tenis *v* to play tennis
tercer(o) *adj, pron* third
  tercera edad *s/f* retirement years,
    old age
tergiversado *adj* distorted,
    misrepresented
terminarse *v* to run out
término: primer término *s*
    foreground
terremoto *s* earthquake
terrorismo *s* terrorism
tertulia *s* gathering or discussion

participar en tertulias *v* to take part in social gatherings to discuss politics, etc.

testigo *s/mf* witness

textil: elaboración textil *s/f* textile production

tiempo *s* time; weather

tiempo libre *s* free time

tienda de campaña *s* tent

tierra *s* earth, land

timbal *s/m* kettledrum

tira *s* strip

tira cómica *s* comic strip

titular *s/m* headline

grandes titulares *s/m* headlines (in a newspaper)

título *s* degree; title

tocar *v* to touch

tocar un instrumento musical *v* to play a musical instrument

todo *adj* all

tomar *v* to take; to drink

tomar conciencia *v* to realize

tomillo *s* thyme

toro *s* bull

toros *s/pl* bullfights

torpe *adj* stupid

trabajador/trabajadora *s* worker

trabajo *s* work, job; employment; paper (for class)

día del trabajo *s/m* Labor Day

puesto de trabajo *s* job

traducir *v* to translate

traductor/traductora *s* translator

traer *v* to bring

tragedia *s* tragedy

trama *s* plot

trampa *s* trick

transportarse *v* to get around

transporte público *s/m* public transportation

trascender *v* to reach beyond; to have a wide effect

trasladarse *v* to get around

tratado *s* treaty

tratar de *v* to deal with, speak about

tratarse de *v* to be a question of

trepadoro: planta trepadora *s* climbing plant (ivy, etc.)

tribu *s/f* tribe

trimestre *s/m* quarter

trucado *adj* tricked, falsified

tu *adj* your

tú *pron* you

tumba *s* tomb

U

u *conj* or (before words beginning with **o** or **ho**)

ubicación *s/f* location

universitario/universitaria *s* university student; *adj* university

usted *pron* you (formal)

V

vacaciones *s/f pl* vacation

ir de vacaciones *v* to go on vacation

vacío: lanzarse al vacío *v* to leap into the void

valer (la pena) *v* to be worth (the trouble)

valor: bolsa de valores *s* stock exchange

varón *s/m* male

vasija *s* container

vela: navegar a vela *v* to sail

vencido *adj* expired

vender *v* to sell

venir (ie, i) *v* to come

venir a la mente *v* to come to mind, think about

ventaja *s* advantage

ver *v* to see

tener que ver con *v* to have to do with

verdad *s/f* truth

¿verdad? *interr* right?

verde *s/m, adj* green

tarjeta verde *s* green card

verduras *s* vegetables, greens

vestuario *s* wardrobe; costume

vez (pl veces) *s/f* time, occasion

érase/había una vez *adv* once upon a time

por primera vez *adv* for the first time

vía *s* way, road

en vías de extinción *adj* endangered

viajero/viajera *s* traveler

vida *s* life

ciclo de la vida *s* life cycle

esperanza de la vida *s* life expectancy

promedio de la vida *s* average lifespan

vida cotidiana *s* daily life

vida sedentaria *s* sedentary life

vidrio *s* glass

viento *s* wind

vientre *s/m* womb

viernes Santo *s/m* Good Friday

villancico *s* Christmas carol

vino *s* wine

vista *s* view

vista oral *s* court hearing

vivir *v* to live

vivir juntos *v* to live together

volador *adj* flying

volverse (ue) *v* to become

votar *v* to vote

voto *s* vote

voz *s/f* voice

Y

y *conj* and

ya *adv* already

ya que *conj* since, inasmuch as

yeso *s* plaster; cast

Yom Kippur *s* Yom Kippur

Z

zapallo *s* squash

zócalo *s* base of a column or pedestal; principal plaza

Text/Realia/Photo Credits

12 Excerpted from «Nuestra Gloria, Abriendo puertas con una vieja guitarra y su Alma Caribeña», *Ocean Drive en español*, abril/mayo 2001, as published at http://www.geocities.com/ge_pdr/PDR2003/entrevistas.htm#ocean%20drive   17 «La Lola», http://www.flamencos.com/lit.html, Flamencos de Costa Rica   45 *La Santa Biblia*, Nueva Versión Internacional. Miami: Editorial Vida, 1999   74 From «Ocho empleos fáciles», *Gracia*, abril 2000, p. 58   76 «Presagios» in *La carne estremecida* by José Alcántara Almánzar, Fundación Cultural Dominicana, 2000. Reproducido con la autorización de José Alcántara Almánzar   89 *Guía del ocio*, marzo 1998   98 *Eres*, Año IX, Núm. 209, marzo 1997   101 «Sala de espera» in *El gato de Cheshire* by Enrique Anderson Imbert, Editorial Losada, 1965. Used by permission   117 *Muy interesante*, Año VII, Núm. 85   119 Adapted from *La terecera*, 25 noviembre de 1991   126 *Muy interesante*, abril 1994   130 «Noble campaña» por Gregorio Lopéz y Fuentes, Universidad Veracruzana   147 Text from «Dieta mediterránea», http://www.bienestaremocional.com/nutricion/nutricion.html; illustration adapted from http://www.cosalud.com/comer2.htm   156 *Prevención*, Año 2, No. 2: 18–20   160 «Carta a un psiquiatra» by Juan O Díaz Lewis in *Antología del cuento hispanoamericano*. Ricardo A. Latcham, ed. Santiago, Chile: Empresa Editora Zig Zag SA, 1962.   184 *Más*, Primavera 1990   186 reproducido con la autorización del diario *ABC*, 26 de abril de 1992   187 «María Cristina» por Sandra María Esteves, Greenfield Review Press   205 From *Muy extra*, Verano 2002, courtesy of the magazine *Muy interesante* and from «Vargas Llosa sorprendido por concesión Premio Ortega & Gasset» Madrid [EFE] 28 October 2002, Augusto Wong   208 Courtesy of *Muy interesante*, Año VII, No. 2: 37   214 reproducido con la autorización del diario *ABC*, 22 de febrero de 1987   216 reproducido con la autorización del diario *ABC*, 2 de noviembre de 1986   217 *Mafalda*, Quino, Ediciones de la Flor, No. 4   218 «La muerte» by Ricardo Conde. Used by permission of the author.   241 Divina Infusino, *Miami Herald*, 31 oct. 1993   243 *Mafalda*, Quino, Ediciones de la Flor, No. 4   244 «Balada de los dos abuelos» por Nicolás Guillén, Instituto Cubano del Libro   260 *El país*, 25 de abril de 1993   267 *Américas*, enero/febrero 1993   271 From «Misión de la raza iberoamericana: Notas de viajes a la América del sur» in *La raza cósmica* by José Vasconcelos, Paris: Agencia Mundial de librería: 1925.

1 © Reuters NewMedia Inc./CORBIS   3 T © AP Photo/Lynsey Addario   3 B © AFP/CORBIS   4 © AP Photo/Naokazu Oinuma   6 © Courtesy of Karen Records   8 © Courtesy of Libido (www.libido.net)   9 © A. Ramey/PhotoEdit   10 © AP Photo/Stuart Ramson   14 © Hulton Archive/Getty Images   15 © Royalty-Free/CORBIS   18 B © Jon Feingersh/Masterfile   31 © Mark Lewis/The Liaison Agency   32 © Max & Bea Hunn/DDB Stock Photo   33 © Royalty Free/CORBIS   36 © Danny Lehman/CORBIS   38 © SuperStock   39 © Royalty-Free/CORBIS   40 © Doug Bryant/DDB Stock Photo   46 © Angelo Cavalli/Index Stock Imagery   49 © Royalty-Free/CORBIS   63 © Keith Brofsky/Photodisc Green/Getty Images   64 © Nathan Michaels/SuperStock   66 © Banana Stock/SuperStock   70 © Tomas del Amos/Index Stock Imagery   71 © Lonnie Duka/Index Stock Imagery   p.78 © Richard Kasmier/Index Stock Imagery   80 © Florian Franke/SuperStock   87 © Zefa Visual Media-Germany/Index Stock Imagery, Inc.   90 T © Odyssey/Frerck/Chicago   90 M © Cover/The Image Works   90 B © Doug Bryant/DDB Stock Photo   93 © Ryan McVay/Royalty-Free/Getty Images   94 © Chung Sung-Jun/Getty Images   95 © Photodisc/Getty Images   99 © Michael Newman/PhotoEdit   100 © Harvard University Archives   101 © Mitch Diamond/Index Stock Imagery   115 © Michael J. Doolittle/The Image Works   117 T © Photodisc/Getty Images   120 © PhotoLink/Photodisc Green/Getty Images   122 T © Sexto Sol/Photodisc Green/Getty Images   122 B © Jeff Greenberg/Index Stock Imagery   133 © Scott Berner/Index Stock Imagery   158 © Andrew Ward/Life File/Photodisc Green/Getty Images   161 © Photodisc Blue/Getty Images   163 B © AP/Ricardo Figueroa   171 © Russell Gordon/Odyssey/Chicago   172 © Jim Schwabel/Index Stock Imagery   173 T © Bonnie Kamin/PhotoEdit   173 B © Park Street/PhotoEdit   178 © AP Photo/Reed Saxon   181 L © Chip Henderson/Index Stock Imagery   181 TR © PhotoLink/Photodisc Green/Getty Images   181 BR © George White Jr./Index Stock Imagery   182 © Martin Jacobs/FoodPix   187 © George Malave   189 © Syracuse Newspapers/Randi Anglin/The Image Works   193 © Mitch Diamond/Index Stock Imagery   203 © Royalty-Free/CORBIS   204 © Jose Macian   207 © Stock Trek/Photodisc Green/Getty Images   212 © Jacob Halaska/Index Stock Imagery   217 © Jose Macian   218 © Courtesy of Authors   223 © Jeffery Allan Salter/Corbis SABA   229 © Timothy O'Keefe/Index Stock Imagery   231 T © Daniel Aubry/Odyssey/Chicago   231 M, 231B, 232 TL © Odyssey/Frerck/Chicago   232 ML © Jose Macian   232 BL © Bob Daemmrich   232 TR © Ignacio Urquiza   232 BR © Daniel Aubry/Odyssey/Chicago   235 TL © David Loveall/Index Stock Imagery; TR © Frank Siteman/Index Stock Imagery; B © Kindra Clineff/Index Stock Imagery   236 © AP Photo/Rodrigo   237 © AP Photo/Victor Ruiz   239, 242 T, 242 B © Odyssey/Frerck/Chicago   243 © Henri Cartier-Bresson/Magnum Photos   248 © Patricia Barry/Index Stock Imagery   255 © Odyssey/Frerck/Chicago   257 T Courtesy of Authors   257 B Courtesy of Authors   258 T Courtesy of Authors   258 M Courtesy of Authors   258 B Courtesy of Authors   259 Courtesy of Authors   264 BL © Christie's Images/SuperStock   264 BM © Archivo Iconografico, S.A./CORBIS   264 TR © Digital Image/The Museum of Modern Art/Licensed by SCALA/Art Resource, NY   264 BR © Museo del Prado, Madrid, Spain/A.K.G. Berlin/SuperStock   265 © Odyssey/Frerck/Chicago   268 T © Donna Long   268 M © Odyssey/Frerck/Chicago   268 B © Stewart Aitchison/DDB Stock Photo   269 TR © Royalty-Free/CORBIS   269 B (2nd from top) © Ulrike Welsh/Stock Boston   269 B (4th from top) © Odyssey/Frerck/Chicago